龙抬头

初日春 著

作家出版社

图书在版编目（CIP）数据

龙抬头／初曰春著．－－北京：作家出版社，2023.4
ISBN 978-7-5212-1916-6

Ⅰ．①龙… Ⅱ．①初… Ⅲ．①长篇小说－中国－当代
Ⅳ．①I247.5

中国版本图书馆CIP数据核字（2022）第082427号

龙抬头

作　　者：	初曰春
责任编辑：	宋辰辰
装帧设计：	意匠文化·丁奔亮
出版发行：	作家出版社有限公司
社　　址：	北京农展馆南里10号　　邮　　编：100125
电话传真：	86-10-65067186（发行中心及邮购部）
	86-10-65004079（总编室）
E-mail:	zuojia@zuojia.net.cn
	http://www.zuojiachubanshe.com
印　　刷：	河北京平诚乾印刷有限公司
成品尺寸：	152×230
字　　数：	322千
印　　张：	24.75
版　　次：	2023年4月第1版
印　　次：	2023年4月第1次印刷
ISBN	978-7-5212-1916-6
定　　价：	58.00元

作家版图书，版权所有，侵权必究。
作家版图书，印装错误可随时退换。

目录
Contents

第一章　大　寒 / 001

第二章　腊八节 / 048

第三章　立　春 / 098

第四章　除夕夜 / 147

第五章　雨　水 / 196

第六章　上元节 / 245

第七章　惊　蛰 / 293

第八章　春龙节 / 342

第一章 大寒

A 大礼包

001

我无意窥探于迎春的隐私，甚至刻意回避与之相关的一切事情，可是偏偏不凑巧，他见不得人的勾当被我给碰上了。

跟别的年轻人不一样，我有记日记的习惯。那天是1月20日，二十四节气里的大寒，所以我的印象更深刻一些。

很多同学说我另类，都什么年代了，明明可以用各种网络软件记录心情，你于禧森还握着钢笔在纸上划拉，仿佛是我干了什么大逆不道的事情。我鄙视有这种想法的人，他们不懂生活的情趣，听着笔尖划过纸张的沙沙声，那是一种享受。

在我看来，汉字是全宇宙最美的记录符号，可多少人根本不动笔，某些功能早就退化了。我时常想，老祖宗如果晓得年轻人丢掉了传统文化，搞不好会从坟里蹦出来，挨个找他们算账。当然，我是唯物主义者，不相信这世上有神神鬼鬼。

我管不了别人怎么着，我只能让自己守住阵地。有个小秘密不得不说，我心里揣着个文学梦，总想某一天个人写下的那些东西能变成铅字。记日记恰好能锻炼文笔。我认为人总得有个梦想什么的，用网络上已经过时的流行语讲,这梦想万一实现了呢。还有个很重要的原因,我的日记本里有好多隐私,那是我独立的精神王国。我决不允许任何人踏入这片疆土,倘若有人敢动那几个本子,我会跟他拼命。

说到这里,或许会给人造成误会,好似我与整个社会脱节了。这话我不爱听,因为我跟别的年轻人犯同样的毛病,也喜欢玩网络游戏,有时是通宵达旦,恨不得永远待在家里,在虚拟的世界里过完这辈子。

想归想,但我还是得面对现实。这不,学校刚放寒假,我还在回家的高铁上,于迎春就给我发了信息,让我第二天去鱼鸟河派出所报到,我一听就恼了,好歹让我喘口气吧,至少把我安排到个好单位吧。总而言之,我极度反感他的做派,仿佛地球上所有人都得围着他转。

唯一令我开心的是,实习的第一天,我就亲手逮着一个犯罪嫌疑人。我按捺不住内心的喜悦,把这事高调地发到了微信群里,我的那些同学七嘴八舌,多数是夸我牛掰,跟我关系好的说我交了狗屎运。

不怕人笑话,我倒是希望能交上桃花运,别人在大学期间都大张旗鼓地谈上了恋爱,只有我在感情方面还是空白。单身狗的滋味不好受,尤其是他们在朋友圈里秀恩爱,狗粮撒了一地,叫我只有羡慕嫉妒的份儿。

我认认真真地总结过,导致我孤家寡人的原因在我本人,谁让我那么帅又那么优秀呢?我比他们的眼界都高,我在公开场合讲过,一般的女孩子入不了我的法眼。个别人说我自负,得,嘴长在人家身上,爱怎么说就怎么说。

必须承认,说我自负的大有人在,譬如我高调地宣布抓捕成功之后,有人便说我是靠着个当官的爹。

第一章　大寒

扯得有点远了，言归正传。

于迎春就是我爹，他是登州市市长助理兼市公安局局长。我也把他当成了领导，去北京上大学后，我才发现他满打满算是个基层干部。这么说吧，他是全市公安机关为数不多穿白衬衣的，但在我就读的学校，穿白衬衣的人一抓一大把。

在地市一级，白衬衣是个象征，只有中华人民共和国的高级警官才有资格穿，警务改革之前，拥有这资格的通常是市局副局长级别以上。远了不说，在我们学校有专门的高警楼，负责对全国的佼佼者培训。

问题又冒出来了，那么多的白衬衣在眼前晃悠，我也见怪不怪了，更何况坊间有句"名言"，不到北京不知道自己的官职有多小。反正在我的心目中，我爹跟旁人没有任何区别，相反身上却有很多臭毛病。

还是回到前面的话题，我无意中撞见了他的隐私。

当时的情况是这样的。

我在卧室里听音乐，听到门外有响动，推测是来了客人。老实说，我不把我爹当盘菜，有人却把他当尊佛，家里边总也没个清净的时候。我刚调大了音量，他喊我到客厅，给客人倒茶。

自己不缺胳膊不少腿的，还得叫人伺候着，真是把自己当成官老爷了。这个念头严重干扰了我的心情，以至于我磨蹭了好一会儿，才出门跟客人打招呼。客人主动跟我握了手，我也回了个笑脸，不知道那人看没看出来，我的笑很假。

我爹说："这是柏女士。"

我拼命挤出一丝笑："你们先聊着，我这就去沏茶。"

讲真话，那人长得漂亮，笑起来更好看，我很难揣测她的年龄。原本我对她的印象不赖，细观察她跟我爹眉来眼去，那点好感瞬间消失。

她自我介绍，说是比克律集团的副总裁，叫柏洁。还夸什么虎父无犬子。看着她一张一合的嘴巴，我想到了鱼鸟河里濒临死亡的鱼，恶心得不行。

柏洁随后向我爹使了个眼神，我爹跟着冲我摆摆手，就这么着把我打发走了，我那个气啊直接顶到了脑门子。回到卧室，我越想越不是滋味，有什么不可告人的秘密，竟然背着我。

我轻轻把门打开，留着一道缝儿，客厅里的声音也就清晰了。这一趴墙角不要紧，我听到柏洁说："黄三儿那起案子，还请高抬贵手，只要您发句话，性质就变了，搞个防卫过当轻而易举。"

没想到的是，我爹跟她说："我知道了，你先回吧。"

柏洁暧昧地笑笑，起身告辞。她竟然给我爹留下个旺旺大礼包，差点把我笑喷。

当天夜里，肚皮饿，我拆开大礼包，发现里面居然全是现金。

002

回头一琢磨，我爹的话就很耐人寻味了，我可以认为他使的是缓兵之计，也可以理解成他是答应了柏洁。

我躺在床上翻来覆去睡不着，心里一直在发狠。道理很简单，我爹这个人非常霸道，从来不给我说话的机会，就连当初填报高考志愿也是他做的主。毫不夸张地说，那会儿我杀了他的心都有。

前面讲过，我长相帅气，这不是我自吹自擂，而是不争的事实。也正是因为个人颜值很高，高二那年我蠢蠢欲动，想去报考艺术院校，读表演系，回头当个演员什么的。

坦白地讲，我很想当明星，那种万众瞩目的感觉绝对过瘾。这跟坚持记日记的习惯并不冲突，人都有两面性甚至多面性，有点异想天开的念头不足为怪。

第一章　大寒

要怪只怪眼下的选秀节目太多，不少人唱几首歌，再痛数凄惨的家史，就能博得人们的同情，一夜之间爆红。况且还有那么多的网红。虽然他们大都是昙花一现，很快就会过气，但对我来说还是极具诱惑力的。

我曾经谋划过离家出走，想去浪迹天涯，然后瞅准机会，实现当明星的目标。我固执地认为，自己可以为艺术献身，而且固执地认为，我是实力派的小选手。

问题是家庭环境不允许，我于禧森根正苗红，是干革命的后代，怎么能不务正业呢？于是乎，我爹和我爷爷合伙谋杀了我的青春梦想。还好，我想当作家的念想，他们并不知道。

我把自己隐藏得很深，生怕他们发现蛛丝马迹。换句话说，我是在跟他们斗智斗勇，谁叫我爹是警察呢，我时常为此感到无奈和疲惫。

失眠真的叫人发狂，我在黑夜中克制自己，尽量不去瞎寻思。我数羊，什么喜羊羊美羊羊懒羊羊沸羊羊慢羊羊，数到最后，数到了灰太狼。就这么着，跟周公会面的计划失败了。

千万别因为看动画片就觉得我幼稚，我那是保持着一份童真，如果真幼稚的话，我不会对我爹起疑心。那可是崭新的百元大钞啊，我平生第一次见到那么多现金，我猜不出有多少钱，也无心去计算到底有多少钱。

不晓得别人是什么体会，我睡不着就忍不住去胡思乱想。我细思极恐，我爹才是隐藏最深的人。平常日子里，他总是批评教育我，说些冠冕堂皇的话，一副正人君子的样子，谁能料到他是当面一套背后一套，敢收受柏洁的贿赂。

我冷不丁地想到，得有多少类似于柏洁这样的人进过家门呢，我在外地上学，他一个人住在家里，这种可能性必然存在。

再一琢磨，我的疑心更重了。想想吧，我爹是1970年生人，他的儿女怎么可能是吃旺旺食品的年龄呢，除非柏洁的脑子被驴踢了。

这说明柏洁是有备而来，而于迎春则是心照不宣，两人之间在搞权钱交易。还有啊，那女人跟我爹是什么关系呢？

总之，我对我爹失望透顶。

好不容易熬到天亮，我把我爹堵在了门口。

他不耐烦地问："有事儿吗？"

我说："没事儿就不能聊聊吗？"

他什么话也没说就想出门。我拽了他一把："你先等等，给你看个东西。"

我爹仍旧没吭声，步子却有些迟疑。我把旺旺大礼包提溜过来，往他怀里一塞："看看吧，咱发财了。"

他停顿片刻，还是头天晚上的那句话："我知道了，你先回吧。"

说完，他扭身就走，剩下我在那里干瞪眼。我的第一反应是，受贿的问题实锤了。

我当时注意到一个细节，他在停顿的时候，眼神飘忽不定。还有，"我知道了，你先回吧。"是几个意思？证明他这句话说顺口了。

如此一来，我不得不多想。

如今抓反腐的力度之大有目共睹，我爹他是要顶风而上吗？这要成为既定事实，祖宗八辈的人都会被他丢尽。我无法容忍他搞歪门邪道。

我的觉悟不算高，但也绝对不低。碰到有人在网上诋毁公安机关，我会在虚拟世界跟他们不分昼夜地"约战"，不管赢还是输，我就是想把个人的理念传输给他们。要知道，警察可是高危职业，除了平常要面对凶狠的歹徒之外，还要谨防糖衣炮弹。

有人评价我是"一根筋"，我通常一笑而过，这三个字形容人死板、固执甚至偏执，是个贬义词，但我认死理儿，总觉得它是褒义词。我姑且将其算作自己的个性吧。

我的确是有个性的人，任何人干了伤天害理的事情，我都不会

第一章　大寒

放过。爷爷说这是我与生俱来的优点，是老于家祖辈上传下来的好传统。

对此，我不以为然，都说隔辈亲，我的爷爷那也是奇葩，好像他的存在就是为了宣讲于家家史的。他过去很少跟我交流，这跟我爹有一拼。

提到我爹，我的气又不顺了。很显然，他神神秘秘的架势令人生疑，我觉得他很危险，活脱脱的一个腐败分子。我决定盯紧他，让他回头是岸。

我并非什么救世主，从某种意义上讲，发现大礼包的秘密，我才意识到本人也很自私。用好听的话来说，打断骨头连着筋，是亲情让我想挽救我爹，再怎么说我身上传承的也是他的血脉。

彼时，我已经把我爹于迎春当成了假想敌。

003

柳叶青是我们鱼鸟河派出所的所长，他的名字跟我爹一样，不男不女，很容易招人误会。

可能是头天刚受过他的表扬，柳叶青给我留下的印象不错，可过了一宿，全都变了。我总感觉他跟我说话拿着劲儿，似乎在拿捏着每个词汇，非常腻味人，他还会有意无意地提到于迎春，仿佛我是于迎春的附属品。

我最瞧不上这号人，只因为我爹是级别不高的领导，就尽显谄媚的本事，这也真够人喝一壶的。

事后证明，我的判断是正确的。都旺家私底下告诉我，柳叶青在鱼鸟河派出所干够了，正四处托人找关系，想调离这里。我相信他的话，他是所里最年轻的辅警，跟谁都没竞争关系，没必要撒谎扯皮。

可惜呀，柳所长的算盘珠子扒拉错了，他根本不晓得，我们父子的关系非常尴尬。如果有机会能跟我爹递上话，我肯定会提醒对方防备着柳叶青，诣媚通常跟谗言是对儿好搭档，两者组合到一起，后果可想而知。

上午，柳叶青带着我瞎转悠，美其名曰是在熟悉辖区情况。比较让人欣慰的是，他跟辖区群众颇为熟悉，看起来是打成了一片。这也传递了个信息，他在工作上还是认真负责的，毕竟群众的眼睛是雪亮的，你柳叶青不着调，也没人买账。

将近中午，柳叶青接了个电话，挂断之后就神秘兮兮地对我说："这事儿啊真是……真是……"

看着他吞吞吐吐的样子，我心里就不熨帖："柳所，有话直说，有那个什么哈……"

我的后半句是有屁就放，我生生地把"屁"又咽回了嘴里。这才刚相识，我不好过于放肆，倒不是为了我爹的脸面，主要是我懂得职场上的规矩，要给领导和同事留下良好的第一印象。

也不知什么原因，柳叶青没再顺着原来的话题说下去，而是跟我聊起了家常。

他问我："这次实习多久啊？"

我说："不知道，看学校的安排。"

柳叶青说："按照往年惯例，实习都得半年的时间。"

我回给他一个笑脸："疫情闹的，学校也说了不算。"

我是实话实说，也不清楚哪点说得不对，他戛然而止。今非昔比，防疫形势严峻，前后快一年了，满大街还是蒙面大侠，谁都不敢掉以轻心。林子大了什么鸟儿都有，不可排除部分人员不那么自觉，但我们公安机关是全力以赴的。

没错，即便还没正式参加工作，我已经把自己当作了公安队伍当中的一员。这说起来也挺可笑，我在去公安大学念书之前，我跟擅自更改高考志愿的我爹是不共戴天的，最终我分析了利弊，才暂时妥协。

第一章　大寒

那时我想的是天无绝人之路，先把他应付过去，等大学毕业再另谋出路，哪知三年多的警校生活让我悄然改变，居然能够融入这支队伍里了。

不过，我坦白从宽，目前我还谈不上有多热爱。

这天下午，派出所组织上党员教育课，我没参加，因为我不是党员，连入党申请还没写呢，在这方面我有个人的想法。在学校的时候，身边好多同学争着抢着要入党，我的理念是，扎堆凑热闹的事情一律不参与。要问为什么，我也说不清道不明。

头天夜里睡得不踏实，我有点扛不住，为了让自己精神着点儿，我在那里刷朋友圈。我看到的几乎全是跟警察节有关的内容。2021年1月10日是首个中国人民警察节，所有热爱这一职业的人都在关注这一节日，也有好些人给我发过祝福短信，他们已经认为我是个警察了。

我看的最多的是晚会视频。17日那天晚上，央视两个频道播了"心连心"艺术团赴公安机关慰问演出，那会儿我还在学校，把这台演出连续看了两遍，看得热血沸腾。当时以及现在我都幻想自己能够参与其中，我始终觉得自己应当从事与艺术有关的工作。

此时再看，我仍旧血脉偾张，我记得当时在日记本上写过几个形容词，例如主题突出、气势恢宏等等，这会儿我又想加上"感人肺腑、催人奋进，具备鲜明的警察职业气质"。这是我对整台晚会的评价。我说过个人喜欢写点什么，胸无点墨是没资格说这番话的。

我又为自己感觉臊得慌，何为警察职业气质，我也没个具体概念，"警察职业气质"是我从《人民公安报》上看到的，脑子里有印象，也就鹦鹉学舌、生搬硬套，把它用到了这里。

我有时会特别敏感，往往会为一件小事而懊恼不已，我晓得这不是个好习惯，却总是找出理由来搪塞。因为"气质"的问题，我的心情受到了影响，便走出办公楼，想转悠一圈透透气儿。

派出所的面积不大也不小，一栋三层小楼，据说是在过去的平房上加盖了两层。楼前是登州地区常见的四合院，院子里有个绿色长廊，所谓的绿色长廊就是搭了个架子，上面爬满了葡萄藤。眼下是冬天，我只能想象在其他三个季节里，满目繁绿、生机盎然的景象。

院子的角落里拴着一条狗，那狗看似很凶猛，却跟谁都很亲近，见了陌生人也拼命摇尾巴，让我觉得它是条哈巴狗。所里的人管它叫虎子，我心想这名字取得也太离谱了，便唤了声"二愣子"，那狗东西居然上蹿下跳，像是很得意这个称呼。

我对二愣子产生了浓厚的兴趣，蹲下来研究它的出身。我对猫猫狗狗了解甚少，只是对警犬略知一二，我看它的体态有点像德牧，性情又像是拉布拉多，最终将其定性为杂交的后代，而且随拉布拉多更多一些，因为它的性情太温驯了。

我对它说："二愣子，你是个串儿。"

那家伙像是听懂了我的话，伸出舌头舔了舔我的手。这真是条傻狗，听不出好赖话。

004

院子就这么大，再转下去就没什么意思了，我抬腿又回了办公楼。

为了方便服务群众，派出所把一楼改造成了便民服务大厅，负责窗口业务的是内勤女民警李云尔。

我一看她不在，估计也是上党课去了，就凑到柜台前，想跟坐在里面的女辅警打招呼。女辅警长得标致，我还没跟她打过照面，她丝毫未曾察觉我的到来，捧着手机在乐和。

"美女，补办身份证。"我想给她来个恶作剧。

她抬起头，忍不住笑了："于警官，你怎么跟都旺家一个德行，也喜欢恶搞？"

我答非所问："你在看什么好东西，光在傻笑，拿来一起分享。"

第一章 大寒

她稍有迟疑，有些害羞地把手机递给我："刚在部里组织的征文比赛拿了个奖。"

我接过来扫了一眼手机屏幕，随口问道："几等奖啊？"

她兴奋地告诉我："优秀奖呢。"

"这也太 low 了，如果是我，准保一等奖。"我的话也没经过大脑，脱口而出。

女辅警的神情黯淡下来："我只是高中毕业，比不上你警校高材生，能获奖已经谢天谢地了。"

我情商不低，赶忙编瞎话："我想起来了，这个'抗击疫情警徽闪耀'主题征文我也参与过，毛线奖项也没得到，还不如你哩。"

我确实是撒了个谎。没记错的话，我是在鼠年春节后看到的公安部征文启事，当时我也动心了，想写点什么，最终还是放弃了。那个活动是面向全国公安机关的民警和辅警的，据我所知，民警得有 200 多万，辅警的人数也只多不少，我认为自己想要获奖除非太阳打西边出来。

没脸面说自己不敢参与，我只能瞎说一通，她有些不相信地说："你没糊弄我吧。"

我笑着说："没有，我干吗要骗你，骗你也捞不着啥好处。"

她眨了眨眼，又说："这次警察节有个'我和我的祖国'征文，我也参加了，到现在还没信儿呢。"

一听这话，我内心遭受到十万点的暴力打击，她说的这个我也没敢参加，还为自己寻了借口，说是忙着写毕业论文。我忽然觉得自己过于虚伪，虚荣心太强，就想赶紧离开。

正犹豫着，都旺家回来了，他大声跟我打完招呼，把脸转向了柜台里边："果小米，晚上请你吃饭。"

跟人家瞎扯了好一阵子，我这才晓得女辅警叫果小米，听起来挺有趣的一个名字。

果小米闪动着长长的睫毛说："不去，有那闲工夫不如在家看书。"

都旺家说:"你不是爱写东西吗,那句话怎么说的来,好作品来源于生活,你得去接地气。"

果小米羞赧地笑笑,垂下了脑袋,不再言语。我记住了这个大眼睛长睫毛的女辅警,她的所作所为令我无地自容;我也记住了都旺家对她的热烈,两人的关系显然不一般。

我悄声离开,总不能傻乎乎在那里当灯泡吧。

我感到很邪性,整整一下午没有警情,要知道鱼鸟河派出所的地理位置是很特殊的,每天都有很多纠纷,虽然全是鸡毛蒜皮的事情。

派出所成立于二十世纪八十年代初,这里过去曾是一片农村,我爹刚从部队退伍的时候就在这里干过几年。也就是最近七八年才有了新发展,尤其是高新技术开发区建起来之后,一夜之间就繁华起来了。

过去的农村成了城乡接合部,就拿派出所来举例吧,从前的服务对象是村民,现在还要面对那些白领甚至金领。

辖区被鱼鸟河一分为二,派出所所在的这边是等待拆迁的原住户,对面是高耸云际的写字楼,拔尖人才出出进进,因为某些差异,跟老居民的生活习惯、处事方式格格不入。我听柳叶青讲,河两岸的人们曾经闹过不愉快。

他当时讲得模棱两可,我刨根问底,柳叶青说村民们以为来了发财的机会,就跑到河对岸的写字楼前摆地摊,结果遭到保安的驱赶,到最后引发了群体纠纷。

我本来对这件事情很感兴趣,可是柳叶青把我爹扯了进来,说如果不是于市长及时赶到,处置得当,后果不堪设想。这立马倒了我的胃口,想拍于迎春的马屁就找他本人去,搁我这儿献殷勤,实在叫人心里硌硬。

实话实说吧,通过不到两天的接触,我在主观上对柳叶青开始排斥,他功利心太强,我决定以后敬而远之,离他越远越好。刚冒

第一章 大寒

出这一念头,他就进了办公室。

柳叶青满脸堆笑:"森森,忙活什么呢?"

还没人这么喊过我,我在心里琢磨,他或许以为这样的称呼会显得彼此更加亲近。见我没回话,他又说:"于市长又该忙活了。"

我厌恶地说:"别张口闭口喊市长,他只是个助理,助理不带长,放屁也不响。"

他对我的话显然没有心理准备,极其尴尬地说:"那个什么,他可真要忙了,出了命案呢,命案必破,他能不忙吗?"

听说是命案,我也来了兴致:"怎么个情况?"

柳叶青仿佛受到了重视,开始向我介绍:"嫌疑人的外号叫黄三儿,挺混蛋的一个主儿,你在外边念书,可能不太了解,他哥可不是一般人物。"

"不是一班,那是二班还是三班?"看他故作神秘的样子,我玩起了谐音梗。

柳叶青愣了愣才说:"他哥可真不一般,弄了个政协常委,跟上上下下的领导关系处得都不错,好像跟于市长也很熟悉。"

我不爱听他最后那句话,赶忙岔开话题:"柳所,命案是怎么一回事儿?"

"受害人好像是没抢救过来,我也是道听途说……"他压低了嗓门,仿佛说的是惊天秘密。

说着,都旺家进门了,柳叶青硬生生地把话憋了回去。

005

好不容易熬到了下班,我撒丫子跑到了公交车站,准备去市局找我爹。听说市政府也给安排了办公室,但他一直在市局办公,我估计他是想低调,也好尽早把"助理"去掉,干上副市长。

稍微了解我爹的人都清楚,他虽然还没解决副市长的职务,在仕途上却是顺风顺水，在现在这个位置上已经干满三个年头了。也就是说，他在48岁的那一年便干上了市一级公安机关的一把手，在人们看来，这晋升速度确实不慢。

那一年我高考，刚好18岁，成绩一公布，便出了我爹替我改志愿的事情，所以我对他的提拔丝毫不感兴趣。人家都会摆上谢师宴，据说我们班主任也想趁此跟我爹拉近感情，可我没给班主任机会，背着双肩包独自去了西藏，我得排解心中的郁闷。

用"据说"这个词儿是有依据的，我是听舒平安传的话，真与假无从考证。他只是跟我说，班主任感到遗憾，说于禧森这孩子不懂人情世故。那时候我也没多想，是过后才意识到班主任是有所求的。

舒平安比我会来事儿，他在高中时期就展现出不凡的沟通和组织能力，几乎学校的所有活动都没缺席过，那家伙没白忙活，在高三那年得了个省级三好学生，后来保送进了北京一所名校。

别看我俩在同一座城市读书，彼此见面的机会很少，我只是听昔日的高中同学讲，他还是老套路，在那所大学也是混得风生水起。说他"混"没有贬低的意思，那是人家的生存法则，我没必要在背后说三道四，更何况他是我在青春叛逆期的唯一知己。

有点悲催吧，高中生涯我竟然没交到知心朋友，这是我的性格缺陷，不说也罢。

想到了舒平安，我便临时改变了主意，不想再去找我爹。我拨出了舒平安的手机号码，电话一接通，那边的热情就灌进了耳朵里："我去，正想着跟你联系，回登州了吗，咱抽空聚聚。"

"别抽空了，就今天晚上吧。"说完，我又问他："咱几点碰面？"

舒平安嘻嘻哈哈地说："你得等我半个钟头，我正敷面膜呢，才贴了个排毒的，补水的刚糊到脸上。"

我愣怔了一会儿才说："你一个大男人，贴面膜也太什么了吧。"

舒平安压根没注意到我语气的变化，自顾自地说："人就得对得起自己这张脸，捯饬出个好形象，也是对别人的尊重，我现在出门

第一章 大寒

之前都会先化妆……"

这都什么歪理儿呢,我很难想象他五大三粗的一个人,会变成这个样子。我赶紧编排个理由:"忘了,今晚还有事儿,咱改天再约。"

我匆匆挂断电话,仅剩的一点好心情也被破坏了。我特别看不惯同龄人的某些习性,比如说追星,追捧的都是什么人呐,男不男女不女的,那审美观让人不敢苟同。

没想到舒平安也会变成这样,他原本阳刚之气十足的,我只能说这社会变化太快,快得叫人难以招架。

其实我受舒平安的影响蛮大,虽然他的某些理念我并不赞同,但事后或多或少都会去思考。

去年下半年的一个周末,他跑到我们公安大学木樨地校区找我叙旧,我在学校旁边小区的一家小饭馆请他吃饭,那里号称是我们公大的三食堂,饭菜都挺实惠,我能负担得起。需要说明一下,我爹于迎春给的钱少得可怜,也就勉强够基本生活费吧,一分钱难倒英雄汉,我总感觉在朋友面前抬不起头来。

那天,我俩都喝了点酒,话也跟着稠了起来。舒平安说我是身在福中不知福,有个当官的爹,也不好好利用资源。他还向我诉苦,说如果自己是官二代或者富二代,就可以少奋斗好多年了。

我当时把他撑了回去,说你那所大学全国排名一二,靠个人的本事吃饭多好。他哭咧咧地问我,想没想过在北京闯荡得有多难,光房子首付就是天文数字。

后来我们都喝醉了,他什么时候离开的以及怎么离开的,我全都记不起来了。我能想起来的是,舒平安哭得稀里哗啦,哭完之后说真好,心里爽快了。

那次之后,我跟他没再联系,但我已经意识到,我们在朝着不同的方向发展,日后的交集会越来越少,那些青春的美好也只能封存到记忆里了。

说起来令人惭愧，那之后好长一段时间里，我都在寻思一个问题，该不该借助我爹的资源，让自己未来的奋斗更轻松一些。

我的目标是什么呢，也像我爹那样在仕途上有所发展？这似乎也无懈可击，人只有在更大的舞台上才能更好地施展个人的才华。但我非常清楚，我爹对我要求格外严苛，决不会为我去徇私舞弊。这也是我一直反感他却没翻脸的重要原因。

可这社会变化太快，我爹竟然也跟着变了，看来他对我的那些教育都是假的，他根本管不住自己的手。我必须正视这一问题。

我木木呆呆地回到家里，那大礼包莫名其妙地消失了。我翻箱倒柜，最终不得不接受这一现实，那笔巨款没了。想都不用想，我爹给拿走了，我突然发觉这个给我生命的男人是那么陌生。

我真的蒙了，我不想让他成为贪官，我要拦住他，不能让他一错再错，错到最后没法回头。是的，我跟他关系尴尬，也曾经在内心里诅咒过他，可他终究是我的亲爹啊。

去找于铭忍吧，或许只有他才能管住于迎春。这个念头只是一闪，就被我掐灭了。

于迎春是我的亲爹，于铭忍是我爹的亲爹，也就是我的爷爷，今年81周岁了，倘若知道我爹干出这样的丑事，他老人家会被活活气死。

算了，万事得靠自己，我有能力把事情查个水落石出。

B 恐吓信

006

受害人叫车良德，一个老实巴交的农民，进城看女儿，却横遭杀身之祸。

第一章 大寒

据治安支队支队长刘开调查,车良德在村里口碑极好,农村人不爱说话,对他的评价跟他的名字一样,只有两个字:"德好"。这是对人的最高褒奖。

个别嘴皮子利落的村民告诉刘开,车良德这辈子很不容易,老婆生病去世,为治病拉了一屁股饥荒,他本人是个瘸子,省吃俭用供着女儿念完大学,得亏那丫头争气,去了一家大公司,这日子才有了起色。

车良德的女儿车红妮长得不是一般的漂亮,她是比克律集团的员工,也不知哪次被黄三儿给碰上了,那畜生搞到了她的住址,没少去骚扰。

出事的那天是礼拜三,车红妮身子不舒服,跟主管请了假,在家里边办公。黄三儿去公司找她,还玩浪漫捧了一束鲜花,得知她没上班,开着车就去了她家。

车红妮不舍得花钱,租的房子在筒子楼里,也没个电梯。黄三儿上楼的时候,碰到了车良德。

车良德当时背着编织袋,袋子里装着芋头,女儿好吃这一口。老人腿瘸,又背着重物,爬楼梯很费劲,挡住了黄三儿的去路。黄三儿推了老人一把,还朝地上吐了口唾沫。没等车良德爬起来,他已经上楼了。

敲开门,车红妮一见是他,就往门外推。车红妮穿的是睡衣,两人拉扯之间,黄三儿兽性大发,凭着蛮力气,把她抱起来,扔到了简易沙发上。他手下一使劲,车红妮的睡衣被撕破了,他伸手一抓,文胸被扯了下来,白皙的双乳蹦了出来。

车红妮奋力挣扎,这更激起了他的欲望。车良德就在这个时候进了屋,一看到女儿受到了侮辱,老人浑身发抖。

"你放手!"车良德终于吼了出来。

黄三儿扭头看了一眼,压根就没当回事儿。他手下的动作更狠了,眼瞅着女儿要被人欺负了,车良德急了,随手拿起个花瓶,砸到了对方脑袋上。黄三儿一摸后脑勺，见了血，就甩下车红妮，起身转回头，骂骂咧咧地向老人挥起了拳头。

车良德护女心切，抬腿一脚，踢在了黄三儿的裆上。黄三儿恼羞成怒，忍痛扑向老人，老人本来腿就瘸，重心不稳，一屁股坐在了地上，手胡乱一抓，又把黄三儿的衣服给撕破了。

黄三儿是来找车红妮约会的，穿得西装革履，光这身行头就好几万。他因此彻底恼怒了，朝老人踢了几脚还不解恨，从地上抓起花瓶的碎片，抹向了车良德的脖颈。

血很快淌了一地，黄三儿性致全无，朝老人身上吐口唾沫，扬长而去。他随后还从微信上给车红妮发了个红包，让车红妮带老人去看病。

事后才知道，车良德怕花钱，不肯去医院。他实在撑不住了，才去了社区医院。那里医疗水平有限，要把老人转到大医院，他死活不干，又耽搁了些时间，到了市立医院之后就直接进了重症室。

去医院的路上，老人的意识还清醒，得知黄三儿是女儿老板的亲弟弟，再三嘱咐车红妮，让她忍气吞声，切莫节外生枝去招惹是非。

车红妮没听父亲的，她紧跟着报了警，鉴于黄三儿的身份特殊，辖区派出所接着报给了治安支队，晓得事关重大，刘开亲自出马。

刘开很快查明了事情的来龙去脉，只不过他在黄三儿那里碰了钉子。

黄三儿的下身被踢肿了，也跑到市立医院就诊，刘开一亮明身份，他就耍起了无赖，说车良德先动的手，绝口不提想非礼车红妮的事情。这个畜生紧接着办理了住院手续，说自己脑袋被砸坏了，心脏也不好。

他的想法很简单，只要有钱就没有摆不平的事情。他得拖延时间，给柏洁创造机会，替他搞定警察。这才有了柏洁深夜拜访于迎春这档子事儿。

第一章　大寒

按照当时的状况，这是一起故意伤害案，刘开为了把案子办扎实，才专门去了车红妮的老家，他在村民中走访调查，搜集证据来证明车良德平日的表现。

算下来，医生忙活了一昼夜，老人终是抢救无效丢了性命。这样一来就成了命案，可刘开万万没想到，于迎春会对外封锁消息。所以说柳叶青听到的只是传闻。

全局上下都清楚，于迎春对刘开有知遇之恩，他如今跟刑侦支队支队长彭学民一起，被称为登州警界的"哼哈二将"。但一码归一码，刘开虽然在于迎春的任上得到了重用，却不代表他能够丢掉原则。

刘开反感"哼哈二将"的说法，他觉得自己跟彭学民不是一路人。他向来有一说一，一把年纪了还是个愣头青，为此他得罪过不少人。而彭学民则是八面玲珑，让刘开感到不阴不阳，很难交心。

于迎春葫芦里到底卖的什么药？刘开气势汹汹地闯进了局长办公室，他刚一进门心里就犯起了嘀咕。彭学民坐在沙发上喝大茶，也不知之前在跟于迎春聊什么，反正是一见到他就打起了哈哈。

刘开对彭学民不屑一顾，直接质问于迎春："受害人死了，为什么遮遮掩掩？"

于迎春起身招呼："先坐下再说。"

刘开神色严肃："没空跟你扯闲篇儿。"

"老刘，心急喝不了热乎茶。"彭学民一脸笑模样。

一瞅对方那副嘴脸，刘开怒了："轮不到你说话！"

彭学民的笑容僵在了脸上，他不无尴尬地说："你怎么跟疯狗似的，逮谁咬谁……"

刘开一时脑热，用耍赖的语气说："我可比不上你，在老于面前活脱脱的一条哈巴狗。也罢，既然是命案，移交给你们刑侦，老子不管了。"

说完，他扭身走了，临行前还狠瞪了彭学民一眼。刘开心想，黄三儿背后是黄仁重，于迎春如此决策，搞不好是受了彭学民的蛊惑，天知道有什么阴谋。

007

刘开无数次地告诫自己，不能在气头上做决定，可他还是没能管住自己，事实上他内心极不情愿把案子推出去。

熟悉的战友曾经把刘开比作牛虻，意思是他见了案子不要命，有时还会跟别的部门抢案子，跟牛屁股上的牛虻似的，赶都赶不走。

经过多年综合治理，跟其他地区的情况相似，登州市的治安形势良好，很少再出大案要案，刘开正愁英雄无用武之地。他总感觉不让自己侦办案件，好比是武林高手被废掉了功夫，比被阉割了的太监还难受。

刘开是不会善罢甘休的，他在支队露了个脸，又直奔医院。再次回到病房里，他极力控制住情绪，跟黄三儿不着边际地扯了一会儿——黄三儿三缄其口，一直是他在说话。待他离开之时，脸上浮现出不易觉察的笑容。

目的达到了。

刘开偷偷装了窃听器，他原打算直接监听黄三儿的手机通话，但那涉及公民隐私，得经过局领导批准，以于迎春目前的态度不可能同意。他只好退而求其次，私下展开调查。

他怎么也没想到，自己前脚刚走，彭学民后脚就到。他听到彭学民笑着跟黄三儿寒暄，让黄三儿无论如何也要保持沉默，说什么只要死咬住不松口，车良德之死双方都有责任，摆出的理由是，打架斗殴的当事人一个巴掌拍不响。

刘开气得肺都要炸了，这意味着死者将含冤九泉。他恨不得回去跟彭学民好好理论一番，但他终究还是放弃了，他清楚此时绝对不能冲动。

第一章　大寒

　　许是"保持沉默"提醒了黄三儿，黄三儿还真就一声不吭。这样一来，彭学民尽是讨好的语气，传到刘开的耳朵里，不亚于原子弹爆炸。

　　刘开迷惑不解，堂堂刑侦支队的当家人怎能如此奴颜婢膝？彭学民难道不怕被炸个粉身碎骨吗？倘若在战争年代，这种叛徒行为随时随地都可以拖出去毙了。

　　刘开没再听到那令人厌恶的声音，他猜想彭学民应该是离开了病房。

　　过了会儿，他通过窃听器听到黄三儿在打电话，他能听得出黄三儿的态度狂妄至极，只是难以判断通话的另一方是谁。

　　令人匪夷所思，黄三儿又主动跟彭学民联系，要求面对面谈谈条件。听闻此言，刘开反倒不生气了，他要看看究竟在搞什么鬼名堂。

　　彭学民的声音又出现了，听起来他对黄三儿唯唯诺诺，而且毫无原则地答应了马上撤走病房外的看守民警，还信誓旦旦，说于迎春百分之百会听他的。刘开心想，也不撒泡尿照照自己，看守民警是自己刚刚一手安排的，谁敢私自撤掉？

　　随后，刘开听到门响了一声，大概是彭学民出门了。黄三儿也没闲着，他又打了个电话，说一切都按计划行事，估摸着彭学民是真准备把自己放了。毫无疑问，黄三儿背后有狗头军师。

　　黄三儿说话之间，彭学民的笑声又传到了刘开的耳朵里。彭学民说："我实在受不了消毒水的气味，你也别在这里憋屈着，该回家回家，该干吗干吗。"

　　黄三儿愣怔怔地问："为什么帮我？"

　　"我跟你哥是朋友，低头不见抬头见，在社会闯荡靠的是人脉。你哥是成功人士，那边是个名不见经传的小人物，孰轻孰重我是分得清的，能卖个人情给你哥，我何乐而不为？"彭学民的笑声让刘开感到刺耳。

黄三儿的语气明显带着质疑："都说你是笑面虎，六亲不认，我凭什么相信你？"

彭学民说："此一时彼一时，过去是那样，我现在想开了，这辈子顶多干这么个职务，一眼看到头，不如早点为退休以后铺铺路子。"

刘开踌躇片刻，还是不肯相信自己的耳朵。彭学民的确擅于交际，有时还会让人感到，为了攀附权贵是煞费苦心。他对彭学民是有些意见，但他从未上纲上线，也决然不会想到对方会自甘堕落。

直到于迎春的电话打来，刘开才无可奈何地接受这一现实。直觉告诉他，目前的办案环境被人为地搞复杂了。

008

刘开用诘问的目光逼视于迎春，他希望顶头上司能给自己一个说法。于迎春却把他晾在了那里，专心致志地给他儿子打电话。

某一刹那，刘开觉得于迎春很可怜，爱人过早地离开了人间，导致于禧淼在很小的年纪就叛逆。

这几乎是公开的秘密。

于迎春能够指挥手下的公安队伍，却对儿子束手无策。于禧淼给外人的印象是听话懂事，实际上是我行我素，等父亲气急了，他只会说声对不起，反倒叫人火冒三丈。

刘开听到于迎春在电话里说："你回来实习了，我很重视跟你相处的机会，也希望能缓和一下咱俩之间的关系。但我晚上肯定是回不去了，很可能通宵加班，晚饭你自行解决。"

也不知于禧淼说了什么，于迎春又说："你个小兔崽子，发什么神经呢。"跟着，他又气狠狠地说，"书都念到狗肚子里了，读个公安大学，翅膀硬了，是吗？"

于迎春把手机摔到了办公桌上，他愣了一会儿，似乎刚发现刘开的存在。他重新换上了笑脸："丢丑了，你大侄子是越来越不懂事

第一章　大寒

儿了。"

刘开不好意思直奔主题，安慰对方说："他还是个孩子。"

于迎春唉声叹气："他说我精神有问题，我有时候觉得自己很失败。"

说完这番话，办公室里重归寂静。于迎春很快恢复了状态，笑眯眯地问："是来找我算账的吧？"

既然扯到了工作，刘开也没再客气："对，你告诉我，为什么要撤掉看守民警？"

于迎春说："《保密纪律》没学好，不该问的不问，我自有安排。"

刘开摆出死缠烂打的架势："你不把事情讲明白，我不但不撤人，吃住也都在你这儿了。"

于迎春板起脸："咱们公安队伍是纪律部队，执行命令是天职，你只需要执行。"

刘开很少碰到这种现象，于迎春跟自己来硬的，虽然是在打官腔，但他分得清主次。

他悻然离开，上了自己的车，刘开心里五味杂陈。于迎春父子的关系勾起了他的伤心往事，他跟妻子别别扭扭好些年，实在没法将就了，于年前扯了离婚证。身边的战友离婚率极高，好像在公安机关两口子分手是时尚——他也只能用阿Q精神来安慰自己。

柳叶青打来电话，吞吞吐吐地告诉刘开，说是看守病房的人已经回派出所了，是于迎春下的命令。

刘开本想骂娘，一琢磨不对，局长既然发话了，柳叶青不敢不执行。他装出若无其事的语气，随便跟柳叶青聊了几句工作上的事情，人却已经驾车赶到了市立医院。

他刚把车停稳，就看到彭学民和黄三儿肩并肩出了电梯间。

刘开降下车窗，留下些缝隙，两人的对话全传到了他的耳朵里。

彭学民毕恭毕敬地说："怎么样，我没骗你吧，局领导也得听我的，门口的那些伙计没了吧。"

黄三儿"哦"了一声，彭学民发起了牢骚："妈的，我算是想明白了，拼死拼活干了大半辈子，什么好处也捞不着。还不如早点做打算，将来你和你哥吃肉，我也能跟着喝口汤。"

"我真能回去了？"黄三儿还是有些怀疑。

彭学民严肃起来："你要不想回去，我就通知他们，把你带回去审一审。"

黄三儿小鸡啄米似的点头道："我信，我马上回家。"

彭学民说："一会儿我送你吧。"

黄三儿觍着脸说："不敢劳烦你。"

彭学民笑了："也就一脚油门的事儿。"

黄三儿也乐和上了："我开着车呢，我住院都是装的。"

随后，彭学民再三嘱咐黄三儿，让他给黄仁重带个好，还托他在哥哥面前美言几句。能看得出，黄三儿对此很受用，他很快恢复了常态，牛气哄哄地启动了车辆。

望着驶出车库的车子，彭学民收起了脸上的笑容，掏出手机打了个电话。刘开判断，对方是在给于迎春报告情况。

他在心里暗骂，彭学民是叛徒、汉奸，是条被铜臭味掳走的走狗。一走神的工夫，刘开没仔细听清通话内容。他暗自发笑，心想真是人心叵测啊。

刘开放弃了再次去找于迎春讨说法的念头，没等回支队便安排手下的人去查黄三儿的通话记录。结果出来了，黄三儿跟柏洁保持着密切的联系，再一回想坊间有关这个女人跟于迎春的传闻，他感到万分沮丧。

难道于迎春自甘堕落？刘开不愿接受这一现实。

自从他担任支队长以来，总是不按套路出牌，人们难免会产生这样或者那样的看法。刘开对别人的冷嘲热讽都能容忍，而且能够做到不予理睬，但他之前能够顺利地开展工作，全是仰仗于迎春的支持。

第一章　大寒

很长一段时间里,他始终在心里暗示自己,只要是于迎春安排的工作任务,不管事情有多么麻烦,都得不打折扣地去完成。刘开不是势利眼,如果没有于迎春这个伯乐,他恐怕早就离开公安队伍了。

直到今天,刘开也忘不了于迎春的那番话,他让自己韬光养晦,是金子到哪里都会发光。

当时刘开是支队政委,因为工作上的事情跟老局长马玉海闹得翻江倒海,为此他递交了辞职申请。于迎春那会儿还是副局长,分管治安支队,直接把那份申请给撕掉了。

在于迎春的再三劝说下,刘开主动要求去市局警察培训中心任职,对于痴迷于侦办案件的他来说,在那里工作不是韬光养晦,而是卧薪尝胆。

直到马玉海提拔为市委常委、政法委书记,于迎春接任了市局局长的职务,刘开才"重出江湖"。单凭这一点,他都不该质疑于迎春。

009

刘开真想当面质问于迎春,为什么要跟彭学民同流合污,但他清楚,不能再冒失而莽撞。

过去的某段时期,他愣是把直来直去当作了个性,他认为跟犯罪分子打交道就得有二愣子的脾气。时间久了,刘开发现这个路数并非最好的选择,很多时候完全可以换一种方式去解决矛盾。

必须承认,人都是会变的。可惜,他已经给众人留下了坏印象,好像碰到了问题不搞得鸡飞狗跳,他就不是刘开了。

这次的案子再次牵扯到了黄三儿,刘开不断警告自己,务必保持清醒,千万不能乱了阵脚,不能跟若干年前那样,让黄三儿逃脱法律的制裁。

此前他们较量过。

在开发建设高新技术开发区的时候，黄三儿占据了资源，背后操控周边村干部拿下了基础建设的标的，所有地基、土方之类的活儿全都归他。他所用的办法也极其简单，村干部组织老弱病残上阵，不把活儿交给他们，任何建筑公司都没法开工。

他干的最绝的是，把挖地基出的那些泥土再高价卖给建筑公司，开发商不会去管这些事情，搞得那些建筑公司狼狈不堪。有个别公司不信邪，工人就跟村民对抗上了。村民们组织严密，拎着小马扎往那儿一坐，有的下棋，有的打扑克，连吃的饭都是统一派送的，建筑公司总不能让铲车、推土机之类的从他们身上轧过去。

好多建筑公司也是把项目分包出去，耽误了工期，那些包工头吃不了兜着走。为了能顺利开工，包工头们各显其能，有的干脆撤走，有的去给村干部送钱，可村干部那边就是无底洞，等他们发现上当受骗了，已经没有退路了，再一闹腾就爆发了群体性事件。

刘开带队去处理，明明已经查到了证据，时任局长马玉海遥控指挥，拘留了几个村干部，事情便不了了之，黄三儿高枕无忧，估计做梦都在数钞票。

刘开为此感到羞辱，这才有了去警察培训中心任职的经历。他记得清清楚楚，当时他采纳了于迎春的建议，提出调离治安支队的申请时，马玉海没有任何挽留。在他去培训中心报到的那天，马玉海还去出席了任职命令大会，闹得全局上下议论纷纷。

马玉海去了政法委之后，在公安机关的影响力还在，他手伸得老长，对市公安局的人事任免仍旧参与意见，很多人都认为于迎春的局长干得不硬气，充其量是老局长的傀儡。

于迎春多次请刘开重回治安支队，有点三顾茅庐的意思。刘开当时嘲讽他没骨气，因为他事先频频去找马玉海，协调自己担任支队长的事情，生怕老领导不乐意。这几乎是公开的秘密。

不得不佩服，于迎春真的能撇下面子。他一方面安抚刘开，一

第一章 大寒

方面讨好马玉海，可以说是忍辱负重，也因此打动了刘开。可一晃三年过去了，马玉海的余威还在，像保姆似的"呵护"着于迎春。

刘开心里正恼着，于迎春通过微信发来一段语音，说的是温吞话，却绵里藏针，指责他未经批准去查黄三儿的通话记录。他最烦这种行事方式，有什么不能坦诚相待呢，偏偏要指桑骂槐。

思来想去，刘开还是决定去会会于迎春。

还是跟往常一样，于迎春斟茶倒水，让人感觉悠然自得，很会享受生活。刘开刚想搭话，于迎春递给他两份文件材料。

其中一份是支队上报的大练兵方案，刘开迅速扫了一眼，材料上有不少改动，个别地方写满了密密麻麻的小字，一看就是于迎春的字迹，而且是对方案不满意。

这套方案是根据公安部2019年印发的指导意见制定的，那份意见部署了在全国公安机关开展全警实战大练兵，要求锻造"四个铁一般"公安铁军，提高快速反应、高效处置和应对复杂情况、驾驭复杂局势的能力水平。

落实到治安支队这一层面，刘开确实下了功夫，把能考虑到的因素全都考虑到了，制订的方案非常周密。如今三年大练兵时间过半，在起草新年度练兵方案时，他的意见是不搞虚头巴脑的东西，继续按照过去的规划稳扎稳打、稳步推进。

刘开怎么也没想到，于迎春会对方案提出异议，大概意思是应当有所创新，提提新的口号，至少要在遣词造句上换个说法。他自然无法接受，这种实打实的工作玩不得文字游戏。

他蹙起眉头，沉默了好一会儿，才回了个笑脸。待刘开重新组织了语言，正要开腔之时，于迎春又提到了另一份材料。

那是一份申请。为了加强基层派出所的建设，刘开根据当前形势，要给所有派出所乃至警务站配备最先进的警械。

这一诉求在纸面上是干巴巴的文字，但真正落到实处可就没那么简单了。买装备就得花钱，通常要上市政府办公会议，超过一定数额的预算，就要上市政府党组会了。

于迎春向他抱怨，说自己私底下做了不少工作，市长在报告上签了字，但发改委和财政局不乐意。刘开晓得这其中的难处。

最近几年，登州市的经济社会实现了跨越式发展，干掉了省会城市，综合排名位居全省第二，领跑的是相邻的滨海市，两地都靠海，拥有得天独厚的条件。有所区别的是，人家滨海是计划单列市，副省级别，市委市政府领导在省里说话更有分量，政策上也会向那边倾斜。

由此可见，登州市得个亚军也是困难重重的，要搞建设处处都得用到钱，这么大一摊子，发改委主任和财政局局长恨不得自己开个印钞厂。刘开何尝不懂这些，他只是得装糊涂罢了。

他是为黄三儿的那起案子来的，本来想跟于迎春说道说道，却被岔开了话题。盯着于迎春签批的意见，刘开心想真是字如其人呐——于迎春的字没有一个笔画横平竖直，组合到一起圆润而漂亮，却显得没有筋骨。

010

办公室主任成清波敲门而进，点头哈腰地呈给于迎春一个快递件。本来人家跟自己没关系，但刘开此时情绪不佳，眨眼间就把脸板起来了。他实在是看不惯成清波的习气。

成清波跟于迎春有共同之处，也当过兵，在副团职务上转业进了公安局，上任局长马玉海把他安排到了这个位置上，工作上倒也挑不出大毛病，但奴颜婢膝的架势却令人作呕。

刘开听别人讲过，成清波原本姓陈，在部队的时候为了能当上干部，把农村的媳妇一脚踹了，找了个师长的女儿倒插门，岳父姓成，他也就跟着改了姓。虽说有入赘跟着女方改姓的习俗，但多数

第一章 大寒

人尤其男人是很难接受的。

成清波的习气是善于变脸,对领导是一张笑脸,对同级别的是一张冷脸,对下属则脸不是脸了。人们给他取了个绰号"成三皮",想想也是恰如其分,那张脸根本不是脸,就是三张皮。

正想着,成清波哼哼哈哈地说:"比克律集团总裁黄仁重闪送过来的,让马上送给您。"

"你干脆去跟他干吧。"说完,刘开就后悔了。

他心知肚明,有于迎春在场,轮不到自己说话,况且小人是不能得罪的,像成清波这种人是不能招惹的。出乎意料的是,成清波冲他笑了笑,让他感觉那笑容不怀好意。

刘开把脑袋扭向旁处,于迎春也感到别扭,把成清波打发走了,嫌他跟成清波扯些没用的。他闷着头没说话,眼睛却瞄向了闪送来的快递件。

于迎春打了个哈哈,拆开了信封。里面有两张纸,分别是黄仁重的亲笔信和比克律集团发来的公函。他浏览了一遍,直接递给了刘开。

刘开先看的是公函,公函的抬头是给市公安局的,说是为密切警民关系,比克律集团将斥资购买警用器械装备,助力公安警务机制改革。关键是斥资的金额,跟之前给市政府的申请中的数字不差分毫。

这很容易让人对成清波产生怀疑,那是他跟于迎春共同商量的结果。再怎么说也不会如此凑巧。刘开在心里边嘀咕,不排除是在其他环节出的问题,比如市政府办公厅抑或发改委、财政局。

他又拿起那封信,看了几行就笑了。信中说了两层意思,首先说的是公函里的内容,不必赘述;其次提到了黄三儿的事情,建议于迎春秉公执法,说会支持公安机关打击任何违法行为。

黄仁重的态度让刘开感到智商不够用了,据他了解,以往有过警民共建单位支持公安队伍建设的先例,但比克律集团向来是一毛不拔。还有一点至关重要,依着黄仁重的脾气性格,玩这出大义灭亲，实在令人匪夷所思。

他把公函和私信都还了回去，站在那里等待下文，于迎春饶有兴致地问："购置器械装备的资金有着落了，你拉着个驴脸给谁看？"

"这钱能用吗？"问完，刘开把脖子一梗："会把咱烧死，烧成灰烬。"

刘开从不相信天上会掉馅饼，而且恰好砸到自己的脑瓜子上。有道是吃人的嘴软、拿人的手短，他猜想黄仁重是黄鼠狼给鸡拜年。不迟不早，刚好在黄三儿出事之后投出了橄榄枝，搁到谁身上都会多心。

可于迎春却不以为然，他态度明朗，让刘开主动跟比克律集团对接。迎着他狡黠的目光，刘开大失所望。

刘开忽然觉得自己像个小丑，于迎春和成清波是一路货色，都是有奶便是娘的主儿，在这个节骨眼上与比克律集团发生交集，又把黄三儿给放了回去，这其中必定有猫腻。

他进而想，这笔购买装备的经费数额，很可能是由于迎春提供给黄仁重的。刘开心里冒出个可怕的念头：黄仁重猴精，真要为黄三儿开脱罪行的话，会做得天衣无缝。

按照这个思路，彭学民高调地放走黄三儿也就合情合理了。刘开不愿多想了，他决定不管于迎春是真要徇私枉法，还是使的缓兵之计，姑且听之任之，来个大智若愚。

甩头就走未免有些尴尬，刘开想了想才说："黄三儿伤人致死，别想让我造假啊，这种事儿我干不来。"

于迎春心照不宣："这算不上造假，咱是释放烟幕弹，迷惑他们。"

刘开问："你以为别人都傻吗？"

于迎春用耍赖的语气反问："你有更好的办法吗？"

"暂时没有。"刘开回答得爽快。

于迎春摊牌："所以，你必须跟彭学民搞好配合。"

刘开"哼"了一声，慢悠悠地说："你俩怎么捣鼓我管不着，但别想让我跟着犯错误。"

"出任何问题,我担着。"于迎春胸有成竹。

刘开不置可否,语气一转:"我倒是想提醒一下,你家里一老一少,可不能不当回事儿,黄仁重是个狠角儿,他从来不按套路出牌。"

于迎春笑了:"说不按套路出牌的是你,我也不逼着你当场答复,你回去再考虑考虑。"

刘开没吭声,而是把于迎春拽起来,他一屁股坐在对方的办公椅上,弯腰打开办公桌的橱子,把茶叶、香烟全都拿了出来。于迎春心里偷着乐,因为只要他大扫荡,就等于同意了自己的观点。

果不其然,刘开嘻嘻哈哈地说:"老于,你平常又不吸烟,充公了啊。还有这些茶叶,我手下的伙计们天天加班,拿回去给他们提神儿。"

于迎春接着说:"尽管拿,不够我回头再给你们买。"

说话间,刘开看到了旺旺大礼包,刚要伸手,被于迎春拦住了。刘开笑得前俯后仰:"真没想到,堂堂的公安局长,还吃零嘴儿。得,这事儿我得替你保密,你考虑一下给多少封口费。"

于迎春拍拍他的肩膀:"赶紧回去吧,别误事儿啊。"

"操不完的闲心。"说着,刘开起身向门口走去,他出了办公室又折回身来,再次提醒:"我跟你说的你得听进去,不怕一万就怕万一。"

C 中头彩

011

于迎春仔细阅读了一遍那份公函,从遣词造句来看,跟成清波早先起草给市政府的报告如出一辙,他心里有数了。

他现在有些后悔，未能及早把成清波调整到别的岗位上，除了照顾马玉海的面子之外，主要的原因是成清波的文字水平无可挑剔。

其实他若干次地考虑过给成清波安排个合适的位置，其间马玉海也明里暗里点过他，可于迎春念在成清波写材料是把好手，拖来拖去给拖黄了。回头想想实在不值得，地球离了谁不转？让任何人把自己替换掉，有刘开和彭学民打帮手，照样能干好这个局长。

于迎春是有自知之明的，包括马玉海对自己的态度，以及成清波对自己的怨气。尤其是马玉海，眼下是如日中天，在市委刘书记那里颇为得宠，接任市委副书记的风声很劲。

他觉得即使马玉海不提拔，也不能得罪，想把工作开展好，方方面面的关系都得维持好。至于成清波的安排也不是难题，找个直属单位，派过去干二把手就是了。

想到这些，于迎春重新拿起那封信的时候脸上就带了苦笑。他用了十来分钟的工夫，反反复复地又看了几遍，末了他冷冷地笑了。他心想自己差点被黄仁重牵着牛鼻子走，假设黄仁重能坐得住，何苦要在此时来套近乎。

再来细琢磨信中的内容，于迎春打心底乐和上了，黄仁重表述的那两层意思，前后是逻辑递进关系，有点近似于古代皇室宫斗，在野者以为挟持了最有利的条件，进而撕破脸皮，声势浩大地来讨伐。

于迎春自知这个比喻并不恰当，但一时半会儿，他还没想出更合适的表述方式。他算了笔账，黄仁重此次没走上层路线，而是向公安机关示好，很可能是在某个环节碰了钉子。

当然，还有一种可能，黄仁重或许真的恨铁不成钢，想借助警方让弟弟痛改前非，从此做个安分守己的人。单靠他的经济实力，够黄三儿吃好几辈子的。

于迎春思前想后，确认个人的思路是正确的——让彭学民出面，给黄三儿制造"放虎归山"的假象，一来可以先保护受害人车红妮

第一章 大寒

的人身安全，二来能够让黄氏兄弟放松警惕。

话又说回来，能把企业经营得风生水起，黄仁重绝非等闲之辈，也极有可能是打个幌子，有别的企图。于迎春心想，既然如此就干脆放长线钓大鱼，看看黄三儿能蹦跶到什么时候。

琢磨到最后，于迎春还是拨通了彭学民的电话，叮嘱对方关注车红妮的安危，以免黄三儿知晓车良德的死讯来个狗急跳墙，毕竟受害人在明处，行凶者在暗处。

彭学民成竹在胸，说不必担心，因为黄三儿即便怀疑自己主动示好的真实目的，也会病急乱投医，把他当成团结的对象。为了让于迎春安心，他还专门提到，已经把章忠亮派出去了。

于迎春感到如鲠在喉，因为彭学民也让他注意家人的安全，连语气都跟刘开差不多。

于迎春觉得彭学民有些草木皆兵，可再问下去，对方却语焉不详，开始咬文嚼字，让人感觉书生气十足，不像个老刑警。想着想着，他意识到此前的思路漏洞百出。

他虽然下了死命令，让相关人员保守车良德被害的秘密，而且这起命案压根不需要耗费太大的精力，无非是固定证据，将黄三儿绳之以法。但这世上就没有不透风的墙。如若黄仁重已然得到消息，那刻意以守为攻的招数，很容易会被识破。

这种假设如果成立，黄仁重虚晃一枪，不肯给弟弟擦屁股，不过是想弃车保帅罢了。

黄仁重在公众面前是个有社会担当的人，别看他对公安机关抠门，参与社会上的公益事业却是出手阔绰。于迎春曾就此与之探讨过，黄仁重说有钱要用在刀刃上，毫不讳言是为了捞取名声和社会地位。

于迎春有一万个理由相信，黄仁重这次是醉翁之意不在酒；也有无数个理由相信，黄三儿犯事儿给警方提供了绝佳的机会。

在登州地界，黄仁重的发家史或许不是秘密。

早在二十世纪八十年代，国务院决定进一步开放天津、上海等14个沿海港口城市，是经济特区的延伸。为了鼓励对外经济合作和技术交流，国家给予这些城市若干扶持政策。

那一年，于迎春刚好14岁，正准备参加中考，这件大事是时事政治必考题，他背得滚瓜烂熟。但那时候他是懵懂的，不晓得改革开放会给中国带来天翻地覆的变化。

三年之后，他高考失利，在家里闷了两三个月。那个阶段，东江省出台政策，推进登州等地的发展，这是登州地区改革开放的信号。黄仁重就是趁此机会钻了政策的空子，租了当时供销社的地盘，搞洗头房、桑拿浴，赚了第一桶金。

那会儿于迎春刚当兵，他在部队里挺拼，两耳不闻窗外事，待他退伍回家，比他大个没几岁的黄仁重已经成气候了。黄仁重似乎很傻，比如说，别人开宾馆、饭店、舞厅，他搞棋牌室和游戏厅，没人看好，但这家伙发了大财。

人们又对黄仁重刮目相看，又开始夸他有头脑。可他是挂羊头卖狗肉，不论棋牌室还是游戏厅，都是聚众赌博。他似乎尝到了甜头，总是在踩高压线。尤其是后者，参与的多是在校学生，有家长联名举报。

于迎春刚被安排在治安支队，没什么经验，脑子不会拐弯，接到警情就义愤填膺，他向上级汇报，时任领导态度模糊。他一冲动就假借领导名义下达指令，查封了好几家游戏厅。倒查过来，追究责任，于迎春被发配到了鱼鸟河派出所。如果不是岳父给兜底，他早就被警队开除了。

打那之后，黄仁重更加肆无忌惮，什么来钱快就干什么。他的确比一般人聪明，他信奉散财聚人，赚了钱也舍得花，交了数不尽的朋友，尽管绝大多数是酒肉朋友。但一年一年折腾下来，身边的那些狐朋狗友还真有人愿意替他卖命，包括一些党政机关的工作人员，甚至是职务不低的官员。

第一章　大寒

于迎春接手公安局局长的职务之后，曾经安排人秘密调查，可如今的黄仁重有头有脸，旗下子公司也都是合法经营，让人挑不出毛病。关键是人家左右逢源，在省里乃至更高一层都有拜把子兄弟，于迎春白费了工夫，还因此跟马玉海的关系疙疙瘩瘩。他的一举一动早就被马玉海纳入了视线。

012

于迎春心中有数，黄仁重早就过了冲动的年龄，他不会置那么大的产业于不顾，也不会傻到跟公安机关结仇，真要较起真儿来，他也没什么好果子吃。于迎春猜想他是想护住黄三儿，一奶同胞的兄弟成了杀人犯，有那种反应是合情合理的。

于迎春深知当前的形势不容乐观，让黄三儿恢复自由，很可能就此鸿飞冥冥，但牵一发而动全身，他还是想借机试探这潭水有多深，至少也能起到推波助澜的作用。

正所谓听人劝吃饱饭，既然能够确保车红妮的人身安全，那就得重点关照一下办案人员及其家属，以免无谓的牺牲。于迎春沉思良久，决定听取"哼哈二将"的建议。

他拨打了儿子的手机，自然是无人接听。他看看手表，感觉时间刚好，便开车回到老家村里，想把父亲接回家里，让祖孙两人住在一起，也好有个照应。

于迎春的老家在水道镇木墅村，水道镇现在已经改成水道街道办事处了，但木墅村一直没变，唯一变化的是年轻人越来越少，村里留下的都是留守老人。前几年，他给父亲做工作，想让老人搬到市区，可老人故土难离，就差跟他拼命了。

回老家途经鱼鸟河派出所，于迎春一想儿子不肯接电话，就直接去了所里。柳叶青值班，对他的到来有些惊诧，好在所里各项工作井然有序，否则赌等着挨批吧。即便如此，柳叶青还是有些局促。

在此之前，柳叶青接过于迎春的命令，让撤下黄三儿病房外的民警，刘开的电话跟着打来了，从刘开的语气里，他能听出不满，他无法揣测支队领导和局领导之间发生了什么，但却想让局长知道自己的执行力。

"于局，医院那边都按照你的指示办利索了。"柳叶青邀功似的报告，"只不过刘支队长好像……"

于迎春不想就此多费口舌，更不想听别人在背后议论自己的手下爱将，他直截了当地说："回头你们所开个会，重点强调一下个人安全问题。"

柳叶青有些迷瞪，虽然安全是老生常谈的话题，大会小会也没少强调，但局长专程到所里部署这一工作，反而让他心里没底了。

鱼鸟河派出所出警率居全市之首，即便把"安全"两字挂在嘴边，往年或多或少都会发生意外。这是令柳叶青头疼的事情。一线民警和辅警平日要跟群众打交道，有时只是处理家庭纠纷就可能身上挂彩——人在情绪难以控制的情况下，两口子也会打得头破血流，至于有些警情那就更是无法预估了。

柳叶青不好再问，毕恭毕敬地把于迎春送走了。

木墅村离派出所仅有四公里的路程，于迎春在心里盘算如何做通父亲的工作，出乎意料的是，老人几乎不假思索就答应了。

最近一两年父亲衰老了许多，性情也跟着变了，最为明显的是也喜欢唠叨了。他猜测是儿子于禧淼起了作用，老人很可能是厌烦了独居生活，想跟孙子讲述老于家的家史。

于迎春把老爷子安顿下来，陪着父亲聊了会儿，便随手拨打了儿子的手机号码。好像是故意跟他作对似的，于禧淼迟迟未接电话，过了一阵子从微信上发来了语音，说他只许州官放火，不许百姓点灯。

他刚要回复，于禧淼又发来一条语音，说自己正在加班，没空

第一章　大寒

伺候局长大人。于迎春能听得出，儿子很烦躁，而且带着嘲讽的语气，这让他放弃了催促儿子回家的想法。

于迎春心里难受，他清楚儿子是话里有话，在挤对自己。

这么多年下来，于禧淼始终对母亲的死耿耿于怀，这也是导致父子关系紧张的罪魁祸首。

当年，妻子生了怪病，大大小小的医院去了不少，光民间寻来的偏方就能写满一个本子，病情却始终不见好转。

妻子的状态时好时坏，糟糕的时候病痛折磨得她死去活来。于迎春真希望能够代替妻子去遭受那些罪，于迎春为此大伤脑筋，工作上时常分心。

有一次，妻子私自离开了医院，去了哪里谁也不知道。待人们找到时，她正在鱼鸟河入海口，海水已经漫过了她的脚踝。于迎春急了，说句难听的话，好死不如赖活着，但妻子说自己没有想不开，而是难受想吹吹海风。

岳父那时候也还活着，他叫于迎春安心工作，让老伴办理了提前退休手续。这件事情对妻子打击挺大，她认为自己拖累了家人。其实她很坚强，她怀揣着一个信念，要陪伴孩子一天天长大，看着儿子长成大小伙子。

谁都没料到，她在病情最轻的情况下忽然得了并发症，医院很快下了病危通知书。于迎春那会儿正在外地出差，追捕一个逃犯，想赶回登州是来不及了，只能在他乡祈祷妻子平安无事。

待他回来的时候，妻子已经咽气了。据岳母说，妻子在垂危之际有个念想，想给儿子写封信。可她已然无法握笔，连句囫囵话都说不明白了。

打那以后，于禧淼开始叛逆，于迎春心想等儿子大一些终会理解。事与愿违，父子两人的误会越来越深，他明显感到儿子在仇视自己，认为在他眼里工作比家庭更重要，满脑子都在想着受到提拔重用，妻子的英年早逝全是他害的。

于迎春后悔没有尽早跟儿子交流。于禧淼需要温暖，如若不是缺少母爱，或者说他能多倾注些心血，也不至于发展到今天这个地步。但是，现在说什么都晚了，相当于马后炮。

他早就意识到亏欠着家人的，可所有奋战在公安战线的人们都与他有相似的经历，像彭学民那样工作家庭两不误的实在罕见。就拿刘开打比方吧，但凡能分点精力照顾一下家里，也不至于搞得妻离子散。

想到这里，于迎春给刘开发了条信息，提醒对方虽然离了婚，也要注意前妻和孩子的安全，可那家伙不着调，回复说他操不完的闲心，活该劳累命。

013

柳叶青的执行力超强，次日一早，他组织全所人员开会，开展安全教育。他非常认真，头天夜里不但搜集了近期下发的文件通知，还熬夜起草了个报告。

问题是他隔着锅台上炕，没经过宁海区公安分局，也没通过治安支队，专题汇报给了于迎春。柳叶青在上报的材料上七绕八绕点名表扬了于禧淼，说在抓捕嫌疑人的过程中表现出色，写得头头是道。

于迎春哭笑不得，有写报告的闲心思还不如到辖区转一转，多了解了解情况，有针对性地为群众解决些实际困难。

柳叶青此举目的性很强，这让他心里不爽。起初于迎春打算批评两句，可转念一想自己何尝不是如此，他也是不遗余力地跟各级领导搞好关系，在别人心目中，尤其是在刘开这样桀骜不驯的人眼里，自己是个势利龌龊的小人。

于迎春的心隐隐作痛，个人的做法刘开是注定瞧不起的。比如说，他会对马玉海献上些小殷勤，赶上在一起应酬，无论对方的话

第一章　大寒

多么乏味，他都会竖起耳朵去听。

他觉得自己已经被某些外力劫持了，或者说是被社会风气磨去了棱角。于迎春懊丧不已，他的业余时间全都耗费在这方面。

有些事情是羞于启齿的，还是以马玉海为例，于迎春明明想与之划清界限，可真碰到了一起还是老样子，好像是形成了条件反射。客观地讲，造成如今的被动局面，归咎于他本人。

细算下来，从马玉海离开公安机关，平均每周都会来个电话，看起来是对老部下的关心，实则不然。对方会过问好多事情，甚至是事无巨细。于迎春选择了忍气吞声，事实上他有无数次的机会表明态度，终究因为这样或者那样的问题而放弃了。

于迎春发现自己养成了一个坏习惯，有些前怕狼后怕虎，过去的闯劲全没了，好像被无情的岁月磨光了，导致进退维谷。他可不想成为一个没有棱角的人，八面玲珑看似不得罪人，但却会毁掉事业。

所幸他没有丧失原则，给马玉海留下的印象是阳奉阴违。于迎春也是有苦难言，说到底还是他过于谨慎，工作作风不够硬朗。他想改变这一现状，只是还未找到合适的时机。

他非常清醒，马玉海对自己是有意见的，经常责怪他一直没提拔成清波，还在某些场合抱怨，说县官不如现管，于迎春这人不地道。究竟怎样才能称得上地道呢？于迎春心里也没个准儿。

这就是他所要面对的现实，要想当好这个公安局局长，光靠工作业绩白搭，还得照顾方方面面的关系，例如之前说过的发改委和财政局，他可是没少赔笑脸，有时甚至觉得捧着猪头都找不到庙门。于迎春只能劝说自己要随大流，还不断给自己心理暗示，讲人情是中国的传统文化。

传统节日也应视为传统文化，但是对于公安机关来说，多数人是没有节假日的，于迎春更是如此。之前，他一直把自己当成年轻小伙子，自从过了45岁，身体便每况愈下，干局长的这三年多更是如此，他感觉身体已经被透支了。

最近几年，公安队伍建设有了突破性的发展，治安形势越来越平稳，可他也不晓得哪来的那么多琐碎事情，总是让自己应接不暇。于迎春有时会想，到了基层派出所恐怕忙得脚不着地，因为上边千条线，到了派出所这个级别只有一根针。

公安部党委部署警务改革，他想借此机会为基层减负，可这个愿望实现起来太难了。于迎春已经到基层调研过很多次，组织智囊团研究对策，这对策既得符合上级精神，又得适应本地实际，操作起来困难重重。

有一次，成清波送来一份调研报告，于迎春看过之后大发雷霆。文字表述没什么问题，甚至还很严谨，但对基层所面临的问题却是蜻蜓点水，或者说是避而不谈。他需要的不是这些，他需要的是一针见血、切中要害的东西，他得让推行的所有举措经得起推敲，更经得起历史的考验。

于迎春当时就想把成清波开走，如果真那么办了也无可厚非，顶多有人说他小家子气。过了几天，再一忙乱，他就把这事情忘到了脑门子后边了。

在市局大多数副职眼里，成清波的表现非常出色，那是因为他擅长溜须拍马。谁不喜欢听喜庆话儿呢。但于迎春看不上这类人，靠几句恭维提拔任用，那势必会形成"奸臣当道"的局面。

话又说回来，成清波也确实不容易，每天上班比谁都早，下班比谁都晚，而且于迎春离开办公室的时候，总能看到他恭敬有加地站在自己办公室门口，做出随时听候差遣的模样。办公室主任就在局长办公室的对面办公，这是多年形成的老规矩了，于迎春想不跟他打照面都不行。

也有人对成清波颇有微词，都被他撑回去了，他为对方说好话，传到了马玉海那里，算是歪打正着。

第一章　大寒

黄三儿的案子发生后，马玉海的电话更加密集了，昨天一天就来了四次电话，哼哼哈哈地也不说具体事情。

还有一点令人难堪，马玉海从不直接拨打于迎春的号码，而是把电话打到了成清波的手机上。自马玉海去政法委任职之后，始终保持着这么个习惯，重要的事情让成清波把手机递给他，无关紧要的就让对方传话。

于迎春安慰自己，所有人都会有个人的习惯，老局长用惯了成清波，给昔日提拔的办公室主任安排工作，是再正常不过的事情了。他也有意外的收获，好些人认为新官上任会换掉身边的人，尤其是老领导的亲信，但他始终留着成清波，反倒为自己赢得了口碑。

可这次马玉海一改常态，通话之后说得云里雾里，却未通过成清波传话。于迎春付之一笑，此时频繁来电反倒证明黄三儿欲盖弥彰。

014

柳叶青冒冒失失地闯进了局长办公室，带着哭腔说："于局，我闯祸了，不该让于禧淼去抓捕。"

他的声音略显嘶哑，因为此前他刚跟看守所所长大吵一通。那份报告上提到于禧淼在抓捕现场表现出色，实质上有很大的水分，嫌疑人是束手就擒的，只是在惊恐之下挠了一把。就这一下子让于禧淼摊上了事儿。

一听跟儿子有关，于迎春很难继续淡定，脸上露出了焦虑的表情。他的细微变化让柳叶青心头一紧，话也说得磕磕巴巴：

"于禧淼的脖颈被嫌疑人抓破了，他随便贴了个创可贴。我的手有些哆嗦，小心翼翼地揭下创可贴，嘴里念叨，完了，完了，完蛋了个屁的。

"局长，他说只是一点点皮外伤，不碍事儿。我打眼一看，狗日的，剜掉一块肉。于禧淼还跟我开玩笑，我嘴都气歪了。"

于迎春把脸一沉："他是个大小伙子，又不是金枝玉叶。出了校门就是正式民警了，哪有那么金贵。"

柳叶青调整了呼吸，哭丧着脸，继续说道：

"我组织完安全教育，计划带着于禧淼去看守所提审那天的嫌疑人，去之前，我给看守所所长打了个电话，那边让我别去凑热闹。

"我随口骂了个脏字，那边急了，说我脑子有病，让我赶紧去厕所把嘴巴洗干净。那边说没工夫跟我骂大街，他的副所长被艾滋病毒携带者抓破了脸。

"我晓得看守所称不上一线单位，没料想也会中招儿。我开始为那位未曾谋面的副所长默默祈祷，可一寻思不对劲，质问他既然检出了艾滋病毒，怎么不早点知会一声。

"看守所所长得理不饶人，他说自己又不是孙猴子，又没长透视眼，现在窝囊得要命，万一身边的兄弟感染上了艾滋病毒，没法向人家的一家老小交代。

"我当场麻爪了，我隐约记得于禧淼也被抓伤了，他只贴了个创可贴。于局长，我柳叶青可真是命苦哇，你昨天夜里刚去所里，让我强调安全问题，我这倒好，马上闹出了阵仗。"

于迎春顿时愣在了那里，难怪柳叶青着急忙慌地跑过来。他怀疑自己听错了，木木呆呆地听到对方在说："我没法向你交代，你把孩子安排在鱼鸟河派出所实习，是对我们的信任，我却犯下了这么大的罪过。"

室内瞬间安静下来，过了两三分钟，于迎春才回过神来。他看着柳叶青惶恐而又六神无主的样子，故作轻松地问："于禧淼现在人在哪儿？"

"他请假外出，我没同意，他还是坚持出去了。"柳叶青偷偷看了于迎春一眼，吞吞吐吐地说："我当时哀求他老老实实在所里待着，然后来向您报告，他说跟您说不着，他的事情不用你操心。"

第一章 大寒

于迎春倒吸一口凉气,他担心儿子中招,更怕那小兔崽子想不开。他目不转睛地盯着柳叶青,柳叶青幡然醒悟:"于禧淼跟我说,要去买彩票,说这种事情都能落到头上,准保能中头奖。"

于迎春暗骂胡闹,脸上却依然堆笑,他不想让柳叶青看出自己乱了分寸。

虽然儿子有被感染的概率,但他不敢心存侥幸。于迎春的心在流血,真正命苦的不是柳叶青,而是他自己。退一万步讲,这事儿换在自己身上,也不知该如何去面对。

他调整了情绪,安慰柳叶青:"不会那么凑巧,放心吧。"

柳叶青苦笑道:"让我如何放心的下,我是来负荆请罪的,我恨不能把自己活剥了。"

于迎春也跟着笑:"于禧淼是我的儿子,也是实习警员,咱们哪个基层民警都会碰到麻烦,这也是对他的锤炼。"

柳叶青还是在自责:"千不该万不该,就不该让于禧淼出警。"

"总不能把他放在蜜罐里,他也该经历点风雨了。"于迎春强作笑颜,"回去吧,别胡思乱想,把工作干好。"

柳叶青惴惴不安地离开了,临走前,他还偷偷瞄了一眼于迎春。他发现局长神情淡然,一副不喜不悲的样子。

于迎春内心悲凉,回想自己与儿子的关系,他感到凄凉。在于禧淼的成长之路上,他几乎是不管不问,他没有尽到一个做父亲的责任,或许在儿子眼里也没尽到一个做丈夫的责任。

他唯一感到欣慰的是,儿子碰到天大的挫折也不会去寻短见,顶多是短暂性的想不开。知子莫若父,即便于迎春缺席了儿子长大成人的过程,仍旧是了解于禧淼的。这并不代表儿子抗打击的能力有多强,真正的原因是于禧淼怕死,有时那胆小如鼠的劲头会让人觉得不像老于家的后代。

于迎春安慰自己,辩证地来看这或许是件好事,可以借此缓和父子关系。他拨通于禧淼的电话,他从儿子的语气里听不出任何异样,他刚说了晚上一起回家吃饭,成清波敲门而进。

成清波手里攥着个人的手机,说马玉海邀请他晚上一起吃个便饭,于迎春还是跟往常一样,不假思索地答应了。待成清波离开之后,他才发觉刚说过要陪儿子。

跟成清波的对话,于禧淼一字不落地听到了,他冷冰冰地对父亲说:"快忙你的吧。"

于迎春赶忙道歉:"小兔崽子,别误会,忙晕头了,忘了刚跟你……"

于禧淼冷笑:"别假惺惺的,该忙就去忙。"

于迎春换上了命令的口吻:"我把那个应酬推掉,晚上准点回家,一起陪你爷爷吃饭,你受伤的事情我知道了……"

"何苦那么虚伪?你巴不得我早点死去,也好跟那个姓柏的女人鬼混。"于禧淼毫不留情地打断了父亲的话。

"小兔崽子,你说的这是人话吗?"于迎春压住怒火,"你老大不小的人了,不要再那么任性。"

于禧淼说翻脸就翻脸:"我这是向你学习,见人说人话,见鬼说鬼话,你自行体会吧,没必要回避问题。"

通话中止了,于迎春清楚,跟儿子的误会更深了。

015

说一千道一万,于迎春还是不放心儿子,他连续给于禧淼发了几条短信,先是让儿子勇于面对现实,又解释自己跟柏洁没有任何瓜葛。他迟迟没接到回复,他太想跟儿子见上一面了。

他希望能跟儿子促膝而谈,敞开心扉把过去以及现在的误会全都消除,告诉于禧淼自己也是身不由己。

于迎春多想回到年轻的时候啊,那会儿妻子还活着,像一朵盛开的花朵——红润而又富有弹性的脸蛋,浓密而又富于光泽的头发,

第一章　大寒

光亮而又清澈见底的双眸，光滑而又冰清玉洁的肌肤——单看上一眼就会心生暖意，让人觉得活着就是幸福。

可是老天爷不长眼，妻子抛下了他和孩子，去了另外一个世界。于迎春在独自一人的时候，会回忆曾经的美好时光，他感觉上天跟自己开了个巨大的玩笑，而且这玩笑荒诞无比。

于迎春不愿让儿子再离开自己，他正要给儿子打电话，于禧淼发来了一条短信："于迎春，你是我的亲爹，我能想象到你此时的臭嘴脸，这会儿肯定是龇牙咧嘴，气得一蹦三尺高，恨不得我马上下地狱。"

看完这条短信，他思来想去还是选择了回避，于迎春想等儿子消了气再说。他相信时间会消除一切误会。

不管怎么说，他是没心情去赴约了。于迎春猛然发现了可悲之处，在之前的很长一段时间里，他热衷于社交活动，时不时地为一些麻烦的事情从中斡旋，乃至死乞白赖地去求人。他意识到浪费了时间甚至说是浪费了生命。

他不可能像马玉海那样通过成清波来传话，只能把电话直接打过去。许是马玉海正在忙着，人家瞬间拒接了电话，过了好长时间才回了过来。

"小于，有何指示？"马玉海的笑声听起来有些做作。

"我何德何能，敢给马书记下指示。"于迎春习惯成自然，自动换上了讨好的语气，"我是有事儿向领导报告，非常抱歉，今天晚上家里有点私事，只能爽约了，咱们改天再聚，我专程向您赔罪。"

马玉海笑得欢实："不必小题大做，先把家务事处理好，才能全神贯注地投入到工作中。"

于迎春拿捏着语气："马书记金口玉言，我于迎春记在心里，落实到行动中。"

"少拍马屁，小心拍到马蹄子上。"马玉海瞬间严肃起来，"政法队伍的教育整顿你可得亲自抓，这是一次刮骨疗毒式的自我革命、这是一次激浊扬清式的'延安整风',重要性我就不多讲了。我希望咱们公安系统把这次教育整顿当成压倒一切的政治任务,跟当前的现实斗争紧密结合起来,确保抓出实效……"

听着这些官话,于迎春忍不住琢磨,此时此刻忽然上纲上线,马玉海意欲何为?这个问题一直萦绕在他脑海里,直至傍晚下班,他也没找到答案。

马玉海的那番话犹如下了战书,不管于迎春是否乐意,都得仓促应战。

他想起了个细节,死者车良德的家属车红妮尚无人照应。于迎春能够想象到,对痛失父亲的车红妮来说,此时是肝胆俱裂的,搞不好还会寻短见,用某种方式了结年轻的生命。

换个思路来分析,那位年轻的女孩子招来横祸,她此时还在悲痛之中,待从痛苦的沼泽中爬出来的时候,一旦知晓黄三儿还在寻欢作恶,会找公安机关算账。

他给彭学民去了几个电话,都被拒接了。无奈之下,于迎春发了信息,让对方火速回电。电话回过来,他把彭学民劈头盖脸训了一顿,才提到了车红妮的事情。

彭学民闻声嘿嘿直笑:"等着局长来亲自安排,留着我们这群中层也没什么用处了。"

于迎春急火火地说:"把话讲清楚。"

彭学民说:"我早就安排好了,让章忠亮盯着呢。"

于迎春批评说:"让一个男民警去照顾女同志,你净出歪点子。"

彭学民哈哈一乐,反驳说:"是你不肯动脑筋,章忠亮的爱人负责照顾,她正好休产假,有时间也有精力。"

于迎春默默地挂断电话,他对章忠亮的爱人印象深刻,那是个很知性的女人,北师大毕业的,没当老师,也没考公务员,而是自己开了个心理诊所。

第一章　大寒

当时好多人不懂其中的道道，经过章忠亮解释才知道，北师大的心理学专业是全国高校当中排名第一的，人家爱人正是这个专业科班出身的，人家爱人还说了，社会压力越来越大，中国有心理疾患的人不在少数，社会急需专业人才负责给他们疏导。

后来，于迎春还专门让政治部门联系章忠亮的爱人，来给全市民警上了一堂课，虽然都是些皮毛知识，但却让人感觉很解渴。在讲到犯罪心理学的时候，人家随便举了几个例子，让那些老预审都叫好。

提起预审来，于迎春有些难受，全国好多公安机关都撤销了预审部门，事实上这批人在审讯过程中发挥了巨大的作用。这让他觉得警务改革任重道远，不能眉毛胡子一把抓。

他想起来了，章忠亮的爱人叫龚雪梅，听起来挺俗气的名字，浑身上下却是满满的正能量。上过那堂课之后不久，破获一起陈年积案，却形不成完整的证据链，关键时候，有人推荐龚雪梅出马，她展开了攻心术，很快让嫌疑人秃噜了。

再后来，拘留所慕名把龚雪梅请去上课，统计数据显示，嫌疑人释放后再次犯案的比例下降了好几十个百分点；疫情期间，执勤民警压力大，又是她主动负责心理疏导——办妥了两件事情，龚雪梅却分文不收。

于迎春百感交集，警察不但要搭上个人，还要搭上家人。就像当年爱妻的死，就像如今儿子的遭遇。他记住了这一天，2021年1月22日，大寒之后的第二天。

第二章 腊八节

D 流量王

016

我为什么会那么悲催？我惧怕未来的每个日子，但我不想被人看扁了，工作反倒比前几天更加卖力。

柳叶青也没了先前的精神头，在他写好给我爹的报告之后，还拿到我这里显摆，颇为得意地说，我能在所里实习是烧了高香，扒拉一下鱼鸟河派出所的历史，于局长便是在这里起的步。他认定把我安排在这里，我爹是经过深思熟虑的。

如今出了差错，一下子把他打到了解放前。我感到无语，为了跟我爹套近乎，柳叶青是削尖了脑袋啊，他难道不怕夹住了脑袋？

我一度想到了腐败问题，从某种意义上讲，这种溜须拍马的行为也是腐败，而且危害性更大。糟糕的是，我由此想到了于迎春和那个旺旺大礼包。这令我如坐针毡。

都旺家发现了我的情绪变化，跟我聊了很多体己话，这其中包括他跟果小米的关系，还有他对柳叶青的反感。

提到了柳叶青，都旺家眨巴着小眼睛说："他呀，我可得说道说道。他有点好大喜功，每次工作还没干，就算计着怎么写报告，可苦了我们家果小米。烦人的是他不懂还瞎指挥，能把挺好的句子改成病句。"

我不解地问道："你家果小米就不能拒绝吗？"

都旺家的语气变得沉重："一家不知一家的难，我们是辅警，端着公家的饭碗，就得给公家干活儿。哥来，我们有考核机制，末位淘汰，干得不好，卷铺盖走人。"

"咱登州市那么多企业，随便找个单位谋个差事，也比干辅警挣钱多。再不济，你可以去当保安，或者你和果小米夫唱妇随，去学校附近摆个摊儿，卖麻辣烫，准保比现在要强。"他的话让我难以置信，我想起了母校门口旁的那些小摊位，舒平安的妈妈就在那里卖麻辣烫，供了一儿一女上大学。我正想举例说明，都旺家两眼直勾勾地盯着我："哥来，我说句话，你可能认为是在说大话，既然来干辅警，就是爱这身警服，收入少点我和果小米都能接受。"

听罢，我张开嘴半天没合拢，我不知该如何评价，都旺家说得很朴素，他毫不掩饰自己的想法，穿警服就是他的追求。我心想事情终归在向好的方向发展，如果没记错的话，大二那年年初，公安部已经出台了政策，当时感觉辅警离自己比较遥远，也没细看。

此时回想起来，关于那个政策我几乎没有任何印象，庆幸的是好多地方有了新规定，表现优异的辅警经过考核可以成为正式民警。嗐，但愿我爹不是糊涂官，也能为基层办点实事吧。我寻思着，假如求于迎春办什么事儿的话，首要的就是这个吧。

见我一直没吭声，都旺家问我："哥来，你怎么了？"

我差点把心里话说出来，一想八字还没一撇，我赶忙岔开话题，但此时我心情大好，心想小辅警都挺逗，一口一个"哥来"，他也只比我小半岁。

在大多数公安机关，接处警程序是这样的：指挥中心接到报警后，问清事发地点和警情内容，输入指挥调度平台，基层所（队）

的值班人员再把任务派给具体人。在主城区也有直接派给路面的巡逻人员。

鱼鸟河派出所的平台建设在值班室，通常有两位民警和两位辅警值班，所里人手紧张，也就经过上级批准，将人数减半。刚好带班民警临时被柳叶青喊走了，都旺家便带我去值班室找许钢聊天。

"哥来，现在要有警情就好了，咱俩去处警。"都旺家随口说道。

许钢瞪了他一眼："胡搞，有规定呢，出警必须有正式民警带队。"

都旺家一脸无辜地问："于禧淼不是吗？"

许钢说："他是个实习生。"

都旺家赖唧唧地说："他从小在警察家里长大，早就破格正式了，哥来，不正式也该是个副民警吧。"

许钢不甘示弱："什么富民警穷民警的，任何时候都得遵守纪律。"

我也跟着帮腔："旺家，你得尊重老同志，许老师看起来也四十多了，不能那么说话。"

许钢欢喜地说："你这话我爱听，我可五十多喽，老啦。"

都旺家一脸不屑："谁说不是呢，就等着交齐了养老保险，拍拍屁股走人，成天磨洋工，在咱们所辅警为什么不受柳所待见？一粒老鼠屎坏了满锅汤……"

真是经不住念叨，都旺家正说着，值班室接到了出警命令，说是有个老人迷路了。王保生不知从哪儿冒出来了，开车载着我和都旺家赶了过去。

应了那句老话，女大三抱金砖。迷路的老爷爷91岁，老伴94岁，都是长寿之人。老爷爷患有严重的白内障，平常不怎么出门，就因为老伴说想喝海蜇汤，老爷爷就拄着拐棍出门了。

海蜇汤是一道菜品，也被当作登州的特色小吃，我曾经在学校向同学们吹过牛，说这东西有奇效。我夸大其词了，但海蜇汤的确具有软坚、化痰功效。

其实海蜇汤满大街都有，老爷爷只认老字号，从家里边出门，

第二章 腊八节

一路步行,到了鱼鸟河畔。那家店铺早就拆迁了,老爷爷却念念不忘,就在滨河公园里转来转去,逢人便打听。得亏碰到了热心肠的群众,拨了报警电话。

姜还是老的辣。老爷爷不但眼神不好,耳朵还背,王保生到场后问不出个所以然,便通过便携式警务平台,查到了老人的家庭住址。他随后让都旺家拍视频,都旺家不乐意,我掏出了自己的手机,把镜头对准了王保生。

随后的事情更简单了,王保生开着警车把老爷爷送回了家,还顺道替老人买了老字号的海蜇汤。

老爷爷把海蜇汤递给了老伴,老伴仰着笑脸埋怨对方:"下次出门带上我,我都等你好久了。"

老爷爷笑眯眯地责怪:"汤也堵不上你的嘴。"

我专门给老人家来了个特写,他们不好意思地笑了,看着那笑容,我的眼泪差点被勾出来。

017

回派出所的路上,我仍旧被感动着,少不了跟王保生多聊几句。

王保生说空巢老人越来越多,拍那个视频是为了给全社会起到个警示作用。我夸赞他有情怀,都旺家却发微信告诉我,王警官拿着视频搞爆炸去了。

我心想一个视频而已,折腾成秘密武器了。似乎发觉我并未在意,他又发来微信,说你这个人善良,看谁也都是善良的,别被他的一身正气给忽悠了,他满脑子想的都是当网红,然后提拔副所长。

我将信将疑,倘若都旺家所说属实,只能证明我缺乏社会经验,太单纯了。

都旺家仿佛为了证实自己,又追加一句:"哥来,眼见不一定为实,这个理论在破案的时候很关键。"

我情不自禁地说:"很有哲理,可惜咱派出所工作没机会参与办案。"

"那不一定,你书本知识学多了,理论脱离了实际。"说着,都旺家打起了手势:"变化太快了,满大街是监控,有的案子没等上边来人,咱所里就办了。"

都旺家不干民警真是可惜了,他简直就是个人精。

半个多小时后,我们从网上看到了那段视频。视频显然经过了专业团队的后期制作,不但把无关紧要的画面给去掉了,配的音乐和文字也是恰到好处。

视频发在了一个微信公众号上,发布没多长时间,底下就有不少网友评论,说什么的都有。都旺家捧着手机,怪里怪气地读了出来——

> 好羡慕,陪伴是最长情的告白,祝爷爷奶奶健康长寿。
> 执子之手与子偕老,被这份真爱甜到了。
> 舔屏了,一件小事儿就是满满的爱意,这才是爱情本来的样子吧。
> ……

都旺家停顿了片刻,才重新读出声来——

> 这位警官太暖心了,建议上级领导给他立功。
> 人肉他,把他树为典型。
> 英俊潇洒的警察蜀黍,比心哟,求联系方式,我要当警嫂。
> ……

读着读着,都旺家的声音小了许多,他忽然对我说:"哥来,听

第二章 腊八节

到了没,全被带了节奏。"

我心不在焉:"网友的评论很中肯,就该传播正能量。"

"哥来,你怎么不相信我呢?"都旺家有点急了,"他说的警示呢?只字未提。"

我莫名其妙地联想到了我爹,他很可能也跟王保生似的,净玩虚的。他让我把工作干好,对得起身上的警服。

我的内心波澜起伏,跟鱼鸟河入海口的潮水差不了太多。

我先是感到茫然无助,不相信这样的事情会发生在自己身上,我狠狠掐了自己一把,痛感让我确认这是无法逃避的现实。我又安慰自己,或许是体检结果搞错了,我于禧森没那么倒霉。

当我意识到在自欺欺人的时候,我冒出了杀人的念头,我最想干掉的不是被我抓起来的、那个携带艾滋病毒的犯罪嫌疑人,我最想杀死的是我爹。

我怀疑他不是我的亲爹,一定是这样的,如果是的话,为什么当年我妈病重,他不管不问,把我妈一个人撇在家里,跑到外地出差。他肯定是知晓了我妈怀的不是他的种儿,才会狠下心来。

这天夜里,我做了个可怕的噩梦。

梦中,我被好多人追杀,他们都是武林高手,飞檐走壁、穿墙遁地,还有的会翻筋斗云,看起来是无所不能。他们慢条斯理、井然有序,却以各种令人恐惧的姿势靠近我。

眼瞅着我都要逃出魔掌了,面前总会出现一个黑衣人,我跟黑衣人拼命,可总觉得被缚住了手脚,有劲使不出来。我终于看清楚了,黑衣人居然是于迎春,是他在阻拦我逃离险境。

我被逼到了绝境,我闭上了双眼,等待死神的降临。我双手合十,像个苦行僧一样嘴里念念有词,我脚下一空,坠入了无底深渊。我不断呼喊,可我嗓子眼发干,什么都喊不出来。我双手胡乱抓扯,好像抓到了什么,又好像什么也没抓到。

"咚"的一声，我摔到了地上，真好，我身上还有痛感，我费力睁开眼，光亮刺得我浑身发虚。我这才发现是做了个梦，我在梦中逃来逃去，跌到了床下，摔落到了地板上。

我双手撑地，好不容易爬了起来，在卧室走了两步，双腿却像灌满了铅，仿佛在荒无人迹的沙漠经历了长途跋涉，变得疲惫不堪。我索性又平躺在地板上，让目光再次落到天花板上。

我以为可以很快调整好状态，哪知天花板上那模糊的花纹演变成硕大的嘴巴，它们张开血盆大口，想把我吞进去。我死死闭上双目，再次睁开眼，那些花纹又变成了诡异的眼睛，它们在跟我对峙，恶狠狠地瞪着我……

恐惧掳走了我的心智，有个声音若隐若现——那是他的命。是于迎春的声音。我用狠毒的眼神回瞪天花板，那些东西瞬间不见了。我冷笑起来，等我笑累了，发觉睡衣已经被汗水浸湿了。

我重新爬起来，出了卧室，爷爷还在客厅看电视，事实上也不是看电视，他只是开着电视，面对光亮在打盹儿。我没有理会爷爷，直接进了盥洗间。

我打开花洒，把冰冷的水喷到头顶，然后顺着我的脸颊淌下来。我摸了摸脖颈的那处伤疤，慢腾腾地脱下上衣，又褪下裤子。我低头看看裸露的胸肌，笑着笑着流出了眼泪。

我感到无比委屈——我为妈妈的死去而委屈，我为摊上个狠心的爹而委屈，我为自己还没谈过恋爱而委屈……可一切委屈都敌不过于迎春带给我的打击，他宁肯去应酬也不愿对我表达问候，哪怕是装模作样演一场戏也没有。

我对他彻底失望了，我又想到了那个大礼包，我不再信任他之前带给我的严父形象，正如都旺家说的，眼见不一定为实。

听着水流的声音，我握紧拳头，狠狠地砸向墙上的瓷砖，我砸了好多拳，拳面流出了血，我却感觉不到一丝疼痛。

018

昏昏沉沉地睡了一宿，第二天起床的时候，太阳都晒到我屁股了。我在床上起身，呆呆地坐了会儿，感觉头昏脑涨。

我盯着爷爷亲手张罗的早餐却难以下咽，老人家催促我填饱肚子早点去上班，我的眼眶子倏地热了。我扭过头，控制着自己，不让泪水流下来。

爷爷看出了端倪，问道："大孙子，害眼疼吗？"

我没好意思回头，心想爷爷算是活明白了，看破从来不点破，总会给人找个台阶下。我暗示自己不能掉份儿，故作轻松地问："爷爷，除了我这个孙子，你还有二孙子、三孙子吗？"

爷爷假装生气，抬起胳膊说："你个小王八羔子，挑爷爷的字眼儿，看俺不收拾你。"

我的一切都逃不过爷爷的眼睛，这可能与我的童年经历有关。我妈去世的早，我爹把我扔到了乡下。

我忘不了木墅村周围那些山头的名字：和尚洞、鹞子山、孙家井、狗脚山……每个名字都有个美好的故事，譬如说狗脚山，神话中二郎神的天狗就是在那里升天的。

儿时的玩伴也都围着我转，好像城里来的孩子就比别人高一头。爷爷总教育我不能涨棒，"涨棒"是爷爷的土话，书面词汇是"张扬"。我根本不听他的话。

我调皮得很，跟小伙伴们上树捉鸟、下河摸鱼，还偷过别人的瓜果李枣。有点无恶不作的架势。

最夸张的一次，我们一群孩子"打游击"，冲进了一户村民家里，抢了人家还没成熟的桑葚。那家主人抓住了我们其中的一个，我带着几个孩子去抢人，叉着腰在人家门口大喊大叫，说我爹叫于迎春，在公安局，我让他把你抓走。

爷爷把我揍了一顿，让我给人家赔礼道歉。我趁着他中午头打盹儿，一个人偷偷溜了。

我步行了七里路，饿得前胸贴后背，刚好走到水道镇政府的驻地。我灰头土脸地去了鱼鸟河派出所。那一年我爹刚从那里调走，那些警察都认识我。

他们晓得我闯了祸，都替我求情，我爷爷黑着脸说："小时候偷针偷线，长大了偷金偷银，不能惯着他这些臭毛病。"

我被爷爷吓到了，那天夜里尿了炕，我爷爷扒下我的小裤衩，看着我的光屁股，揪了一下小鸡鸡，把我揽在怀里讲故事。他讲了好多好多，讲到我两个眼皮子直打架。

至今我还记得，爷爷跟我说，我那不叫打游击，那是强盗是土匪，共产党的队伍不占老百姓的一分一厘，有《三大纪律八项注意》呢。他当时还哼唱那首歌，象征性地打了我屁股几下，我感觉一点都不疼，热乎乎的。

爷爷看到了我脖颈上的伤，疼惜地问我："疼不？"

"不疼。"我摇着头说完，眼泪不争气地淌了下来。

爷爷沉下脸："男子汉大丈夫，你挤把猫尿干屎，不是老于家的跟搭。"

"跟搭"在爷爷嘴里是后代的意思，这话说得一针见血，令我哑然失笑。

我情愿不是于家的后代，可我不能冲爷爷发火儿。我慢腾腾地站起来，什么也没说，回卧室换了身休闲服，把老人撇在家里，独自出门了。

到了街上，我有些头晕目眩，看着如织的车辆和行人，我不知道自己该去往哪里。我走走停停，逛游了好长时间，才发觉整座城市之于我都是陌生的。

我一屁股坐在马路牙子上，数着过往的车辆，很快便眼花缭

第二章　腊八节

乱。我又痴痴地想，车上的人们都忙着去干什么呢？是送病号去医院还是两口子吵架赌气回娘家，是公司破了产去打官司还是家里有人被警察抓了……我一连串联想了若干可能性，但却没有一个是阳光的。

发觉自己心态出了问题，我不再看那些车子，低下头来盯着脚尖发呆。我看到了几只蚂蚁，它们合力运送半个干了的米粒儿。我猛然发现，自己还不如蚂蚁，它们尚且知道靠努力来储备口粮，而我却浑浑噩噩，成了活死人。

我摸出手机，给都旺家去电话，他主动提出要跟果小米一起陪我过周末。我把他俩带到了舒平安家里，听说要去老同学家里，而且老同学又在那么牛掰的大学就读，都旺家有些犹豫。我跟他说，同学再牛也不如他有社会经验，他才勉强答应了。

舒平安用夸张的拥抱迎接了我，而后跟都旺家握了手，眼睛便瞄向果小米。我用几声咳嗽提醒他不要失了礼节，他才歉意地说视频会议还没开完，让我们稍等片刻。

舒婶一如既往地热情，她搞不清儿子在忙活什么，让我多给舒平安提醒。舒平安耷拉着脸说："忙着赚钱在北京买学区房，把我爹娘接过去。"

"别走火入魔。"我口无遮拦。

舒平安有些恼怒："我们平民百姓为生活奋斗就是走火入魔？"

都旺家和稀泥："哥来，你俩别吵吵，我只是个辅警，于禧森从来没瞧不起我。"

舒平安白了都旺家一眼："知道自己是辅警，就闭嘴。"

舒婶用手指戳儿子的脑门："你也把嘴闭上。"

闻听母亲的话，舒平安压低嗓门告诉我："去年初，我瞅准了口罩市场，上几台机器就行，用不着多少钱，我决定融资搞一家伙，合作伙伴意见不统一，等下了决心已经晚了三秋，赔了好几十万。"

我发现舒平安像是换了个人，变得老到了，可又觉那是装的，我没好意思说他那是投机倒把的行为，只能继续问他："刚才开的什么会？"

舒平安意气扬扬："网络直播，昨天还接了一单，只要钱到位了，有团队在幕后操作，准保捧成网红，哪天你需要了，我免费。"

"昨天是老爷爷买海蜇汤吗？"都旺家猛地问道。

舒平安笑了："哦，你也看过我们的公众号了。现在这世道人心浮躁，有市场就得抓住机遇，我打算注册个合法的工作室，就叫它流量王，把它做大做强。"

019

午饭吃得没滋没味，光听舒平安一个人在说话了，他雄心勃勃地讲自己的创业目标，让人觉得他不是个在校学生。其间他说果小米颜值高、形象好，邀请人家到他手下搞直播带货。果小米婉言谢绝了，都旺家也跟着坐不住了。

我正寻思着找个理由告辞，舒平安像发现了不共戴天的敌人似的，用血红的眼瞪着手机屏幕。

我一看也蒙了，王保生用某视频社交软件发了短视频，视频资料显示他身着警服，正不苟言笑地介绍一起打架斗殴事件——

我是登州市公安局民警小王，现在向网友公开一起治安事件。车某德与黄某重大打出手，双方均受伤住院，经调查，两人仅因一件琐事引发矛盾，目前双方自愿进行协商，依法解决纠纷。警方在此提醒广大网友，任何时候都要控制个人情绪，武力解决不了矛盾……

舒平安气得鼻子都歪了："昨天他说得好好的，以后长期合作，我才没收他的费用。"

第二章 腊八节

闻听此言，都旺家和我表情各异。看了留言区那些杂七杂八的评论，我已经迫不及待地想找王保生问个清楚。舒平安再三挽留我晚上一起吃饺子，说什么饺子就酒越喝越有。

舒平安留下我们吃饭是有所图的。在常人看来，舒平安的要求并不过分，他想通过我，让于迎春发句话，把公安系统的新媒体宣传交给他运营。

据我所知，部分地区的公安机关确实是这么操作的，向社会购买服务，既可以避免浪费不必要的警力资源，还能把新媒体办得更加深入人心。缺点是公安机关有不少涉密事宜，而且发布的内容稍不注意，会引起负面舆论。

舒平安有更大的野心，什么融资啊、风投啊之类的，好些个名词热度很高，让我感到自己跟他的差距越来越大。我在心里也敲起了鼓，总觉得他干的事情过于玄乎，在那么好的高校里，踏踏实实地念书多好，真怕他走了弯路。

看我不在状态，都旺家突然问道："一直没见到叔叔，他去哪儿了？"

舒平安的神色黯淡下来："在北京干保安。"

都旺家口无遮拦："哥来，现在的人统统生病了，之前辖区发生过一件事儿，老百姓摆个摊，那些保安死活不让，引发了械斗，也不知保安怎么想的，有点权力就作威作福……"

"你说话得有根据，我爹处处受白眼，他协助社区工作人员搞疫情防控，被人往身上吐唾沫。"舒平安有些冲动，"你什么都不懂，我爹在那里省吃俭用，恨不得把一分钱掰成两半花。"

都旺家羞红了脸："哥来，对不起，我不该瞎说乱说。"

舒平安自顾自地说："他每天最奢侈的是去早餐摊，买两根油条，为的是装点免费的小咸菜，然后一天下来四个冷馒头。即便没有疫情他也不想回来，他惦记着春节的加班费。我会通过努力改变命运，让全家人过上好日子。"

很可能是为了安慰舒平安，都旺家把我被艾滋病毒携带者抓伤了的事情说了，闹了半天，他和果小米是怕我想不开，专门陪我过周末的。

舒平安一把抓住我，对我嘘寒问暖。我能感受到他是真在为我着急，他非要拉着我去医院检测，我直截了当地拒绝了，告诉他已经从网上查了相关知识，等预约之后再去。舒平安跟我生起了闷气，怕我耽误了时间，我装起了糊涂。

开诚布公地说，我之前是犹豫不决的，让舒平安这么一说，我才决定去检测，不管结果怎样，心里也踏实些。但是，我个人已经变得相对乐观了，我不相信自己会那么悲催，也就是说，我觉得即便要去检测也不差这一天半日的。

也必须坦白，我此时冒出了新的想法，如果自己真的感染上艾滋病毒，我会全力以赴办好一件事情，阻止我爹犯错误，就算是为了老于家来之不易的口碑吧。

其他人自然不清楚我在想什么，轮番劝导我，好像我随时随地都会寻短见。我被他们搞得啼笑皆非，但也被他们感动得热泪盈眶。正因为我的双目是湿润的，舒平安更是惧怕我游思妄想，我明显感受到他比我还要焦虑。

天刚擦黑，舒婶就把煮熟的饺子端过来了，又上了几盘小凉菜，场面也跟着热闹了许多。

有一盘凉菜是小葱拌豆腐，青的青白的白，煞是养眼。午饭我没吃饱，看到这道小菜，恨不能把盘子都吞掉，偏偏都旺家在果小米跟前卖弄，讲了那个歇后语，落在了"一清二白"上。

这个词汇让我又想到了我爹。真的，那会儿我真觉得自己抑郁了，好像随便一个细节都能让我产生不好的联想。

舒平安深谙世故，连忙给我递上啤酒，我打开啤酒罐，豪气地仰脖喝了一口。其他人也学着我的样子，把一丁点啤酒喝出了很豪

第二章 腊八节

爽的气势。

我们都不胜酒力,尤其是舒平安更白搭,他喝酒上脸,才喝了半罐啤酒,小脸就红扑扑的。有酒做铺垫,他的话更多了。他列举了好些个社会不公正现象,又把矛头指向了我。

舒平安说:"我要有你那么个爹,何苦受这份罪,我继续考研读博,去国外念书,什么哈佛、斯坦福呀,剑桥、麻省理工呀,咱都没问题,学成归国,报效祖国。"

"不要崇洋媚外,你所在的学校也进了全世界排名的前二十名。"我劝道。

都旺家也跟着刷存在感:"哥来,剑桥不孬,康桥更是个好地方。我最稀罕我们家果小米朗诵《再别康桥》。"

他带头鼓起了掌,果小米气呼呼地埋怨:"饭也堵不上你的嘴。"

舒平安兴致勃勃地解开手机屏保密码,要找伴奏音乐。须臾过后,他阴沉着脸说:"就晓得你不肯帮我,你们公安局到底还是借助了别人的力量。看吧,这段视频上了热搜。还挤进了前六名。"

020

也难怪舒平安会甩脸色,经他一讲,我才明白了其中的道道儿。

新媒体发布新闻的排行,不管是真是假,都可以操作,有的直接靠钱买排名。照他的这套理论,王保生的那段视频只是区域性的新闻,不可能跻身排行榜的前几名。

想想也是,光那些明星大腕的绯闻就够吸引人们眼球的,王保生的视频爆火,背后必然有猫腻。都旺家看过视频之后,非常坚定地支持舒平安。两人在一起别别扭扭地待了将近一天,首次站到了同一个阵营里。

我虽然在心里也赞同,但我主观上并不愿意承认,毕竟王保生在视频里说的那些话经不起推敲,如若他所说属实,我只能得出一个结论：登州公安机关在于迎春的带领下，已经烂掉了，而且是根子都烂了。

并非耸人听闻，听听王保生说的那些话吧——他在短视频中披露，车某德已经死亡，网上疯传的车某德被黄某重活活打死的说法并不成立，与此前的打架斗殴毫无关联。

至关重要的是，王保生在视频结尾又言之凿凿地说道："经法医鉴定，车某德只是突发疾病，请网民不造谣、不信谣、不传谣。"

酒是喝不下去了，众人沉默下来，想着各自的心事。

我这才想起来，柳叶青曾经对我说的那番话，什么我爹肯定又要忙活了云云。此时，我只有一个想法，退一万步讲，即使车某德的死亡与行凶者无直接关联，也可能是受到惊吓，才发生的意外。

舒平安感兴趣的则是另一个层面，他上网搜索了关键词，发现王保生所说的网民热议车某德之死纯属子虚乌有，甚至说网上有关这一事件的信息根本不存在。

他提出自己的疑问："登州市公安局为什么要这么做呢？"

都旺家也跟着说："是啊，即便要发布消息，也轮不到王保生啊，他一个基层民警，谁也代表不了。"

我嫌都旺家话多，刚要制止他说下去，舒平安又问："这不是官宣？"

果小米把手机接过去看了看，若有所思地说："应该不是。"

舒平安捏了几下鼻梁，连续发问："这岂不是此地无银？公安机关想掩盖什么秘密？"

不管怎么说，我是不希望登州公安有任何负面新闻的，我也承认，自己没有多大的集体荣誉观念，只因为我爹是局长。再自私一点说，我不想受到他的牵连，自己脸上也跟着难看。

可是，我已经控制不住局势了，他们三个人你一言我一语，越说越离谱，我只好扭头朝舒婶笑，我估计自己笑得比哭还要难看。

舒婶非常知心，她笑着跟我们几个年轻人打招呼："时间也不早

第二章 腊八节

了，我就不留大家伙儿了。"

舒平安用撒娇的语气说："娘亲，我们聊兴正欢呢。"

舒婶佯怒道："我不管你欢不欢的，各回各家各找各妈。"

可能是意识到我妈不在了，舒婶不好意思地看了看我。

我巴不得舒婶这么说，起身向她告辞。舒婶攥着我的手说："婶儿今天身子不舒服，年岁越来越大了，别怪罪我不讲礼节。"

哪儿能怪她呢？我心里暖洋洋的，舒婶给我慈母般的感觉。我当时心里就想，日后我回到登州工作，我会把老人当妈妈一样孝敬的，让舒平安在北京好好发展，直到他从那里买了房子。

我这已经打过招呼了，都旺家却出了个馊主意，他认为对网上这段视频，王保生是知情者，邀请我和舒平安去找王保生。我的第一反应会涉密，一个劲儿地给他递眼色，可他愣是没捕捉到我传递的信息。

舒平安乐坏了，非要立马动身，眼见着没法收场，果小米在一旁劝道："都别争了，还是让于禧森回去早点歇着，如果明天没重要的事儿，最好去医院检测一下。"

这个理由非常充分，舒平安也不好再坚持，他笑了笑才说："听美女的，我加过王警官的微信，可以单独问他。"

"那就常联系。"我用拳头捣了一下舒平安的胸脯。

舒平安说："必须的，我已经瞅到了商机。"

我毫不客气地回绝了他："别从我这儿动心思。"

舒平安露出了狡黠的目光，他手下一用劲，把我推出了房门。我没再多想，只盼着早点见到王保生，我要从他那里探知事情的前因后果。

我跟都旺家一拍即合，我们先把果小米送回了宿舍，又问了王保生的具体位置，直接打车去了那里。

王保生在豪情烧烤广场，那里离海边不远，去的都是回头客，最拿手的就是各色海鲜烤串儿。他一见到我俩，就起身迎接，我闻见他身上有浓重的酒气，估计他已经喝过了一场。

登州有个约定俗成的规矩，讲究喝了一场，再来第二场甚至第三场，不像南方聚会之后去捏捏脚、洗洗澡，当地人的风俗是把客人灌倒，好像不把人喝到横着抬出去，这次聚会就白张罗了。吓人的是某些人的理念，如果没有后续的酒场跟着，会显得这个人场面上混不开。

得亏公安机关要求严格，近几年没人去凑后边的二场、三场，所以我对王保生如此张扬颇为不解。王保生不知道我心里在琢磨什么，把我让到了小餐桌前，招呼老板上扎啤。

我连忙阻拦："不用，大冷的天，你也少喝点儿。"

王保生豪气冲天："小于同学，你在北京读书，不晓得咱这里的顺口溜吧，我今天教给你，南来的北往的，天南的海北的，喝不过登州公安的。"

这话让我哑口无言，王保生见我不吱声，用讨好的语气问我："于局长看到我的表现了吗？你们也看到我那短视频了吗？"

都旺家刚要接话，王保生又兴高采烈地说："我表现还是很不错的，不瞒你们说，都是照着稿子念的，我刚开始紧张，后边才渐入佳境，那 feel 非常 good ！"

E 腊八蒜

021

于禧淼回到家的时候，于迎春已经在客厅里候着了，他面色阴郁，一句话也不说。他是在等儿子先开口，这是他惯用的伎俩。

于迎春用眼睛的余光瞥见，儿子在进卧室前停顿片刻，又走到

第二章 腊八节

茶几前,抓了把葵花子,那葵花子个个颗粒饱满,一看便知是父亲从老家带来的。于禧淼故意做出吊儿郎当的样子,嗑了个葵花子,等着他张嘴。

他跟赌气似的,也抓起来一把葵花子。他本想尝尝老爷子炒干货的手艺,谁知儿子脸上挂着讥讽的笑容。于迎春将手里的葵花子摔到了于禧淼的身上。

父亲在家里住着,他提醒自己不要动怒,但看到儿子的反应,他没控制住情绪,大发雷霆:"孽障,谁让你在外面乱搞的?"

于迎春多想问问儿子受伤的事情啊,虽然感染艾滋病毒的概率不大,作为当爹的,这是最起码的关心。可他已经刹不住车了,不依不饶地数落儿子,嫌孩子搞特殊。

"我搞过什么特殊?我搞特殊可以随便找个借口,不参加抓捕行动,派出所那么多人,又不差我一个,我充什么大尾巴狼?"于禧淼愣了一会儿突然发作,"你是个冷血动物,当年我妈去世,你没掉一滴眼泪,现在我很可能会感染上病毒,你还是无动于衷。如果我是个普通的民警呢?你也应该问候一声,给一点温暖吧。"

儿子说的都是实话,于迎春却不想低头,他责备儿子跑去找王保生,而且给王保生创造了机会,跑到他那里邀功。一听他把罪过降到了自己头上,于禧淼不肯受窝囊气。

也随手把葵花子甩到了地上,气急败坏地说:"我就去找了,你能怎么着。"

于迎春高声嚷道:"在战争年代,我把你拖出去毙了!"

两人的争吵把于铭忍惊醒了,他睡眼蒙眬地走出卧室,像看到外星人一样,盯着他的儿子和他儿子的儿子。老人一定是感到不可思议,甚至会认为于禧淼不孝,因为于氏家族的家法极其严格,决不允许小字辈的对长辈有不敬之举。

于迎春没想到,父亲会弯腰去收拾地上散落的葵花子,他和儿子不约而同地让老人回屋休息。于铭忍颤巍巍地直起腰,走到了于禧淼身旁。于禧淼已经做好了挨骂的心理准备，老人却捏了捏他的胳膊，朝他笑了笑。

于禧淼非常难为情，正寻思着说什么，于迎春却说："爹，别惯着他，多大的人了，你想把他宠上天吗？"

于铭忍没吭声，于迎春又唠叨上了："我像他这么大的时候，都已经在部队当班长了，什么事情都能独当一面了。"

"要讲那些吗？我21岁的时候正闹饥荒，连饭都吃不上。"于铭忍自问自答，似乎只是随口说说。

沉默了很久，于迎春才说："爹，你孙子无法无天，把我当成后台，严重干扰我办案。"

于禧淼一句话也没听进去，还没等于迎春反应过来，嘴巴里就喷出了"子弹"：

"爷爷，你帮我评评理儿。我是彻底无语了，我对你儿子佩服得五体投地，真想马上跪下，给他磕上三个响头。

"他说假话不眨眼，还大言不惭地说我干扰他办案，是那么回事儿吗？不是！他是怕我查到了他的底细，丑闻曝光于公众的视线里。

"真到了那一天，他不但干不上副市长，连局长的乌纱帽也保不住。他会成为过街老鼠，他无颜再进家门，也无颜进老于家的家谱。"

说到这里，于禧淼微微一笑，朝于迎春斜瞅了一眼。于迎春指着他，对父亲说："爹，你瞧见没有，他就这么没教养。"

于迎春原以为父亲会跟他站在一个战壕，他没料到，老人拽了拽于禧淼的胳膊说："走，帮老汉剥蒜去。"

于铭忍不知道什么时候买回了一堆大蒜，他指挥着于禧淼把大蒜从北阳台搬到了客厅里，祖孙二人坐在小马扎上忙活开了。

刚开始，于迎春还虎视眈眈地看着儿子，过了没多会儿，他就在沙发上打起了呼噜。

似乎故意要跟于迎春作对，想把他吵醒似的，于铭忍一边剥蒜

第二章 腊八节

一边跟孙子念叨:"蒜是个好东西,抗病毒抗感染咧,有句话说什么来着,吃肉不就蒜营养减一半,过去庄户人家讲究讨个口彩,过年期间不能喊这玩意儿叫蒜,要叫它义和菜……"

于禧淼忍不住打断他的话:"爷爷,我总觉得你逻辑不清,说的话没个连贯性,你到底想跟我说什么?"

"咱把蒜弄好喽,腌点腊八蒜,留着过年吃。"于铭忍吧嗒了一下嘴,剥蒜的手青筋暴露。

于禧淼的目光落在他手背的青筋上,随口应付道:"腊八节过了,除夕夜是赶不上啦。"

老人活动了一下眼神,继续说:"不差个三天五日的,俺看月份牌了,大寒那天刚好是腊八节,这才过去了四天,什么都不耽误。"

于禧淼也跟着嘟囔:"大寒跟腊八赶到一块儿,很少见呐。"

于铭忍点点头说:"农村有句俗话,腊八逢大寒,牛马不得安。"

"你儿子是公安局长,不能有迷信思想。"于禧淼笑着挖苦爷爷。

老人停下手里的话,侧脸看着他说:"蒜这个东西,过年得喊义和菜,全家人得和和睦睦。"

于禧淼猛然发现爷爷是话有所指,不好意思地垂下了头。于铭忍打了个哈欠,揉了揉眼睛,跟孙子四目相对:"蒜能杀毒消炎,你抽空去趟医院吧。"

"爷爷,你都知道了?"于禧淼傻乎乎地问。

于铭忍说:"你个小王八羔子,你爹都跟俺说了。"

话音刚落,老人转向儿子,咳嗽了两声,可于迎春睡得跟死猪一样。于禧淼心里清楚,他实在是太累了。于铭忍又扭头看孙子,于禧淼赶忙去了于迎春的卧室,抱回来一床毛巾被,轻轻地盖在了父亲身上。

于迎春一动未动,身子绷得紧紧的,就像是在睡梦中站军姿,仍是一副士兵的姿态,眉宇间还是透着逼人的军人气质。但于禧淼还是忍不住地想,他这正气凛然的外表究竟会蒙蔽多少人的眼睛。

022

夜半时分，于迎春从沙发上爬起来，他听到父亲的房间里有声响，他走过去，顺着门缝一看，儿子正趴在床沿上，听父亲讲老于家的家史。

好些段子，他几乎能倒背如流，如今听来说不清心里是什么滋味。他以一副聆听者的姿态站在门外，越发觉得父亲是个睿智的老者。

于铭忍兴趣盎然地复述那些老掉牙的故事。讲到动情之处，他总是眉飞色舞，像个捣蛋鬼似的挥舞着大手。

他先讲的是于迎春的三伯父，也就是他的三哥。

父亲的三哥跟杨子荣是一批兵，从烟台牟平出发，去了东北，然后在那边剿匪，最终牺牲在了林海雪原。讲到这里，他总会带着无限的遗憾，说三哥连个尸首都没找到，后来闹运动，也被当成了土匪，多亏我亲家帮忙，才追认了个烈士。

以往每次讲到这里，于迎春总会找个由头岔开，因为他不想提及岳父岳母那边的人。一方面是妻子死得早，他跟那边走动得不勤，没有太深的感情；另一方面，小舅子高振正很没出息，早年下海经商，想靠着他岳父的背景大展宏图，却差点在商海里被淹死。

还有个很重要的原因，于禧淼总怀疑他跟母亲的结合是有所图的。于迎春退伍回家的时候，岳父时任市公安局副局长，在众人眼里是高官，他认为这婚姻算是攀了高枝儿。

于迎春偷看过儿子的日记，针对这件事情，于禧淼在日记里写道：

> 我问过爷爷好多次，他每次都会言及其他，仿佛在刻意避讳着什么。就如同爷爷本人的经历，他也始终在回避。

第二章 腊八节

这个谜藏在我心里好些年了,时不时地蹦出来,伸出手来挠我一下子,让我心里直痒痒。

于禧淼不肯放弃这次机会,再次向爷爷询问父母结合的真实原因,老人打了个哈哈绕过去了。于迎春能看得出,儿子很难受。

于铭忍自然而然地聊到了他的二哥——于迎春的二伯父读过洋学堂,一参军就受到了上级的重视,因为有文化很快当上了连长,又因作战有功提拔为营长,最后跟小鼻子干仗死在了海边。他那年跟于禧淼现在同龄,也是 21 周岁。

《登州市志》上有这场战争,提到了二伯父的名字,而且在革命烈士陵园也能找到他老人家的名字,对他的事迹于迎春是坚信不疑的。唯一质疑的是他军人的身份,于迎春后来查过历史资料,二伯父当年所在的队伍是东海独立团,称不上是行伍出身,算是现在所说的游击队。

即便如此,于迎春还是为二伯父感到骄傲和自豪,在人们朴素的观念里,谁不希望家族里出现一两个英雄呢。

于铭忍说:"你二爷爷是跟小鼻子干过仗的。"

于禧淼侧着脸:"我看了不少小说,好多作家在写咱们老家的抗日故事时,都把日本兵称为'小鬼子'和'小日本'。"

于铭忍说:"他们瞎写的,在咱这一片,把日本兵喊作'小鼻子'。"

"这种称呼可能更解气。"于禧淼下了结论。

于迎春知道,儿子天生敏感,那小子对身边事物包括老于家的家史充满好奇。

腿有点麻了,于迎春进了书房,也不知过了多久,他迷迷糊糊睡着了。

他在梦中骑着高头大马,统率千军万马,征战沙场。他似乎永远不知疲惫，攻下一个又一个的山头，把鲜红的旗帜插到了战区的最高峰。于迎春率领的队伍所向披靡，以势不可挡的气势杀进了敌军阵营。

马蹄声声，他能听到耳边呼啸的风声，擒敌先擒王，他要擒住敌军首领，可敌人太狡猾，于迎春的队伍久攻不下。他忽然变成了炮弹，拖曳着炙热的尾巴，扎向敌军的心脏。"轰"的一声，他的躯体爆裂，他看到了小鼻子们恐惧的眼神，他碎裂的身子变得更加滚烫。

醒来便是一梦，于迎春回味着梦里的情景，喃喃自语："二伯父又活了。"

他侧耳倾听，那一老一少还没睡，父亲焦急的声音传了过来："俺孙子这是发烧了，身上烫得厉害。"

于迎春听到了开门的响动和脚步声，又听到父亲在说："你爹又不见影儿了。快打120，俺陪你去医院。"

"被苍蝇蹬了一脚，用不着那么麻烦。"这是儿子的声音。

老人急了："你个小王八羔子，万一是那个病毒发作了呢。"

于禧森的嗓门高了："你儿子是警察，不是医生。我身体棒着呢，做上一百个俯卧撑，再喝碗姜汤就成。"

于铭忍有些遗憾地说："行吧，你长大了，有自己的主意，俺听你的。"

说完，老人便去了厨房，于迎春听他在那里念叨："最好的偏方是黄芩加红皮鸡蛋煮水，喝了热水再把鸡蛋吃了，蒙着被子捂出来一身汗，烧也就退了。可惜没在木墅村，让老汉到哪儿找黄芩呐。"

于禧森跟着进了厨房，嘻嘻哈哈地跟老人说："爷爷神通广大，大冬天的都能帮我逮着黄皮子。"

儿子的话是有典故的，小时候他住在乡下，总会突发奇想要些稀奇古怪的东西。于迎春记得有一年冬天，外面下着大雪，于禧森跟老人要蚂蚱和知了猴，他倒是不哭不闹，就是不肯吃饭。老人没办法，只好领着孙子到雪窝子里抓黄皮子。

登州地区管黄鼠狼叫黄皮子，有的人说那东西有灵性，于铭忍却不信邪，而且能认准它们的窝儿，从没失过手。

老人有好多逗孙子开心的方式，别看登州的特产是苹果，过去的平常人家吃不起。于迎春买了几筐子送回老家，父亲舍不得吃，全都塞进了孙子的肚皮里。孩子总是嘴馋的，往往是吃着碗里的看着锅里的，于铭忍的办法是把苹果藏在屁股旁，装作要屙屎的样子，然后把苹果拿出来，说终于拉出来一个。

想想挺恶心的，于迎春却不得不佩服父亲。老人用自己的方式把孙子逗得嘎嘎直笑，待于禧淼发现了秘密也学着他屙苹果。

于迎春多想回到从前啊，至少那时候儿子可以无忧无虑，但他现在必须迎接成长带来的烦恼。

023

喝过姜汤，于禧淼回到了自己卧室。于迎春再也合不上眼了，可能是跟梦见二伯父有关系吧。他蹑手蹑脚地走到于禧淼卧室门外，听声响儿子应该还没睡下。

及至凌晨，他偷偷溜进儿子的房间，看到书桌上的日记本，顺手牵羊拿走了。于迎春反复看了很多遍，儿子的文笔不错、思路清晰，这让他感到无比欣慰。

于禧淼在日记里写道：

爷爷曾经对我说，当年我太爷爷还活着，老人家做主，让我爷爷将来把自己的儿子过继给我二爷爷。这在乡下是挺常见的现象，甭说我二爷爷是要上战场，哪怕只是要出远门，也会如此安排。长辈怕人再也回不来，得想办法留下子嗣，不能断了香火。也就是说，我也可以算作是二爷爷的孙子。

早些年，我对爷爷的说法深信不疑，最近几年我才在心里打了个问号——万事皆有巧合，我跟我爹，我爹跟我爷爷，我们祖孙三代都刚好差了30岁，据此推算，我是2000年出生，我爹和我爷爷则是在1970年和1940年生人。

好多事情就怕细算，《登州市志》上记载，我二爷爷加入革命队伍也是在1940年，合着我太爷爷会跟尚在襁褓、狗屁不懂的婴儿叮嘱人生大事，这是不科学的。

请原谅我对祖先不尊不敬，我得知爷爷讲过的话有漏洞时，心里边的确冒出了"狗屁不懂"这个词儿。我没好意思寻根究底，而是为爷爷寻了理由，或许太爷爷是在他5岁的那年说下那番话的吧。

因为让二爷爷献身沙场的那场战争叫水道战役，当年有个说法"铁打的水道纸糊的宁海"，战斗也尤为惨烈。

为什么有那个说法呢？我们老家在半岛上，三面靠海，只有西边接着内陆，水道所处的地理位置是交通要道，占据了那里等于是扼住了半岛的脖子。为了达到长期统治的目的，水道地面上驻扎了一个小队的兵力，也就是说有三十个小鼻子，而宁海却只有一个班十个小鼻子。

或许有人会说只有三十个小鼻子，成不了多大的气候，但他们发展了三百多的伪军和伪警察，那可是一帮子无恶不作的家伙。所以我一直认为某些人群身上天生有劣根性，这群人奴颜婢膝，就跟派出所所长柳叶青一个操行。

还是说那次战斗吧，我查过资料，那天赶上了中国传统的七夕节。据说当时有个深爱着二爷爷的美貌女子，约好了胜利之后就成婚，可惜她等来的是一具尸体，她还不如传说中的牛郎织女，人家每年还能在鹊桥上见一面，她和我二爷爷只能阴阳两隔。

第二章 腊八节

　　我对他们的爱情有着浓厚的兴趣,很想把他俩的故事写成剧本,我始终坚信,如果把它拍成电视剧,肯定会万人空巷。可惜我目前还没那个能力,只能胡乱想想。

　　有些事情是乱不得的,比如我们祖孙三代各差了30岁,这说明我们这一家子人丁不旺。我爷爷兄弟四个,留下了根儿的唯独他一个,到我这里就成了三代单传了。这是老人家耿耿于怀的事情。

　　想到此我冒出了冷汗,我爹暗箱操作,很可能被抓;我又极可能染上艾滋病毒,我们这一枝很可能就此断掉了。

　　于迎春这才晓得儿子怀疑上了自己,他把日记本放了回去,神不知鬼不觉地做完这些,天还没亮。他去厨房熥了几个父亲蒸的馒头,又切了点火腿。火腿和方便面是他的常备物资,他习惯了一个人生活,平日通常是凑合着对付两口。

　　想想不一定合父亲的胃口,于迎春出了小区,想去买点豆腐脑或者豆浆什么的。他印象之中小区门口就有好几个小吃摊,早餐做得挺地道,卫生实惠而且很方便。可他走了好几个路口也没找到。

　　于迎春忽然想起来,大概在前年,市里要争创全国卫生城,要求所有地摊一律取消,城管出面强行驱赶这些摊主,引发了大大小小的矛盾,公安机关也跟着压力倍增。

　　眼下疫情还没过去,摊主响应政府号召,主动把摊位撤了。于迎春不由在内心感慨,老百姓才是最可爱的,他们在关键时候不含糊,即使暂时有想不通的,也会坚决地跟党和政府站在一边。

　　于迎春把热乎的豆腐脑兜在了大衣里,生怕凉了害得父亲胃疼。临进家门前,他听到父亲的声音:"你不是一直问俺你爹的婚事吗?"

　　"爷爷,你终于肯告诉我答案了。"于禧淼的声音带着惊喜。

　　于铭忍不紧不慢地说:"俺给不了你答案,得问你姥姥去。等吃过早饭,拿上点咱腌的腊八蒜,俺带着你去见亲家母。"

于禧淼拒绝了："快拉倒吧，您老人家安安稳稳在家待着，我自己去。"

"也行，你顺道去趟医院，查查那个病毒，也好心里有底儿。"于铭忍刚说完这句话，于迎春进门了。

看着父亲浓重的黑眼圈，他猜想老人家也是一夜没睡踏实。于禧淼没理他，胡乱扒拉了几口就出门了。于迎春想，年轻就是好，头天夜里还发烧，现在啥事儿都没了。

考虑到很久没去看望岳母了，于迎春吃过饭也往那里赶。两家离得很近，也就几步路的距离。岳父是在公安局副局长的位置上心脏病突发猝死的，老人当年主持建了几个家属院，但他们是两代人，也就分住在不同的院落里。

岳父去世后，于迎春很少在岳母家里露面，嘴上说的是工作太忙，那只是借口，真实的原因是不想见到小舅子高振正。他婚后一直跟父母住在一起，成了标准的啃老族。

说起高振正的婚事更是叫人生恨，那家伙不顾岳父的反对，娶了个爱慕虚荣的老婆，岳父一辈子性子刚烈，跟儿媳妇处不来，有人传闻，岳父是被活活气死的。后来高振正在生意场上搞得一塌糊涂，那个老婆也就跟人跑了。

高振正由此名正言顺地赖在了家里，衣来伸手饭来张口，用时尚的话讲，他成了"妈宝男"。这个不孝之子恐怕是岳父一生最大的悲哀。

可自己常年照顾不上父亲和岳母，也好不到哪里去。于迎春莫名其妙地想到了这个问题。

024

高振正没在家，独自面对岳母，于迎春变得笨嘴结舌，毕竟很少陪伴老人，两人之间难免有些生分。

第二章 腊八节

于禧淼姗姗来迟，他在超市耽搁了些时间。老人血糖高，他专门挑了几样适合老人的水果。于迎春为此感到欣慰，心想这小兔崽子比自己要细心。

见到老人，于禧淼旁若无人地冲上前，给了一个大大的拥抱，然后亮起胳膊秀肌肉："姥姥，怎么样，你外孙帅不帅？"

"高了，也壮实了。"姥姥戴上老花镜，反复打量着于禧淼，"如果你姥爷还活着，得有多高兴啊。"

于迎春生怕岳母想到伤心往事，赶忙请她坐下，然后搬来一把椅子，坐在了她跟前。于禧淼则腻歪在老人身旁，还是像小时候一样，把脑袋拱到了她的胸前。

这一幕似曾相识。于迎春隐约记得，岳母最喜欢做的事情就是摸着儿子的脑袋，给小兔崽子讲故事。

岳母还真就摸起了于禧淼的头发，慢悠悠地说："这头发长得好，随你妈。"

于禧淼顺着她的话问道："姥姥，我妈为什么叫高振风，像是个男人名字。"

岳母说："你姥爷给取的名字，跟你舅舅的名字合起来是'风正'，求的是个风清气正。"

于禧淼若有所思地说："原来是有寓意的啊，可惜喽，高振正不正派，白瞎了我姥爷给了那么好的名字。"

于迎春拍了一下儿子的脑瓜子："'高振正'是你能直接喊的吗，他再不济也是你亲舅。"

于禧淼"哦"了一声没再搭话，过了一会儿才挤出笑容说："姥姥，我爹为什么叫于迎春，他这名字太女性化了，倒是跟我妈挺搭。"

岳母笑了："你爹也是有故事的，是你爷爷于铭忍给起的名字，说起来是有来历的，他年轻的时候碰到个腌臜事儿，栽了跟头，他可能是让名字主的吧，能忍呐，直到1978年，他的冤屈才给洗去了，正赶上那年改革开放……"

"妈,提这些陈芝麻烂谷子的事情干吗?"于迎春抱怨。

于禧淼给父亲留了面子,嘻嘻哈哈地说:"有点意思,敢情我爹的名字既代表我家迎来了春天,也代表伟大的祖国迎来了春天。"

岳母夸赞:"我外孙就是聪明,一点就透。"

"那可不,也不瞧瞧是谁的后代。"于禧淼趁着老人高兴,直接问道,"当年我妈怎么看上的我爹?"

岳母说:"那会儿呀,你爷爷和你姥爷是同事……"

"什么?我爷爷也干过警察?"于禧淼急切地问道。

话音未落,高振正开门回家了。他一看于禧淼的姿势,又冷冷地瞥了于迎春一眼,阴阳怪气地说:"自己的妈死了,跑来找我妈来吃奶了。"

于禧淼忽地站起来:"高振正,你老大不小的人了,会说句人话吗?"

"我说的鬼话,你不也听懂了吗?"高振正走过去拿了个火龙果,哼哼唧唧地说:"学会办人事儿了,知道买点水果孝敬你姥姥,往后勤跑着点儿。"

于禧淼恶狠狠地问:"你吃了就不怕烂肠子吗?"

"跟你爹一路货色,永远不晓得尊重人。"说罢,他扭头朝于迎春翻了个白眼。

于迎春发火:"你值得尊重吗,全身不缺一个零件,还死乞白赖地让咱妈养着。"

高振正把火龙果扔在了茶几上,阴笑着跟他对视。

于迎春不再吭气,他担心岳母的身体状况,他知道老人丧夫丧女所要承受的压力,在她面前争吵是极不人性的行为。

高振正根本不管这些,他用阴森森的语气说:"吃里爬外的东西。"

岳母带着哭腔说:"你俩都闭嘴,传出去是天大的笑话。"

高振正嬉皮笑脸:"太滑稽啦,从你们把我姐嫁给他的那天起,

第二章　腊八节

就没法改变了。没有我爹，怎么会有他于迎春的今天，他们一家人都不知道感恩……"

岳母捂住胸口说："儿啊，你是想逼死我吗？"

还没等于迎春搭话，于禧淼搀扶起老人，义正词严地对高振正说："当着姥姥的面，我可以不计较今天你说过的话，但下次不会放过你。"

"外甥啊，你很生气是吧，你可以弄死我，你爹再把你抓起来，又可以立功了。"高振正挑衅道。

于禧淼冷笑："你想得美，你根本不配，我等着看你不得好死。"

听了这话，高振正居然冲老人撒娇："妈，你可听见了，他咒我死，这就是你的宝贝外孙。"

"高振正，不就是因为你姐夫在生意上没帮过你吗，你能让他犯错误吗，你干不好买卖是你没本事，你非得把这个家闹得鸡犬不宁吗？"老人气得腔调都变了。

看着高振正鬼里鬼气的样子，于迎春忍了又忍，还是换上了笑模样。他不打算说什么了，可这小舅子竟然朝他啐了一口。

于禧淼跟父亲站在了同一阵营，用凶狠的目光死盯着高振正："姓高的，你生意上干不出名堂，怪不得任何人，只能怪你自己是个窝囊废。"

高振正的嘴动了一下，刚要说话，手机铃声响了。他看了一眼来电显示，眉眼间全是笑。他撇下其他人，跑到客厅里接电话。

他恬不知耻地冲着手机说："是我，于迎春的小舅子……别跟我客气，一回生两回熟，三回四回好朋友……多大点事儿啊，兄弟们就该互相帮忙……没错，亲兄弟也得明算账，按照江湖规矩来……不能讨价还价，把脑瓜子拴在裤腰带上，都是冒着风险的……"

于迎春实在听不下去了，不必动脑就能想到电话那头在说些什么。他努力让自己更加自然，把嘴巴凑到岳母耳边，轻声问她："妈，跟我回家，好吗？"

岳母唉声叹气地说:"哪儿也不去喽,上辈子作了孽,我得还呐。"

于迎春没再劝老人,灰溜溜地逃离了岳母家,他认为自己亏欠家人的太多。

于禧淼跟父亲前后脚出门,他在大街上漫无目的地行走,他不知道将去往哪里,只是想一路走下去,去个没人的地方,最好是海边。他想静静地坐在那里,什么也不干,只需要动用自己的眼睛,去看日出日落、潮起潮落。

他更想藏身于某个角落,让谁也找不到,因为于禧淼所感知的这个世界,所有事情都那么复杂,复杂到同一屋檐下的亲人之间反目成仇。

025

于迎春何尝不知道小舅子搞的那些伎俩,高振正多次打着他的旗号在外面招摇撞骗,他不可能坐视不管,约对方到办公室谈话,那家伙死活不露面。

那段时间他没少往岳母家里跑,老太太一把鼻涕一把泪,护着自己的儿子,作为女婿尤其是爱妻已经病故,于迎春有苦难言。要么说家家有本难念的经呢。

这次倒好,高振正明目张胆,当着他的面通那番电话,毫不回避想钻空子的事情。于迎春心想姑且让他折腾吧,小舅子就好比腌制的腊八蒜,有一瓣烂掉了,那就让它烂到底吧。

儿子在高振正的问题上虽然跟于迎春一条心,但他还是由此联想到年轻一代。于禧淼这批00后马上就加入警队了,他总觉得儿子这一代人缺乏责任心。他还真不是杞人忧天,00后的辅警也招进来一大批,他们比前辈们少了吃苦的精神,没事儿就知道玩游戏,受网络的毒害极深。

于禧淼也喜欢玩游戏,他刚要给儿子发送信息嘱咐几句,成清

第二章　腊八节

波敲门而进，恭恭敬敬地把手机递给于迎春："局长，马书记电话。"

于迎春无可奈何地接过电话，马玉海的声音传到了耳朵里："小于，上次跟你说过，咱们政法系统的教育整顿工作务必要落到实处，我是打公安机关起家的，你们一定带头做好榜样，别让我这老脸没处搁。"

这回必须明确表态了，于迎春对着话筒高声说："书记大人，市局党委坚决执行上级决策，固化前期的工作成效，把整顿活动抓细抓实，绝不流于形式。"

马玉海自知这都是应承话，笑哈哈地说："我还是有顾虑啊。"

于迎春假装着急："马书记对我这么不放心？"

马玉海很聪明，跟着换上了埋怨的语气："你可得管管你那相好的，她找了好几位领导给我打招呼，以比克律集团的名义约我吃饭，'八项规定'摆在那里，咱怎么能随便接受吃请呢，也不知她怎么想的。个别领导也操不完的闲心，说是政法系统要给地方支柱企业保驾护航。"

"老领导，我明白你的意思。"于迎春说了句温吞话，既像是表了决心，又像是随口撂下的一句废话。

明知不好捅破那层窗户纸，马玉海也就不再多说，聊了些天气很好之类的废话，才挂断了电话。

于迎春有些烦躁，他跟柏洁的相识是马玉海牵的线。在一次聚会上，马玉海说二人孤男寡女、郎才女貌，可以凑成一对。这本是句玩笑话，传出去之后成了他俩正在筹备婚事。

更有传言，说柏洁以于迎春的女人自居，声称只需于禧淼点个头，她就会风风光光地嫁到老于家。他百口莫辩，好在人们的兴奋点总是在变换，传来传去也没了下文，否则他很可能因男女关系问题栽跟头。

于迎春强迫自己不再瞎想，教育整顿已经开展好长时间了，既然马玉海点到了这项工作，他就得有回音。结束通话之后，他把手机还给成清波,也顺便交办了任务,让成清波搜集材料,起草一份总结报过去。

哪知成清波离开没多会儿,又跑过来让他接听黄仁重的来电。

于迎春把手机接到手里。他看似漫不经心,心里却赫然而怒,马玉海是老领导,让成清波跑跑腿倒也情有可原,你黄仁重是什么玩意儿,不就仗着有点破钱吗,也学着搞那一套。

"黄总,有何贵干?"生气归生气,于迎春还是调整了状态接听电话,这话说得他自己都感到恶心。

黄仁重夸张地笑着:"这个时间点约你吃饭,不算是临时凑酒局吧。"

于迎春也跟着打哈哈:"言重了,你是民营企业家的精英,成天日理万机,能想起我来,十分荣幸。"

黄仁重说:"比起市长助理、公安局长,我这都是小打小闹。既然你都这么说了,今天晚上可得赏脸啊,还有神秘贵宾出席啊。"

"好,我手头正忙,一会儿再给你回话。"于迎春本想回绝,话到嘴边还是改了口。

黄仁重盛气凌人地说:"就这么定了,不许反悔啊。我这就把位置发给你。"

挂断电话,看着成清波猥琐的样子,于迎春气就不打一处来,心想这办公室主任干得非常到位啊,给地方企业提供了优质服务。

成清波偏偏不长眼,唯唯诺诺地说:"于市长,晚上几点过去,我安排一下车。"

于迎春带着嘲讽的语气说:"今天晚上你替我去吧。"

"万万不可,我这档次也上不得桌面。"成清波低声下气。

于迎春笑了:"你完全可以代表,都能把电话直接打到你的手机上,还有什么不能的?"

成清波一脸无辜:"我也不晓得是怎么回事儿,可能是怕你手头正在忙,从我这缓冲一下,我以后会注意的。"

第二章 腊八节

于迎春气得心里发狠，成清波还真行，分分钟就给自己找了理由，细琢磨好像还挺有道理，让人觉得劳苦功高。他刚要训人，黄仁重用微信发来了晚宴的地址，手机提示音给他提了个醒儿，不能随便动肝火，该团结的力量还是要团结。

他又换上了笑模样："也没什么大不了的，等回头见到老黄，我得跟他说道说道，不能颐指气使，把我的办公室主任当成他自己的了。"

成清波也跟着笑："今天晚上你不过去了？"

于迎春说："我不是跟你讲了吗，晚上你替我跑一趟。"

成清波稍作迟疑，接着说："这样不妥吧，毕竟答应了人家。"

于迎春不好再发作，依旧微笑着说："我也没给他留准话儿，你就跟他说家里有点麻烦事儿。"

成清波问："家里有什么需要我跑腿的吗？"

于迎春说："也没什么大不了的，你可能听说了，我儿子被一个艾滋病毒携带者给抓伤了，他终究是个孩子，没经历过事儿，我陪陪他。"

成清波夸张地说："中国好父亲，得向局长学习。"

"别恭维了，回去准备准备，换身利索的衣服，确保准点儿过去。"于迎春朝成清波挥了挥手。

F 鸿门宴

026

于禧淼"中彩"一事惊动了彭学民，他专程去了趟鱼鸟河派出所。不管于禧淼多么抵触，他几乎是把人给扭送到了医院。

他告知于迎春，看守所副所长和嫌疑人的检测结果呈阴性，让于迎春回家陪陪老人和孩子。于迎春未置可否，彭学民数落一顿。也是，自打于禧淼上了大学，祖孙三代再也没一起吃过一次正经饭。逢年过节是公安最忙活的时候，平日里好像谁也想不起来聚一聚。

彭学民让于迎春亲自下厨，为一老一少张罗一顿晚餐。回想起来，于迎春得有好些个年头没动手做饭了，最后一次进厨房还是儿子周岁生日的那一天，那时妻子、岳父都还活着，他们对自己的厨艺赞不绝口。

于迎春身上有个小秘密，只有彭学民等为数不多的人知道。

他当兵的生涯中，有一年是在连队炊事班干班长，这在战斗部队仿佛是很丢人的差事。他进公安队伍时属于特殊关照，当时划定的杠杠是必须是战斗班班长，负责外调的政治部门发现他有那么个经历，便想把他拿下，换上别的人。于迎春的岳父大笔一挥，签上了意见，他才穿上了警服。

于迎春说此生留下了遗憾，岳父和妻子没跟着享一天福，更没看到他如今的成绩。老人家当年对自己寄予了很高的期望，否则也不会把爱女嫁给自己。彭学民总是安慰他，说这或许就是命运，命运是很会捉弄人的。

好不容易做通了于迎春的工作，刘开推门而进，彭学民看着刘开的脸色不对，嘿嘿一笑先行告辞。刘开也不说话，扭身一撅屁股，侧倚在沙发上，闷着头操作手机。

刘开通过微信把一段视频发给了于迎春，于迎春一看差点吐血。画面中，柳叶青和于禧淼头拱着头在吃饭，他们都穿着警服，画面一切，转到了室外，警车停在路边，很招摇。

这段视频配了文字，大概意思是公安民警不好好上班，开着警车跑到外面吃饭，质问纳税人的钱花哪儿去了，养着这样的公仆浪费资源。网友的评论一面倒，要求公安局的领导管管，别让手下的人光知道吃吃吃，都成了吃货，谁来负责维护社会治安。

第二章 腊八节

刘开添油加醋地说:"瞧见没有,你这宝贝疙瘩马上就成吃货了。"

于迎春闹了个大红脸,吭吭哧哧地说:"安排下去,通报批评。"

刘开笑着说:"是该批评慈不掌兵吗?"

于迎春此时已经无心再回家,更甭说下厨做饭了,他停顿片刻才问:"你找我就为这个事儿吗?"

刘开反问:"嫌事情太小?"

于迎春叹口气说:"你不要曲解我的意思,说吧,你找我肯定不是为了扯闲篇儿。"

刘开收起手机,问道:"昨天的视频看过了吗?"

于迎春说:"想不看都不行,你找的那个民警挺虎,直接把电话打到了我这里,问我他的表现如何。"

刘开说:"不虎我还不用呢,既然不让公开车良德的死讯,我就替你打好掩护。"

于迎春本想责怪对方搞得满城风雨,话到嘴边又变了:"这样吧,黄仁重晚上攒了个饭局,你替我去趟。我也不瞒你,把黄三儿放了,是为了摸透比克律集团的底儿。"

"鸿门宴,不去。"刘开张嘴就拒绝了。

刘开总是给人混不吝的感觉,他明明把话说得很死,等于迎春已经不抱什么指望了,他又问晚宴的时间和地点。

于迎春心里有数了,他低头看看表,才不慌不忙地说:"时间赶趟,再坐着聊会儿。"

刘开说:"行,咱聊上五毛钱的。"

两个人天上一脚地下一脚地扯了一会儿,刘开忽然转了话题:"我昨天安排发的那个视频也不保险,黄仁重生性多疑,很少会相信别人。"

于迎春轻描淡写地说:"所以才让你去跟他吃顿饭,让他相信咱放过了黄三儿一马。"

刘开接着笑:"你就不怕我被拉下马?"

于迎春说:"他把你拉下了马,我再给你送头骡子,照样往前赶路。"

刘开正色庄容:"这顿饭没那么好吃的,我怕吃撑着了。"

于迎春开玩笑说:"我给你备点消食儿的胃药。"

刘开说:"你别嬉皮笑脸的,哪怕前边是刀山火海我都敢闯,只怕被黄仁重看出了破绽。"

于迎春耍起了赖皮:"视频是你一手策划的,事情办不好,责任都在你身上。"

"就没看见过你这号的,谁让我在你手下,是给你扛活儿的呢。"说完,刘开又笑嘻嘻地问:"我刚才又策划了个视频,你要不要看看?"

于迎春说:"行啊你,紧跟时代步伐,视频我就不看了,把内容给我简单说说就成。"

刘开说:"你刚才看的那段视频不全面,有人断章取义,唯恐天下不乱。派出所的主要业务归我们治安,看到视频之后我就派人去查了,把快餐店的监控调出来了,也问了小店的老板。当时柳叶青带着我大侄子只是在那里简单对付了一口,后来也问过柳叶青了,他们去看守所提审嫌疑人,也没顾得上吃午饭。"

于迎春问:"情况属实?"

刘开说:"我干吗要骗你,柳叶青跟我说,于禧淼挺能吃苦的。"

于迎春笑了:"柳叶青是个马屁精,他的话不能全信。"

刘开也嘿嘿直笑:"不管他的话可信不可信,我也不能让手下的民警背黑锅,这样的事情如果认了,抹黑的是咱公安机关的形象。所以我就安排人重新剪了段视频,现在已经炒起来了,网友们的留言很暖心,说警察周末加班该表扬,更多的人是为两个人点赞,还建议咱们给他俩嘉奖。"

于迎春不屑一顾地说:"这么点事儿就嘉奖,那咱的民警人人都可以立功了。"

刘开嬉笑着说:"不过,也招来了麻烦,网民还是很有本事的,他们人肉到了柳叶青所在的单位,半个小时不到,鱼鸟河派出所收到了一堆吃食,有黄焖鸡,有红烧肉,有热奶茶,还有腊八粥,咱局机关在职人员都在位的话,够吃一顿的了。"

于迎春感慨道:"老百姓还是热情啊。"

刘开喜笑颜开:"热情得很,好些女网友点名嫁给于禧淼,你挑挑,也好早点抱孙子。"

027

推心置腹地考虑到于迎春的难处,刘开始终没闲着。譬如他安排王保生拍的那段视频,向公众高调宣布黄三儿与车良德的纠纷;再比如他派人调查网上炒作的开警车就餐的问题,为柳叶青和于禧淼洗刷了"罪名"。

据调查,于禧淼被嫌疑人抓伤,非但没休息,还主动向柳叶青提出去单位加班。柳叶青婉言拒绝,说他要去看守所提审那个嫌疑人。于禧淼非要跟着去,这给柳叶青出了个难题。

事后,柳叶青介绍说,他对于禧淼的表现很满意,因为于禧淼在嫌疑人面前表现得镇定,出了那档子事儿,换做旁人很难控制住情绪。

嫌疑人姓连,叫连部,属老鼠的,今年是本命年,戴着个眼镜,文质彬彬的样子。于禧淼在抓捕他的时候产生过错觉,以为抓错了人。刘开也提审了连部,他悔恨交加,再三道歉,说自己不该反抗,应当束手就擒。

"你为什么要抓伤看守民警?"刘开问了个无关的话题。

连部说:"我不想坐牢,我以为自己得了艾滋病,你们就能把我放回去。"

刘开恨其不争:"你是登州大学的在校研究生,一点法律常识都没有吗?"

连部怯懦地说:"能别告诉学校吗,我马上就要毕业了。"

他怕刘开不同意,惭愧地讲了个人的状况——父亲是个退伍的伤残军人,讨的老婆也是个残疾人士,两口子只能干点轻快的农活儿,再靠着一点抚恤金勉强度日,他本来考上了省外一所大学的研究生,迫于生活压力放弃了,也迫于生活压力铤而走险。

连部没有说谎,刘开所掌握的情况与之相符。在柳叶青提审连部的时候,连部也提出了个人的这一诉求,于禧淼为此向柳叶青求情,让他网开一面,对连部从轻处理。

刘开心想,于禧淼还是年轻,在他的理念当中,过于善良的人当不了好警察。

让他意外的是,柳叶青最终还是答应了于禧淼,因为连部过得穷困潦倒,偷了别人点的外卖。如果真要称之为盗窃的话,盗窃金额不足以定罪。

为了确认个别细节,他们又回到了审讯室。连部立功心切,又主动交代,说之前还偷过几次外卖,柳叶青没让他说下去。

连部慌了,吞吞吐吐地说:"我揭发,揭发黄三儿……"

柳叶青换上了严肃的表情,他语气冰冷地说:"连部,你看着我的眼睛,不许说假话。"

连部仰脸看着柳叶青,一字一顿:"不敢有半句谎言。"

据他供述,黄三儿通过注射艾滋病毒且提供疫苗的方式控制了他,让他运送毒品。柳叶青挨个问了一通,连部都提供不了有效证据。这是个很大的收获。

于禧淼缺乏经验,他没想到背后还牵扯了这么多事情,柳叶青也乐意做个顺水人情,以证据不足为由,为连部办理了相关手续,就此结案。

既然把人无罪释放,刘开索性让于禧淼关注连部,毕竟他们是

第二章 腊八节

同龄人，沟通起来更方便。

于禧森让刘开放心，说连部对他和柳叶青千恩万谢，还主动加了他的微信好友。他分析说，很可能是为了显示人性化执法，柳叶青驾车把连部送回了居住的出租屋，通过屋子里简陋的摆设，可以初步判断连部所说的情况属实。

刘开心想小家伙孺子可教，至少爱动脑筋，乐于通过表面现象去深挖事物的本质，是块当警察的料。

出于对职业的认同，他巴望着身边的亲朋好友多穿上警服，跟自己成为战友，与妻子分道扬镳，很大的原因是他成天念叨要把儿子也培养成警察。于禧森是警察的后代，眼见着正处在成长期，刘开更想阻止网上的那些流言蜚语。

刘开很快查清了，网上热炒的那段视频事出有因——

回到派出所，柳叶青对连部一案又补充了一些材料，于禧森一直陪在他身旁，时不时地给他端茶倒水，据说这让柳叶青有些受宠若惊。

忙活完之后，已经下午两三点了，柳叶青邀请于禧森出去吃午饭，于禧森模棱两可地应了。

午饭是在派出所附近的一家快餐店解决的，饭菜很简单倒也可口。柳叶青一边吃，一边责备自己没有关心好于禧森，导致对方被连部抓伤了。

于禧森一直没应声，快要吃完时，才默默地注视着柳叶青的脸，犹豫再三，提出了疑问："柳所，咱今天上午没做错吧？"

柳叶青用手掌在空气中劈了一下："审讯室里都有监控，遵照疑罪从无的原则，咱们的操作没问题。"

于禧森又问："连部偷外卖的事情处置得当吗？"

柳叶青用餐巾纸擦了擦嘴，向他解释："这我可得给你普及一下，有些案子是有弹性的，你往左偏一点儿，它就是偏左的结果，往后你慢慢就晓得了，碰到居民纠纷，双方各执一词，很难定性，有时候就得和稀泥。你先坐着，慢慢体会。"

说完，柳叶青结账去了，于禧淼一直没挪窝儿，脑子里却是一团糨糊。他难以理解柳叶青的说法，为此向刘开讨教。

"柳叶青说得没错，好多事物都是有弹性的，但如果举一反三，也可以确认，黄三儿搞出了人命案，假如你爹收受了贿赂，也会利用职权之便玩出花样。目前的发展形势已经证明了这一点。"刘开实在，把个人的想法和盘托出。

于禧淼自问自答："我爹为什么在纵容我舅舅？明眼人一看就知道，高振正借着他的身份在搞事情，我不相信他未曾发觉，他只是睁一只眼闭一只眼罢了。真要想管的话，他那个狗屁小舅子根本不敢蹦跶。这是板上钉钉的事情。"

探讨这一问题之时，于迎春父子还未去岳母家，还没跟高振正发生过交集，于禧淼只是就事论事。当然，于迎春对黄三儿一案的态度，让刘开也心生疑虑，自知失言，他没再多说。

他根本没想到于禧淼那时已经魔怔了，以至于忽略了一个重要细节：连部的结果为什么也是阴性。

028

把视频的事情解释清楚了，刘开起身要去赴宴。走之前他也提醒于迎春回家陪陪儿子，说大侄子摊上了腌臜事儿，别再有什么想不开的。

于迎春摇了摇头，心想老大不小的人了也该成熟了，这点打击都经受不起，以后也干不好警察。他自顾自地说："那小兔崽子看到网友那些暖心的留言，会受到感动和鼓励，这也省去了我回家的麻烦。我们爷儿俩长期不交流，也确实不知道该怎么跟孩子沟通。"

刘开取笑他能管好队伍，却处理不好家务事儿。这是很普遍的现象。于迎春说："我不打算回家还有个重要原因，我不放心黄仁重

第二章 腊八节

安排的宴请,嘴上让严惩黄三儿,却无事献殷勤,非奸即盗。"

刘开心想也是,黄仁重到底在搞什么鬼把戏,他还捉摸不透,但有一点是肯定的,那家伙肚子里绝对憋不出泡好屎来。

于迎春又说:"我后悔一时脑热,把成清波也给派了过去,假若光你独自赴宴,绝对能掌握好火候,来个智取威虎山,把黄仁重忽悠得团团转。"

成清波跟于迎春不是一条心,也是公开的秘密。刘开因此大包大揽:"这点事儿都搞不定,我把'刘'字倒过来写,我来个智取威虎山,把姓黄的折腾个屁滚尿流。"

于迎春猛然想起了自己的三伯。在父亲于铭忍口中,三伯去了东北深山老林之后,是个无所不能的虎胆英雄,曾经独闯土匪窝子,生擒了一窝杀人不眨眼的恶魔。

在部队当炊事班班长的那一年,于迎春起初是不情愿的,父亲说三伯当年刚去东北的时候就是负责掌勺做饭的,他才勉强接下了那个营生。但他总觉得事情没有那么凑巧的,对父亲口述的那些历史也就半信半疑了。

他现在对刘开是深信不疑的,也丝毫不怀疑刘开的能力,但有成清波同时在场,于迎春心里就没底气了。万一成清波瞎说一通,引起了黄仁重的警惕,那就前功尽弃了。

于迎春忽然想给彭学民去个电话,他想了想还是作罢,这两个家伙各有所长,却有个共同的毛病,不喜欢别人对自己评头论足。尤其是刘开,如果自己认定的事情,别说是他这个局长,哪怕是天王老爷来了,也不会给对方留面子。

于迎春也很难拿捏分寸,案子是黄三儿犯下的,事先没有预谋,属于激情犯罪,跟黄仁重八竿子打不着,而且在那封亲笔信里,人家已经把自己撇清了关系。

对黄仁重私下展开调查已经有些时日了,源于他曾经的黑历史。公安部党委要求各级公安机关侦办陈年积案,光去年就破获了命案积案5281起,案发时间最长的达42年。这让于迎春坚定了继续查下去的信心。

只不过黄仁重是公众眼里的焦点人物,让办案人员举步维艰,也让于迎春如履薄冰。从某种意义上讲,车良德命案等于是让之前的行动提速了。

登州地区的酒场规矩多得吓人,不过也有人开玩笑说,国宴的设置就是参考了登州的酒文化。能称上"文化"必然是得有些底蕴的,登州的酒桌文化的确是有讲究的,如若掌控不好节奏,很容易露怯。

有必要简单普及一下这方面的知识。

包间正门对着的是主陪位置,右手边是主宾,左手边是副宾,也就是席间最重要的两位客人,正好跟会议主席台上领导的排序相反。主陪的对面是副陪,右手和左手边分坐着三宾、四宾,副陪通常是买单的冤大头。

有些复杂的还设有三陪、四陪,主要任务是把客人陪好,最好是能把客人们都灌醉。至于那些地位略低的客人们,在开席之前都会互相谦让,别看他们嘴上说是不在乎,其实对坐在哪个位置都很在意,让过一会儿,也都会根据自己的身份坐到相应的位置上。

有时也会因此闹出笑话,酒至半酣,有客人因为对自己座位排序不满,会借着酒劲儿闹腾,严重的还会大打出手。这在登州地区较为常见,不少基层派出所的民警夜间经常接到这样的警情,为此叫苦不迭。

众人坐稳之后,先上若干凉菜,再上热菜,上多少菜也是有讲究的,反正是不能上单数,单数不吉利。等凉菜上齐了,热菜上了一道或者三道,主宾带头吃菜,主陪才招呼着喝酒。

过去喝酒通常是连喝六杯,主陪敬三杯,副陪敬三杯,完事再捉对厮杀。所谓捉对厮杀听起来挺血腥,实际上是客人之间互相敬酒,那自然是排着队的先敬主宾,然后副宾、三宾挨个儿排下来,

第二章 腊八节

绝对不能胡搞乱搞。

最近几年又有了新的规矩，主陪敬三杯，副陪和三陪、四陪依次敬酒，凑起来总共是七杯酒，图的是个吉利——七上八下，好像人人干掉这七杯酒，便能平步青云。

这些还不算什么，只要酒桌上端来了鱼，喝酒就有了新的由头，有段顺口溜，说是头三尾四背五腹六，意思是鱼头冲着的人喝三杯，鱼尾分叉指向的那两个人各自喝两杯，至于鱼背和鱼腹对着的人可就惨喽，他们分别得喝五杯和六杯。问题是登州靠海，通常都用海鲜招待客人，会上各式各样的海鱼，让人眼花缭乱。

光是这样还不行，虽然上鱼的时候都事先有过安排，但终究不可能面面俱到，对照顾不到的重要客人，陪客人的一方会夹起鱼的眼睛，毕恭毕敬地搁到那人的餐盘里，然后给人敬酒，寓意是高看人一眼。

就连酒场接近尾声，主陪还要邀请客人集体喝个团圆酒。

忘了说了，但凡嘴皮子利落的人，每敬一杯酒都会捎带着说上句吉利话，让客人不喝都觉得对不起老祖宗。尤其是一开始的那七杯酒，每一杯酒都有美好的寓意，让人领略到非同一般的酒文化。

毋庸置疑，这就是登州特色。

029

关于登州的酒场规矩，能够讲上三天两宿。

外地人到登州都是竖着进来横着出去，很少有人能躲过这一劫，有人说登州人故意使坏，是在整人。登州土著却不这么认为，让客人喝趴下了才叫热情好客。

如此冗长的叙述是因为这天的晚宴完全乱了规矩。

刘开显然没有想到，马玉海也会到场，这就是黄仁重嘴里说的神秘贵宾。刘开和马玉海有点旧怨，两人坐到一起就不那么自在了。

倒是成清波见到了旧主子，欢喜得像哈巴狗一样上蹿下跳，以至于马玉海再三提醒他今天坐在副宾位置上，也是个客人。

是的，马玉海端坐在主陪位置上，黄仁重干了副陪，他们把刘开让到了主宾的座位上。刘开再三推辞，也没推掉，谁让他是代表于迎春赴宴的呢。

凉菜还没上齐，马玉海就端起了酒杯，他没说祝酒词，仰头就把杯中酒干掉了。刘开喝酒海量，倒是不怵头，但这样开场让他隐隐不安。

刘开跟着把酒喝掉，马玉海才说："小刘，你既然是替于迎春来的，那就先罚你三杯。"

刘开刚想讨饶，马玉海又说："你们公安局分明是瞧不起我嘛，仁重同志说了会有神秘贵宾出席，用脚丫子想想都能猜到是我马玉海要来。当然喽，我也不敢妄称是贵宾，我是打算把于迎春敬为贵宾，可他不赏脸。"

这话一撂，刘开把三小杯酒倒进一个大杯子里，一口喝净，朝马玉海笑了笑。马玉海摸着自己的肚皮，顺时针揉了三下，逆时针又揉了三下，什么话也没说。

刘开正寻思着怎么变被动为主动，黄仁重端着酒杯站起来，走到他身旁，笑吟吟地说："刘支队豪爽，是个真爷们儿，我就敬佩这样的人，马书记刚才是罚的酒，鄙人不敢跟领导平起平坐，这么着吧，我先干为敬，你也喝上三杯。"

说罢，黄仁重仰脖把酒干了，两眼直勾勾地看着刘开。刘开一想这是要故意灌酒啊，他微微一笑，还是那一番操作，把三小杯酒合到一起，再次饮净。他吧嗒了一下嘴，心想看你们还能玩出什么花样来。

正这么想着，成清波身旁坐着的柏洁站了起来，她扭动着丰腴的腰肢款款走向刘开，端起了他的酒杯说："帅哥，咱也是老相识了，我陪你喝上三杯。"

第二章 腊八节

刘开主动跟柏洁碰杯。在往嘴里灌酒的时候，他在心里想，自己是代表于局长来的，不能认怂啊。他索性放开了喝，来者不拒，连成清波过来敬酒，也没拒绝。

马玉海搞得是"三种全会"，一般的人根本招架不住，刘开硬生生地撑了下来。他连吃口菜的机会都没有，愣是空腹灌进了数不清的酒。他想坏了要出事儿。

所谓的"三种全会"是把三种酒汇聚到一块：白酒是登州古酿，号称是抱个姑娘过来；红酒是烟台张裕的卡斯特干红；啤酒是青岛啤酒。这是登州酒场上的绝杀技，可刘开的表现让马玉海深感不快。

他朝黄仁重使了个眼色，拍拍屁股走人了。刘开也站起来，想赶紧溜掉，柏洁却纠缠住他，非要请他去做足疗。成清波也胳膊肘往外拐，帮着人家使劲。

公安队伍纪律严格，禁止警务人员接受宴请，更不能出入娱乐场所，刘开在心里琢磨，没什么大不了的，一切都是为了工作需要。

他心中有数，整场酒下来是他一个人的独角戏，什么也没谈，估计是黄仁重沉不住气了，想在洗脚的时候聊黄三儿的事情。就这么一念之差，他爽快地答应了。

吃饭是在观海大厦，是比克律集团旗下的子公司，集餐饮、住宿、休闲和购物于一体。他们从吃饭的包间出来，乘电梯下楼，就到了足疗店的门。

柏洁安排了个大包间，足疗技师清一色的是中年男子，穿得板板正正，让人感觉很正规。刘开四仰八叉地躺在了足疗椅上，接受技师的服务。

这个时候，黄仁重提议再喝点儿，刘开心想开弓没有回头箭，已经喝了这么多了，喝就喝吧，没什么大不了的，正好趁着酒劲，聊起来黄三儿那起案子，说错了话也可以反悔。

黄仁重让人上了白兰地，说烟台白兰地是国内口感最好的，他招待外宾的时候都拿这个酒。刘开对个人的酒量非常自信，照旧来者不拒。可他左等右等，还是没人提及黄三儿的事情。

做完足疗，黄仁重回去休息了，成清波也悄声离去，剩下柏洁不依不饶，说刘开整晚上没吃什么东西，要请他去地摊撸串儿。刘开已经有了醉意，盛情难却，就跟着去了豪情烧烤广场，其间也没留意于迎春打过电话。

到了烧烤摊，他大大咧咧地坐在马扎上，柏洁点了大腰子，说给他补补肾，又要来几瓶三鞭酒。刘开总觉得不对劲儿，也采取了应对措施。

三鞭酒是那种小瓶装的，一瓶二两半，柏洁对瓶吹，一口一瓶。刘开不甘示弱，豪气冲天地跟柏洁拼起了酒。实际上，他搞了鬼，每喝一口都会用纸巾擦嘴，一滴都未喝进肚子里。

刘开装作不省人事，样子足以以假乱真。柏洁喊人把他扶上了车子，载着回到了观海大厦，安排住进了一间客房里。

只剩下刘开一个人了，他心想鸿门宴绝非灌醉酒这么简单。他赶紧起身，打开手机的录像功能，把手机放在角落处，镜头正对着大床。手机上有三十来个未接电话，都是于迎春打来的，现在也顾不上了。

果不其然，柏洁又带来个衣着暴露的女人，她俩合伙把刘开的上衣脱了下来。那个女人躺在他身旁，把他当成了醉汉，又是搂又是抱。

刘开眯缝起眼，看到柏洁正冲着床上拍照。他索性配合她们把这出戏演了下去。

030

一切都风平浪静。

刘开也把被拍不雅照的事情报给于迎春，自己该吃吃该喝喝，好像什么事情都没发生过。这对一般人来说是不可思议的，那些暧昧照片很显然是掌控在柏洁手里，随时有可能制造出爆炸性新闻。

于迎春倒是不怕不雅照被传播，毕竟刘开有视频自证清白。但凡有人敢借助它动歪心思，都能顺藤摸瓜查出背后的始作俑者，因为不管用哪种方式发布视频，最终都能找到它的出口在哪里。这是科学技术给公安现实斗争带来的新变化。

成清波曾经在他的材料中写过："与地方科研机构的合作让科技强警建设如虎添翼，科技强警战略的实施已经为我市公安工作插上了腾飞的翅膀。"

在会上讲话的时候，于迎春一字不落地念了这句话。搁在平常，刘开恨恶这类描述，他喜欢听干货，那些会议讲话惯用的排比句、形容词等等，令他头痛。

为此，他问过于迎春，于迎春说当时之所以照本宣科地读出来，是因为在这方面的工作他们确实取得了成绩。

省公安厅下发的通知里说，公安机关作为维护国家安全和社会稳定的主力军，要实现社会治理能力跨越式发展，必须进一步增强自主创新能力和技术研发能力，从而提升警务科技化水平。印在文件材料中，这仅是一行小字，落实起来得靠大量资金投入做支撑。这也是令相关部门领导挠头的事情。

经费捉襟见肘是摆在他们面前的困难。经济社会发展不是空喊口号的，方方面面的建设，尤其是事关人民群众利益的社会化保障，各个主管部门都在伸着手要钱。有道是巧妇难为无米之炊，连买米的钱都搞不到，主管部门只能各寻门路，有的跑到省里、部里找资源，有的琢磨着通过银行办理政府贷款。

于迎春的高妙之处在于，他联系了几家实力雄厚的科研机构，为他们勾画了打造"安全智慧城市"的蓝图，然后提出哪家愿意先搞出个样板来，将来这方面的业务就给谁。这是块大蛋糕，自然有人趋之若鹜，一时之间跑来求情跑关系的人挤破了脑袋。

据刘开所知，其间马玉海等市领导打过招呼，推荐比克律集团，于迎春心知肚明，凡是有钱赚的项目，黄仁重从不肯落下，有时还会亲自上阵，调度人脉关系。

最终是经过横向和纵向的对比，确定了由两家国企垫资完成样板项目的建设。于迎春当时还专门征求了刘开的意见，他算计好了，跟公安方面直接打交道的是科研机构，科研机构再去找哪家企业投资，那就跟市局产生不了直接的关联了。

刘开印象深刻，项目投入使用的那天，于迎春把市里几大班子的领导，以及日后可能涉及的党政机关部门领导全都请过去参观。市委书记和市长出面了，其他人不好推辞，令人叫绝的是项目建设在市委一宿舍和二宿舍。这两处参观地点是他精挑细选的。

所谓的宿舍是市委家属院，大多数市委市政府的领导都住在那里。领导们乘车到达一宿舍后，于迎春让刘开负责解说，刘开也不搞虚头巴脑的，而是单刀直入。

他向头头脑脑们介绍："这里是领导们居住的大院，咱不用下车，直接去市局。"

中巴车把领导们送到了市局机关，于迎春引领他们进了指挥中心，他站在大屏幕前，让值班民警调出了一宿舍和二宿舍的所有监控。他请市领导随便选一个监控点，市委刘书记笑眯眯地拿鼠标点了个监控摄像头，画面接着放大，出现在大屏幕上。

经过监控点的各色人等映入人们的眼帘，画面中的所有人都头顶不同颜色的小图标。刘开又向领导们介绍：绿色图标的是常住人口，蓝色图标是住户的亲戚，紫色的是快递和外卖小哥，橙色的是陌生访客……

正说着，众人听到警报声，再一瞅大屏幕上出现一个人，头顶标注的是红色图标。随着那人的走动，警报声越来越急促。

市长好奇地问："这红色图标代表什么？"

第二章 腊八节

"这类是有前科的，是被我们公安机关依法打击过的。"说着，刘开操作鼠标，红色图标那人的信息出现在屏幕上——何时何地发生过什么违法行为、警方处理意见等等，相关信息一应俱全。

参观的领导们交头接耳，于迎春清了清嗓子，接过了话茬："这是我们公安机关的试点项目，为的是给群众创造一个安居乐业的环境，这次专门建在了一宿舍和二宿舍，是怕各方诸侯不给钱，讲句良心话，一分钱也进不了我于迎春的腰包，把项目推广了，群众有了安全感、幸福感，咱登州市的发展会上一个更高的台阶……"

市委刘书记带头鼓起了掌，声音洪亮地说："于迎春同志来了个现场办公，这种方式好，给我上了生动的一课，不是开大会讲些无关痛痒的话，办的是造福一方百姓的大实事儿。"

市长也当场表态："市府这边承诺，勒紧了裤腰带，也要支持迎春同志。"

那之后，市区的一些主要地段都融合了监控资源，其实也无须投入太多的经费，无非是把相关信息资源归纳到数据库。于迎春的理念是，新时代也是大数据时代，必须整合资源。

并非每个科技项目都推行得很顺利，刘开试图上一个系统，对声音进行辨别，在发生案件的时候可以根据通话声音来确认犯罪嫌疑人。这个就遭到了多数人的反对。马玉海当时反对的声音最大，说那么做会侵犯公民的隐私，刘开心想隐私多了去了，是心里有鬼吧。

如今来看，刘开的那些照片也涉及隐私，公布出去不仅有损他本人的名誉，多多少少会抹黑公安队伍的形象。于迎春邀请刘开一起坐坐，每天早中晚像请安似的打一次电话，刘开光打哈哈。

于迎春决定去治安支队走一趟。

第三章 立春

G 专案组

031

办公室将行程通知了治安支队，于迎春掐好了时间，从市局出发。路上，他还是在思考之前的问题。

提起侵犯公民隐私来，有好多争论，说到底是观念上的碰撞。

前些年在办案过程中，负责的民警为了取得监控资料，会求助于交通管理部门等社会单位或者个体经营的店铺，有的就很不耐烦。细心的人会发现，在一些新闻报道和文学作品里，有关"监控"的描述也是模糊的，作者将其称之为"视频资料"，这都是因为涉及了公民隐私。

究竟该如何定性？从尊重公民合法权益来讲，于迎春认为应当将其归为隐私的范畴，但当下又冒出很多新型犯罪模式，逼着公安机关必须从监控、网络平台等调取相关信息，否则也不需要成立网安支队了。

犯罪分子开始钻科技发展的空子，公安机关就不得不去提前预防。早先推行那个项目的时候，于迎春在打给市政府的报告里，专门提到是为了预防和打击犯罪。社会治安管理工作中，预防是基础，

第三章 立春

打击是最后一个关口，谁都不希望发生案件导致个人的权益受到侵害。

有些工作的推行难度很大，得接受来自各方的压力以及现实的考验。例如是否侵犯公民隐私的问题，花了很大的精力也没解决好，反倒是疫情防控期间得到了解决。

为了加大工作力度，各级政府出面建设了平台，人们出行必须登录健康防疫系统，这样一来头像、指纹信息全都采集了，加上如今网络购物、开机解锁都有这些功能，相关资料也就汇聚到了警方的大数据库，那期间有好几个潜逃多年的嫌疑犯主动投案自首，有警务科技做后盾，坏人插翅难逃。

想到这里，于迎春决定尽快去看望龚雪梅，人家在疫情期间多次为民警提供心理疏导服务，不计报酬不说，现在又为车红妮前后操持。他发现自己得了拖延症，每天瞎忙活却没干多少正事儿。

在刘开遭遇的窝囊事上，相当于是飞来横祸，他必须当面道歉。老话说，唾沫星子能淹死人，那种照片足以毁掉刘开的前程和家庭，对于公安民警来说，他们欠家人的太多太多，多到任何语言都是苍白无力的。

治安支队跟刑侦支队紧挨着，离市局机关却很远，刚好穿过了半座城。两个支队的机关办公大楼是马玉海主政的时候修建的。马玉海似乎对土地有瘾，在位时还到处画圈占地，建了好些警务站。

回头再看，有的是浪费了政府的财力，多数倒是发挥了作用，尤其是那些警务站。当下城市发展神速，好多地段寸土寸金，过去占了地方，确实便于服务群众。

至于那些负面的声音，马玉海多次在正式场合下说，那是拉动内需促进消费，繁荣社会主义市场经济。听起来是笑话，可人家却大言不惭，还将之当成了政绩。

有些事情真经不起琢磨。于迎春东一榔头西一棒子地想了那么多，也就在车里瞅到治安支队的办公大楼了。

再拐个弯儿就到了，他却接到了小仉的电话。小仉是门副省长的秘书，人事关系落在省公安厅，人在省政府上班，原因是门副省长还兼着公安厅党委书记和厅长。

小仉说话的声音很小，于迎春猜想门副省长就在身边，也情不自禁地压低了嗓门问："小仉，有何指示？"

小仉说："于局长，我正陪同省长去登州，本来不想通知你们的……"

话说到一半，估计是手机被门副省长拿到了手里，听筒里传来了门副省长的声音："本来想杀你个措手不及，看看你登州公安的建设水平到底如何，刚接到省政府通知，明天一早要开个会，我人已经到登州地界了，就去走马观花看看吧。"

于迎春连忙说："省长，你到哪儿了，我这就去高速路口接你，想去哪些地方调研，给指个方向，我这就安排。"

门副省长说："我可没那么官僚，这就下高速了，不用接了，时间紧张，我哪也不看了，喊上最能经得起考验的一线办案同志，咱们开个短会。"

没等于迎春回应，电话挂断了。从省城开车到登州，必经宁海东高速口，两个支队就建在高速口附近。马玉海当初选这个位置，原因是这里临海，是个好地段。众所周知，他是借着建办公楼的名义搞招待所，交通便利迎来送往也方便。"八项规定"毁了他的计划，两座大楼才成了名副其实的办公场所。

于迎春不再想这些陈芝麻烂谷子的事情，他看看手表，觉得时间宽裕，就让驾驶员把车停在了治安支队门口，电话通知刘开和彭学民到车上集合。

两人很快到了，于迎春一琢磨不对，真正基层一线的办案民警一个都没喊，他脑子里蹦出了章忠亮的形象，他让彭学民赶紧通知，让章忠亮也过来。彭学民问有什么事儿，他也没回答，好像别人欠

第三章 立春

了他多少债似的，吊着个脸坐在副驾驶位置上。

他还真不是有意给其他两人脸色看，于迎春是在想门副省长此行的目的，常言道知己知彼百战百胜，很多时候也得揣摩上级领导的心思，否则干了活儿也不讨好。

章忠亮来的时间刚刚好，一行人赶到宁海东高速口，门副省长的车也刚出高速。两辆车停到路边，门副省长降下车窗，招手让于迎春上自己的车。说话间，小仉也从那辆车下来，跑到了于迎春的车上。

上了门副省长的车，于迎春就说："知道省长不喜欢警车开道那一套，我正好到治安支队调研，顺路就过来接了。"

"小于，你的策略很好，符合省厅的布局。"门副省长看了他一眼，直接说了这么一句。

于迎春愣在了那里，他的脑子飞快运转，也不知门副省长言之所指。

032

的确是开了个短会，前后顶多十分钟的工夫，会议就结束了。会上，门副省长所说的话，跟在车上说过的几乎一字不差，让于迎春怀疑门副省长早就做好了准备，就连那些话都是出自笔杆子们的手，只是背下来，复述一遍。

门副省长说："经前期调查取证，黄仁重及其经营的比克律集团具有重大犯罪嫌疑，现决定即日起成立专案组对其展开秘密调查，要有一不怕苦二不怕死的精神，务必在最短的时间内固定他的犯罪证据。"

于迎春表态："坚决完成任务。"

门副省长微微点了点头，又说："专案组组长由迎春同志担任，成员由他确认，必须挑选政治上过硬的同志，名单要直接报到我那里。要提醒大家的是，黄仁重在登州地盘上盘踞了好多年，个人实力不可小觑，而且他以知名企业家的身份结交了好多领导干部，有些人会出来冒泡，希望你们能排除各种干扰和阻力。另外，我提醒大家，斗争形势复杂，务必注意个人和家属的安全，只有保全自己才能去办案，才能发挥战斗力。"

这些都是严肃的话题，门副省长说完之后，跟别的会议不同，没有一个人鼓掌。他也只是环视会议室，似乎想从每个与会人员的脸上寻找答案。统共这么几个人，于迎春也用眼睛的余光观察，虽然其他人表情各异，但都是胸有成竹的样子。

开完会，门副省长果真起身要回省城。在送行的时候，门副省长握着于迎春的手欲言又止，他不让任何人去送，在办公楼门前道别。

于迎春把彭学民和刘开喊到了自己办公室，三人坐定之后，谁都不肯先说话，场面一度尴尬。最终还是于迎春先开腔，让其他两人谈谈想法，分析一下当前形势。

刘开瓮声瓮气地说："这样的案子跟我们治安搭不上边，还是把担子压给老彭吧，他是刑侦口上的扛把子。需要我配合的，我定会配合好。"

彭学民哼哼哈哈地说："于局长是专案组组长，还是得听你指挥。"

于迎春哭笑不得："你俩关键时候掉链子，有令不行是要看我的笑话吗？"

刘开说："没讲不干工作，你别乱扣帽子。"

彭学民跟着说："是啊，是啊，党指挥枪，你指哪儿我打哪儿。"

于迎春心想，这俩家伙是吃错药了吗，怎么还合起伙来撂挑子？他转念一想也罢，不能过于急躁，以往碰到特别棘手的案子，出现过这种情况。

他刚准备让两人回去，刘开提出了意见："于局，你一直说要给基层派出所配备新警械，什么时候落实啊？"

第三章 立春

"等财政上的拨款到位再说。"冷不丁扯到这个话题,于迎春差点被噎着。

刘开慢悠悠地说:"比克律集团不是给咱发了个公函吗,就用他们的钱。"

马上要对黄仁重展开调查,这钱能用吗?

于迎春最终还是采纳了刘开的意见,并非他没头脑,相反他需要思考的问题更多。刘开的思路天马行空,那是因为他没有太多的顾虑,即便惹下了什么乱子,也有他给顶着。

每个人在社会舞台上都扮演着各自的角色,在什么职位上就得说什么话。于迎春深知,如果把刘开换在局长的职务上,也不见得那么轻松,搞不好也会像自己一样瞻前顾后。

但于迎春也不得不敬佩刘开,逆向思维,假如把他搁在治安支队长的职务上,他照样跟现在一个样子。看来骨子里的性格已经决定了一切,至少他远不及刘开有魄力。

按刘开的建议来办,最大的好处是可以迷惑黄仁重,这跟彭学民之前的思路完全一致。三人一商量,当场拍板让成清波去联系黄仁重,不管结果如何,起码能让黄仁重暂时放松警惕。

至于从哪儿查起,总得有个口子切进去,否则是老虎吃天。在这一点上,三人的意见出奇一致——既然命案已经发生了,而且黄仁重在事后还能稳坐钓鱼台,那就从黄三儿身上开刀。

刘开也提出了疑虑,他觉得门副省长没把话说透,于迎春晓得他的想法,但却没让他把话继续说下去。于迎春岔开了话题,让刘开和彭学民各自归队提出专案组成员的人选,光靠章忠亮是不够用的。

送走了两人,于迎春心里翻江倒海。

门副省长老家就是登州的,他的姓氏较为稀有,有人说就是起源于登州宁海地区。于迎春从未考证过,只晓得门副省长是从宁海起步的。他是改革开放初期成长起来的那批干部，后来官至登州市市长，半路出家进了警队，接管了全省的公安队伍。从市长直接干副省长也是破格提拔使用。

问题出来了，马玉海是在门副省长担任市长时干公安局局长的，据说当时马玉海是有争议的，是门副省长出面压下了那些反对意见。这在登州官场上也不是什么秘密。既然有这么一层关系，门副省长的那番话就耐人寻味了。

于迎春很早就关注了黄仁重，只是苦于找不到合适的时机，如今门副省长下令了，本是皆大欢喜的事情，但他却怎么也乐和不起来。他分析了其中的利害关系，如果将黄仁重等人定为犯罪集团的话，最大的阻力来自马玉海，马玉海又明显是门副省长那条线上的，这就叫他怀疑那番话的真实用意了。

常年的公安工作经验告诉他，真正的现实斗争残酷无比，有时超越了人们的想象。彭学民就曾戏言，说一个优秀的刑警，每个月接触的社会阴暗面，要比平常老百姓一辈子碰到的还要多。于迎春是赞同这个观点的，有时他所能做到的只是兵来将挡水来土掩。

傍晚时分，于迎春先后接到刘开和彭学民的信息，两人不约而同地告诉他，门副省长压根没回省城。

033

刘开发来个截图，画面不知是谁发的微信朋友圈，放大图片，于迎春看到的是柏洁在给门副省长敬酒。

于迎春打电话问刘开："什么情况？"

刘开答："明知故问。"

于迎春质疑："无法确定门副省长还在登州，说不定是柏洁去了省城。"

"老于，我可提醒你，上次就是柏洁在盘我，拍了那些照片。即

第三章　立春

使她是去了省城，也说明黄仁重跟姓门的关系不一般。"刘开不耐烦地说完，便结束了通话。

彭学民把电话打到了于迎春的座机上，他说得更加直接："于局，门副省长行程受阻，还在登州晃悠着呢。"

于迎春急切地问："他在哪儿？"

彭学民嘻嘻哈哈地说："你也够悲催的，人家领导在咱地界上吃晚饭，也没喊你，不被重视啊，你得加强跟上级领导的沟通啦。"

于迎春烦躁地说："都什么时候了，还跟我开这种玩笑。"

彭学民严肃起来："好，不扯没用的了，门副省长这会儿在观海大厦，马玉海和黄仁重正陪着他呢。"

于迎春虽然相信彭学民，还是忍不住嘀咕："这怎么可能呢？"

彭学民说："你要么亲自来看看，要么我把照片给你发过去。"

"算了吧，上级领导要干什么，也无须向我报告，咱别狗咬耗子了。"说完，于迎春猛地发问："你怎么知道门副省长去了那里？"

彭学民笑着说："上次把黄三儿放回去之后，我就开始跟踪黄仁重了，累够呛，你回头可得给我发点加班费。对了，这个不需要向你汇报吧。"

于迎春焦急地说："你疯了，多大年纪了，那么多年轻人，你随便安排一个……"

彭学民严肃起来："你说得轻巧，我不是不信任同志们，黄仁重身份特殊，知道的人越少越好，我得考虑年轻人的安全问题。所以该疯就得疯，我亲自上阵，用你的话说，咱这些人得起到模范引领作用，带头讲党性。"

于迎春心里五味杂陈。是啊，公安姓党，这是最根本的政治属性，也是公安机关的根和魂，落到每个人的头上就必须讲党性，这是他在会上三番五次强调的，也是人思想深处的意识形态，很难拿一把尺子去考量。彭学民听起来像是在开玩笑，却是在实际工作中践行，他怎么可能不感慨？

接下来便是他一个人的痛苦煎熬了，门副省长为什么要这么做？如果跟自己猜测的结果一样，于迎春不但心寒而且感到恐惧。上级领导高调地让你查某个人，却又转身跟那个人打得火热，这是要把自己往火坑里推啊。

于迎春想来个难得糊涂，走一步看一步，可他想起人命案子，又告诫自己必须顶住压力。如果矛盾激化，大不了拼个鱼死网破。

他望向窗外如血一般红艳的夕阳，已经做好了玉石俱焚的准备。

天黑了下来，于迎春没有开灯，他在夜幕中默默思考。他忽然觉得有若干双眼睛在暗处盯着自己，门副省长成立这个专案组究竟有何意图，他闹不明白，他能搞清楚的只有目前所要面对的残酷现实。

没错，于迎春认为当下自己乃至整个登州市公安机关都在面临新的考验，所幸手下还有一批忠诚的民警，这支队伍给了他底气。

于迎春知道只要自己不走，成清波还会在对面的办公室里守着，便把对方喊了过来。他把与比克律集团合作的事宜安排给了成清波，又如此这般地强调了注意事项，还顺便表扬了成清波最近的表现。

成清波受宠若惊："感谢局长的培养，我还有很大的差距。"

于迎春沉思片刻才说："我从未给人封官许愿，今天破个例。你在办公室主任的岗位上任劳任怨，这么多年下来，没有功劳也有苦劳，我寻思着合适的时候，给你换个位置，也该到更高的职务上接受锻炼了。"

"谢谢局长。"成清波表起了忠心，"于局长对卑职的恩情，我没齿不忘，只要你瞧得上，我愿意为你两肋插刀。"

于迎春有些晕菜，这都说的什么话啊，还两肋插刀呢，敢情党领导下的公安队伍成了一群草寇，还要讲江湖义气。看成清波还要继续说下去，他无奈地说："你要忠诚就对党忠诚，对组织上忠诚，而不是对我个人。"

| 第三章　立春 |

成清波连忙改口:"是是是,人民警察首要的就是忠诚可靠,局长看我以后的表现。"

于迎春不想让气氛太尴尬,开玩笑说:"别以后,现在就得好好表现。"

谁知,听完这话,成清波走到他跟前,神秘兮兮地说:"门副省长今天没走哩,他住在观海大厦。"

这让于迎春的情绪一落千丈,他把成清波打发走,开始纠结上了。他合计着给小仉去个电话,问问情况,可一寻思有什么可问的呢,门副省长没回省城已经成为既定现实,乱打听领导的行程传到了领导耳朵里,百害而无一利。

于迎春还是不甘心,他思量再三,还是拨通了门副省长的手机:"省长,一路上顺利吗,到家了吗?"

门副省长笑着说:"小于,谢谢喽,我这刚进门儿。"

于迎春失望地说:"甭客气,时间也不早了,您早点歇着。"

门副省长依旧笑着:"小于呀,今天是立春,你的名字取的好,迎春,只要你抓好各项工作,办好重点案件,你就会迎来个人的春天,你所率领的公安队伍也会迎来春天。"

于迎春一时语塞,说了几句客套话,匆匆结束了通话。他彻底蒙了,堂堂的副省长兼公安厅厅长,为什么要对下属撒谎呢,就算承认了自己没回省城又能如何,别说是一级领导,就算是街头拾荒的老汉,也有个人的行动自由啊。

他越发觉得举步维艰了。

034

于迎春看了看办公桌上的日历本,这一天还真是立春。他拿起笔,在日历上写下:"立春,专案组成立。"他想了想,又追加了一句:"万物迎春。"

他看着自己潦草的字迹，傻愣愣地笑了，笑声有些凄凉。

于迎春打算在办公室凑合一宿，刚洗漱完，手机上闪动着章忠亮的来电显示。他摁下了接听键，听筒里传来的是一个女人的声音。

女人自报家门："于局长，我是章忠亮的爱人龚雪梅。"

于迎春说："我知道你，心理学专家。"

"专家谈不上，你们交给我的任务我没完成好，我没能帮车红妮调整好心态，她这会儿非要去报仇，万不得已，我才直接给你打电话。"龚雪梅语气急促，一口气说完了这番话。

于迎春安慰对方："先别急，咱们一起想办法。"

龚雪梅的语速依然很快："我寻思了，耽误你一点儿时间，你跟她说说，告诉她公安机关会把凶手绳之以法，给她吃个定心丸。"

受到对方情绪的感染，于迎春也焦急地问："她人在哪儿？"

龚雪梅答："怕她出意外，章忠亮守着呢。"

于迎春说："这样，你们再辛苦一会儿，我马上赶过去，当面跟她聊。"

龚雪梅说："那你赶紧过来。"

于迎春赶忙换下警服，临出门前，他忽然想起来，一直欠着人家龚雪梅的，便朝办公室对面招呼："成主任，过来一下。"

成清波颠颠儿地跑过来，满脸堆笑地说："局长，喊我小成就行，带上了职务，感觉很疏远。"

于迎春无可奈何地笑了，这一笑让他猛然意识到自己犯了迷糊。他本想让成清波给自己带上点现金，顺便慰问龚雪梅，可这个点儿了，到哪儿去找现金，就算是白天上班，程序走下来也需要耗费时间。

"没别的事儿，早点回家休息吧，以后不用天天守在这里，你就是铁打的也扛不住啊。"于迎春随口说道。

"你年龄比我大，都能顶得住，我肯定没问题。"说完，成清波又赶紧解释，"局长，我没别的意思，可不敢把你说老，你这年龄正

第三章 立春

当时。"

于迎春笑着说:"该服老就得服老,这是自然规律,我们这一代不退休,你还有什么指望啊。赶紧回家吧,以后也得注意身体。"

成清波谢过之后,开心地走了。于迎春回到办公室,把门关上,走到办公桌跟前,打开一侧的抽屉,把那盒大礼包拿出来了。他取出一沓钞票,在手里掂了掂,应该是一万,他又拿出一沓,扯来一张报纸,把两沓钱包好,揣进了兜里。

收拾妥当后,他急三火四地去了地下车库。为了工作方便,公车钥匙他手里也留了一把,经常自己驾车去基层单位,碰到问题就当面点出来。

起初基层民警不理解,对于迎春的这一习惯颇有微词,后来才晓得他是动真格的。

是的,那时候人们以为他是新官上任三把火,心想看他能装多久。所有人都没想到,于迎春改变了他们的习惯,自从他开始"微服私访"以来,人们发现他不是去故意挑毛病的,更不会找什么由头去批评处理哪一个人。这一点确实令人服气。

难能可贵的是,于迎春经常现场办公,发现了问题,当场能解决的绝对不会拖到第二天。还有,只要是基层民警提出了合理化的意见或建议,他都会给予解决。

有人夸他是个英明的领导,也有人称赞他会做官。于迎春反倒更喜欢后一种说法,虽然他没把自己当成官员,但他深知个人在业务上远不如班子里的其他成员,那作为党委一班人的班长,于迎春要想有所作为,就得把大家团结起来,进而把班子建设为一座堡垒。

他特别得意的是,能够发挥好彭学民、刘开等有个性的中层领导的作用。于迎春一度认为,一个彭学民或者一个刘开能干没用,得通过他们带动整个团队,让人人都能干,然后形成一个战斗的集体。

现在看，他算是有所收获的，除了一位副职时而对他挑三拣四之外，上上下下都还风清气正，个别现象也偶有发生，这也是正常现象，不能无限放大。

经常反对于迎春的那位副局长叫庄正，人如其名，很正派的一个人。庄正资历最老，思维模式较为保守，比如说，他虽然支持搞科技化建设，却无法接受靠先进技术破案，他觉得侦查员不靠逻辑推理去办案，功能就退化了。

于迎春打心底感激庄正，正因为有庄正的那些反对意见，他才能时刻保持清醒。如果不是调查黄仁重的事情不方便让更多的人知道，他会去找庄正商量对策，听取对方的意见。

章忠亮的家说到就到，让于迎春欣慰的是，龚雪梅已经做通了车红妮的工作。他还是向车红妮承诺，说会尽快将黄三儿缉拿归案。车红妮感动不已，非要跪下，说只要能报了杀父之仇，当牛做马也要报答他的恩情。

于迎春心里难受极了，打击犯罪本身就是他的职责所在，受害人却说出了这番话，这让他越发觉得身上的担子很重。

至于那些现金，于迎春没直接告诉章忠亮两口子，他知道那样又会是一番推让，扯巴到最后，钱还得带回来。

他上车之后才给章忠亮发了信息，把现金的事情告诉了对方。于迎春没再看回复，他已经打算好了，给龚雪梅的这点慰问金，自己掏腰包出了。

于迎春又为大礼包的现金犯愁了，退是退不回去了，交给纪检部门也不合适，万一追究这笔钱的来路，会查到黄仁重头上，很容易打草惊蛇。当然他还有个小心思，把钱交给纪检部门，很可能会被树为典型，那势必会有人怀疑他在演戏，质疑他之前收受过多少贿赂。

他再傻也不会去当出头鸟。

第三章 立春

035

于迎春为一件事情而感到懊丧。出于对儿子的关心，他特别想走进于禧森的内心世界，但他选错了方式。他明明可以跟儿子坐下来好好聊聊，却盯上了那个日记本。

他觉得自己像个窥探隐私的卑鄙小人，外在的行为令人不齿，近似于病态甚至变态。可于迎春偏偏忍不住，似乎日记里的内容具有莫大的魅惑，看过之后能够给自己减压似的。

从章忠亮家出来之后，他原想直接回单位，一想到儿子写的那些日记，于迎春心里痒痒。他纠结了一会儿，还是驱车回到了家里。

于禧森还在单位加班，他给父亲打了招呼，便把儿子的日记本拿到了书房。他安安稳稳地坐好，一页页地翻看记录的那些内容。

他先是从前往后翻，前面的内容大多是于禧森在校期间的琐碎事情。及至大寒那一天，那些记录断断续续，显然是儿子实习之后开始忙乱起来，很难坚持下去。

看到儿子对实习安排的怨言，于迎春乐了，心想小兔崽子终究是不理解自己的良苦用心。他琢磨了一会儿，干脆从后面往前翻。

最后的一篇日记没注明具体日期，但根据内容推算应当是儿子去医院之后写下的。浏览了那些蝇头小字，于迎春的心揪得紧紧的。

于禧森在日记里写了很多内容，文字表述倒是顺畅，于迎春读起来并不费劲，反而感觉像是在跟儿子对话。

儿子说：

> 在检测的时候，我痴痴呆呆地想，最好能染上艾滋病毒。我觉得现在能坦然面对这件事情了，如果能躺着中枪，意味着我的这一生即将走到尽头，我没觉得这样有什么不好，反倒为此而感到庆幸。试想，真要成了艾滋病毒感染

者，我可以堂而皇之地远离人群——我似乎得了社交恐惧症，跟别人交往会让我备受煎熬。

于迎春不敢想象，在众人眼里儿子性格外向，怎么会害怕跟人交往呢？或许小兔崽子是被突如其来的打击摧垮了吧。

于禧淼在字里行间流露出沮丧的心态，他说医生普及的常识让自己深感遗憾，因为日常生活中的握手、拥抱甚至接吻、共同就餐都不碍事儿，这个破病毒是通过血液、精液之类传播的。

言外之意是他希望能因此把个人封闭起来。于迎春有些烦躁，小兔崽子也太不争气了，对于任何事情都该积极应对，逃避是最不明智的选择。

于迎春看到了都旺家的名字，在儿子的表述当中，这位年轻的辅警心态不错，两人似乎无话不谈。

于禧淼问如果检测结果真是阳性该怎么办。都旺家说那是因公负伤，可以受到表彰。于禧淼又问立功受奖真的那么重要吗。都旺家的答复是自己做梦都想当英雄。

于禧淼对"英雄"的认知是感到可悲。他说尽管自己生在警察世家，但这个词汇离自己很遥远；他还提到，或许自己也该当英雄吧，鲜花与掌声能给我们老于家带来荣耀。

总而言之，在于迎春看来，儿子的心智全乱了，他既希望自己不是个倒霉蛋，因为美好的人生才刚刚开始，还没来得及享受，却又想破罐子破摔。

唯一让于迎春欣慰的是，儿子感到无比愧疚。原因是他虽然晓得当警察意味着要奉献，却从没想过穿上警服要付出太多，乃至付出个人的生命。于禧淼遣词造句中透出不甘，他不愿没踏上岗位就当了逃兵。

他又往前翻，刚看到儿子质疑那个旺旺大礼包的内容，家门响

| 第三章 立春 |

了一声,紧跟着是关门的声音和踢踢踏踏的脚步声。光听脚步声,于迎春便晓得是于禧淼回来了。

于迎春有些恍惚,因为儿子走路的姿势跟亡故的妻子一模一样,脚板的着力点都大差不离,而且当年妻子通常只穿运动鞋,嫌高跟鞋累脚。他对这种声音是再熟悉不过了。

他强令自己不去多想,把目光再次投向儿子的日记本。于迎春从不担心会被人打扰,于禧淼绝不踏进书房半步,父子俩都有各自的生活空间。

于迎春扫了一眼,看到某页纸上多次出现"爷爷"两个字,他跟着别扭上了,心想这小兔崽子进了家门不先给爷爷问好,太不懂礼数了。

他紧接着听到于禧淼在嚷嚷,问爷爷日记本哪儿去了。于迎春这才意识到,日记本之前搁在床头橱上,儿子稍一留意就能发现。

于禧淼一头闯进了书房,他呼吸急促,于迎春斜睨了一眼他攥紧的拳头,从他脸上发觉从未有过的表情。那种表情狰狞而吓人,叫人联想到发怒的狮子。

"横冲直撞,进门好歹摁个喇叭啊。"于迎春有意缓和气氛,开了句玩笑。于禧淼的脸上像是抽搐了一下,身子随之抖动了一下,还没等他开口,于迎春又说:"忙活一天了,赶紧歇着去。"

于禧淼突然抬高了嗓门:"凭什么进我房间?凭什么拿我的东西,谁给你的权利?"

"小兔崽子,你听我解释。"于迎春讪笑着说,"我担心你压力太大,想知道你在琢磨什么。"

于禧淼一把抢过日记本:"我的事情用不着你管,你还是把自己的屁股擦干净吧。"

于铭忍闻声进屋,埋怨于迎春:"有什么话不能好好说,大黑夜的吵吵什么,害得俺脑壳疼。"

于迎春笑脸相迎:"爹,我跟你孙子有点小误会。"

于铭忍跟着劝孙子:"可不能跟你爹瞎闹腾,他是干事业的人……"

"干事业?但愿他能守规矩、干正事。你也最好管管你儿子。"对爷爷说完这句话,于禧森摔门而去。

于迎春尴尬地向父亲解释:"小兔崽子到了叛逆期,听不出好赖话。"

于铭忍瞪着儿子:"你那么大年纪的时候,还不如俺孙子,不管你当多大的官,也不能跟家里人吹胡子瞪眼。"

老人不放心孙子,跟着去了于禧森的卧室,也不知道爷孙聊了些什么,反正于迎春听到儿子怒吼,说什么要跟自己断绝父子关系。

H 鞭春牛

036

我的性子几乎被磨没了,在校时总觉得基层工作很精彩,可现实与理想像一对苦命的鸳鸯,彼此深爱着却无法修成正果。

这一想法被我发到了微信群里,好多同学为我点赞,各种牢骚也挤满了手机屏幕。看来我们都没有做好足够的心理准备,对基层单位过于理想主义了。

牢骚归牢骚,工作还是要干的。偶尔我也会想,像柳叶青、王保生、李云尔这些人是怎么熬过来的呢?

我记得看过一篇文章,写的是熬鹰的故事,也就是说不让猎鹰睡觉,来驯化它从而为猎人所用。我心里冒出个不太恰当的比喻,我们警察也像是猎鹰,被各种纠纷熬得服服帖帖,即便遇到那些不论理儿的人,也还得给他们赔笑脸,因为必须得为群众提供热情服务呀。

第三章 立春

想到了熬鹰，我像默写课文一样，在日记本上写下："我国的猛禽均是国家一级和二级保护动物，熬鹰是违法行为。"真是邪性，我会冷不丁地联想到如此专业的问题，我隐约感觉自己认可了警察职业。

冒出了这样的念头，我又情不自禁地想到，干警察的"五加二""白加黑"，连轴转个不停，符合《劳动法》的规定吗？这就得说说我这些天碰到的警情了。

比如昨天夜里，我跟着王保生值班，出了两趟警都在后半夜，而且都是酒后滋事。

我有点搞不懂，哪来的那么多酒晕子，王保生说是疫情闹的，好多外出务工的人员一整年没回家，好不容易凑到一块儿，自然要喝上几杯叙叙旧情。

我更想不通了，都是亲戚里道的，要喝就好好喝，非要借着个马尿撒野吗？王保生又说，生活不易。我记得网上流行一句话叫生活不易多才多艺，这倒好，可亲可敬的辖区老少爷们啊，他们的才艺是耍酒疯。

处理完纠纷，我根本睡不着觉，又闹起了失眠。失眠的滋味可真不好受，它会让人一点一点地崩溃，谁要不信可以自己试试，连续数日睡不着觉得多叫人狂躁。

好在经过几天的锻炼，我的心态略微有所改变，起码我能利用分散精力的方式来化解压力了。这可能是我实习以来最大的收获吧。

我也没有特别好的办法，想玩游戏没时间，想网购没银子，又不像别的年轻人有看电子书的习惯。关于阅读，我偏于传统，总觉得纸质书才是最明智的选择，纸张的反射光至少不毁眼睛。我唯一的消遣是刷朋友圈。

我基本上不发朋友圈，也不给别人评论，只是挨个点赞，碰到个别不太喜欢的人，我会将其过滤。这么干的好处是通常不会得罪人。

立春这天一大早，爷爷就吵闹着要回木墅村，我问他为什么，他说要回家备年货。

我肯定不让老人家就这么回村里。我已经跟我爹闹翻了脸,他若知道我没拦住爷爷,再不分青红皂白地把我训一顿,太不值得。

我跟爷爷商量,让他再待上个一两天,等赶年集之后再回去也不迟。爷爷起先不干,我给他来了段童谣,他才勉强答应了。

那段童谣好多人都会唱,我记得有一年还上过中央电视台的春节联欢晚会,唱那童谣的可爱小男孩后来得了白血病,他比我还小六岁,怪可惜的。

童谣是我爷爷教给我的,早就刻在了我的脑海深处,我冲爷爷做了鬼脸,张嘴就唱——小孩小孩你别馋,过了腊八就是年,腊八粥,喝几天,哩哩啦啦二十三。二十三,糖瓜粘;二十四,扫房子;二十五,做豆腐……

我这么做跟傻子似的,但效果明显,爷爷听不下去了,有些动情地对我说:"歇歇吧,你越唱,俺越想回乡下。"

"为什么呢?"我大感不解。

爷爷说:"俺想回去来一场鞭春牛。"

我这才记起来,立春了。在我们胶东,立春的习俗是吃春饼,乡下人称之为"咬春",但在我们老家这一片,会在这一天来上一场鞭春牛。我小时候为此感到骄傲,因为这一活动不是我们这里的传统,而是爷爷年轻的时候从沂蒙山区带回来的。

得有多少年没搞过鞭春牛了呢?爷爷是受了什么刺激,净异想天开。我不好挖苦他,婉言劝道:"今天就是立春,你回去了也折腾不起来。"

爷爷跟我吹胡子瞪眼:"你个小王八羔子,这怎么叫折腾呢,外面闹灾患,到处都蒙着个脸,咱扎个春牛,'啪啪啪'地抽它个二十一鞭子,那些碎片子能消毒哩,街坊邻居把那些片片捡回家,那个灾呀就赶跑了。"

我鼻子一酸,合着爷爷惦记的是疫情。也的确是这样,所谓的

第三章 立春

春牛是土做的，那些讲究我记不太清楚了，只记得爷爷说过，打散的碎片涂在锅灶上可以不招蚂蚁。

这还说什么呢，我毫不犹豫地向爷爷夸下海口："给我一天的时间，包在我身上了。"

我后悔自己在爷爷面前吹了牛，动动嘴皮子容易，实现起来可就难喽。最简便的方式是不回老家，就在水道街道办事处驻地搞上那么一场，人多也热闹。可我一打听，得有好些年没搞过了，那些爷爷教出来的老把式都是他的同龄人，要么作古了，活着的也都老胳膊老腿的，没人敢让他们张罗。

想办的事情解决不了，我心里就会郁闷，而且我有时候会跟自己较劲，越是实现不了的我就越念念不忘。有了这个心思，我在派出所表现得也不咋样。

我上网搜索了有关鞭春牛的风俗，寻思着召集几个年轻人，把活动组织起来，结果资料不全，再想想熟悉的几个家伙，都不是操持这类事的人物，可我实在不甘心。

037

将近中午，我还没想出对策，却接到了街道办的报警电话。

因为所里跟街道办闹过别扭，柳叶青亲自带队去处置。在赶过去的路上，柳叶青没话找话，把之前派出所跟街道办的矛盾说了。

矛盾也称不上有多大，但确实伤了和气。

事情发生在去年。辖区有户居民的女儿费尽周折从海外回来了，飞机刚落地那会儿，核酸检测是阴性，她甭提有多高兴了，国外的疫情闹得正欢，好不容易回到了祖国的怀抱，她总算是心里踏实了。

说起来也是笑话。她父母本来是本分人，见了谁都客客气气，自从女儿去国外留学，人就飘了，自觉比别人高出了一头。平日里跟别人聊天，七绕八绕就会绕到国外，那话说的真叫一个酸呐，连那边的垃圾都比国内的金贵，老外放的屁都比中国人香。

只能说人都会有缺点，在得势的时候往往不给自己留退路。刚暴发疫情那会儿，也是人心惶惶的缘故吧，那两口子又跟朋友们炫耀，说什么还是国外好，偶尔还会对忙碌着的社区防疫工作人员冷嘲热讽，闹得里外不是人。

他们怎么也想不到，自己常挂在嘴边吹牛皮的外国佬也染上了疫情，可怕的是那个国家根本不把人的生死当回事儿。这时候他们才想起了祖国的强大，千盼万盼总算把女儿盼回了家。

倒霉的是女儿回家的第三天，查出了呈阳性。这下子可完蛋了，昔日听他们吹牛皮的人开始掉过头来骂娘，恨不得将他们打入十八层地狱。当然这种说法带着夸张的成分，两口子也没受过这种委屈，在微信群里跟街坊邻居舌战，他们哪是大家伙的对手，最后只得忍气吞声。

女儿送去隔离了，他们也得居家隔离，后来担心出问题，街道办决定把他们也接到指定的隔离点。一想两口子之前的表现，怕他们不予配合，工作人员感到怵头，直接打了报警电话。

那次是王保生去的，隔着门跟两口子对话，那边一听不干了，说自己主动配合，用不着让警察来啊。在多数登州人眼里，警察找上门来是奇耻大辱的事情。王保生只想着早点把他们送到隔离点，语气也重了些，门里边就恼了，开始耍无赖，说政府毁了他们的名誉，应该赔偿精神损失。

本以为事情就这么了了，那两口子已经被乡亲们折腾得够呛，心里正憋屈着，就拨打了市长热线。追究下来，街道办的那个年轻工作人员吓坏了，三说两说就跑偏了，调查组再到派出所，王保生就火了。他一心想着晋升副所长，肯定不愿背黑锅。一来二去就跟街道办闹起了矛盾。

讲完这些，柳叶青意犹未尽，我早烦了，硬生生地说："仇已经结下了，那就继续呗。"

| 第三章　立春 |

柳叶青嘀咕："不能烦，一般人我不告诉他咧。咱为老百姓服务，得跟街道办搞好关系。"

这次的警情可比王保生碰到的要麻烦多了。

跟街道办工作人员发生矛盾的是林大娘，她一副要拼命的架势，谁都拦不住。她老伴也不吭声，蹲在墙角抽闷烟。

我一看就乐了，忍不住小声嘀咕："嚯，秃瓢儿老太太。"

柳叶青"咣唧"给了我一脚，脸不是脸鼻子不是鼻子。我当场就想急眼，我爹于迎春那么臭的脾气，从小到大还没踹过我呢。

他觉得做得过分，凑到我耳边说："林大娘是癌症，那头发是化疗害的。"

我去，这可是我没想到的，我赶紧闭上嘴，乖乖地站在一边，看柳叶青怎么处置。

柳叶青笑容可掬地走上前："林大娘，有什么话不能好好说，非要发火呀。"

林大娘气呼呼地告状："你问他们。"

街道办吴主任哭丧着脸："柳所长你来得正好，赶紧帮忙把老太太请回家。"

柳叶青说："你先说说情况。"

吴主任说："林大娘今天去高铁站，张嘴就说要买去河北的票，哪儿疫情最严重就去哪儿，售票员一听就警惕了，问她去那边干吗，她说要治病，人家说那边形势紧张，劝她回家，她在售票大厅又哭又闹，车站通知把他们老两口接回来了。"

柳叶青转头问林大娘："你不是在市立医院化疗吗，干吗要去河北？"

林大娘带着哭腔说："我才不信那个医院，化疗烧钱，人难受得要死，我都不想活了。"

柳叶青劝道："治病得去正规医院，不能相信小广告。"

林大娘说:"没钱。"

吴主任插话:"咱街道办组织了捐款,能应付一段时间啊。"

"这个病就是无底洞,我不想拖累街坊邻居,也指望不上我儿子,他一个人在深圳,为了给我凑看病的钱,都快揭不开锅了。"抱怨完,林大娘眼里闪亮起来:"我好不容易寻到了省钱的办法,你们帮帮忙,让我去河北。"

柳叶青沉吟道:"没听说河北有治疗肿瘤特别牛的大医院啊,千万别轻信那些野广告。"

林大爷忽地站起来,结结巴巴地说:"我们寻到了偏方。"

柳叶青又说:"大爷,你平常说话利索着呢,这会儿磕巴上了,说明你也不信那偏方,可不能病急乱投医,那边疫情严重,管控严格,咱不能去。"

林大爷说:"正因为严重,我们才得去寻那个偏方。"

我好奇地问:"什么偏方?"

林大爷激动地说:"只要感染病毒,就可以治疗癌症,英国人说的。"

我当场懵圈,这种谣言居然有人相信。幸亏这信息我看过,央视新闻曾经发布过辟谣公告,我赶紧上网搜索,好不容易找到了,递给林大爷,人家说不识字。

我跟着问老人:"谁跟你们说的这偏方?"

林大爷颇为得意地说:"我儿子,他可是研究生,还出国交换过。"

我知道他说的是交换生,这就奇了个怪了,他儿子也是有文化的人,怎么能偏听偏信呢,这不是祸害自家老人吗?

038

在街道办耽误了好长时间,看着林大娘在那里又哭又闹,我突然觉得人性生而为恶。你想啊,狗都不嫌家贫,她的那个引以自豪

第三章 立春

的儿子却给自己的亲娘传播谣言，白瞎接受了高等教育。不舍得给老人掏钱治病也就罢了，撒这种弥天大谎就不怕遭天谴吗！

我变得偏执而恶毒，暗自诅咒老两口的儿子昧良心，将来生了孩子也没屁眼儿。奇怪的是，我无缘无故地想起了我爹于迎春，他那么狠心地撇下生病的爱人，去执行什么任务，满脑子都是想着往上爬。他对不起我妈，也是没良心的人。

在心里骂完，我摸了摸自己的屁股，还好我长着屁眼儿。我正分神的工夫，柳叶青打电话把许钢喊了过来。

许钢跟林大娘两口子是邻居，平素关系不错，在家庭经济条件不错的那几年，好像还资助过他们的儿子上大学。他一来形势就变了。

他拨通了林大娘儿子的电话："侄子，你啥时候给你娘弄了个偏方。"

那边愣怔了一下才说："没有啊。"

许钢说："扯淡，你娘哭着喊着要去河北，说什么感染上了新冠肺炎，癌症就能治好。"

林大娘的儿子大惊："我的个亲娘咧，这笑话闹大了，我昨天夜里给老人打电话报平安，跟他们说今年过年回不去了，让他们自己照顾好自己，顺口说了我看到的一条新闻，说是英国一家刊物发表了一篇文章，一个癌症晚期患者染上了新冠病毒，肿瘤消失了，这个已经辟谣了。估计是他们一激动给听岔劈了。"

闹了半天是这么回事儿，我舒了口气，在心里念叨：阿弥豆腐，善哉善哉，我可不是有意诅咒你生孩子没屁眼儿的。

把两位老人送回家，我心里挺不是滋味的，这场闹剧充分说明一个问题，基层派出所的工作太难干了，它会在不知不觉中耗尽人的斗志，就跟温水煮青蛙是一个道理。

我郁郁寡欢地坐在那里，都旺家凑过来问："哥来，想女朋友了？"

"单身狗一只。"我没好气地对他说。

都旺家说:"别愁眉苦脸的,哥来,难受也是一天,乐和也是一天,何苦呢。"

我向他抱怨:"碰上了烦心事儿,我爷爷想搞一场鞭春牛,早上我一冲动,答应了帮他搞起来。"

都旺家不以为然地说:"哥来,这事儿太简单了。"

"不吹牛能死啊。"我没给他好脸色。

都旺家小声对我说:"哥来,柳所懂这个。他从来了鱼鸟河派出所,就偷偷查了你爹和你爷爷的喜好,知道鞭春牛是你爷爷引进的新品种,早就有所准备了,只不过是怕于局长不高兴,才没敢折腾。"

真是柳暗花明又一村啊。我乐得不知东西南北了,虽然我反感柳叶青的这种行为,但他可以帮忙解决眼前的难题,那我就顾不上那么多了。

我跟都旺家商量了一下,去找了柳叶青,哪知他把脑袋摇成了拨浪鼓。

柳叶青有他的顾虑,怕我爹于迎春怪罪下来,我向他打了包票,他还是犹豫不决。都旺家在一旁拱火,摆出的理由是,这项民间活动可以密切警民关系,便于今后工作的开展。许钢也建议搞起来,说正好可以舒展舒展筋骨。

经不住大家都这么说,柳叶青哼哼唧唧地答应了。我把好消息告诉了爷爷,爷爷也乐得半天合不拢嘴。

了结了一桩心事,我就忍不住琢磨别的了。我说过,万一真染上艾滋病毒,我都会让余生过得更有意义。其实医院已经给过我通知,让我去拿检测结果,我有些害怕,一直没去。

假如此生的日子所剩无几,我能想到的最有意义的事情,就是阻止我爹继续犯错误。也就是这两天吧,我仿佛顿悟了,能够为老于家争气的只有他了,不能让他一意孤行,我得让他悬崖勒马,别把我们家族的名声全毁了。

第三章　立春

上次，连部说他被黄三儿控制了。我现在已经听说黄三儿把人给打死了。我连受害人的女儿都查到了，只不过她住到了警察的家里，我才没法接近。

老实说，我的确尝到了甜头，如果我爹不是公安局局长，我没机会那么快取得那么多信息。也难怪那么多人争着抢着去当官，权力能让人变得有优越感，至少我是这么认为的。

我也明白了高振正为什么会那么敌视我爹，吃不着葡萄的狐狸必然会流口水，更何况他觉得我姥爷一直偏心我爹。没错，我也认为于迎春跟我妈的结合是想一步登天，这种情况在生活中比比皆是，根本就不值得大惊小怪。

不管是出于什么心态吧，我已经下定决心去搞清于迎春的真面目。我必须主动出击了，那么能帮助我曲线救国的也只有连部了。我们的年龄相差无几，我相信能找到共同语言。

我找到柳叶青，随便编了个理由，请了半天假。他批了假之后还想开车去送我，我怎么可能让他知晓我的秘密。但是，我那会儿心里挺不舒服，我为自己撒了谎而感到惭愧，我始终觉得不能诓骗别人，只要说过一次谎话，后面就得有若干次去圆这个谎。

也只能出此下策了，我还能分清主要矛盾和次要矛盾，如果连这点能耐都没有，这几年的警校也白读了。此时我才意识到，警校生活已经潜移默化地改变了我，归根结底一句话，让我更加自信了。

跟连部联络得很顺利，他爽快地答应了见面的请求，我们选了个折中的位置，约好了时间，我便不慌不忙地骑着共享单车去了。骑车赴约有两个好处，一是可以省钱，前面讲过，于迎春抠门，不舍得给我太多的生活费；二是打车过去或许会让连部反感，我已经开始注重细节了。

连部非常守信用，比我还早到了五六分钟，我们在滨河公园寻了个角落席地而坐。可真正面对面我又无从开口了。

039

我总算是找到了话题，问及连部名字的来历。他的目光越过鱼鸟河，落到了对岸的写字楼上，盯着看了好一会儿才讲起了过去的历史。

他父亲当年在部队当兵，当的是后勤兵，干饲养员，负责养猪。他父亲人勤快，把圈里的几头猪养得肥溜溜的，不但满足了所在连队的肉食品的供给，营里其他两个连也跟着沾光了。

连部父亲喜欢琢磨，又养了两头老母猪，思量着把产下的猪崽子分给各个连队，余下的拿到集市上卖了，可以为连队创收。营长夸他有头脑，说只要弄得好，就把他转成志愿兵，调到营部，专门管后勤。

老母猪眼见着要临产了，连部父亲索性卷着铺盖睡到了猪圈，他对接生还一知半解，怕出现差池。生猪崽儿的那天夜里刮起了台风，连部父亲被猪圈的石头砸断了腿，当时为了护住老母猪也没觉得疼，等送到营部卫生室已经来不及了。

营长为他申报了伤残证，请团里的笔杆子来写事迹材料，想把他继续留在部队里，连部父亲自作主张退伍回家了，然后娶妻生子。再后来营长当了团长、师长，来看过他几次，要帮他解决困难，都被婉言谢绝了。

讲完这些，连部苦笑着对我说："我爹是为了纪念部队上的经历，说进不了营部咱进连部，我就有了这么个名字。"

我安慰他说："挺好听的，有个性。"

"我爹对我期望值很高，可惜我不争气，现在又弄成了这个熊样，都没脸活在这个世上。"连部脸色有些难看。

火候差不多了，我赶紧劝他："别自责了，上次那个事儿不怪你，冤有头债有主，你是被黄三儿给害的。"

第三章 立春

连部用阴郁的目光望着我,声音低沉地说:"人不能有贪念,如果我按部就班地做家教,就不会发生后来的事情了。"

他再次陷入痛苦的回忆之中。

连部没去外地读研,不仅是为了省钱,很大的层面上是想离家近,能够照顾上双双残疾的父母。他懂事孝顺,可他缺钱,正所谓穷则思变,他从网上通过中介找兼职。屋漏偏逢连夜雨,他被黑中介给骗了,一分钱的工钱没拿到,押金也给搭上了。

他只能自认倒霉,再想别的法子。连部又在网上看到本地的招聘启事,说是要找信息安全专业的高手,还专门强调的是登州人士,名额只有一个,工资面谈。联系人写的是黄义重,黄义重正是黄三儿,那时候他并不知道。

有了先前的教训,连部很谨慎,跟黄三儿电话沟通后才决定见面。两人相谈甚欢,黄三儿主动告知自己是黄仁重的亲弟弟,又带他到比克律集团参观,连部就不再怀疑了。

他没想到开的酬金是每月两万,那只是底薪,根据绩效还可以拿到可观的提成。连部学的就是这个专业,也没想日后会干什么具体工作,主动进了圈套。

为了欢迎连部,黄三儿搞了个小仪式,这让他感动不已,觉得自己受到了重视。完事之后,黄三儿招呼了几个人一起吃饭,地点安排在观海大厦。

就餐的包间装修得富丽堂皇,吃的是山珍海味,有的菜肴连部生平第一次见到。他真的开了眼界,包间里光女服务员就有六个,都穿着好看的旗袍,齐刷刷地站了一排,每一个的身材都那么好,长得都那么漂亮。

有个服务员专门给连部端茶倒酒,一举一动、一颦一笑都显得仪态端庄,他一兴奋就多喝了点酒,跟服务员多聊了几句,得知几个服务员都是登州大学导游专业刚毕业的本科生。连部心想难怪个个有气质，都是自己的校友。

连部傻不拉叽地给几个服务员敬酒，黄三儿鼓掌叫好，他不知不觉就喝多了。酒醒之后，他发现自己被关在一个小黑屋里，浑身冒冷汗，灯突然间亮了，黄三儿露出了丑恶嘴脸，说已经给他注射了艾滋病病毒。

听完连部的讲述，我提出了疑问："你怎么能确认他给你打了针？"

连部垂头丧气地说："当时我手背上有个针眼儿，那些天我身体极度不适。"

我不甘心地说："那也不能确定就是艾滋病毒啊。"

连部说："我跟网上的信息对比了一下，那些症状跟艾滋病患者吻合，他过后给我拿来了进口药，我也查过药品说明，确实是Y国生产的，黄三儿说是托人从国外搞来的，说如果我想保命就得听他的。"

"毒品是怎么回事儿？"我继续问道。

连部答："他让我去古色古香夜总会送了两次，最后一次碰到了那个服务员，她偷偷告诉我，我送过去的是冰毒。我也参照网上的信息对比了，我送去的那包东西是透明晶体，很像是冰糖，符合冰毒的特征。"

信息量太大，我一时愣在了那里，连部又接着说："我当时愤怒至极，找到黄三儿对质，他把我狠狠揍了一顿，说那就是冰毒，就是想进一步控制我，才让我去送毒品。"

我打断了他的话："跟那个服务员有联系吗？"

连部面带遗憾："我不晓得她叫什么，我条件不好，不懂怎么跟异性交往，只是刚开始加过微信，在夜总会见面之后，她把我拉黑了。"

"还算幸运，她虽然把你拉黑了，但至少还能找到她的微信。"说完，我又征求他的意见，"如果方便的话，能把她的微信截图发给我吗？"

连部接着开始操作，他一边忙活，一边唉声叹气："我真怕查出

第三章 立春

感染了 HIV 病毒，学校会把我开除。丢人现眼不说，再把我爹气出个三长两短来，我就没脸活在这个世上了。"

"你是孝子，但不是这么个孝顺法儿，走，咱去趟医院。"我瞬间做了决定，我忽然想起看守所已经带他查过了，结果是阴性。

040

立春的这天夜里，我想了很多，连部所学的专业是信息安全，也就是人们俗称的网络黑客，通常的企业里用不到这一专业，只有互联网公司才有专门的安全部门。比克律集团的经营范畴里没有那方面的业务，如果黄三儿是代表集团招聘的话，只能说明背后有更大的阴谋。

去了趟医院，也给我带来了好消息，我的检测结果是阴性，没感染上艾滋病毒，虚惊一场。如果按照事先的打算，我可以不再过问我爹的事情，但我觉得已经拉开了阵势，就不能半途而废。

我潜意识里认为，连部虽然腼腆，跟我一样不善于跟别人交流，但他是个踏实能干的人。我想邀请他与我并肩作战，他或许能给我帮上大忙。

真心感谢连部，他为我提供了线索，令我挠头的是，线索虽然有了，我却无从下手。我在网上查了一下，古色古香夜总会也是比克律集团旗下的，这让我坚信，黄三儿所干的勾当都跟集团有千丝万缕的关系。

第二天是小年，去单位上班之前，爷爷嘱咐我晚上回家吃饺子，在宁海乃至登州地区，我们逢年过节就会吃饺子，好像饺子是我们的信仰和图腾。我答应了爷爷，可一整天下来，我没忙完手头的工作，还得加班，我只能给爷爷打电话说明情况。

爷爷很通情达理，让我好好干工作。柳叶青听到我在跟爷爷通话，非要撵着我回家，说是好不容易在家门口实习，得多陪陪老人，吃个团圆饭，等将来真正参加了工作，团圆饭只能是梦想。

虽然他说的有道理，但我这个人有点别扭，别人越是让干什么，我越是不乐意。好像那样会显得自己有个性，都旺家后来开玩笑说我是在刷存在感。

柳叶青猜不透我的心思，停顿了片刻才对我说："你是担心鞭春牛吧，回家告诉老人，最迟腊月二十六。"

我说了句谢谢，柳叶青还是在一旁嘀咕："赶紧回去跟你爷爷说，也好让老人家提前做好准备。"

一看不走也不行了，继续待在办公室的话，柳叶青会纠缠不休。我跟他道了别，却不愿回家。我突发奇想，何不去一趟古色古香夜总会呢，我约都旺家一同前往，那家伙说不去。再问原因，他告诉我那地方去不得，而后就是意味深长的笑声。

我在路灯下孤独地行走，走着走着看到了一个熟悉的小区。彭学民就住在这个小区，彭叔叔的爱人李阿姨是实验中学的副校长，高中时期学业忙，我三天两头就跑到他家里吃饭。

我轻车熟路地找到了他家，敲开门，彭学民居然在家，李阿姨一见是我，欢喜得要命。趁着她去洗水果的工夫，我把连部发来的截图转给了彭学民。

"彭叔，帮我查下这个人吧。"我向他求助。

彭学民朝我笑了笑，未置可否。

怕他问我原因，我坐了一会儿便灰溜溜地离开了。

到家以后，彭学民的电话追了过来："为什么要查那个人？"

我吞吞吐吐地回答："我一个老同学跟她谈恋爱，两人闹了别扭，联系不上了。"

彭学民的语气变得严肃："公安局是为你家开的吗？"

我磕磕巴巴地说："不、不是，算了，不麻烦你了。"

彭学民反倒笑了："于禧淼，你个小家伙也学坏了，问题是你还

第三章 立春

没学会撒谎呢,道行还不够。说吧,你到底想干什么。"

犹豫片刻,我向他说了实话:"这个人跟黄三儿有关,肯定牵扯到了比克律。"

彭学民又问:"你这是多管闲事,知道吗?"

"我是实习警员,对可疑人员敏感,难道不对吗?"我随口反问道。

彭学民继续笑:"行啦,我知道了。"

他没说帮不帮忙,这让我很生气,好歹给个准话儿,吊人的胃口算什么狗屁事儿?但我晓得彭学民也很为难,公安队伍的规定多着呢,那么多条累加起来,等于是把人给缚住了手脚。

柳叶青还真有点能耐,鞭春牛活动按时搞起来了。他不但请了街道办的,招呼了水道的居民,还把鱼鸟河对岸写字楼的那些人给请了过来。市电视台不知从哪儿得知了消息,派人扛着摄像机过来了。王保生跟记者几乎形影不离,让我怀疑是他把媒体人给招来的。

柳叶青是花了心思的,开场之前,先来了段威风锣鼓,还有人跟着扭秧歌、踩高跷,这些都是水道地界的传统民俗表演,天知道他是什么时候组织人们排练的。

这些表演把我爷爷感动得热泪盈眶。我一看老人的情绪,心里的石头落地,这活动是百分之百搞成功了。接下来就等着鞭春牛了,效果好与坏也就一锤子买卖了。

柳叶青一招手,锣鼓声戛然而止,让人不得不佩服,短短几天的时间,演出队伍训练有素。他在众人的注视下,跑到我爷爷跟前,把鞭子递上,我爷爷不肯接,两人推辞起来。我心里偷偷乐,看来他们事先未曾沟通。

在爷爷的坚持下,柳叶青仓促上阵。他在春牛也就是土牛的背后站住脚,刚要扬鞭子,爷爷"嗷"的一嗓子,把所有人都吓了一跳。

爷爷一把夺过鞭子,批评柳叶青:"胡闹,立春在春节前,鞭牛人站在牛前边,立春在年后你才该站在这儿。"

我在一旁为柳叶青说好话:"今天不是立春,只是走走形式。"

爷爷瞅了我一眼,慢腾腾地说:"凡事要心诚,你们干工作也是这个理儿。"

老人家没再言语,扎起了马步,做了几次深呼吸。只见他胸口急剧起伏,嘴里吼道:"好——哟——"

爷爷嘴里念念有词,甩出三七二十一鞭,牛身上落下碎片。早已安排好的群众上前哄抢碎片。

趁着爷爷高兴,我问他之前当没当过警察,他狠瞪了我一眼,走了。

| 赶年集

041

鞭春牛了却了于铭忍的心愿,柳叶青却被通报批评了。

据小道消息说,于迎春把他狠狠骂了一通,嫌他不务正业。柳叶青按照都旺家的说法,当时辩解说是为了密切警民关系,于迎春骂得更厉害,说他强词夺理,理由是疫情当前,聚众搞活动是不讲政治。

这帽子可够大的,扣到了柳叶青的脑袋上,纵使跳进鱼鸟河里也洗不清了。看着所长怏怏不乐的样子,我着实于心不忍,毕竟事情是因我而起,但我跟父亲不和睦,也没法替柳叶青去做过多的解释。

我只能踏踏实实地工作,也算是对所长的一种回报。我仍旧没丢掉写日记的习惯,我在纸张上记录下心情:

第三章 立春

真正忙活起来,我才体会到基层派出所工作的疾苦。哪怕是我当一天和尚撞一天钟,时间也把我耗得两眼发直。

对我来说,最大的改变是没工夫再记日记,算下来那可是我坚持了将近十年的习惯。一个人的习惯被外界环境改变了,当事人也就是我本人的心情可想而知。

我一度认为自己会原地爆炸,负能量爆棚了,却找不到合适的宣泄口。受到情绪的干扰,我差点闯下大祸,但也无意中有了一点收获。

这天一大早,水道村村民吕达远领着小孙子出门。吕达远的儿子承包了市供电局的食堂,春节期间也是供电系统最忙的时候,小两口没法回家过年,就委托老人去商场给孩子买新衣服。

吕达远本想在年集上给孙子置办一身,儿子和儿媳妇不让,说现在政策好,挣着钱了,别委屈了自己。想想也是,亏了谁也不能亏了宝贝孙子,他哼着戏乐乐呵呵地带着孙子过了醉仙桥,刚到观海大厦楼底下,头顶"嘭"地落下个啤酒瓶子。

小孙子吓得哇哇大哭,幸亏是在冬天,穿的衣服厚,炸开的玻璃碴子才没伤着人。吕达远心疼宝贝疙瘩,气得抬头大骂,没人回应。他本来就是有名的犟脾气,跟他的"吕"姓凑到一块儿,被人们称作"犟驴"。

"犟驴"越骂越上火,就拨打了报警电话。赶上人手紧张,李云尔带着我和果小米去了。果小米还没出过警,她好奇而紧张。

到了现场,李云尔和我正在仰头观察,判断瓶子坠落的具体方向。果小米也没闲着,在一旁安慰吕达远:"大爷,你消消气儿,这天上掉馅饼的事儿,也不是一般人能碰上,预示着你来年鸿运当头啊。"

搁在别人身上都能听出这是玩笑话加吉祥话,但吕达远不是别人,他气呼呼地爆了个粗口,嚷嚷道:"大爷?你大爷,这掉下来的是馅饼吗，是酒瓶子，砸死我，你来偿命吗？"

果小米委屈极了，为自己辩解道："我那是打个比方。"

"打你妈个×，不把摔瓶子的人查出来，我住到你们派出所。"吕达远不依不饶。

李云尔看了看他，笑着安慰道："别急，这就上楼去查。"

吕达远吼道："我也去！"

吕达远的犟脾气上来了，不管李云尔怎么劝，他还是把孙子撇给了果小米，跟着上楼了。

很快便寻到了扔酒瓶子的小伙子，他住在观海大厦的客房，在进他的房间前，我朝楼梯口扫了一眼，隐约看到了彭学民的身影，也没多想。

小伙子显然是喝了一夜的酒，说话也磕磕巴巴的。他承认了酒瓶子是自己扔的，自称姓金，甘肃人，说是来找比克律集团谈项目的，结果钱被骗了个精光。

吕达远在一旁吵吵："谎话连篇，我管他上没上当，你们派出所赶紧把他给铐起来。"

"《刑法修正案》第二百九十一条规定，从建筑物或其他高空抛掷物品，情节严重的，处一年以下有期徒刑、拘役或者管制，并处或者单处罚金……"我也不知道哪根筋搭错了，脱口而出。

正字正腔圆地宣传法律条文，彭学民带人进门了。他拍了拍我的肩膀，扭头对李云尔说："这个人我带走了。"

吕达远急了："你算哪路神仙？"

彭学民穿的是便装，不想暴露身份，索性将计就计："这小子不是说了吗，在咱们登州被骗了，我得把他叫回去好好问问。"

吕达远气急败坏："你干吗的，敢从警察手里把人抢走。"

彭学民一脸坏笑："金先生说是比克律集团骗了他，你说呢？"

吕达远骂："比克律算个×……"

"比克律什么都不算，但公安局的也不敢惹我们。"随口抛出这

第三章 立春

句话，彭学民手下的人就把姓金的小伙子给带走了。

吕达远咬牙切齿："没王法了，你们等着。"

犟脾气的吕达远跟李云尔纠缠上了，我跑出房间，追上了彭学民，把他拽到了一边："彭叔，我麻烦你个事儿。"

彭学民有意逗我，似笑非笑地说："微信那个事儿我晓得了。"

我有些着急地说："是刚才这个人，他跟黄三儿有关，见面分一半，我也想了解情况。"

"你脑子进水了，还见面分一半，那边还吵吵着呢，赶紧回去给你们的警花帮忙。"彭学民差点笑喷。

吕达远到底还是过不去心里那个坎儿，也顾不上给小孙子买衣服了，跟在屁股后面去了派出所。为了迎接春节，所里正组织大扫除，他感觉受到了怠慢，揪着果小米不放，拿她先前说的那句过头话找茬儿。

一看自己的女朋友受到了欺负，都旺家上前理论："吕大爷，你别张口闭口带脏字儿。"

吕达远耍起了无赖："好啊，你还嫌我脏。人民公安为人民，我还是人民群众吗？你们就这么慢待我，以为我老吕找不到个说理儿的地方吗？"

许钢跟他熟悉，上前劝道："你个犟驴，别在这瞎咋呼……"

"好，你们敢骂我，有你们好看的，等着吧。"吕达远啐了一口，拽着孙子头也不回地走了。

042

于迎春的脾气越来越暴躁，如果不是爷爷在场，他会给我一耳光子。他没控制住情绪，跟我顶撞了他有关。

他平常很忙，很少回家吃饭，我一看他难得回来一趟，就扭身进了厨房。我一直没学会做饭，进厨房也是想先把食材准备好，择择青菜、切切肉还是能干好的。

于迎春不知哪来的无名之火，说是我有意躲着他，让我滚出来说话。

那些委屈全都涌了出来，我一手攥着菜刀走出厨房："有什么好说的？"

于迎春反感我说话的语气，猛地质问："想一刀把我劈了？"

这话说得过分了，我拿着菜刀进退两难。爷爷走进客厅，跟着劝道："你们爷儿俩好不容易凑到一起，就不能好好说话吗？"

于迎春降低了语调："爹，你总是宠着他，再这么下去，他早早晚晚得犯错误。"

他并不晓得，我心里正在暗自发笑——明明是自己身上有猫腻，而且很可能干出违法的事情，还敢大放厥词。我的所有心理变化都挂在了脸上，这有点近似于挑衅他的权威。

于迎春的脸由白变红、由红变紫，再由紫变白，后面的白不是正经的皮肤颜色，是惨白，让人怀疑他得了急症。

我怪里怪气地说："那也比有的人自己宠着自己强。"

这本来是讽刺他的话，结果于迎春扯到了高振正身上："跟你那个娘舅一个×样，永远不知道个人能吃几两干饭。"

"有时候三两，有时候四两，全看心情。"我随口说道。

于迎春勃然大怒："你他妈的也不撒泡尿照照自己，有脸吃饭吗。"

我故意气他，嬉笑着说："照过了，颜值爆表，随我妈，不可能随你。"

于迎春仿佛被击中了要害，声音变得沉闷："你没脸提你死去的妈。"

我面如冰霜："对，你根本不敢让我提，是你把我妈害死了。"

爷爷一把拽过我："小王八羔子，不能这么跟你爹说话。"

我别过脸去，谁也不理。沉默之中，于迎春的手机铃声响了，他接通电话，冲着话筒怒吼："彭学民，我再跟你说一遍，他不能进

第三章 立春

专案组！"

我隐约听到，彭学民说我已经长大了，得创造机会让我接受锻炼。于迎春又吼："他是实习生，没资格。"

彭学民也抬高了嗓门，我听得清清楚楚。彭学民说，于迎春是以公谋私，怕我遭遇危险；还说我迟早要踏上社会，过分溺爱等于是在害我。

"管好你自己的事情，这事儿没得商量。"于迎春不由分说地挂断了电话。

爷爷显然也听到了对话的内容，老人替我求情："孩子大了，你得让他去见见风浪。"

"我才不稀罕什么专案组，我在派出所干得挺好。于迎春，我把话搁在这儿，你八抬大轿请我，我也不会去。"我转身回了自己卧室。

我很快收到了彭学民的信息，说很看好我，推荐我加入调查黄仁重的专案组，却被于迎春给拒了。看着信息，我迟迟没回复。

我越来越怀疑，于迎春已经被人腐蚀了。

于迎春为什么要阻拦自己进专案组？兴许是怕随着调查的进展，案情大白于天下，那块遮羞布再也挡不住他那丑恶的嘴脸。除此之外，我再也寻不到更合理的解释了。我略感欣慰，我认为我爹的这一反应说明还有一点廉耻之心，并非无药可救。

我心想，那就由我来挽救他吧。我为此欢悦而亢奋。

我很快便想通了，进不进专案组无所谓，自己行动不受那些条条杠杠的限制，反倒更加自由。有了这个想法，我给彭学民回复信息："光看好我没用，得帮我把那个微信的主人查到。"

彭学民发来一条微信语音："大侄子，我劝你见好就收，既然不允许你进专案组，你就不要再瞎掺和了。"

我也跟着回了条语音，用撒娇的语气说："彭叔，你就答应我吧，满足一下我小小的好奇心。"

彭学民回复说:"不行,你小子甭想让我犯错误。"

"好吧,那我让李阿姨给你下命令,这又不是原则性的大问题。"回复完这句话,我偷偷乐了,我知道彭学民两口子跟自己有着很深的感情。

还真被我猜中了,过了没多会儿,彭学民回复说,那个微信的主人叫艾晴,登州大学导游专业应届本科毕业生。彭学民再三嘱咐我,不能轻举妄动,否则会打乱警方的计划。

他提供的信息与连部所说的相符,我给他回复了个笑脸的小表情,欣喜若狂地仰躺在床上。

爷爷敲门而进,看到我的样子,愣了一下才说:"不生你爹的气了?"

"我才不屑跟他生气呢。"我一骨碌爬起来,把爷爷拽到床边。

爷爷说:"那就好,你早点睡觉,别熬夜,俺也回去歇着了。"

我拦住爷爷:"不对,你找我肯定有事儿。"

爷爷笑着说:"原来怕你想不开,想让你明天陪俺去赶年集,看你没事儿,你就忙工作吧。"

我犹豫片刻,嘻嘻哈哈地说:"不行啊,你得陪我赶年集,我被你儿子气得头疼。"

爷爷伸手刮了我的鼻梁,笑道:"小王八羔子,不知你哪句话真哪句话假。"

"如假包换,不对,成摆摊卖东西的了。我的意思是,我真被我爹气着了,好多年没赶年集了,明天咱一起逛逛。"我继续征求爷爷的意见,"我还有个小伙伴,能一块儿叫上吗?"

爷爷板起脸说:"俺严肃地告诉你,只要是你的小朋友,都是俺的孙子。"

我没想到爷爷也挺幽默,连忙提出请求:"爷爷,把刚才那话再说一遍,我拍段视频。"

| 第三章　立春 |

爷爷乐呵呵地应了，我随手把视频转给了连部，对他说："瞧瞧这段视频，我爷爷于铭忍同志把你当成了孙子，咱明天陪老爷子一起赶年集。"

没等连部回复，我又把见面地址发了过去，可惜过了一宿也没收到回应。我有些蒙了，总不能把人家用绳子给绑过来吧。

043

水道大集相当于城里的农贸市场，它的历史悠久，《登州市志》明确提到，早在晋朝时期，古人就自发在这里进行贸易，渐渐形成了气候，历朝历代都是宁海地区经济发展的晴雨表。这里受到生意人的青睐，原因前面说过，地理位置重要。

集市的存在确实让一部分农村人富裕起来了，爷爷反复说是党的政策好。我却有种危机感，电商发展迅速，害怕后者替代了自然形成的集贸市场。

我确实是杞人忧天了，如今又有了高新开发区的那些白领和金领，水道大集的规模更大了，贸易额在宁海区农村大集中排名第一，连登州主城区的市民都慕名而来。

水道大集是四九集，也就是说，每逢农历的初四、十四、廿四以及初九、十九、廿九人们会来赶集。

最热闹的当数每年的农历正月十九和腊月廿九。这两天在全年的一头一尾，前者刚出了正月十五，还没到农忙季节，人们自发到山上的岳姑殿烧香祈福，世世代代传下来就成了庙会；后者马上要过年，忙活了一整年的人们要赶在这一天置办年货。后者因为这特有的属性，遂被称为赶年集。

在我的童年记忆中，十岁之前特别喜欢赶年集，集市上有喷香的爆米花、酸甜的糖葫芦、鲜美的海瓜子……毫无疑问，我是个十足的吃货。这天，我对儿时最爱的那些吃食毫无兴致，因为连部一直没现身。

看着我一筹莫展的样子，爷爷的情绪明显受到了影响，他看不懂我爹和我，他觉得在城里待着是在给我们添堵。他要回家，而且是要回木墅村的老家。

马上就要过年了，我岂能同意？我发觉爷爷越来越像个小孩子了，有时候碰到稍不如意的事情，就会耍小脾气。

他黑着脸，听我给讲了个故事。

说的是有个水道人进京，到儿子家过春节，亲家公是胡同里长大的老北京人，两人喝着二锅头，吹起了牛皮。

亲家公说，首都是全国的心脏。水道人说，水道是雄鸡的胸脯肉，专门护着心脏。

亲家公又说，北京二锅头，地道。水道人又说，水道有登州古酿，喝酒先抱姑娘，美哉。

亲家公不服气，说北京有烤鸭、卤煮、涮火锅、羊蝎子、炸酱面。水道人不甘示弱，说水道有海参、牛鞭、蒸海鲜、烤全羊、鲅鱼馅饺子。

亲家公嘴皮子笨了点儿，拍着桌子嚷：丫的操行，您那儿有四九城吗？水道人不紧不慢地回敬：他妈个×的，你们这里有四九集吗？

眼瞅着我唾沫星子洒了一地，爷爷连个笑模样都没有，看着我万分失望的样子，他才说："你个小王八羔子，脑瓜子成尿壶了，你忘了，这段是俺给你讲的？"

我哼哼唧唧地说："我这是改良升级版的。"

说话之间，我的目光一直在人群中搜寻，总觉得连部会出现。爷爷这才想起来，他的孙子在等人。

是的，我此时甚至产生了错觉，认为连部躲在某个角落里，正在偷窥自己和爷爷。

非常遗憾，天近晌午，还是没把连部给等来。

第三章　立春

实在没招儿了,我只好喊上爷爷回家。我现在是在赌气,买了一大把糖葫芦,留下两串,其余的全塞进了爷爷手里。

我一手一串糖葫芦,左右开弓,又酸又甜的红果塞进了嘴里,腮帮子鼓鼓的。红果外面裹的糖不少,我的牙被黏上了,正要伸手抠,连部在背后拍了一下我的肩膀。

扭头一看,我喜出望外,用手里的糖葫芦指了指爷爷,又指了指连部,眼珠子瞪得比铜铃还大。连部轻轻拍了拍我的后脊梁,不好意思地朝我爷爷笑了笑。

爷爷倒是有里有面儿,伸手握住连部的手:"俺是于禧淼的爷爷,你是他的小朋友吧,欢迎来水道赶年集。"

连部鞠了一躬,微笑着说:"爷爷,我叫连部,你喊我小连就行。"

"这名字有点意思。"爷爷感慨完,接着邀请连部,"走,如果不想赶集,就跟爷爷回家,尝尝俺的手艺。"

连部看了看我,没再推辞。一路上,他和我爷爷有说有笑,其中还提到了他父亲当兵的历史,爷爷说这就是缘分,因为儿子于迎春也当过兵。等到了家,这一老一少已经成了忘年交,根本没有我发言的权利。

爷爷让我陪着连部,自己钻进厨房,他忙活了一会儿,端出了一大盘猪耳朵和一海碗猪尾巴。

我惊得合不拢嘴巴,猪耳朵倒是常见,猪尾巴成了稀罕物,关键问题在于,这些都是现出锅的猪头肉。

猪头肉是登州地区的方言,有些地方喊它烧肉,就是把猪头、猪下货之类的放进锅里炖。农村里条件好的人家,这是必备的年货。临近过年的那几天,多数家里还要炸鸡、烧鱼、做豆腐、蒸发糕等等——鸡是大吉大利,鱼是年年有余,豆腐是家家有福,发糕是发财高升,样样都有美好的寓意。

爷爷不声不响地置办了大猪头,是想给我和我爹个惊喜。可惜我们爷儿俩粗心,从未注意他在忙什么。

"你吃猪耳朵，耳聪目明。"爷爷笑眯眯地对连部说完，又把脸扭向我，"你吃尾巴，从小就是馋猫儿，给你治口水。"

老人说的是登州当地的偏方，说是猪尾巴可以治疗小孩子流口水，小的时候，我爱流口水，看样子挺恶心的，好像就是这东西把我给治好了。

猛然被提到隐私，我不好意思冲爷爷发牢骚，大声嚷嚷："吃醋，我要吃醋。"

连部不知道我在开玩笑，起身问爷爷："醋在哪儿，我去拿。"

"爷爷对你太好了，我不吃醋了，我得尿醋喽。"我被自己的话笑得差点背过气去。

笑也笑过了，提到了正事儿，我们两个年轻人脸上都严肃了下来。知晓了服务员叫艾晴，连部说在学校里查到这个人不难，毕竟姓氏少见，名字也特别。

可是他并不相信我能查出什么名堂，直到爷爷说了我爹的身份，连部还是举棋不定。

044

于迎春预料到了，门副省长来过登州之后，好多事情都悄然发生了变化。

马玉海一下子安静了下来，以往隔上个一两天就会来了个电话，黄三儿出事之后，更是一天好几个电话，也不提具体问题，但都是话里藏刀。猛然间没了动静，于迎春反倒坐立不安了。

还有黄仁重那边，之前高调地寄来了公函，要帮忙出钱购买警用器械装备，还紧跟形势，套用了"公安警务机制改革"这么个说法，虽然可能是从市局上报给政府抑或发送给发改委、财政局的文件里扒下来的，抑或是成清波提供的信息。这件事情交给成清波去推进，也是没了音讯。

第三章 立春

于迎春回想了一下,这几天成清波的办公室总是铁将军把门,也不知道人去了哪儿。他有几次想打电话问问,思来想去还是放弃了那个念头。

这些情况对他来说都不紧要,他现在碰到的难题是跟刘开联系不上了。打电话无人接听,通知来市局开会也不见人影。公安队伍里有个规矩,所有警员的手机必须二十四小时保持畅通,一年三百六十五天不能有例外,为的是及时处置各类警情,至于刘开这个级别那就更不用说了。

实在放心不下,于迎春自己开车去了治安支队,工作人员说好几天没见到刘支队长了,至于去哪儿了,他们一问三不知。他生气也白搭,刘开经常办些常人无法理解的事情,如若真跟他较真儿,他总会找到十分妥帖的理由,让人无力反驳。

刘开经常把一句话挂在嘴边:小鸡不尿尿,各有各的道儿。话糙理不糙,只要是能在不违反规章制度的前提下,按时保质地把工作任务完成了,谁也没资格评头论足。但眼下正是用人之际,关键时刻掉链子的确令人焦急。

归根结底,他是担心刘开发生意外。个人作为公安局局长都有很多顾虑,谁敢担保刘开不碰上麻烦。于迎春留意过新闻报道,犯罪嫌疑人跟踪乃至谋害公安民警也不在少数。公安乃至整个政法系统真成了高危职业。

他为手下的每一个人牵肠挂肚,危险无处不在,牺牲在所难免,他必须逼迫自己去面对。于迎春同样难以接受战友们所遭遇的疲惫和委屈。

就在元旦前后,他深夜下基层,从窗外便看到值班民警捧着泡好的方便面,坐在那里睡着了。那会儿,于迎春的眼泪在眼眶子里直打转儿。

还有前不久某省发生的一起案子,丧心病狂的歹徒劫持了在校学生。现场有位男子给歹徒跪下了,人们以为那名下跪的男子是孩子家长，最后才知道那是警察，他在跪求歹徒，要用自己把孩子换下来。那一跪，跪出的是担当和血性。

每每想到这些，于迎春便寝食难安，他怕身边的任何一位战友有个闪失。可想而知，刘开的神秘失联，给他带来的压力该有多大。

于迎春觉得，彭学民也在跟着凑热闹，反反复复给他打电话，来来回回就是车轱辘话，非要让于禧淼参与办案，理由是年轻人需要摔打。

他反对的理由也很充分，此时让儿子加入专案组，近似于拔苗助长。要说锻炼，在哪儿都是人生的一种历练，就像鱼鸟河派出所，他是在那里迈出了经受挫折后的第一步，他始终觉得跟人民群众打交道才是最接地气的。

无法回避，于迎春有自己的担忧，这次跟黄仁重的较量，表面看风平浪静，海面下则藏着莫大的漩涡，随时都能把人淹死。贸然把于禧淼安排进专案组，他会为儿子的安全捏把汗，他已经失去了爱妻、母亲和严厉的岳父，不想让至亲的亲人一个个离自己远去。这是他的私心，也是独属一个人的秘密。

于迎春始终认为自己不忘初心，是个合格的党员。

当年，他在党旗下立过誓言。2021年1月10日那天是首个中国人民警察节，他在警旗下带领全市民警辅警重温入警誓词。那些天，于迎春等局领导忙得充实，他们深入基层参加升警旗仪式——那面崭新的警旗由红蓝两色组成，红色为主色调，警徽居旗帜的左上角。

那不仅仅是个仪式，在于迎春看来，那面警旗是中国人民警察队伍的象征，更是人民警察荣誉、责任和使命的象征。或许有人以为他在唱高调，只有他本人清楚内心的真实感受。

于迎春这辈子经历过无数激动人心的时刻，唯有2020年8月26日上午，才是他此生最刻骨铭心的。习近平总书记向中国人民警察队伍授旗并致训词，参加授旗仪式的人民警察进行集体宣誓。

第三章 立春

当天夜里,他专门找出一个本子,写下了誓词:"对党忠诚,服务人民,执法公正,纪律严明;坚定纯洁,让党放心,甘于奉献,能拼善赢。"看着工工整整的字体,于迎春心潮澎湃。

可是,他万万没想到,因为儿子,他这么多年的坚守不攻自破。于迎春由此冒出个可怕的想法,万一家里的亲人违法乱纪,自己还能否秉公执法。

他努力打消了那些七七八八的念头,打电话给彭学民,调度案子的进展情况。彭学民兴冲冲地告诉他:"老于,于禧森给打开了个新思路,但是得请治安支队配合。"

"我个人的意见是,你那里不露声色地继续查,先不让治安方面介入,此案知道的人越少越好。"于迎春不好告诉对方联系不上刘开了,只好如此搪塞。

他揣摩彭学民的话,什么新思路他是不会过问的,不到万不得已,于迎春很少插手敏感工作。他此时关注的是那句话的主语,难道儿子真的长大了?

如果彭学民不是在夸大其词,他为此感到欣喜。望子成龙是天下父母的共同习性,人们巴望自家孩子有出息。

就拿于迎春本人来说吧,儿子是千禧年出生的,当时他想给孩子取名叫禧龙,龙是炎黄子孙的图腾,虽说名字只是符号,他还是希望作为龙的传人,孩子长大后能有所作为。丈母娘迷信,说孩子命中缺水,才取了如今的名字。

在孩子成长的过程中,于迎春缺席了,彭学民说孩子有了进步,他迫切地想跟孩子好好交流一次。

045

于禧森真给彭学民打开了一扇窗。

黄三儿故意伤人致死已经成为不争的事实,想固定证据并不难,但彭学民现在要做的是把案子往深处挖。换句话说，即使不成立专案组，他也是这么打算的。

记得在于迎春刚上任后没多久，两人就有过一次深谈，当时上级刚部署扫黑除恶专项行动，两人的观点出奇地一致，都认为黄仁重是登州地界上最大的黑势力。他几乎无恶不作，只不过隐藏得很深，凡事都做得滴水不漏，让人寻不出破绽。

三年来，警方打掉了几个黑势力团伙，从某种意义上讲，那都是些小打小闹的犯罪团伙。他们真正的目标是黄仁重，可人家经过多年的经营，各种关系网盘根错节，而且已经根深蒂固了。

一直没对黄仁重下手，并非他们不作为，而是有人在护着。坊间早已怨声载道，指责警方在包庇坏蛋。

黄仁重过去非常贪婪，所有人都知道他的脾性，只要是能赚钱，不管大钱还是小钱，他都来者不拒。不明真相的人就把有些罪过记到了他的头上。

去年夏天，疫情形势缓解之后，一群混混在海边几个渔村欺行霸市，也就是俗称的渔霸。不管是哪条渔船出海都得交保护费，鱼虾满仓也赚不了几个钱。因为有人在背后操纵，所有海产品必须由他们统一收购，外地来的鱼贩子插不上手。

彭学民派人跟进，真正的幕后策划者是黄三儿，他刚刑满释放，不顾其兄黄仁重的反对，在社会上像只螃蟹似的横着走。前面说过，黄仁重贪财却不惜财，他习惯于用钱收买人心，也就有很多人愿意为他卖命。

警方打击过几次，总有人跑出来顶罪，始终没动了黄氏兄弟的筋骨。彭学民当时就预测，只要黄三儿不收敛，这兄弟两人迟早会翻船。但海边渔村的事情之后，黄三儿安分了下来。

过了一段时日，彭学民才闹清了原因。

黄仁重把黄三儿绑到了父亲坟前，把手下的保镖都支走了，朝黄三儿脚底下连开了几枪。把一奶同胞的亲弟弟吓得屁滚尿流。

第三章 立春

也不是说所有人都对黄仁重死心塌地,其中一个保镖因为猥亵幼女,被人告了。性侵案也归刑侦支队管辖,彭学民因为那人是黄仁重身边的人,审讯时就多用了些心思。

那个保镖为了争取立功表现,把黄仁重开枪的事情说了。彭学民问他如何能确认是开过枪。那人发毒誓说那就是枪声,说完那人接着就后悔了,怕遭到打击报复。彭学民心想,你马上要蹲大牢的人了,怕个屁,等出狱了,黄氏兄弟犯罪团伙早被警方给端掉了。

彭学民最保守的想法是,只要有黄三儿的存在,就不愁找不到突破口。以黄三儿的性格准会蠢蠢欲动的,这一点得到了于迎春的认可。他们希望黄三儿能出点事情,甚至想创造点机会让他被动犯事儿。只是他们都没想到这次事情出得令人心痛,那可是人命关天啊。

彭学民查到了艾晴的临时住址。马上要过年了,他本来担心对方回老家,派人一查,因为疫情的原因,艾晴回家的路被挡住了。

他并未急于去找艾晴,而是通过外地的同行联络了艾晴的父母,编造了个理由,请两位老人录了段视频,彭学民看了,两口子说的话朴实无华,却很容易戳到泪点。

关于编造理由这个事情,彭学民曾经组织民警们讨论过,因为现在的执法环境越来越透明,哪个环节上出点问题,就会被人诟病,进而搞出涉警负面舆情。

民警们的思想认识非常统一,他们认为,社会人士主动监督执法,这是社会治理法治化水平提升的缩影。提起该不该欺骗当事人或者当事人的亲朋好友来,他们的意见还是一致的,打击犯罪为的是给群众保平安,那相当于善意的谎言。

对于后者,章忠亮还举了个例子,说是人人都在撒谎,见到女人总会说,哎呀你又年轻了,年复一年连词儿都不变,仿佛面前的女人在逆生长。可这话讨人喜,明知道说的是假话,所有被恭维的女人都照盘全收。

当时，那些民警纷纷给章忠亮差评，说他的道理狗屁不通。说归说，他们还是老观点，必要的时候，就得使出点邪招儿。

这不，彭学民想给艾晴留下些好印象。经过深思熟虑，在带女民警去走访前，还掏钱去为艾晴置办年货。本来他想买些吃的用的，女民警把他笑话一通，替他做主网购了化妆品。

那些化妆品并未达到预期效果，这让双方沟通起来有了难度。直到彭学民把视频拿出来，才让艾晴冷静下来。她看着画面中的父母，哭得稀里哗啦。

彭学民瞅着时机成熟了，语重心长地说："小艾同志，你刚出了学校的门，踏上社会才没多久，按年龄你可以喊我叔叔了，我也好，你父母也好，都不希望你走弯路。"

"我已经走上了弯路。都怪我爱慕虚荣，别人有好手机，我也想有，别人有身好衣服，我还想有。没钱我就干了那种事儿，我不是个正经人。"艾晴竭力控制着情绪。

彭学民劝道："别埋怨自己了，人都会走弯路，但是不能一条路走到黑，最后碰得头破血流。眼下能及时转回身，什么都来得及。"

艾晴带着哭腔说："我身子已经脏了，我哪儿还有回头路哇。"

女民警插话说："妹子，大姐给你举个不恰当的例子，你就当是谈恋爱碰上个渣男。只要肯悔改，现在一点都不迟。"

艾晴眼泪汪汪地问："你们会因为我是坐台小姐就把我抓起来吗？"

彭学民笑着说："你看我们这架势，不是来抓人的。"

艾晴抹了把泪："我听你们的，马上辞职。"

彭学民说："我巴不得你赶紧去干正经营生，但还得请你再干段时间，帮我们找点线索。回头怎么做我另行通知，但你得装作什么都不知道，别招来灾祸。"

第四章 除夕夜

J 耗子药

046

除夕这天上午，派出所的教导员回来了，此前我只在照片上见过她。她的年龄跟我爹差不多，一头齐耳短发，长得瘦瘦小小，虽然不会打扮，长相也不怎么漂亮，但在一身警服的映衬下，人显得特别精神。如果要让我给她打分的话，印象分至少在85分以上。

我以为她是休了长假，都旺家告诉我是去贵州扶贫了，我知道公安部的扶贫点在贵州，各地公安机关都派人在那边帮扶，但我也知道那边已经脱贫了，相关工作人员在元旦前就撤回来了。

人很容易对某个事物产生先入为主的偏见，而且某些偏见一旦在脑海里扎根，就很难剔除，甚至会影响到对事物的判断。逆向思考，万一我对哪个人有了好感，会毫无防备地与之交往。所以，我是相信一见钟情的。

她上楼没多久，就在柳叶青的陪同下，到我们民警办公室转了一圈。除了我之外，其他人都是老面孔了，柳叶青重点介绍了我，可能因为我爹是公安局局长的缘故，他的语气听起来叫人很不舒服。

教导员眯缝着眼，像是在查看办公环境，也像是在观察我的表现，等柳叶青介绍完了，她挥了一下手，说集合开会。她在会上说，春节期间任务繁重，她千里迢迢赶回来，就是要跟同志们一起战斗。

哦，差点忘了介绍，教导员叫康淑婉，老家是上海浦东的，说话还带着点吴语的口音，听起来软软的，叫人心里很舒服。可我已经认定了她是借着扶贫的名义不按时回来上班，此时再说些冠冕堂皇的话，那些好印象瞬间减去了大半。

为了让自己静下心来，我脑子里开起了小差。心想鱼鸟河派出所还是有点意思的，各种比较稀少的姓氏就好几个，姓果的、姓都的、姓柳的，再加上刚冒出来的这个姓康的。我只晓得"都"这个姓氏有一支起源于宁海地区，他们的先祖是蒙古族，是明太祖赐的姓。

我扭头看了看都旺家，试图从他身上寻找蒙古大汉的痕迹。我正走神呢，康淑婉点了我的名字："于禧淼，站起来。"

我愣了一下才站起来，我发现她脸上的微笑很不真实，有点冷若冰霜。康淑婉瞟了我一眼，继续说道："虽然你是实习生，但不要抱有临时观念，更不能搞特殊，我希望你能向老同志学习，跟大家伙打成一片。"

接着她又强调了一些工作上的注意事项，她仿佛把我当成了空气，她不发话，我只能直挺挺地杵在那里。我感觉所有人的眼睛都在盯着我，浑身上下都不自在。

我胡乱翻了几下会议记录本，来掩饰自己的窘迫，这一翻就翻出了声响，但康淑婉不管不顾，仍旧说个不停，让我觉得像是老尼姑在念经。

会议结束之前，她清了清嗓子，抬高了声调："我提醒同志们，在咱们所里，是龙你得盘起来，是虎你得卧起来。"

我不晓得别人是怎么想的，反正我会尊重自己的内心。既然康淑婉指桑骂槐，我也没必要客气，那番话太露骨了，搁在谁身上恐

| 第四章　除夕夜 |

怕都无法接受。我甚至想用某种方式整治她，这个念头只是一闪而过，因为我不能分散精力，我还得继续调查黄氏兄弟。

康淑婉干事风风火火，半上午的时候吩咐我和都旺家去厨房打浆糊，说是要贴对子。她虽然带着家乡的口音，词汇上全是登州的方言，比方说"对子"就是人们嘴里的春联，"打浆糊"也没什么神奇的，只是把淀粉倒进水里熬成面糊糊，有了黏性就可以贴春联了。

问题是我不会干这个营生，在厨房里手忙脚乱。都旺家把我奚落一顿，搞笑的是他也不会打浆糊。果小米被他喊了过来，看着他俩那腻歪劲儿，我怀疑都旺家是故意装的。

果小米发现我有点不耐烦，就把话题转到了我身上："别误会康教导，她是个好大姐。"

真的，或许爱写点什么的人都天生敏感吧，她居然看透了我的心思。我还没想好怎么回答，都旺家神神叨叨地说："女领导一定要重视，她们不是能力过硬，就是背景过硬，并且心思细，不能得罪。"

我傻愣愣地问："几个意思？"

都旺家故弄玄虚地说："只可意会不可言传。"

果小米白了他一眼，扭头对我说："别听旺家的，教导员那个人名声在外，你随便到分局机关打听打听，都知道她的为人。"

人是个奇怪的生物，好多的矛盾汇聚到某个个体身上，往往会带来意外的收获。我瞧不上柳叶青围着我转，又讨厌康淑婉对我的鄙视。那她会不会故意特立独行，想用另一种方式向我或者说通过我向于迎春示好呢？带着这个问号，我自然而然地对她产生了兴趣，而且兴趣浓厚。

我不认识分局机关的人，为了搞清康淑婉的真实面目，我拨通了彭学民的电话，他搞明白我的用意之后，把康淑婉夸得跟花儿似的。我心里肯定是不服气的，因为都旺家说过，女领导也有靠背景的。

"那她为什么扶贫都扶到了春节？"我提出了心里的疑问。

彭学民说："长话短说啊，咱们市局帮忙建了一所小学，老师还没配备到位，康淑婉同志请示了局里，在那里当了一段时间的代课老师，孩子们放寒假了，外出打工的父母还没回去，她就拖到了现在。"

我的语气有些轻佻："她难道是先进人物吗？"

"把'吗'字去掉，不过这次扶贫她不是先进，主动让给了别人。"说完，彭学民又笑着提醒我，"康淑婉可是上海复旦大学毕业的，你跟着她能学到好多知识，谦虚着点儿吧。"

新的问题又在我脑瓜子里冒出来了：康淑婉毕业于名校，又是出生在大都市的人，她为什么要跑到三线城市来工作呢？

047

我不相信于迎春，也会相信彭学民，毕竟我高中时期最亲近的人是李阿姨，我从李阿姨身上时常能看到我妈的影子，彭学民是李阿姨的男人，我没理由去怀疑他。

既然消除了误会，再看康淑婉就顺眼多了。我发现她正在办公楼大厅前，踩着个椅子，往玻璃门上贴福字。她一边贴一边笑，大红的福字把她的笑脸给映红了。

灯笼啊什么的都已经挂好了，还别说，什么都得靠氛围来烘托，在康淑婉的操持下，派出所院子里喜气洋洋，还真有了过年的气氛。可是，都旺家对我说，对派出所民警来讲，过年等于是在过鬼门关，光除夕夜的出警率就够人喝一壶的。

"鬼门关"这种说法有点玄乎，"过关"倒是贴切的，光在午饭前，各类警情就有将近五十起了。我去值班室瞅了一眼，统计的数据显示，有四十多起是小孩子放炮仗受了伤，家长第一时间想的还是110，有个别的过于紧张竟然忘记拨打120。

第四章 除夕夜

康淑婉也关注了这组数据,她当场朝柳叶青发飙:"小柳,怎么回事儿,节前没搞宣传吗?"

柳叶青小声嘟囔:"发了微信公众号,发了传单,在村里的大喇叭也广播了。"

康淑婉毫不客气地批评道:"事关老百姓利益的,你不能搞形式主义,你得走街串巷、进家入户,脚底板走踏实了,心里边才能踏实。"

柳叶青辩解:"咱们所人手少,任务太繁重了,忙不过来。"

康淑婉把脸沉下来:"不要把上级指示都当成任务,变被动为主动,带来的效果天差地别。还有啊,跟你说过多少遍了,排列组合法懂不懂?你把一些工作梳理一遍,挨家挨户走一趟,碰到谁家有个困难什么的,也伸把手。"

她是当着我和值班人员的面训人的,柳叶青恨不得找个地缝钻进去,看着他那狼狈的样子,我忍不住笑了。

"于禧淼哪凉快哪待着去,别在我面前晃悠。"没头没脑地把我说了一通,康淑婉又数落柳叶青,"你说说你,在去贵州之前,我千叮咛万嘱咐,你总是我行我素,派出所工作是没法投机取巧的……"

我不声不响地溜了,把自己的所见所闻跟都旺家说了,都旺家笑着挖苦我:"哥来,你是少见多怪,康教导可不只是嘴皮子厉害。"

"目测结果,康淑婉同志是更年期综合征。"我也跟着笑。

都旺家说:"哥来,可不能瞎说,她要温柔起来能吓死你。"

很快,康淑婉就宣布,愿意留下加班的就留下,前提是没有加班费。她紧接着跟街道办吴主任联系,说好多青壮年回不来,还跟往年一样,把空巢老人和留守儿童集中起来,派出所陪着他们守岁迎新春。

有鞭春牛活动的教训,柳叶青建议别把人聚到一堆,怕疫情传染担不起那个责任,被康淑婉给撑了回去。这还真是个霸道的女人。

后来，我才知道，陪伴相对困难的辖区群众过年，是康淑婉上任之初的创新举措，谁也没想到她坚持了好些年。刚开始有人以为她只是装装样子，在上级领导那里邀功请赏。康淑婉听到传言坦然一笑，还自嘲说装就装吧，我能装到退休也是个本事。

也是后来我才知道，她本人没再想过提拔高升什么的，对教导员这个职务似乎很满足。她陪了三任所长，几次提出把党支部书记让出去，让年轻人接受锻炼，但分局领导说支部书记不是让的，也不是任命的，是选出来的。康淑婉想想也对，就向上级党组织表了决心，说只要她任支部书记一天，就会发挥好党支部的战斗堡垒作用。

这些都是我听说的，不知道是真是假。但我心里烦气着呢，说白了，我觉悟不高，不会相信这些鬼话，总认为康淑婉这么干是有所图的，人都有自私的一面，哪有那么多的大公无私？

不过，她搞的这个团圆饭也给我提了个醒儿，连部没回家过年，他一个人孤零零的怪可怜。我灵机一动，决定把连部请回家，让他和我一起陪爷爷吃年夜饭，爷爷那么稀罕他，这是两全其美的事情。

我没通知爷爷，决定给他老人家一个惊喜。本以为连部能爽快地答应，没想到他会在电话那头叽叽歪歪，找了好些个理由。

我急眼了，大声质问他："你比我年龄大，论起来我得喊你声哥，你能别跟个小姑娘似的忸忸怩怩的吗？"

连部吞吞吐吐地说："你爹是公安局长……"

"公安局长怎么了，况且他除夕夜肯定不回家，逢年过节他必须在岗在位。"我烦躁地打断了他的话。

连部又说："我违过法，警察和小偷好比猫和耗子，不能进一个家门。"

"看没看过动画片，猫和老鼠斗争下来，不定谁输谁赢呢。"我缓和了语气，"你就别磨叽了，来还是不来，给句准话儿。"

| 第四章　除夕夜 |

连部犹豫片刻才说:"抱歉,我还是不去了,替我给爷爷拜个年。"

我用恳求的语气说:"要拜年你亲自拜,别把自己搞得那么傲娇,我很可能晚上得加班,你替我陪爷爷过年,就当是献爱心了。"

连部说:"我好不容易才约上了她,真要放弃这个机会,恐怕就永远没机会了。"

"你约了哪位美女,从实招来。"我还是不甘心,跟他开起了玩笑。

连部愣怔片刻才说:"艾晴。"

我追问道:"你说是谁?"

连部答:"那个服务员艾晴,我通过校友会联系到她了,她也不回家过年,我做通了工作,去陪她过除夕,但愿能帮你找到线索。"

我瞬间做出了判断,接着对他说:"这样正好,务必把她请到我家,我看好你哟。"

连部有畏难情绪,我鼓励了他一番,还叮嘱他先不要向艾晴打听任何事情。他总算是应了,我发觉自己的口才还不错。

048

康淑婉办事真不含糊。她从辖区请了个厨子过来,那厨子虽然没考过等级证,却传说是御厨的后代,平日里谁家想请他掌勺得提前预约。食材的问题就更有意思了,她把街道办的吴主任给堵在了办公室,软硬兼施,逼着人家掏钱。

听说这段小插曲之后,我朝着都旺家发感慨:"人和人的差距也太大了,柳叶青跟街道办处不好关系,康淑婉却拿住了吴主任的七寸。"

都旺家已经习以为常,他告诉我说:"哥来,往年都是这么办的,吴主任是故意演给别人看的,平日里只要是教导员打声招呼,但凡不违反原则,街道办是一路绿灯。"

我回了他一个白眼:"喊,真能把牛皮吹上天。"

都旺家用夸张的语气说:"哥来,你去打听打听,在咱辖区里边,康教导要干点什么事儿,刷脸就行。"

说话间,康淑婉在门口向我俩招手:"赶紧过来,别偷懒,帮我去拾掇会议室。"

还是往年的老传统,康淑婉把团圆饭设在会议室,把会议桌拼到一起,再盖上酒红色的桌布,看起来还真像是在操办婚宴。她让我和都旺家在房顶挂彩灯、挂气球,我觉得挺俗气,也没吱声,心想年龄差摆在那里,不可能跟她产生共鸣。

全都安排妥当了,我像个慰问基层的将军一样,在会议室里转了一圈,发现那些彩灯啊什么的,还挺像样子的。我再一琢磨,来聚餐的多以老年人为主,以他们的审美,这种布置绝对是高端大气上档次。

趁着康淑婉心情不错,我跑过去找她请假:"教导员,我今晚得回家。"

"不用跟我说,不值班的都可以回去,来去自由。"她把脸转向别的方向,嘴里却依然在念叨,"但是,你爹是局长,老子英雄儿好汉,你也该带头做出表率,能不回去还是别回去啦。"

真是不可理喻,这怎么还道德绑架呢。我强忍着火气,对她说:"我爷爷今年在我家过年,我得回去陪他。"

康淑婉笑了:"你爷爷是前辈,他比你有觉悟,你把他也请过来一块过年,这么多爷爷奶奶凑到一起才热闹。"

我无语了,这个老女人实在是难缠,管天管地还管着我拉屎放屁。我在心里暗骂了她几句,也就不再坚持,心想等人都到齐了,我再寻个机会溜走。

人们很快就来了,会议室里热热闹闹的,我却无精打采,因为连部给我发了信息,说已经做通了艾晴的工作,他俩现在已经到我家里了。我很想会会这个艾晴,跟别人打招呼时就挂上了虚假的笑容。

第四章 除夕夜

郁闷了一会儿，我抬头一看，门口走进一位女生，她冲我莞尔一笑："我妈在哪儿？"

都旺家抢先回答："教导员马上到，康一同学，你坐着等等。"

她的形象亮瞎了眼，我顿时不想回家，只能在心里向连部道歉：抱歉，我重色轻友了。

团圆饭开始了，康淑婉也不说话，把吴主任推到了前台，让他给大伙儿致辞。我可没心情听他瞎叨叨，我眼睛里全是康一的影子，还从未有哪个女孩让我如此心动。

都旺家私下里告诉我，康一在北大新闻系就读，是个名副其实的学霸。我心里就纳闷了，明明可以靠颜值吃饭，干吗要拼才华呢。出于对她的好感，我坐在了她的对面，偷偷打量着她。遇到她抬头看我，我就赶忙垂下脑袋，心里慌慌的。

真他娘的丢人，我以为她是在目不转睛地看我，谁知她是将目光越过了我的肩膀，瞅着正在发言的吴主任。我难受极了，多么希望她能把目光落到我的身上，哪怕是一小会儿也好。

看我魂儿都丢了，坐在我身旁的都旺家小声提醒："哥来，大胆往前走，别错过机会。"

我羞涩地说："闭嘴，往哪儿走，走到桌子中央吗？"

玩笑话遮挡不了我的慌乱，都旺家又拿我开涮："哥来，我觉着你俩郎才女貌、天设地造，天生一对、不追有罪。"

我踩了一下他的脚："对个屁，我撑死你。"

都旺家夸张地卖弄："哥来，你好好回味，我说的可都是合辙押韵。"

话音刚落，柳叶青慌里慌张地进了会议室，匆匆地跑到康淑婉跟前，一阵耳语。我看到笑容僵在了教导员的脸上，她看了看众人，说道："各位乡亲，碰到个麻烦事儿，你们先吃着，等我回来跟大家吃团圆饺子。"

康淑婉点了李云尔、果小米和我的名字，让我们下楼，到依维柯车上候着。我一头钻进了车里，寻了个靠窗的位置，还没等坐稳，我闻到扑鼻的清香。我回头一看，康一坐在了我旁边，那香气是她身上散发出来的。

康一笑着对我说："不好意思，挤一下。"

我心里想，还有那么多座位呢，干吗要跟我挤到一块儿，身子却不受个人的支配，为她让出了空位。

过了一会儿，康一主动搭话："喂，你怎么不说话？"

我结结巴巴地说："你是北大高材生，我怕说多了露怯。"

"我还羡慕你在公大上学呢，我是一不小心考了北大，不幸中的万幸，学的是新闻专业，无冕之王可以为民伸张正义。"康一接着捂嘴笑了。

我拼命从脑海里搜集词汇，总算是挤出了一句囫囵话："侠女风范，在下佩服。"

话音未落，康淑婉的声音灌进了耳朵里："一一，你赶紧下车，别凑热闹。"

康一不情愿："妈，你平常怎么教育我的，我是媒体人，必须在第一时间抵达第一现场。"

我不晓得是什么原因，康淑婉没再吭声，而是招了招手，让柳叶青启动车辆。我自然也搞不明白是碰到了什么麻烦，居然还得让两位所领导同时出动，而且还是所长亲自驾车。

车速极快，眨眼就驶出了我们的辖区，我无心再去关注身旁的康一了。

049

车子进了市供电局的大院，我一下车便看到楼前并排停着两辆救护车，还看到一辆轿车上挂着熟悉的车牌号，那是我爹的车子。

第四章 除夕夜

我心头一紧,连于迎春都来了,看来这回麻烦不小。

办公楼大门旁挂着两块大牌子,一块上面写的是供电局,另一块是电力公司,我不懂他们的机构是怎么设置的,闷着头就往办公楼前的台阶那里走。

康淑婉喊住我:"瞎吗?闭着眼瞎×闯,滚回来。"

我真没想到她会如此粗鲁,要知道她可是复旦出身的,而且还是当着自己女儿的面。白瞎了那名字"淑婉",婉约的淑女咋就这么火暴的脾气呢。我不敢多想,紧溜溜地跟在她屁股后边,进了旁边的附楼。

走进一层,我紧接着看到了敞开着的厨房操作间,我听到了我爹的声音:"老吕,你不能冲动。"

略有耳熟的声音传出来:"我早就说了,会让你们好看。"

听到这话,康淑婉已经快步跑进厨房:"犟驴,你是怎么答应我的,你孙子都快上小学了,还那么混账,让孩子跟着学点好,不行吗?"

我也跟进了厨房,一看是吕达远拿菜刀架在一个中年妇女脖颈上,心里"咯噔"一下子,心想这老头子还真敢造啊,说理的地方搞到了这里。

康淑婉继续劝道:"行啦,放下菜刀,你已经解恨了,给年夜饭下了耗子药,还想做什么?"

吕达远想了想,大声咆哮:"我就想让你们知道,不能骑在老百姓头上作威作福。"

我爹苦笑着说:"老吕,咱俩很多年前就认识,我在鱼鸟河派出所工作的时候,咱还一块儿喝过酒,你什么时候见我欺负过老百姓?"

吕达远把眼瞪得比牛眼还大:"你现在官当大了,心里边根本没有我们老乡熊。"

我爹笑着说:"你不能一棒子把人给打死,我还是你眼里的小于……"

吕达远呵斥:"滚,你还有脸笑,我就烦你们这副臭嘴脸。"

说着,他手里的菜刀往中年妇女的脖子上靠近了一点,妇女"哇"地嚎了一嗓子,吕达远手里一哆嗦,刀刃划破了脖颈。血流了出来,中年妇女开始鬼哭狼嚎。

柳叶青趁此机会,对我爹说:"于局,我通知狙击手过来吧。"

我爹转身给了柳叶青一脚:"老吕只是一时想不开,上什么狙击手,他罪不至死。"

我第一次看到我爹如此暴怒,我打心底为他叫好,犯罪嫌疑人的命也是命啊,是命就值钱,哪能说干掉就干掉呢。

没容我多想,康淑婉抬高了嗓门:"犟驴,别人不敢喊你犟驴,我敢,刚才老于说了,你只是一时想不开,我知道你心地善良,你是下了耗子药,但手下留了情,那些人都是轻微中毒,已经送到了医院,没危险……"

"你不用劝我,我犟驴没给自己留退路。"吕达远叫嚷。

康淑婉向前走了一步:"行,我来给你做人质。"

康一就在此时站了出来:"我最适合做人质,我手无寸铁……"

吕达远怒吼:"你算哪头蒜?你他妈的不怕死吗?"

我拽住了康一的胳膊,她没理我,而是不慌不忙地说:"我是警察的女儿,我怕死,而且怕极了。"

康淑婉也拉住了康一:"傻闺女,别说话,我有办法。"

我被康一感动了,当然更重要的原因是,在喜欢的女人面前,男人体内的雄性荷尔蒙会加速分泌,会变得血气方刚、视死如归。

我学着康淑婉的口气,瓮声瓮气地说:"犟驴,我是警察的外孙、警察的儿子,预备警官……"

吕达远呵斥:"滚——少他妈的放狗屁,我管你预备不预备,少用花言巧语糊弄我……"

第四章 除夕夜

"犟驴,你可以不怕死,但你得想想你儿子、儿媳和你可爱的小孙子,算了,我不是谈判专家,你想死,我来陪你。"说话之间,我已经快步向吕达远走去。

糗大了,接下来的表现令我羞愧难当,尤其是在康一面前,我感觉整个人都碎成了渣渣。吕达远被我的几句话给唬住了,眼瞅着我就要靠近他了,可惜脚底下铺的是地板砖,沾了水,湿漉漉的,平日里也是油渍麻花的,害得我脚下一滑,摔了个屁股蹲儿。

我的行动速度有点快,应了爷爷平常说的小王八羔子,那姿势正像个四腿朝天的王八。巧的是,我的两条腿直接冲着吕达远的腿撞过去了,他猛然间被我一蹬,没控制住重心,也摔倒了。中年妇女趁机逃脱,旁边待命的民警上前,把吕达远控制住了。

不管多么狼狈,人质是解救了,吕达远的儿子和儿媳妇也从医院赶回来了,他们苦苦向我爹哀求,让他对自己的父亲网开一面。我爹狠瞪了我一眼,黑着脸走了,把残局留给了康淑婉。

我没注意康淑婉说了些什么,因为我被她的女儿康一扶了起来,我那会儿像喝醉了酒一样,每走一步都如同踏上了云朵上。

康一把我搀扶到车上,把嘴巴凑到我的耳朵边上,小声地说:"你挺爷们儿,是个英雄。"

"嗯,嗯,英雄。"我含糊不清地回答,脑袋瓜子完全蒙了。

非常惭愧,那会儿我特没出息,她口中的热气扑到了我的耳际,我全身都酥了。唯一昂扬的是身上的某个零件,如果不是在黑夜里,我真不晓得该如何收场。

我把这段不可告人的小秘密记到了日记里,写完那些文字的时候,连部已经在我床上沉沉地睡去了。他跟我爷爷聊得投机,自己把自己喝醉了。至于艾晴早就不见了踪影,爷爷说她自己打车走了。

爷爷看我精力不集中,还开玩笑逗我,我朝爷爷傻笑一通,把他吓得够呛,他不知道我已经害上了单相思。

收起日记本天已经蒙蒙亮了,新的一年开始了。

050

我的变化自然被都旺家全看在了眼里,他几次撺弄我跟康一联系,还自作主张找来了对方的微信号。我很想加个微信好友,但我只能把小心思藏起来。

对康一的好奇却是藏不住的,比如她为什么也姓康。如果像我们姓于的,全国有那么多人口,两口子是同一个姓氏根本不稀奇,但康一的父母都姓康的概率微乎其微。

都旺家告诉我说,康一是跟妈妈姓的,爸爸是苏州人,两口子早就离了。分手的原因臭大街了,康一的爸爸在她妈妈坐月子期间有了外遇,康淑婉是个刚烈女子,坚决不给前夫悔改的机会,扯了离婚证就让女儿随着自己姓了。

我仍旧好奇,问都旺家:"康淑婉一直在咱这边工作吗?"

都旺家说:"哥来,要么说康教导是个传奇人物呢,她本来在上海公安干内勤,柔柔弱弱的,离婚之后才来的咱这里。"

我更加好奇:"这边无亲无故,没道理呀。"

都旺家把嘴一撇:"哥来,爱情很怪的,康教导跟前夫是在登州旅游时认识的,算是一见钟情、私定终身。当年康一的姥姥,哦,他们南方人喊外婆,康一的外婆不同意,康教导跟她妈妈闹掰了,才走进了婚姻殿堂。人算不如天算,他们分了,康教导在上海待不下去了,才跨省把自己调到了登州,你说说这算什么呢?"

"在爱情发芽的地方祭奠爱情。"说完,我自言自语:"看来,不能相信什么一见钟情。"

都旺家听出我语气里的惆怅,哈哈笑过之后说:"哥来,两码事儿,你跟康一这一见钟情,岳姑殿的麻姑都会显灵保佑你们的。"

我轻轻给了他一拳,责怪道:"别满嘴跑火车。"

都旺家一脸坏笑:"哥来,我有个建议,讲给你听听啊。我总觉

第四章　除夕夜

得康淑婉跟你爹对撇子，你跟康一合计合计，把于局长和康教导撮合在一起，顺道把你俩的事情也促成了，两家人合为一家人，亲上加亲，喜上加喜……"

我没给他好脸色，用恶狠狠的语气说："再他娘的瞎扯淡，我掐死你。"

都旺家不服气："哥来，让他们稳定了，也有利于公安队伍建设啊，你扒拉手指头算算，你爹、康一她妈、治安支队支队长刘开，等等等等，得有多少人是单身啊。"

都旺家说完，我沉默了。我还是第一次听到这个话题，也是第一次思考这个问题。细算起来，身边太多警察是单身了，我爹遭遇的情况是特例，大多数警察都是因为工作太忙，两口子过不下去了才分的手。

我觉得这是警察的悲哀，因为脱下那身警服，我们也是平常人，不比任何人多个脑袋。

处置完"投毒事件"，我爹抽空回了趟家，这毕竟是除夕夜，他得跟我爷爷打个照面。

其间，他跟彭学民通了个电话，我能看出来他急得抓耳挠腮。我大概齐听明白了他的意思——我爹这几天始终寻不到刘开的踪影，刘开虽然手机开着机却无人接听。

我还听到他跟彭学民抱怨，说自己现在是怒火中烧。也是，经过吕达远这么一闹，供电系统好多人知道了闹事的原因。他们抱着猎奇的心态，在本单位的微信群里议论，说吕达远是被逼到了份上，才被逼上了绝路。

我仔细想了想，他们是在同情弱者，大多数人一致认为，害自己中毒的不是吕达远，也不是从楼顶扔下酒瓶子的外地小伙子，而是骗子黄三儿。

导致我爹恼怒的原因还有一个，那些吃瓜群众说罪魁祸首是黄仁重，更有人语不惊人死不休，说真正的大BOSS是警察，警匪勾结才造成了这个局面。这些信息是我从他跟彭学民的通话内容中捕捉到的。

他们还在通着话，好事之人已经把部分聊天内容截图发到了网上，别有用心者又修了截图，来了个断章取义，这可就在网上炸了锅了。人们纷纷指责登州公安是黑势力的保护伞，而他于迎春则是最大的坏蛋。

我爹干着急没用，他无法钻进虚拟世界里堵住人们的嘴巴。

据我了解，以往碰到负面舆情，他总是让人冷处理，越是要跟网友争个你高我低，就越容易陷入被动。

他时常安慰自己并劝导他人，说经济社会发展越快，社会矛盾越激化，这是党和国家由强大变得更加强大必须经历的阶段，算是发展进程中的阵痛。我爹讲的不无道理，矛盾激化了，就得由执法部门去调解处理，公安机关首当其冲，也就自然会招来骂名。

我爹还想跟往常一样对网上的议论不管不问，但事情已经惊动了门副省长。对方没直接跟他联系，而是以官方名义发来一份明传电报。

值班人员效率极高，很快通过电话告知我爹，说省厅要求登州市公安局上报书面材料，把相关情况调查清楚。

这还有什么需要说明的呢？我爹愣是想不通。他无处诉说，朝我发了几句牢骚，说这明摆着是鸡蛋里面挑骨头，甭说是全省公安机关，光在登州市的范围内，大大小小的负面舆情也时有发生，如果个个都吹毛求疵，那什么工作都不用开展了。

过了好些时日之后，我才通过彭学民知晓了我爹当时的被动局面。

他陷入了迷茫和恐惧之中。迷茫的是，他摸不透门副省长的真实用意；恐惧的是，他在明处，敌人在暗处。

彭学民事后还告诉我，我爹一直在寻找对策，他想另辟蹊径，从市委市政府那里寻求支持，可他实在无法推算，市里主要领导跟黄仁重的关系到底如何。简而言之，他走投无路了，他只剩下唯一的选择，加快办案进度，尽快摆脱困境。

不管上述情况是真是假，反正我是信了。

K 拜家谱

051

大年初一清晨，于铭忍说什么也不肯在城里住了，他要回乡下去。于禧淼死皮赖脸地跟他讨要压岁钱，他气呼呼地掏出两千块钱，塞给了孙子，说是让拿着去买笔买本，好好学习，天天向上。

于禧淼当场笑弯了腰，很多年了都是这番说辞，一点创新都没有。他借着这个问题纠缠老人："爷爷，你比我爹还抠门，居然舍得一把掏出两千块钱，大方得让我找不着北了，赶紧坦白从宽。"

于铭忍被逼无奈，猛地说："俺有退休金，月月领。"

于禧淼一时没反应过来，等他突然联想到姥姥说爷爷干过警察，康淑婉说爷爷是前辈的时候，老人家已经躲进了自己的卧室里。

他跟着进屋，伸出胳膊揽住于铭忍的肩膀，却被老人甩动着胳膊挣脱了。于禧淼还想搞点恶作剧，于铭忍却哈欠大口地说："俺睡不惯床，还是要躺在硬炕头上。"

"爷爷，你是个戏精，要睡不惯，也不是今天呐。"于禧淼不依不饶。

于铭忍的精气神儿又上来了："小王八羔子，算你眼毒，俺是想回去给老祖宗拜家谱。"

于禧淼撇撇嘴说："爷爷，你的三个哥哥都是干革命的，你儿子是公安局长,你孙子是警校学子,未来的共和国警官,你不能带头搞封建迷信。"

于铭忍点上了烟袋锅,侧着脑袋吸了几口才说:"俺老头子今天得给你普及普及,国有国法,家有家规……"

"这跟家谱没关系。"于禧淼得理不饶人。

老人不紧不慢地说:"刚才俺讲错了,应该说是国有史、方有志、家有谱,所谓何义呢?俺的理解是,作为国家得修著历史,司马迁修《史记》即为此;各个地方得有志,《登州市志》上不就有你二爷爷的名字吗?"

于禧淼若有所思:"咱老于家也有家谱?"

"那可不,咱老于家的还是俺续编的呢。"于铭忍骄傲地说,"一个家族、一个地区、一个国家,都应该记录自己的沿革,可以正衣冠、明是非、知兴替。拜家谱可不是迷信,是传统文化咧。"

于禧淼伸出双手点赞:"厉害,没想到你懂这么多……"

于铭忍打断他的话:"别的地方都是正月初五送年,在咱胶东这一片是正月初二的夜里边,现在的人们不讲究了,过去都得去祖坟上烧香纸、放鞭炮、祭祖先。俺寻思着今儿个回去,把咱老于家的家谱拜一拜。"

于禧淼继续劝道:"现在回去也来不及准备啊。"

老人爽朗地笑了:"俺早就安排了,掏了点钱给村支书于钊,让他操持着哩。"

于禧淼又好奇地问道:"爷爷,你一辈子在庄稼地里干活儿,哪来的退休金?"

于铭忍没理他,继续说:"俺琢磨着,今年开始写咱中共宁海区的党史……"

"厉了个害了。"于禧淼惊呼。

爷爷自豪地说:"咱老于家可是一门六党员啊。"

第四章　除夕夜

于铭忍最终还是被孙子说服了。于禧淼的计划是正月初二先去姥姥家，初三再陪老人回木墅村拜家谱。

担心爷爷吃姥姥的醋，于禧淼把年前没唱完的童谣接了下去——二十六，煮煮肉；二十七，杀年鸡；二十八，把面发；二十九，蒸馒头；三十晚上玩一宿；大年初一扭一扭！

他顺手拉起爷爷的手说："来，咱扭一扭。"

"老喽，俺可是扭不动喽。"于铭忍脸上的表情活泛起来。

于禧淼故意扭动着屁股说："你不能认老服输，鞭春牛的时候，那叫一个带劲。"

老人家意犹未尽："如果再年轻个十来岁，俺一鞭子就能把大活牛给抽趴下。"

于禧淼扳着爷爷的肩膀说："你正当年，你刚才还说要修党史，我可等着看呢。"

于铭忍忽然严肃下来："小王八羔子，你还没入党吧？"

"那有什么啊，不就是写份申请，走走形式吗？"于禧淼满不在乎地说。

老人恨其不争："咱可是一门六党员，老于家岂容你辱没门风！"

于禧淼根本没把他的话当真，没皮没脸地贴在了他的身上："好爷爷，我这个小王八羔子很乖的，比小兔子还乖，我在实习期间好好改造思想，等我回了北京就写入党申请。"

于铭忍依然阴沉着脸，于禧淼索性依着刚才话里的词汇，唱起了童谣——

> 小兔子乖乖，把门儿开开，快点儿开开，我要进来……
> 小鸡咯咯哒，北京来电话，叫我去当兵，我还没长大……
> 我是向阳花，党是红太阳，灿烂阳光照花朵，我们心向共产党……

这可都是于铭忍当年教他唱的,可老人脸上一点笑模样都没有。于禧森冷不丁想起了一段跟王八有关的童谣,跟着唱出了口——老一开飞机,老二撂炸弹,幸好老三跑得快,炸死老四个大王八。

唱完"王八"两个字,他猛然停下,嘻嘻哈哈地跟老人说:"于铭忍同志,你排行老四啊。"

于铭忍听罢,嘴角抽搐,肩膀剧烈抖动起来,他闭上眼,"扑通"一声躺在了床上。待发觉爷爷已经喘不上气了,于禧森慌了,赶忙掐他的人中。

于禧森真的傻眼了,他把在学校里学的急救常识全扔到了脑门子后,他慌乱中想到了连部,给对方打了个电话,连部让他不要急躁,在家等着,别乱动。

连部打了120,急救车很快来了,护士把于铭忍抬到了车上。老人在途中苏醒过来,死活也不肯去医院。护士经过于禧森的同意,给于铭忍打了镇静剂,他才沉沉地睡去了。还好有惊无险,老人只是精神受到了刺激。

于禧森在医院走廊里撕扯自己的头发,他悔恨交加。虽然他不知道爷爷身上发生过什么,却因为自己的口无遮拦差点害死了老人。他当时想,如果真发生了意外,那自己跟于迎春一个德行,也成了害死亲人的凶手。

他忽然想起应该通知父亲来医院,可于迎春拒接了电话,短信也没回。如果没有连部拦着,他会去找于迎春拼命。

052

于迎春从刑侦支队出门,驱车赶往交警支队。春节期间人们走亲访友,都得动用车辆,高速路又免费,增加了事故发生的概率,交警部门加派了警力,连支队领导一级都带头到路面上执勤了。他

第四章　除夕夜

觉得这部分人最不容易。

他曾经问过地方的朋友，公安系统哪个警种牺牲的人最多，有说刑警的，有说特警的，也有说是禁毒警察的，当于迎春告诉他们是交警的时候，所有人都目瞪口呆。他们忽略了一个问题，刑警、特警、禁毒警察等等，他们去执行任务之前都有所准备，事先制定了预案，或多或少会降低风险，唯独交警无法预测未知的险情，他们面对的可能是刚拿到驾照的马路杀手，更可能是酒驾、醉驾、毒驾的瘾君子。

所有因为酒驾和醉驾来求情的，于迎春都会把对方骂回去，至于毒驾连提都不用提。他实在无法容忍一些事情。所以，他认为最该慰问的是交警，他甚至想替他们在十字路口站班岗，可那等同于作秀，只会招来骂名。

正想着，庄正打来电话，急促地问他："小于，你在哪儿？"

于迎春答："路上。"

"废话，去哪儿的路上？"庄正没给他留情面，"赶紧回局机关，到我办公室。"

于迎春心里紧张上了。全局上下也就只有庄正敢这么跟他说话，但不到万不得已，这位老资格的副局长决不会愣怔到让他去自己的办公室。究竟发生了什么事情？他几次想把电话重拨回去，想想还是作罢。

他连续闯了几个红灯，跟着有交警骑着警用摩托车追了上来。于迎春啼笑皆非，为了降低交通事故发生率，当初是自己下的命令，要求不能有任何特权车，还公开承诺先由自己做起，如果执勤交警发现自己的车辆违章，不予处罚的话，会追究责任。

于迎春想，不能耽误时间，等回到机关，跟庄副局长见了面之后，再跟交警方面解释。他一走神，路口一侧冲过来一辆大货车，他赶忙打方向盘，车屁股还是被货车给撞上了。他急三火四地下车，交警也跟了上来。

他亮出自己的证件，一句话也没说，连头盔也没戴，骑上警用摩托就走。等他赶回局机关的时候，耳朵都快冻掉了。

庄正一见到他就破口大骂："于迎春，你妈个×的，你还是共产党领导下的干部吗？"

于迎春被骂蒙了，迟疑片刻才说："老庄，咱有事儿说事儿，别骂人呐。"

"骂你是轻的，我都想揍你个×养的。"庄正气得打哆嗦。

于迎春不乐意了："你是吃了枪药了吗，大年初一就气儿不顺，也不怕全年都不顺。"

庄正指了指电脑屏幕："你睁开那个×眼，自己看看吧。"

屏幕上是视频直播，虽然关了音效，但于迎春瞅了一眼就傻了。他根本就没心思接听电话了。

彭学民也赶到了局机关，他也直奔庄正的办公室，显然是庄正通知他过来的。

庄正没好气地问："小于，都看到了吗？还有什么可说的？"

于迎春无可奈何地说："我毫不知情。"

彭学民在插话："现在全网都在直播，你得火一把了。"

庄正转脸批评彭学民："都什么时候了，你他妈的还说风凉话。"

彭学民张了张嘴，又把嘴巴合上了。于迎春为自己辩解："老庄，如果是我策划的，我怎么也得回去趟吧，我家老爷子和我儿子都在城里。"

他刚说完，视频里的一位小伙子对着镜头说："亲爱的朋友们，我们现场直播的这次祭祖活动是受于铭忍老先生的委托举办的，于氏家族的家谱是他老人家续修的，这是对传统文化的继承和发扬，我们为他点赞……"

于迎春指着那个小伙子说："暂停，这孩子面熟。"

彭学民说："你开动脑筋先想着，我联系网安支队，看他们能想

第四章　除夕夜

办法把事情捂住吧。"

庄正黑着脸说:"正是网安给我报告的,能有办法就好了。"

三人沉默下来,各自想着心事。于迎春猛地拍了下脑门,他想起来了,那个小伙子是儿子的老同学舒平安。

舒平安此时正在木墅村。

他为这次直播准备了三天两宿,其间几乎就没合眼。他没想到自己的精力是如此充沛。舒平安本想请个美女做主持人,但这任务太紧了,光主持词都来不及写。他只能仓促上阵,好在从策划到拿方案再到布置现场,都是他一手操办的,主持起来也得心应手。

舒平安这次开心死了,时间是紧张了点儿,但三天两宿加上这一上午,酬金是20万,他没想到钱会来得这么快。满打满算68个小时,除去搭建现场的费用,平均每小时纯利润是2500元。

他已经想好了这笔钱怎么花,先把父母的老年机都换成智能手机,便于以后视频通话;再宴请于禧淼,是于氏家族祭祖才给他带来了可观的收入,能把果小米喊上是再好不过了;剩下的全都存起来,等看到了好项目再投出去,实现利滚利的最大效益。

舒平安多次将镜头对准黄仁重和黄义重两人,这是上家提出的要求,合作协议里写了,必须让那两位"主角"的出镜时长达到规定时长,才能付给全款,否则会追究责任,让他倒贴钱。他认为这都不是事儿,也清楚上家是把项目打包转给了自己,活生生地扒了一层皮。这是潜规则,舒平安不计较这些,别人吃肉,他能跟着喝口汤就成。

接受项目之时,他原打算征求一下于禧淼的建议,又怕老同学的意见太多,影响了个人的思路,便打消了念头。舒平安有时会觉得自己很分裂,自信时会高傲自大,自卑时会卑微下贱,全是家庭环境造成的。

这次他看到了胜利的曙光,却没想到最终会一败涂地。

053

　　舒平安对形势估计不够，他的策划案上写的是，待祭祖仪式结束后，请黄氏兄弟分别讲上一段，这样的话，时长肯定够了。他压根不会想到，仪式刚刚过半，那两位爷就匆匆离场。

　　他心想完了，所有计划都泡汤了，煮熟的鸭子竟能飞走，这得多点儿背啊。舒平安实在是不甘心，紧追过去，几个壮汉把他围住，他想突围，被人一拳撂倒了。

　　看着几辆豪车扬长而去，舒平安欲哭无泪。他坐在地上，抹了把嘴角的血，打电话向于禧森求助。

　　电话打来的时候，于禧森正在医院给爷爷看病，他烦躁得拒接了。手机铃声再次响起，像幽灵般刺向他的耳膜，他一气之下关机了事。

　　他有些抓狂，于迎春真是人面兽心，连亲爹住院了都不回复信息，根本不配做人，更不配当什么公安局局长。那时候，于禧森在心里诅咒父亲，直到可以为爷爷办理出院手续了，也还在气头上。

　　在向柳叶青请假的时候，他怕于禧森出什么差错，不好向于迎春交差，叽叽歪歪不给准话。于禧森干脆把电话打给了都旺家，让他帮忙找康淑婉，替自己请假。

　　都旺家照办了，康淑婉倒是爽快，打电话问于禧森需要什么帮助。他想，自己需要什么呢？什么都不需要，只要没人烦自己就行。他跟她实话实说，爷爷并无大碍，只需在家休养。康淑婉也没啰唆，跟着结束了通话。

　　十来分钟之后，康一打车到了于禧森家楼下。于禧森和连部陪着老人，还在医院回家的路上，看到她的时候，于禧森竟然感到委屈，眼泪差点冒出来。

　　康一扶着于铭忍，扭头对他说："小于，康淑婉警官命令我，过

第四章　除夕夜

来照顾你们,她说了,你们家缺个女的,我来了,帮你们做家务。"

于禧淼不好意思地说:"谢谢你,现在干什么都方便,可以点外卖。"

康一笑了:"你把天聊死了,康淑婉同志说了,完成不了任务,不让回家。"

于铭忍不想让年轻人操心,故意跟着乐:"这是谁啊,心这么狠。"

康一半认真半开玩笑:"老康还说过,年轻人要主动接受锻炼。"

连部笑得肚子疼,他好不容易忍住笑,憋着气说:"太幽默了,跟小品里演的一样,俺娘说,俺娘又说,俺娘还说……"

于禧淼的心情好了许多,伸手勾住连部的脖颈,把嘴凑到他的脸庞说:"你要天天都这么开心就好了,我就不用操那么多的心了。"

康一却对于铭忍说:"爷爷,咱赶紧走,让这对好基友继续秀恩爱。"

"康一,我是标准的直男,我喜欢的是你。"于禧淼也不知哪来的勇气,把心里话说了出来。

于铭忍并不糊涂,他在进电梯间之前,递给孙子一个鼓励的眼神。于禧淼不好意思地看了看自己的脚尖,康一却大方自然地挽住他的胳膊:"喜欢也不能耽误回家啊。"

于禧淼的脸瞬间红到了耳根子后,心里像揣了无数只兔子,竟然随口唱道:"小兔子乖乖……"

"乖乖,你这是疯了吗?"康一拿他开涮。

庄正还是不相信于迎春,他认为于迎春疯了,当个公安局局长就膨胀到去搞荒唐事儿,中央三令五申强调的事情,竟然敢当成耳旁风。

于迎春万般无奈地说:"我解释再多也没用了,但是,老庄你真误会我了。"

彭学民为他开脱:"庄局长,老于还年轻,不会自毁前途。"

"对呀,正因为他年轻,才会干出这种蠢事儿,有多少领导干部把持不住自己,回老家修别墅什么的。于迎春的行为更令人不齿,打着传统文化的旗号搞这些,你的党性呢?"庄正还是认死理儿。

于迎春百口莫辩,他真想把心掏出来,给庄正看看。他同时也意识到一个可怕的问题,能跟庄正解释,却不能向所有人都解释,况且连庄正都不信,谁又会相信自己呢?

彭学民笑着征求意见:"两位局领导,吵也没用,还是想想对策吧,事情处理不好,会给咱公安机关带来巨大的损失。"

庄正仍旧在气头上,他又骂了脏字,说道:"我真是想不明白,基层的伙计们出生入死,咱这个层面却败坏他们的形象,老百姓里不理解公安工作的人还少吗?这简直就是一场灾难。"

于迎春听不下去了,他异常激动:"老庄,我知道你是为我好,什么也别讲了,我这就把黄仁重喊过来,当面锣对面鼓,把话摆到桌面上,看看这个祭祖到底是谁搞的。"

彭学民提醒他说:"老于,万万不可。"

庄正突然发问:"你们有什么事情瞒着我?"

彭学民看看于迎春,又看看庄正,刚要说话,于迎春的手机铃声响了,他低头一看是黄仁重的来电,带着自嘲的口吻说:"经不住念叨啊,这次我是彻底解释不清了。"

庄正火了:"你他妈的有种就用免提。"

于迎春把食指搁在唇边,做了个"嘘"的动作,用免提功能接听了电话。那边瞬间传来黄仁重的笑声,笑了很久才问:"于市长,看到网上的直播了吗,这会儿应该结束了,你可以看回放,还有那些评论,挺精彩的。"

"先给你拜年了,恭喜发财啊。什么直播?我一上午都在基层慰问,还没注意。"于迎春沉着冷静。

黄仁重"啧啧"两声,继续说道:"光顾得给你说喜事儿了,忘了给你拜年,过年好哈。那个直播你一定看一下,别白瞎了我花那

| 第四章　除夕夜 |

么多钱，我帮你办了件大事儿，你不用感谢我，举手之劳。"

于迎春应对自如："又让你破费了，实在过意不去，我回头仔细看看。"

黄仁重笑着说："绝对是惊喜，我替你发扬传统文化，上级领导看到了，说不定会唯才是举，让你干个宣传部长什么的。"

知晓自己人被算计了，庄正想骂娘，被于迎春摆手拦住了。于迎春慢悠悠地对着手机说："强者示之以弱，弱者示之以强。黄总，做人不能锋芒毕露。"

054

在两位局领导那里，彭学民作了检讨，他总结的教训是，过于在意来自外界尤其是某些领导的干扰，导致自己畏手畏脚，在行动上过于保守了——他一直停留在对黄氏兄弟二人的秘密跟踪上，又担心让别人知晓，泄露了机密，总是亲力亲为。

庄正严肃地批评了他，说他思路正确，却失去了最好的战机。彭学民没有辩驳，他认为这是个人刑警生涯中的耻辱，正因为自己在按部就班地查案子，才导致黄氏兄弟为非作歹，把矛头直接指向了于迎春。

彭学民坦诚地告诉于迎春，一旦加快了进程，黄氏兄弟很可能对其下狠手。于迎春早就做好了心理准备，再当缩头乌龟的话，只能让坏蛋得寸进尺。有了于迎春的明确表态，彭学民从基层单位借调来几个政治可靠的年轻人，成立了攻坚小组，让章忠亮担任组长。

在刑侦支队那么多表现优异的小伙子当中，章忠亮能够脱颖而出，被任命为重案中队中队长，自然有许多过人之处。彭学民最看好他的只有一点，那就是他比同龄人都要沉稳。

彭学民所说的"沉稳"不是老牛拉破车，而是心思缜密、宠辱不惊、临危不乱，有了这些词汇的限定，这样的刑警几乎是万里挑一了。章忠亮深知自己肩上的担子有多重，从他担任中队长以来，一刻也不敢懈怠。

这其中有个小插曲。

重案中队的前身是重案大队，彭学民力主将其降格，遭到了非议。有的人眼巴巴地等着晋升大队长，被他给搅黄了，省厅和市里的有关部门紧跟着收到了告状信，最终还是于迎春和庄正一起使劲，把一些苗头和隐患压了下来。

当时，省厅要求务必查明原因，于迎春接着去了一趟省城，把已经备好的调研报告亲手呈给了门副省长。很显然，彭学民再有魄力，没有于迎春在背后撑腰，也没本事将一个建制单位降了级别。

调研报告里写得很清楚，因为社会治安综合治理能力的提升，刑事案件尤其是重特大案件的发案率逐年降低，警务科技的快速发展以及人民群众的积极参与，把犯罪分子吓得不敢随意出手，他们也是讲究犯罪成本的。令人自豪的是，有些案件发生之后，接处警的派出所民警利用技术手段就能侦破，办案能力的提升是有目共睹的。

文字材料中列举了翔实的数据，也横向和纵向地做了对比。于迎春提出了自己的建议，将原重案大队的队员们分流到打击网络诈骗、食品药品安全犯罪的岗位上，这些都与老百姓的生活息息相关。他的建议极其中肯，但门副省长打了太极，只是口头上让登州公安试一试。

于迎春已经预料到是这种结局，搞好了锦上添花，搞砸了受人诟病，他心里清楚，警务改革任重道远，那可是事关公安队伍长远发展的头等大事。

虽然改革不是拍拍脑门或者动动嘴皮子就能办好的事情，但具体到重案大队降格这项具体工作上，庄正靠的是嘴皮子。他直接住

第四章 除夕夜

在了刑侦支队,老的少的都谈了个遍,统一思想之后,支队党委才开了党委扩大会。

他和于迎春都参加了会议,庄正在会上讲的全是肺腑之言,从个人从警生涯的亲身经历,让年轻民警回顾了公安事业的发展历程。会议效果出乎意料,也让于迎春深受感动,因为那些可爱的战友相信组织,不打折扣地执行着上级的命令。他认为,这是一代又一代公安精神的传承,他们传承的只有两个字:忠诚。

事实证明,当时的决策是正确的,分流了三分之二的人员,重案中队剩下的个个是精英,在章忠亮的带领下,战绩辉煌。

在没受领这次任务之前,章忠亮私下里一直关注着车良德这起命案,他比较了解彭学民的思路,虽然暂时不让查死因,但一旦动手就是放大招儿。章忠亮为此做了充分的准备工作,车红妮就住在自己家里,他早就查明了受害人的死因。

他通过车红妮了解了比克律集团内部的一些情况,根据目前掌握的线索,集团旗下的一家文化传媒公司是最好的突破口。那家公司以打造青春组合为噱头,签了上百位在校学生,涉嫌胁迫卖淫、敲诈勒索、故意伤害等若干罪行。

章忠亮把情况报给了彭学民,彭学民带着他去了艾晴的出租屋。

艾晴热情地为两人让座,章忠亮环视四周,建议道:"别在这儿住了,再寻个地方吧。"

艾晴难为情地说:"房租便宜,春节期间也不好找房子。"

彭学民没留意他们的对话,而是向艾晴提出请求:"小艾同志,上次说过,我们需要你配合。"

艾晴若有所思地问:"我能帮你们做什么?"

彭学民答:"把你在夜总会工作的小伙伴名单汇总一下,尽快提供给我们。只不过,你恐怕又得受委屈了。"

艾晴说:"身子已经脏了,能把坏人抓起来,受再大的委屈也值。"

回支队的路上,章忠亮提出把艾晴保护起来,彭学民举棋不定,他在心里琢磨，倘若派人监控对方，夜总会的那些马仔很容易察觉。见他一直不吭声，章忠亮还想再劝劝，却被庄正的来电打断了。

庄正很少乱阵脚，但说话的声音却明显变了腔调："小彭，不妙。"

"庄局，怎么了？"彭学民也紧张起来。

庄正语气急促："于迎春去政法委开会了。"

彭学民问："春节假期，开什么会？"

"所以说事情来得蹊跷。"庄正的语气变得沉重，"我刚得到了小道消息，马玉海从检察院那边调动了法警。"

彭学民急了："我这就带人过去。"

庄正沉思道："不行，×他妈的，真要那么闹腾起来，事情就彻底没法收场了。"

055

从接到那个电话之后，于迎春就有了预感，黄仁重虽然不可一世，但如果没有背后的靠山，对方是不会跟自己叫板的。

黄仁重是何等精明之人，除了早年发家之时干过投机倒把的事情，这么多年一直以企业家甚至慈善家的形象出现在公众面前。只有少数人知道他的致命弱点，急于将金钱归拢到自己手里，经营的企业从不涉足实业，全都是像夜总会、酒吧之类来钱快的，好像赚到的每一笔钱都将把他带进世界末日似的。

于迎春分析过黄仁重的性格，他得到的答案是对方表面强势，内心是惶惶不可终日的，否则不会跟某些官员混在一起，那是在寻求庇护。

此前相当长的时期内，他头疼的是马玉海。

马玉海深谙权术，有过公安局局长的任职经历，抓住了部分人的把柄，便有恃无恐，别人还敢怒不敢言，只能乖乖就范。市里某银行的老行长就被其玩弄于股掌之中，因为嫖娼被抓，为了保住职

第四章 除夕夜

务和家庭，行长几次三番违规放贷，最终只能自杀谢罪。谁都知道老行长的死跟马玉海有关，却拿不出真凭实据。

眼下更是步步惊心，门副省长跟马玉海是莫逆之交，宣布成立专案组之后就再也联系不上了，秘书小仉也哼哼哈哈，不能不叫人起疑。于迎春想过，或许门副省长和马玉海等人就是一根绳上的蚂蚱吧，他进而想，自己又跟谁拴在一起呢，彭学民、刘开、庄正……他们都不是，他们又全都是——为了打击犯罪、保护人民群众生命财产的安全，履行人民警察的使命和共产党员的义务，他们始终拴在一起。

刘开好些天没露面了，于迎春不能再放纵下去了，他其实可以安排人通过手机定位找到刘开，他只是不想让刘开产生反感。工作不是哪个人就能干好的，他需要强大的团队，这个团队就是身后的这支公安队伍。

于迎春刚准备给网安支队去电话，刘开找上门来了。

刘开胡子拉碴，两眼血红，倘若不是穿着还算利索，会让人误以为是个流浪汉。于迎春阴沉着脸不说话，刘开嬉皮笑脸地坐在了沙发上，舞舞扎扎地讨水喝。

于迎春一边沏茶一边问："死哪儿去了？"

"呸，死字多难听。"大大咧咧地说完，刘开仍旧是喜眉笑眼的样子。

于迎春抬高声调："我问你这些时日去哪儿了？"

刘开这才收起笑脸，换上了严肃的语气："手机一直在办公室，我不想受到外界的干扰。我人呢，白天在档案室，晚上去跟黄仁重鬼混。"

于迎春问："你说什么？"

"别打岔儿，等我说完。"刘开冲他打了个手势，接着说道，"黄仁重早期的表现都知道，街面上也都传开了，我把那两年的案底全翻遍了，发现一起尚未破获的沉尸案，有疑点指向了黄仁重。我请求调查这起陈年积案。"

于迎春想都没想便同意了，那桩命案悬了整整二十年了，无论从职责使命还是个人情感上，即便与黄仁重无关，他都希望能查出真相，让逍遥法外的凶手归案。

刘开还真去鬼混了。黄仁重想用那个视频控制他，他便顺着杆儿爬，天天都去跟那边胡吃海喝。黄仁重打发女人陪着睡觉，每天晚上换一个，他也来者不拒，还跟陪睡的女人打成了一片。

"你这身子骨可得注意了。"于迎春开了句玩笑。

刘开唉声叹气地说："早就吃不消了。"

于迎春惊讶地说："你还真那什么呀。"

刘开牢骚满腹："你去试试，连轴转能受得了吗，我白天查档案，晚上给那些坐台小姐做工作，苦口婆心、费尽口舌，不惜出卖色相，为的是什么？为的是查到黄仁重的犯罪证据。"

于迎春问："你查到了吗？"

"目前没有，但是快了，我把那些小姐的联系方式全都留下了，遇到古怪事情她们会第一时间联系我。"刘开答道。

于迎春不无担忧地说："你这也太大意了，那些小姐会跟你一条心吗？"

刘开嗤之以鼻："我是将计就计，黄仁重那个人猴精，你觉得他会相信我能俯首称臣吗，我得让他相信我还是我，他才会觉得自己安全，主动露出马脚。"

于迎春又问："那你查到了什么？"

刘开说："不是查到的，是我给他们出的主意，让他们去折腾于氏家族的祭祖仪式。"

"你怎么不商量一下呢？这次的损失也太惨重了。"于迎春本想痛骂他一顿，还是忍住了。

刘开嘻嘻哈哈地说："你就牺牲一下下，不那么搞，你怎么知道背后有谁在支持黄仁重？"

第四章　除夕夜

于迎春苦笑着说："用腚沟子都能想到，马玉海是他的后台。"

刘开收起笑容说："那可不一定，不信走着瞧。"

说话间马玉海的电话就来了，通知于迎春去政法委开会，他明知不可能是简简单单开个会，还是一个人去了。走之前他去了趟庄正的办公室，让庄正临时主持工作，庄正这才警醒了。

于迎春还仓促办了一件事情，他把于禧淼喊了过来，把个人的银行卡交给了儿子，让儿子从卡里取出两万，放进那个大礼包当中，去慈善机构捐了。他没跟儿子说为什么，只是说事情紧急，务必留好捐款单据。

政法委那边的确调动了法警，只不过下命令的是市委刘书记。跟于迎春谈话的也是刘书记，他们平常工作上接触不多，并不熟悉，但于迎春摸过对方的底细，知道刘书记是个笑面虎。

于迎春一看法警们警服上的警号，心里就有数了。他没等刘书记开口，主动检讨："我们公安机关没抓好管理，让刘书记为难了。"

刘书记还没开腔，于迎春又说："害得你专门去调动法警，实在是惭愧，其实你只需要一句话，我就会过来主动配合调查。"

L 假名单

056

于迎春的举动暂时消除了儿子心里的顾虑。于禧淼认为父亲至少还有良心，没有昧下那些见不得阳光的巨款。

于铭忍的身体有所好转，连部再次检测的结果还是阴性，就连艾晴也答应配合，一切都在向着好的方向发展。于禧淼的心情也跟着明媚起来，他特别想把这些喜悦分享给康一。

爱屋及乌，因为对康一的好感，他抱着欣赏的目光看教导员。康淑婉也真是能干，处理完吕达远的事情，又带着他去破获了一起网络诈骗案。

派出所管辖的范围也包括了高新技术开发区的一部分，在那边工作的都是些高学历的人士，平常很少会有警情，可这次却有近百个白领上当受骗。去那里了解情况时，于禧淼一个劲儿地感慨，有文化的人有时更容易钻牛角尖儿。

他们多数家在外地，中国人的老传统，都想回家过个团圆年。到了年三十，他们是真急眼了，要返回老家必须经过核酸检测，等结果到手的话，就得大年初一了。有人从网上看到信息，说是只需要交一部分费用，就可以做加急处理，半个小时出结果。

人真是不能有过多的欲望，回乡心切的他们犯了魔怔，有人按照信息的说明，从网上下载了个软件，把款付过去，软件蹦出了提示，说是预约的人太多，若想抢到名额得再加钱。那人按照提示操作完，把消息告诉了身边的同事，那些观望的人一看如此抢手，也跟着进了圈套。

这群人在登州地区属于高薪阶层，他们不在乎钱，在乎的是能不能得到检测报告。软件的开发人员摸透了他们的心理，跟着出了"抢报告"功能，白领们飙着劲加价，有点类似于赌博，在虚拟空间里越陷越深。等到了年三十的下午，他们才发觉被骗。

老家是回不去了，他们只能自认倒霉，又开始申请退款，软件上又提示说，费用已经打到了某医疗单位，要想退款须支付手续费来冻结之前的那笔钱，这明明是个骗局，但白领们觉得钱不多，再次入套。

等他们意识到钱打了水漂，已经是正月初六了。同样的事情总出现不同的结果。大多数人觉得丢人，骂几句解解恨也就罢了；极个别的感到耻辱，就非要搞清是谁骗了自己。

其实报警之后，受害人也没抱太大的希望，但处警的是康淑婉，

第四章 除夕夜

她眼里揉不下沙子。于禧森眼见着她打电话向网安、经侦方面求助,心想网络诈骗的人还不知道藏在哪个角落呢。

谁知出现了戏剧性的结局,设计诈骗软件的嫌疑人就在写字楼上,也是过年回不去家的主儿,看到身边人急于得到检测报告,才动起了歪心思。所幸那人设计的软件有漏洞,赃款才被顺利追回。

康淑婉深入了解,得知嫌疑人是因家境贫寒想把钱寄给父母。她依法办理了手续,又个人掏钱转给了对方家里,把嫌疑人感动得痛哭流涕。

事后,康淑婉说,把坏人抓起来不是关键,重要的是得让他们痛改前非、回头是岸。于禧森被她的话打动了,心想有其母必有其女,康一也一定是个善良而又知性的女孩,如果先前他是被美貌吸引的话,此时他已经把康一敬为了女神。

好不容易碰上了喜欢的女孩子,于禧森打算主动出击。思前想后,他决定请康一陪着去捐款,他也没想到她会答应得那么爽快,可他忽略了个重要的问题,慈善机构又不是公安机关,还在休春节假呢。

好不容易有了这么个机会,于禧森提了个特老土的要求,邀康一去看电影。她兴致勃勃地跟着去了影院,路上还说今年春节档的贺岁片不少,彼此商量看哪一部。于禧森说抽时间挨个看一遍。康一笑了,笑得无比灿烂。

刚坐下没多久,龙标刚从大银幕上出现,于禧森接到了康淑婉的电话让他火速归队。他无可奈何地向康一道歉。康一笑嘻嘻地告诉他,只要是康淑婉同志紧急呼叫,必有大事要发生。

回到派出所,于禧森还在回味康一的话,他关注的重点是她每次都不喊妈,喊的是康淑婉同志,还有就是那甜甜软软的声音,真叫人浑身血脉偾张。

康淑婉找到他,急火火地说:"告诉你个不好的消息,你要稳住。"

还没等于禧淼说话，她又说："于局长碰上麻烦了。"

"你说什么？"于禧淼不敢相信自己的耳朵。

康淑婉心直口快："政法委把他带走了，咱们市局知情的很少，是比克律集团放出了风，形势非常严峻。我是怕你爷爷知道后接受不了，所以跟你知会一声，你马上就该毕业了，要像男子汉那样撑起门面来。"

她的话简单明了，傻子都能听出来他爹被抓了。于禧淼曾经想让父亲得到惩罚，但现在他替父亲着急，可是他又不得不想，于迎春或许是听到了风声，才把贿金捐出去，谁知道父亲以前收没收、收了多少呢。

于禧淼在所里待不住了，也没跟康淑婉打招呼，直接打车去了刑侦支队。谢天谢地，彭学民在办公室里会客，见到他之后，很快便把客人打发走了。

彭学民开门见山："你也听说了？"

"到底怎么回事儿？"于禧淼反问。

彭学民说："我这个层面，得不到可靠消息。"

他不甘心地又问："就这么干等着？"

彭学民答："等着。"

于禧淼焦急地说："等到什么时候是个头儿啊，彭叔，能帮我想想办法吗？我知道我爹身上可能不干净……"

彭学民打断他的话："你不能乱说，我以党性担保，你爹是能经得起考验的。"

于禧淼恳求道："彭叔，让我进专案组吧。"

"进专案组得经门副省长批准，现在的形势是你得回避。"彭学民挠了挠脑门，"政法委书记马玉海跟省长是一条线上的，复杂呀，我这个职务够不上，也说不上话。"

"我能找到人帮忙。"说完，于禧淼起身离开了。

第四章 除夕夜

057

于禧淼的确能找到关系。

公安大学的一位教授姓冯，也是刑侦方面的专家，他老家是登州的，跟于迎春关系不错，平常对于禧淼关照有加，周末经常喊他到家里吃饭。

有一次，于禧淼去家里吃饭，冯教授刚好看到新闻，说是东江省公安机关换了掌门人，他打眼看了门副省长的简历，有些担忧地说，又是外行来领导内行。

于禧淼也没多想，随口说公安部部长都不是科班出身，公安队伍需要的是对党忠诚。冯教授肯定了这一观点，称点到了事物的本质。

再后来，他在课间休息的时候对于禧淼说，姓门的副省长在高警楼培训，头天晚上刚见了面，那人挺有思想的，还邀请自己过去给搞个讲座，东江公安的发展指日可待了。

于禧淼跟冯教授已经很熟悉了，说话也没分寸，挖苦对方是为了授课费。冯教授揪了一下他的耳朵，说狗屁授课费，为了钱的话不用大老远地跑回老家，更何况部里对授课费、专家费之类的有明文规定。

于禧淼嬉笑着跑开了，冯教授说的那些不是他关心的问题，他宁肯去想象面朝大海、春暖花开，去做一个想走就走的幸福之人。如今，他只能求助于冯教授了，或许也只有冯教授能把父亲给"捞"出来。

"冯教授，你最近跟门副省长有联系吗？"他傻愣愣地把电话打了过去。

冯教授说："经常通个电话，如果不是疫情闹的，春节期间我是要跟他再见上一面的。"

于禧淼急切地说:"我有个私事儿麻烦你,十万火急。"

冯教授笑了:"说来听听。"

"我爹被抓了,抓他的是政法委书记,那个人跟门副省长关系好,我想求你给那边打个招呼。"他急不可耐地说出了个人的诉求。

冯教授说:"我还真不懂基层的人情世故,跟门副省长也是君子之交……"

于禧淼冒冒失失地插嘴:"冯教授,只有你能帮我。"

冯教授答应了帮忙,于禧淼还是不放心。

于禧淼连续发了几条短信,坐在那里焦虑不安,他把手机搁在办公桌上,几次三番地望向它,渴望某一瞬间电话铃声响起来,来电显示的是冯教授。

半下午过去了,冯教授一直没回话。但他一言九鼎,确实给门副省长去了电话。他的电话起了作用,虽然门副省长没有明确答复,却亲自联系了市委刘书记,说省厅要专题研究某项重点工作,从各地市公安机关挑了些人选,登州的于迎春必须到会,让连夜赶到省城。

刘书记是登州的一把手,但对方是副省长,高了一个级别,他不好回绝,只能转头批评马玉海,嫌马玉海走漏了风声。

马玉海一肚子委屈,他也不知道是怎么个情况,只能认栽。这已然成了导火索,最终炸开了黄仁重苦心经营的关系网。

于迎春的心里更加不踏实,因为他被"软禁"在宾馆里。

门副省长跟他见了一面,说一年到头也闲不下来,让他趁着机会休息几天。于迎春想既然到了这般地步,也没必要遮着掩着,就提出要回登州,调度专案组早日破案。

门副省长开始只是笑,见于迎春回去的心情迫切,就对他说最好是暂时远离权力斗争。于迎春心存不甘,问门副省长专案组怎么办。门副省长神神秘秘地对他说,又没限制用手机,想跟谁联系就

第四章　除夕夜

跟谁联系。

于迎春无法揣测门副省长此举的真实意图,他做好了最坏的打算——信任那些与自己患难与共的战友,把手机关机,万一通话被监听了呢。

联系不到父亲,于禧淼急得百爪挠心。他没法跟爷爷说,更不可能跟姥姥或者高振正说,他居然找不到一个可以商量对策的人。

都旺家看出了他的反常,跟着屁股问他怎么了,于禧淼有点病急乱投医,把情况说了。都旺家嘴里边嘀咕,说难怪这几天柳叶青对你不冷不淡。

于禧淼不想听这些烦心事儿,冲他发了一通脾气。都旺家说发火没用,关键的是要想办法替于局长洗刷罪名。于禧淼火冒三丈,质问他于迎春有什么罪名,害得两个年轻人最终不欢而散。

糟糕的情绪让于禧淼失去理智,万不得已,他跟舒平安见了一面。舒平安上来就把他埋怨一顿,讽刺他是官二代养尊处优,关键时候永远指望不上。

舒平安还在为那天联系不上老同学而愤怒。于禧淼也没什么好隐瞒的,告诉他于迎春被抓了。舒平安笑得很暧昧,说也好,于禧淼同学也该有点不同的人生体验了。

康一让于禧淼想开着点儿,说现在的人仇富仇官,也不见得舒平安这个人有多么恶劣。他相信康一说的话,他对她的所有话都深信不疑,于禧淼得感谢康一,是她让自己走出了低迷。

康一说死等硬靠不是法子,她认为都旺家说的对,得想办法去查出真相。于禧淼抱怨说个人没那个能力,康一给他灌输一个好汉三个帮的道理,他还是觉得不靠谱,因为身边的朋友都是年轻人,嘴上没毛办事不牢。康一让他回家看看电影《小鬼当家》。

于禧淼理解了她的用意,便把都旺家、连部召集起来,康一当仁不让地成了"军师",他发现心中的女神真的非同一般。

其间,他们的行动被康淑婉发现了,她好生劝阻,没人能听得进去。据说康一差点跟母亲闹掰，好像是翻出了母亲当年为爱情疯狂的老账，康淑婉才没再过问。这让于禧淼无比感动。

舒平安的变化于禧淼痛心，但于禧淼很快就对他没了怨言，因为让他丢掉二十万又赔上违约金的是高振正。舒平安报警了，面对审讯，高振正不肯承认自己是在搞合同诈骗，把责任推到了比克律集团下面的那家文化传媒公司上，说是在那边的授意下才那么干的。

跟进调查，发现出面谈祭祖仪式的竟然是艾晴。攻坚小组介入，艾晴却神秘失踪。

058

攻坚小组去了艾晴的租住屋，没发现任何线索。又对艾晴的手机进行定位，发现手机就在租住屋附近，他们查来查去，在垃圾桶里找到了手机。再查，手机上只有艾晴本人的指纹，这说明她很可能发生了意外，而且作案人具备极高的反侦查经验。

这让彭学民悔不当初，如果听取了章忠亮的建议，保护好艾晴的安全，就不会节外生枝了。

他们分析了前后左右的关系，认为既然艾晴是代表文化传媒公司找到了高振正，那就很可能与黄三儿有所关联。通过前期调查，文化传媒公司那些见不得人的勾当，都是黄三儿出狱后背着黄仁重干的。种种迹象表明，黄三儿比黄仁重还要贪得无厌，兄弟俩的区别在于，黄仁重更加工于心计。

有句老话，画虎画皮难画骨，知人知面不知心，能够搞清人的心思才是高手中的高手。在公安现实斗争中，对犯罪嫌疑人的性格、心理等进行分析，进而判断犯罪动机，有利于案件的侦办，多数情况下还能起到事半功倍的作用。

章忠亮因此请示了彭学民，让妻子龚雪梅帮忙，对黄氏兄弟进行心理画像。龚雪梅参照警方给的相关资料，挺着大肚子忙活了一

第四章　除夕夜

通，给出的意见是：艾晴与高振正的交易，黄仁重应该是知情的，黄仁重是想试探警方的底线。

常人无法进入犯罪分子的心理世界，他们如果心理正常就不会去实施犯罪。既然龚雪梅是这么认为的，攻坚小组就得认真对待了。他们开了个碰头会，越分析越觉得有道理——全市那么多人口，黄氏兄弟偏偏指使艾晴与高振正联络，而且办的还是祭祖仪式，且双双高调参加仪式，分明是想搞垮于迎春，进而恶心公安机关。

彭学民更加担心艾晴的安危。照常理来讲，艾晴是不知情的，完全被蒙在鼓里，但事情败露了，警方就会追查到她身上，为了断掉这条线索，黄氏兄弟极可能下狠手。他命令章忠亮，不惜一切代价找到艾晴。

艾晴失踪前给连部发了条信息，内容是一串名单和联系电话。连部把信息转给了于禧淼，于禧淼也是一头雾水。他跟康一商量了一下，康一怀疑这是线索，让转给彭学民。

想到之前曾经拜托艾晴帮忙查找小伙伴，彭学民收到信息后如获珍宝。他紧接着带领攻坚小组排查名单上的这些人，困难接踵而至，名单上的手机号码要么打不通，要么跟名字对不上号，其中有两位的机主是男士。

彭学民心想，莫非名单里的人换了手机号码？百思不得其解的时候，章忠亮告诉他，有三个号码的主人确认认识艾晴，当初跟艾晴是同事，只不过不肯承认干过坐台小姐。

"把她们请到警队。"彭学民吩咐道。

章忠亮说："她仨早就离开登州了。"

彭学民猛然意识到有问题，一查果真如此，除去那三个人，其他全是假名字。

艾晴为什么要提供假名单呢？章忠亮断言，她是受到了胁迫，有人故意用假名单干扰警方判断，消耗警方精力。

按照这个推理，还有一种可能不容小视，黄氏兄弟是想转移警方的视线，实施别的犯罪。想到这里，彭学民感到后脊梁冒寒气。他再次向于禧淼确认名单的来历，也顺嘴把火气转到了于禧淼身上，让于禧淼别添乱。平白无故受到责骂，让于禧淼愤怒至极。

过后，彭学民又打电话给康淑婉，让她管住于禧淼。康一当时在场，她听到母亲很不耐烦地驳斥对方，说于禧淼一个大活人，自己长着两条腿，总不能扯个绳子把他拴住吧。

康一觉得母亲这话说得非常到位，她和于禧淼明明一番好心，把可能是线索的东西提供了，人又没长前后眼，他们怎么知道那是假名单？

那天深夜，康淑婉跟女儿促膝而谈，目的是让康一好好跟于禧淼聊聊，让于禧淼能安心干好本职工作，案子有人在查，别再忙中添乱。康一据理力争，竟然说服了母亲，康淑婉反过头来为几个年轻人出谋划策。

康淑婉把于禧淼连夜喊到了她家，听他讲完方方面面的情况，出了个主意，让他和康一茅塞顿开。

她的想法是，连部感染艾滋病毒的情况是虚假的，之前被黄三儿恐吓，说明他在黄三儿眼里还是有价值的，如果连部头脑清醒、敢于担当，不妨主动去联系黄三儿。

这是个冒险的行为，康淑婉说完又后悔了，怕害了连部。康一很有主见，说连部敢不敢去，得尊重他本人的意见，他要不乐意，旁人也不能把他绑起来扔到黄三儿的家门口。

三人都是急性子，当场决定把连部喊过来。连部到了之后，听完他们的想法，二话没说就同意了，这时候于禧淼又打了退堂鼓，爷爷那么喜欢连部，他本人也把连部当成了兄弟，他不想让身边的朋友发生意外。

连部笑他胆小如鼠，让他抽空听爷爷讲故事。于禧淼心想，连部的心可真大啊，这个时候能扯到讲故事上。

康淑婉也提醒连部三思而后行，这毕竟不是小孩子过家家。连

第四章　除夕夜

部郑重其事地提出请求,求康淑婉帮忙让他干警察。康淑婉说自己没那个能耐,顶多能让他干辅警。

连部为此欣喜若狂,康一在一旁偷偷笑,说又一个崇尚英雄的好青年。连部满脸憧憬地说,人生就得有追求。他扭头又问康淑婉辅警能否转为正式民警。于禧淼非常自信地告诉他,外地已经出台了政策,登州公安也会有的,只是迟一天早一天的事情。

跟连部说那些的时候,于禧淼特别想见到父亲,他想如果父亲没被抓多好啊,他可以求于迎春帮忙,实现连部当警察的梦想。他也反思了之前的行为,告诫自己,待父子重聚之后,一定要孝敬父亲,让于迎春知道儿子已经长大了。

他们在康淑婉的带领下,对连部打入比克律集团可能遭遇到的险情进行了分析。

059

在这天夜里,刘开被黄仁重喊去陪酒,酒桌上没别人,只有马玉海。

马玉海在刘书记那里受了委屈,前思后想觉得不对。用他的话说,黄仁重是被刘开坑了,那么高调地搞祭祖仪式,看似是把于迎春逼上了前台,但也让黄氏兄弟暴露了,事情如果顺着预估的方向发展倒还好,倘若于迎春没被扳倒,倒过头来反咬一口,自己也得跟着倒霉。

黄仁重一寻思确实是这么回事儿,他被刘开忽悠了。闹到最后是两败俱伤的结果,他不会去考虑马玉海会不会受到牵连,只想到了自己的比克律集团会被连窝端掉。这么多年,自己干过什么他心里门儿清,比克律是经不起细查的。

俗话说,树大招风,他后悔听信刘开的谗言,受到了蛊惑,干出了蠢事儿。真要是那样的结局,打下的江山将毁于一旦。黄仁重恨得想亲手杀了刘开，不，不能便宜了那家伙，得让他生不如死。

酒席还是安排在观海大厦，那里是黄仁重的大本营，在自己的地盘上发生任何事情，他心里都踏实。三人落座，刚开始相安无事，尤其是马玉海，从他的行为举止上看不出任何反常，还让人感到热情似火。

马玉海先为刘开夹了菜，客气了一番，接着端起酒杯："小刘，之前我对你有所误会，干了这杯，咱一笑泯千仇。"

刘开奉承道："马书记，老局长，咱俩本来就无冤无仇，也就是工作上的一点分歧。"

马玉海说："可不能说假话啊，你过去可不是这个脾气。"

刘开的脑子转得快，跟着把话递上了："都说江山易改，本性难移，也不尽然，过去我光知道傻乎乎地干工作，到头来落下一身病。我现在想开了，就像我这个名字一样，刘开，打开了思路才能海阔天空。我还有几年干头？年龄摆在这里，提拔无望，还不如捞点实惠。"

马玉海微微一笑："好啊，开窍了。"

"现在开窍不晚，对吗？"刘开自问自答，"我觉得一点都不晚，刚刚好，这些天黄总对我百般照顾，天天不重样，让我尝鲜，搞得我深陷温柔乡，乐不思蜀啊。"

猛然被点了名字，黄仁重就坐不住了。他想这个刘开真是狂啊，把我当傻×了，而且敢骑在我头顶上拉屎撒尿。他也早就问过了，那些坐台小姐说，刘开只说话不办事儿。这更让他发指眦裂。

他不动声色地说："刘警官开心就好，今天我还得请你尝尝鲜。"

刘开举杯对黄仁重说："这杯酒我干了，千万别让我再尝什么新鲜玩意儿了，我这老腰受不了，省得回去还得买壮阳药。"

黄仁重冷笑道："壮阳药不治根，我得帮你寻个法子，给你补补肾。"

说完，他把酒杯砸碎，门外进来几位彪形大汉，他们七手八脚

第四章 除夕夜

把刘开绑了起来,往嘴里塞了毛巾,扯下了裤腰带。

黄仁重心狠手辣,连马玉海都看不下去了。

他指挥手下的人,一根一根地揪下刘开的阴毛,又从餐桌上取来牙签,扎进刘开的指甲缝里。黄仁重最卑劣的行径是,在刘开昏厥之后,冲着刘开的脑袋撒尿。

受尽了凌辱的刘开被扔到了滨河公园。天下起了鹅毛大雪,这是农历牛年的第一场大雪。雪花铺天盖地,很快把他的身子掩埋了。还被五花大绑的刘开不断挣扎,远山近水在他的眼里变成了乌青色。

如果不是庄正刚好打电话要找他,他可能会被活活冻死。庄正不像于迎春,他联系不到手下的人,就会锲而不舍地找下去。刘开的电话一直无人接听,他通过手机定位一路查到了滨河公园。那时候,刘开已经昏迷过去了。

得亏刘开平常坚持锻炼,送到医院之后,没过多久他便苏醒过来。看到庄正焦急的表情,他一个大男人家眼泪差点冒出来。庄正再三问他发生过什么,他把嘴巴闭得紧紧的,被人羞辱的事情哪能说出口呢。

这是他从警以来最悲惨的一次遭遇。以往抓捕犯罪分子的时候,他很多次地受过伤:肚皮上有道刀疤,是一个吸毒人员捅的;后背坑坑洼洼,那是一个命案凶手用猎枪打的;小腿上打着钢板,那是在拦截嫌疑犯时被车撞的……刘开身上伤痕累累,却从没后悔过,他把那些伤当成了勋章。

这次是他自己执意要去的,他依然不后悔。刘开抱着不入虎穴焉得虎子的信念,去跟黄仁重斗智斗勇,他想计划被人识破了,只能证明自己考虑得不够周密。他甚至想愿赌服输,赌输了就得接着赌,直到赌赢了为止。他把庄正劝了回去,庄正本来想交给他的任务也只能作罢。

此前,庄正刚接到于迎春发来的短信,内容是首打油诗——

送旧迎新大地逢春；
两部鼓吹枕稳衾温；
心灵手巧浮翠流丹；
一线生机契若金兰；
风轻云淡省烦从简；
危于累卵牛听弹琴；
门庭若市九流宾客；
黄尘清水秦楼楚馆。

庄正跟于迎春之间很少互发短信，通常都是直接电话联系。于迎春被政法委喊去开会，又传言去了省厅。庄正对这条信息的重视程度空前。他反复解读字面意思，乱糟糟的狗屁不通。

庄正心想，于迎春可真够腻歪的，发个没头没脑的信息，还不如来个电话痛快。他把电话回拨过去，跟着被拒接了。他一琢磨不对，又反复打量起这八句话。

他从里面看到了"春""门""黄"字，开始怀疑暗指与门副省长和黄氏兄弟有关，可再往深里想，却怎么也猜不透其中的玄机。

庄正拿着手机横看竖看，猛然发现了八个字——把第一句话的第一个字、第二句的第二个字，依次类推，到第八句的最后一个字，单独取出来，连到一起是：送部手机省听（厅）宾馆。

庄正不敢耽搁，连夜冒雪开车去了省城。

060

天明时分，庄正进了于迎春的房间。几天未见，他发现于迎春消瘦了许多。两人顾不上寒暄，简单交流了一下情况，庄正就匆匆赶回了登州。

有了新的手机和手机卡，不用再害怕被人监听，于迎春变得镇

第四章 除夕夜

定自若。他先后给刘开和彭学民去了电话,两人的回答基本相似,都让他安心等候好消息。但他对两员大将太熟悉了,从语气上,他还是发现了一丝差异,前者带着愤怒,后者略有疲惫。

于迎春了解这两个人,不到迫不得已,他们只会报喜不报忧。他相信两人会将各自手里的案子往前推进,却担心他们即便固定下黄氏兄弟的罪证,也会受到外界力量的干扰。无需过多解释,他本人就是活生生的例子。

刘开说什么也不肯住院,早晨上班的时候,他已经坐进办公室了。

窗外的雪还没停,他把窗户打开一条缝隙,冷风吹进暖风十足的室内,骤然而至的冷空气,让刘开不禁打了个寒战,他清醒了许多。他回到办公桌前,重新翻开借回来的沉尸案卷宗,那些蝇头小字让他有些恍惚。

敲门声让他回到现实,秘书科的民警给他送来当天的报纸,他的习惯是先看《人民公安报》,那上面有部党委的最新指示精神。刘开抽出报纸,带出了一封信,他一看便知那是上访信,他猛然冒出个念头,接着拿出信纸,在上面一笔一画书写。

他写的是表扬信,反话正说,把马玉海夸得天花乱坠。在信的末尾,他恳求上级领导对马玉海进行考察,委以重任。刘开浏览了一遍,郑重其事地签上了自己的大名。

刘开把信快递寄给了省委书记、省长、省委组织部部长、省委政法委书记,他觉得不过瘾,又给省里的党报《东江日报》发了一份,不过这一份他没署自己的名字,而是写下了四个大字:登州市民。他坚信上级党组织是公平公正的,这封炮制出的表扬信会引起反响,甚至会引发登州地区的官场地震。

刘开浑身又充满了干劲,再次翻阅案卷,脑子里就冒出了虚构的画面:瓦善水库岸边,一个年轻男子从三轮车上搬下一具尸体,又用盛化肥的编织袋子装满土,绑在了尸体上,他背起尸体,深一脚浅一脚地朝水库里走去……

刘开狠拍了一下自己的脑门，他忽略了一个重要的细节，受害人的嘴上粘着一块胶带。他又重新想象现场的画面：凶手把受害人打晕了，运到了水库边上，那会儿人还没死，凶手怕人醒了大声呼救才把嘴巴给封上了……

刘开又冒出了新的联想：两人在岸边搏斗，受害人喝了酒，凶手趁其不备，把对方干趴下了，先将人给绑了起来，又封上了胶带……

不对，错了，大错特错。刘开痛苦地摇摇头，这些假定的作案方式都行不通，要想找到曾经的蛛丝马迹，他还得继续。

彭学民这边有了新的进展，他对艾晴的三个小伙伴还是不甘心，三番五次地打电话，终于有一位被感动了。她告诉彭学民一个名字，说那是老鸨，家是登州本地的，年龄三十左右。

"名字是真实姓名吗？"彭学民问道。

那个女子回答："不相信就别问我，我骗你对自己有什么好处，你最好把他们都抓起来，是他们害得我得了性病，失去了生育能力……"

彭学民心痛至极，仿佛是自己的亲属遭受了侵犯。他总觉得自己不适合干刑警，好的刑警不能动辄有同情心，那会干扰办案的思路，影响案件侦办的方向。可正是因为带着份感性，他才用情用心地在工作，并取得了辉煌的业绩。他认为这是上天对自己的恩赐。

老鸨的名字叫明芮，这个名字相对孤僻，彭学民将其输入内网一查询，全市仅有两个人，年龄却都在四十岁开外。他又把名字后面的"芮"换成了"瑞""锐""睿""蕊""蕤"等同音字，都是白费蜡。

章忠亮提醒他试一下男性明芮，彭学民心想真是忙晕了头，没人规定老鸨必须是女人。这次一举成功，男性明芮只有一人，年龄完全相符。信息显示，此明芮待业状态，之前在比克律集团干过公

第四章　除夕夜

关经理。

照片上的明芮，长相清秀，看样子也是一表人才，让彭学民难以置信对方曾经是黄三儿的帮凶。他再一看，明芮现居住在宁海区水道街道办事处的附近，归鱼鸟河派出所管辖，为了赶进度，就通知康淑婉代劳，把明芮直接带到刑侦支队。

如果是别的事情，康淑婉会跟彭学民打嘴仗，但碰到了案子，她决不会发一句牢骚。康淑婉对辖区情况了如指掌，她在脑子过了一遍筛子，所管辖的区域内就没有姓明的。过了十来分钟，她才记起来，有个孤寡老太太的娘家外甥从外地投奔过来，当时她去让办理居住证，那小伙子不肯配合，改天再去已经搬走了。

孤寡老太太已经去世了，明芮会住在老房子里吗？康淑婉带着于禧淼和都旺家去了，结果明芮还真住在那里，只是他的生活状况让人瞠目结舌。

逼仄的房间里臭气熏天，明芮病恹恹地躺在炕上。土炕冰凉，一只老鼠窜进了黑窟窿里，打眼一看就是很多天没开火了。康淑婉吩咐都旺家烧炕，自己出门给彭学民打电话去了。

适应了室内的光线，于禧淼再定睛一看，明芮骨瘦如柴，一只眼是瞎的，把他吓得连退两步。他壮着胆子问米面在哪儿，明芮"啊啊"了几声，有气无力地指着自己的嘴巴。都旺家胆子大，凑上前一看，明芮的舌头早被割掉了。

他们直接把明芮送进了医院，医生告诉康淑婉，明芮眼珠子被挖掉了一个，舌头被割掉了，脚后跟的筋也被挑断了。如此凶残让随后赶到的彭学民都不忍直视，他只能等待"哑巴"明芮开口说话。

第五章 雨水

M 老照片

061

正月初七一大早,爷爷就开始收拾行李,我知道他是想回木墅村了,这次他在城里住这么久,已经是破天荒了。但我不想让他走,怕他回村之后还要坚持拜家谱,再听说村支书搞过什么祭祖仪式,把身子气出个毛病。

我也不劝他,跑到爷爷住的房间里,他往包里装一件衣服,我就扯出来抖几下,再扔到床上。我和爷爷都不吭声,他收拾,我破坏,像一对正在怄气的孩子。

爷爷也不跟我发火,我倒是希望他骂我一顿,可他却一言不发。我终于忍不住,把装行李的包拖到了身后:"爷爷,再住几天吧,好不好?"

爷爷没回答,嘴里却在嘀咕:"雨水到来地解冻,化一层来耙一层。"

"什么一层又一层的,你要做奶油蛋糕吗?"我搞不懂爷爷的意思,胡乱说了一句。

爷爷望着窗外说:"今天是雨水,二十四节气里的雨水。"

窗外还在下着雪,我上前挽着爷爷的胳膊说:"你瞅瞅,没下

第五章　雨水

雨啊。"

"不管下雪还是下雨,天气该变暖了,地底下的冰层该化了。"爷爷扭过头来看着我,"俗话讲,七九八九雨水节,种田老汉不能歇。七九河开,八九燕来,之后就是雨水节,俺是庄稼汉,该回去忙农活了。"

"你都多大年纪了,还惦记着干农活,你不是有退休金吗,就是没有,我爹不给你钱花吗?"问完,我心里也难受起来,因为我爹至今尚无音讯。

爷爷的语气变得沉重:"年轻人都出去打工了,田都荒了,俺这心也跟着慌,庄稼汉不种庄稼,老天爷都不干呢。"

我就怕爷爷念叨这些,赶紧借机发挥:"时代在发展,人类在进步,原始社会还吃生肉呢。爷爷,咱都进入新时代了,你不能再盯着一亩三分地……"

爷爷烦躁地说:"小王八羔子,你这是谬论,年年的中央一号文件都是讲农业、讲农村、讲农民,你以为俺不懂政策吗?"

我还是不肯妥协:"大势所趋,不是你一个人能改变的,你把那些钱攥在手里,留给谁呢?"

爷爷说:"留给你和你爹,祖祖辈辈都是这样。"

我一时语塞,想了想才说:"爷爷,我爹也不着家,你就留下陪我吧,在派出所工作,每天都会碰到糟心事儿,回到家再没人说个话,你孙子会被憋疯的。"

爷爷没再吭声,转头叠起了衣服。知道效果达到了,我猛地朝他脸上亲了一口,把他吓了一跳。他没经历过如此热烈的情感表达,有些不好意思地偷笑,但我知道他心里是舒坦的。

我特别不争气地想到了我爹,心想如果于迎春此时在面前,我也亲他一口,父子之间的隔阂太深了,得让他知道我还是爱他的。

爷爷不知道我在寻思什么,看我傻愣在那里,就冲着我挥手说:"赶紧上班去,爷爷答应陪着你,先不回村里。"

派出所一楼便民服务大厅乱成了一锅粥，好在没人来办业务。

挑起事端的是孙大壮，他是木墅村的人，小时候我跟他一起耍过，他的样子基本没变，我一眼就认出来了。

孙大壮叫嚷："你们不改，我动刀子啦。"

我一把拉住他："大壮哥，走，跟我耍会儿去。"

孙大壮从兜里摸出根筷子，抵在我腰眼上："缴枪不杀。"

我晓得他脑瓜不怎么灵光，赶忙配合他，举起了双手。康淑婉就在此时进门了，她问李云尔："闹腾什么呢？"

果小米抢着回答："他要求改姓钱，他父亲姓孙，母亲姓于，不符合规定。"

康淑婉笑着劝："姓孙多好，跟齐天大圣一个姓。"

孙大壮带着哭腔说："一点都不好，于钊动不动就打我，赵钱孙李，周吴郑王，我要给自己升一级。"

我跟着逗他："不得了，还晓得打怪升级呢。"

孙大壮恼怒地说："我就是要姓钱，人人都喜欢钱，姓了钱，大家都喜欢我了，于钊就不会再打我了。"

知道是一场闹剧，我只好顺着他说："对，不能姓孙，大壮，你先把刀放下，杀人是犯法的。"

"我知道杀人偿命，故意吓唬你们。"孙大壮收起了筷子，嘿嘿直笑。

我刚想劝他回家，康淑婉下令："于禧淼，把他拿下。"

我愣怔片刻，还是执行了命令，把孙大壮给控制住，押到了办案区的询问室。面对我大惑不解的样子，康淑婉并不理会，而是在一旁打电话，通知孙大壮的舅舅于钊来领人。

于钊一到就给众人递烟拜年，康淑婉黑着脸让他到审讯室，他一听就急了："康大姐，我又没犯法，干吗要进审讯室？"

康淑婉没理他，转头对我说："走，跟我过去，你负责笔录。"

第五章 雨水

于钊愣了:"康大姐,我不就是踹了大壮两脚吗,大过年的,怎么还动真格了呢。"

坐在审讯椅上,于钊浑身不自在,他嘴里还是喋喋不休:"你们都晓得的,我那外甥小时候发过高烧,把脑子烧坏了,一直住在我家,作为亲娘舅,我跟他感情深着呢,哪舍得真打他?"

我莫名其妙地想到了高振正,心想同样是娘舅,差距也太大了。于钊瞄见我的表情变化,又冲着我说:"于禧淼,论辈分,你得喊我一声叔,你跟大壮是发小儿,倒是替我说句话啊。"

康淑婉猛然间发问:"于钊,祭祖仪式是怎么回事儿?"

于钊傻愣了一会儿,支支吾吾地说:"没什么啊,只是搞个活动而已。"

"别二姨三舅四大娘的,老实回答。"康淑婉的表情瞬间变得吓人。

于钊故作镇定:"真没什么,有人出钱,我只是跑腿打杂。"

康淑婉又问:"你经过于局长的同意了吗?"

于钊眨巴着小眼睛说:"我也是老于家的后代,好赖也是村支书,这事儿不犯法吧。"

康淑婉厉声质问:"说,收了黄仁重多少钱?"

062

于钊最终承认自己收了五千元的好处费,而且答应了黄仁重暂时保密,说是要给我爹一个惊喜。这哪儿是惊喜啊,明明是惊吓。

康淑婉安排我把笔录传给彭学民一份,彭学民回话说,这些情况对他那边意义不大,让我把资料留好,万一我爹被人诬告,也能用得着。我心想这不废话吗,笔录也不能随便处置啊。因为他批过我,我还心存怨气,有时候我就是这样,特别小心眼儿。

明芮是我们派出所配合找到的,在病房里询问情况期间,彭学民把我和康淑婉也喊了过去。

明芮的身体状况稍有好转,我明显感觉到他的眼神里透着恐惧,彭学民尽可能地让自己更和善一些,但明芮什么都不肯交代。康淑婉试图跟他交流,也未能如愿。

章忠亮申请让龚雪梅介入,按规定是不允许的,彭学民不在乎这些,他的理念是只要能把案子破了,非常事情就得用非常手段,只要在不违法的前提下,怎么干都行。

也不知道龚雪梅使的什么办法,明芮把自己知道的情况和盘托出。他已经成了哑巴,是用笔一个字一个字写下来的。

他写的头三个字便是"我有罪",明芮的罪行是主动迎合黄三儿,成了黄三儿麾下的骨干。

明芮等人主要靠两种方式控制女生:一是,抓住了部分女生一夜成名的心态,谎称公司打造青春组合,骗她们去试镜;二是,利用了部分女生高消费的习惯,打着"无抵押、利息低、放款快"的旗号,引诱她们上钩。两者最终都会演变为胁迫女生拍裸照、不雅视频,让受害人沦为敛财工具。

受害人主要集中在比克律集团旗下的夜总会、酒吧和KTV等场所,每次出台的收入,黄三儿要抽走八成。有几位受害人不堪屈辱,逃到了外地,但明芮他们控制了受害人的父母,逼其就范。有个叫晓非的女生被抓回来后,因为态度恶劣,朝黄三儿身上吐了口唾沫,就被用针线把嘴巴给缝上了。当时动手的正是明芮。

明芮追悔莫及,他没想到报应会落到自己头上,仅仅是少喝了一杯啤酒,便被黄三儿殴打虐待。明芮自以为是有功之臣,为黄三儿立下了汗马功劳,在挨打时骂了几句脏话,后面便是割舌头、挖眼珠、挑脚筋。

他在文字材料的最后写道:"长相好的被逼着卖淫,稍丑的被强迫卖血,学历和颜值双高的还会强制捐卵和代孕。"

明芮一笔一画地签上了自己的名字,把脑袋扭向龚雪梅,剩下

第五章　雨水

的一只眼射出期待的光芒。他希望警方能把黄三儿抓起来。龚雪梅让他再仔细想想，明芮点点头，开始在纸上画地图。

地图画完了，主要地标标注得很详细，打眼一看便知是在刑侦支队旁的一处废弃厂房。

情况相对明朗了。我必须承认自己涉世未深，非但未曾想到黄三儿如此暴虐无道，更没想到罪恶就发生在眼皮子底下。

坠楼事件分散了刘开的精力，让他暂时无心去查陈年积案。

事情发生在我们辖区，所以我才了解了前因后果。

正月初八上午，有群众报警称，理想花园有个小女孩从阳台上钻了出来，随时有坠落的危险。

出警的是王保生和许钢。上车的时候，许钢开玩笑说没必要过去，去了恐怕也是空跑一趟。因为理想花园的位置较为特殊，跨着两个派出所的辖区，很可能事发地点不是鱼鸟河的管辖范围。

王保生数落许钢："老许，你不配当警察。"

许钢哈哈大笑："老子只是个辅警，眼瞅着要退休了，混吃等死就行，又不需要成长进步，更不想当副所长。"

当副所长一直是王保生的理想，被许钢这么一说，他就生了闷气。抵达现场，一看是14号楼，还真不是所里的辖区，王保生也犹豫了。

别看之前耍过嘴皮子，许钢二话没说就下了车，他挤进看热闹的人群，冲着叽叽喳喳的人们吼："别吵吵，赶紧找点软和东西，铺到地上。"

人们仿佛看到了主心骨，依着许钢的吩咐，四散开来寻合适的物件，打算铺设"救生垫"。也有人仰头高喊："丫头，别跳，千万别跳！"

女孩哭哭啼啼："他们上班去了，给我布置了好多作业，我根本写不完，我很失败……"

又有人高声劝道："孩子，爸妈那是对你好。"

"他们根本不爱我——"吼完这嗓子，小女孩身子一歪坠下了楼。

许钢紧绷着脸，向前跨出一大步，伸出双臂迎接坠楼女孩。他接住了女孩，可惜冲击力太大，女孩从他臂上又摔到了地上。他站立不稳，脑袋"咣"地撞到了旁边的水泥台子上。

即便是个小小的物品从高空坠下，都会危害巨大，更何况许钢徒手接住的是个七八岁的小学生。万幸的是女孩只是皮外伤，受到了惊吓；不幸的是许钢被送进了重症监护室，生死未卜。

刘开接到报告后急忙赶到医院。有媒体记者拦住他，问是否考虑为受伤辅警申报见义勇为先进个人，他没搭话；又有记者问，假如辅警牺牲能否跟正式民警一样被追认为烈士。

刘开猛然停下步子，一把揪住那位记者的衣领，把对方摁到了墙根上，破口大骂："×你妈，你个×养的咒谁死，说这丧良心的话，不怕出门被车撞死吗？"

他眼睛的余光瞥见有医生经过，松开了手，跟在医生屁股后面乞求："无论如何要救他，花多少钱都行……"

医生回头说："抱歉，我是妇产科的。"

这段视频被传到了互联网上，网友说什么的都有。有说警察平日霸道惯了，把记者打进了重症监护室；还有人认为刘开和许钢是想当网红，为的是出风头；也有人说记者不长眼，活该被骂……更多的人在讨论孩子学业该不该这么重。

看到这些，我替刘开捏了把汗，刘开却无心顾及，他只盼着许钢脱离危险。

063

在连部去找黄三儿之前，我给他去了个电话。我要阻止他，不让他去冒险，明芮的惨状我亲眼所见。

第五章 雨水

连部根本不听我的,他已经把自己当作了警察,他认为自己干的事情是有生以来最有意义的。我不可能答应,即使之前考虑得再周密,这也是狼入虎口。

我找到了康淑婉,哀求她说:"教导员,你赶紧告诉连部,你没法让他当辅警。"

康淑婉说:"神经病,这点事儿我还办不了吗?"

我被噎了个半死,只好说软话:"我晓得你办起来很简单,他本人不愿意干了。"

"是吗?不可能。"说着,康淑婉打开手机免提功能,拨通了连部的电话,"小连,反悔了?不想干辅警了?"

连部说:"阿姨,我做梦都想。"

康淑婉扭头对我说:"听见了吗,他做梦都想。"

我慌不择言:"非得让他成为第二个明芮吗?这是让他去送死,你也是当妈的,如果连部是你儿子呢?"

康淑婉愣在了那里,电话那头却传来了连部的声音:"是死是活×朝上,你们不用劝了,我是成年人了,办事自有分寸,再说了,我是个党员……"

我抢白道:"党员怎么了?党员又不是钢铁侠、蜘蛛侠,党员也是人,是人就得知道,命最金贵。"

连部不屑地说:"都像你这样,谁来保家卫国?"

"连部,你听我说,咱先见个面儿,等咱俩聊完了,你想去我也不阻拦。"我仍旧试图阻拦。

连部说:"没什么好聊的,我已经跟黄三儿联系好了,已经到了观海大厦。"

电话里传出了忙音。康淑婉也心生悔意,她调出了彭学民的手机号码,又悻然把手机揣进了兜里。

"教导员,怎么办?"我焦急地问。

"怎么办?凉拌!"意识到自己的语气有些重,康淑婉柔声细语地说:"孩子,我是当妈的,所以我盼着你们都快点长大,就遂了连部的心愿吧。"

那一刻,我的鼻子酸得厉害,我没敢看她,我想到了我死去的妈妈。我低着头,给连部发送了一条长长的短信,有好几个错别字也没顾上修改,我得用最快的速度让他知道,安全才是第一位的。

连部顺利地见到了黄三儿。

黄三儿与之相见时说他这次来早了,大过年的,进口特效药还没到货。连部本想说老外不过中国年,但还是忍住了,他向黄三儿诉苦,说手头紧张,想跟着对方干,赚点零花钱。

黄三儿反倒笑他没头脑,意思是跟着自己混不仅仅是零花钱,可以保他一夜暴富。为此,连部声称个人有远大理想,壮着胆子说黄三儿眼下赚的钱,比起他规划的目标,顶多算是零花钱。黄三儿非但没起疑心,还对他的夸夸其谈很感兴趣,说就稀罕他这号的。

连部心里高兴坏了,他很快把这一喜讯偷偷告诉了我,说黄三儿对自己十分信任,马上要带他去观海大厦,说是让他帮忙验货。

我觉得黄三儿之所以有如此反应,原因有二:一来黄三儿认为早已控制了连部,连部是他脚下的蝼蚁;再者黄三儿是狂妄之徒,喜欢手下的人干出惊天之举。

我们是有所准备的,在商定了要贴近黄三儿时,康一把自己在学校用的录音笔送给了连部,我也直接买了两个存储空间大的录音笔,做出极为庄重的样子,双手呈给了他。

连部不晓得"验货"是什么意思,以为要让自己看看别人设计的软件,结果是让他验个大活人。

那人自称叫舒平安,连部一下子蒙了,他听我念叨过这个名字。他赶忙把手伸进兜里,打开录音笔,也朝舒平安点头示意。

黄三儿大手一挥:"别废话,喝酒。"

舒平安有些胆怯,却很快调整了状态,端起酒杯:"黄总,这杯

第五章　雨水

我敬你，往后带着小弟混。"

黄三儿把脸一横："你有资格跟我喝酒吗？"

舒平安毕恭毕敬地说："现在没有，以后会有的，你看我日后的表现。"

黄三儿猛然笑了："日后？你想日谁啊？"

舒平安把酒仰脖喝了，用讨好的语气说："黄总，你想让我日谁我就日谁。"

黄三儿阴笑道："日你娘，你去日你娘吧。"

"嗯，日日……"舒平安觍着脸笑，为了掩饰自己，他随口说了句古诗："日暮苍山远，天寒白屋贫。"

黄三儿火了："搁在我这儿显摆有文化，是吗？"

连部丈二和尚摸不着头脑，他记得我曾经讲过，舒平安在名校就读，前途一片光明，IP和IQ都在线的人，为什么要往火坑里跳呢？

事后他告诉我，他觉得只有一种可能，舒平安跟自己一样，也是来帮我调查的，否则不会自取其辱。

怕激怒黄三儿，连部替舒平安解围："黄总，还有我呢，他说的古诗是唐朝刘长卿的《逢雪宿芙蓉山主人》，后两句是'柴门闻犬吠，风雪夜归人。'讲的是诗人走投无路，风雪之夜借宿农家，小舒兄弟是想表达投奔你的心情。"

黄三儿喜怒无常，冲着舒平安直乐："这话我爱听，得，原谅你了。"

舒平安赶忙给连部敬酒，让他多关照。黄三儿也没阻拦。连部在心里琢磨，得瞅准机会表明个人的真实身份。

后来，黄三儿又给舒平安出了几个难题，舒平安全都迎刃而解。黄三儿一高兴，说不就是因为祭祖仪式没赚到二十万吗。他把手机扔给连部，说了手机屏保密码和手机银行密码，指挥着连部给舒平安转了二十万。

黄三儿兴致高涨，随后带着他们去了一个包间，说要好好爽一爽。连部哪见过这么高档次的房间，这里摸摸那里蹭蹭，等阿雨进门的时候，他还沉浸在自己的世界里。

连部没来得及把后边碰到的事情告诉我。

064

当夜，我回到家就把自己关在了卧室里。

这些天经历的事情太多了，我感到疲惫不堪。爷爷敲门，我极不情愿把他请进屋，他扭身回到自己房间，让我过去一趟。

爷爷拿出《登州日报》递给我："孩子，你老老实实告诉俺，你爹是不是出事儿了？"

"没有啊。"我不能让老人家担心。

爷爷语气低沉："他好几天没回家了，打他的电话也没接。"

我笑笑，心虚地劝道："我爹是公安局长，成天忙得分不清东西南北。"

爷爷唉声叹气地说："别骗俺了，你看看那份报纸，上面有市委书记的讲话，说政法队伍里有害群之马，新闻报道里有政法委书记、检察长，还有法院院长，照片上唯独没有你爹。"

"爷爷，你还怪懂政策咧，我爹肯定在忙，没去参加会议。"我想蒙混过关。

爷爷说："俺早就有思想准备了，你爹当初干警察，还有后来当局长，俺都提醒过他，他要真管不住自己，俺不能让他进家谱。"

我继续劝爷爷："别胡思乱想啦。"

"孩子，你也别难受，人这辈子学好很难，想学坏很简单。你要向好人学习，他要丢人现眼，俺就当没生养过他。"说罢，爷爷从身旁拿起一张照片递给我："你不是一直好奇俺退休的事儿吗，看看这张老照片，俺也干过警察。"

我双手接过来，看到照片上印着"登州专署公安处党员代表大

第五章 雨水

会合影留念"的字样,我从合影里一眼就找到了爷爷,他站在第二排的 C 位,脸上洋溢着自信的笑容。我还从人群里看到了我姥爷,他被挤在角落,形象比我爷爷差远了。

爷爷给我解开了尘封多年的秘密。

合影的那一年是 1960 年,爷爷 20 岁,他 18 岁参加工作,第二个年头入党,刚一转正就被选上了党代表。他浑身铆足了劲儿干工作,组织上觉得他政治上过硬,就让他负责排爆工作。

登州地区是抗日根据地,当年小鼻子埋了好多地雷,那都是安全隐患。爷爷主要负责排除这些隐患,排爆是个技术活,那个年代不讲究那么多,全凭拼命。

在他 21 岁的那年上,水道公社联系公安处,说是生产队挖水井时挖出了炮弹。爷爷坐着老掉牙的吉普车往现场赶,路况不好,加上车子总是犯毛病,等他赶到的时候,什么都晚了。他眼睁睁地看着社员被炸飞了。

后来追究责任,调查组说爷爷是受到了敌特的腐化,破坏社会主义的大好形势,本来要给他判刑,被当时的领导给拦下了。最终的处理结果是,开除他的党籍和公职。

死了那么多人,爷爷根本没脸待下去,他打着铺盖卷回了木墅村。直到 1981 年,姥爷才帮他恢复名誉,但爷爷还是想不开,一晃几十年过去,成了地地道道的农民。

听完爷爷的讲述,我双手捧着泛黄的老照片,两眼模糊了。

还未容我儿女情长,康淑婉把我从家里接到了看守所。

我们在审讯室隔壁的监控室候着,看到庄正亲自上马,正在提审曹光庆。

如今的审讯室不像过去,公安部制定了统一的规范,室内不但有摄像设备,墙面上还贴了厚厚的海绵,前者是监督办案民警尊重嫌疑人的人权,后者是防止嫌疑人寻短见。审讯室隔壁通常会设置监控室，为的是在审讯期间便于调度情况，这种镜头在影视剧上经常能见到。

康淑婉见缝插针，向我介绍那起车祸的情况——

曹光庆是街面上的小混子，我爹的车子就是被他撞的。那天，我爹仓促离开，把车祸现场交给交警处置。交警刚给曹光庆打了个敬礼，那家伙就从驾驶室蹦出来，顺手从车里拖出一根铁棍子，没头没脑地砸向交警。

交警的头盔都被砸出了裂纹，可想而知曹光庆下手有多狠。交警招架不住，摔倒在地，趁乱用对讲机向战友求救。支援力量赶到的时候，交警已经奄奄一息。

曹光庆当时不可一世，指着倒地的交警骂，说于迎春，我他妈的撞死你！

这些被执法记录仪全拍下来了。办案交警一查，曹光庆不但没有 A 本，连驾照都没有，他所开的大货车是从汽修厂抢的。办案交警认为，抢走大货车绝非曹光庆一人所为，必须查到同伙。

这边还没去调查，汽修厂报警说在修的车辆被抢，我们派出所派人去了现场，被气得够呛——汽修厂老板喜欢玩飙车，为了平常能拿别人的车过把瘾，不但把自己店铺的监控给关了，把周边的监控都给破坏了。

经询问，维修工在车底下给货车保养的时候，曹光庆和他的同伙趁机把车开跑了，汽修厂的员工们根本没防备。再查沿途的监控，驾驶室里就只剩下曹光庆一个人了。

康淑婉说，估计是因为涉及我爹，庄正才把我也喊来了，目的是想让我清楚，目前的斗争形势很严峻。

对曹光庆突审，他已经不再狂躁了，而是蔫头耷脑地想睡觉。曹光庆的检测结果刚出来，属于毒驾，吸了毒的人说话办事都不能按常人的思维去考虑。

曹光庆是个滚刀肉，对庄正爱答不理。庄正脾气火爆，恨不能

第五章　雨水

上去把对方的脖颈拧断，把脑袋当尿壶。

第一次审讯失败，庄正背对着摄像头，朝对方的脚背狠狠跺了两脚。这是违规的行为，我猜测庄正是忍无可忍。

第二次审讯，庄正换了策略。他把曹光庆撇在一边，跟一同审讯的两名民警说悄悄话，天南海北胡侃一通。曹光庆坐不住了，嚷嚷着要喝水，庄正装作没听见，他心里清楚，那家伙是在试探警察的态度。

过了大半天，庄正借着去洗手间的机会，进了监控室，跟我打了个照面。见庄正离开了，曹光庆的眼珠子贼溜溜地转。

庄正命令审讯民警吸烟，这实际上也违反了规定，他是想把曹光庆的毒瘾勾出来。

曹光庆果然哀求给根烟，庄正下令："不问车祸，直接问他吸毒地点。"

065

曹光庆的吸毒地点在古色古香夜总会，这让康淑婉感到吃惊，虽说有心理准备，但她还是觉得不可思议，常人谁会在自家经营的场所聚众吸毒呢？

我此时也主观地认为，车祸的背后主谋是黄三儿，通过毒品来控制一个小混混是轻而易举的事情。

康淑婉请示到夜总会查毒品，庄正比她想得更深了一层。庄正认为，不管查没查到毒品，假使光查古色古香夜总会，势必会惊动黄氏兄弟。他决定干脆来个专项行动，在全市的娱乐场所来一次扫毒行动。

为了更稳妥一些，庄正安排宣传处联系了媒体，在几个行动点上跟进报道，当然不包括古色古香夜总会。这么办只是为了向全社会释放信号，这次行动是全面打击，而不是针对比克律集团的。

行动的范围太大，需要调度大量警力。庄正下令特警支队全员出动，其他警种和基层派出所抽调一部分人补充进来。我也被临时抽调过去。

人员在市局大院集结之后，好多人还以为是要搞演练。没想到，庄正干得很绝，他命令各单位带队领导把所有人的手机收了，还抽检了几个人，确认行动不会泄密之后，才在队伍前作动员令。

庄正讲得很简短却非常严肃，随后便是禁毒支队支队长宣布分组。除了章忠亮的攻坚小组成员之外，我是唯一被安排去古色古香夜总会的。对此，只有一个解释较为合理，康淑婉知晓连部进了黄三儿的圈子，想让我在行动时保护连部吧。

警车闪烁着警灯驶入主干道，经过市局旁边的第一个路口后，就分头汇入车流。看着浩浩荡荡的队伍，我在车里摩拳擦掌、热血沸腾。

我还是第一次经历这么大的场面，我感觉穿这身警服太牛掰了——这也是受了爷爷的影响，我觉得他们那代人才是真正的英雄。尤其是我爷爷，他就是个淹没在人海中的无名英雄。

接近古色古香夜总会的时候，驾驶员关掉了警灯，我这才发觉，我们乘坐的车子不是警车，而是挂着地方牌照。章忠亮让把车停在路边，单独给了我一套休闲装，穿上去还挺合身。等我换完了衣服，攻坚组成员早就换下了警服。

在回忆那天夜里的经历时，我才明白了庄正是用心良苦，他要防止夜总会的工作人员有所防备，目标只有一个，打得黄三儿措手不及，没有丝毫还手之力。

我们三三两两一组，假扮去夜总会消费的宾客，在服务生的引领下进了大门。章忠亮按照事先掌握的线索，直接带人去地下一层，他看到我在发呆，拽了我一把。我迷迷瞪瞪地跟在他们身后，行进过程中，有美女上前撩拨我，我像躲避瘟疫一样跑到了章忠亮身边。

我们的确发现了有人在吸食毒品，但章忠亮却径直走向了走廊深处。

第五章　雨水

行动失败！

我们一进包间，里面的人就仓皇而逃。那个单间留着个后门，后来我们分析，那是黄三儿独享的吸毒地点，早就预留了退路。

那群人里有连部，对此我是有心理准备的。但是，我无论如何也想不到，舒平安也会搅和在其中，虽然他的身影仅是一晃而过，可我跟他太熟悉了，化成了灰我也能认出来。更加难以置信的是，竟然是他护着黄三儿逃跑的，让我们白跑一趟。

行动结束，打扫战场时，我们没有发现遗落的毒品，但从脱落在沙发上的毛发上提取了毒品成分，有几根毛发的DNA与黄三儿吻合。

拿到鉴定结果是第二天傍晚的事情了。我当时纠缠彭学民："怎么就让他跑了呢？"

章忠亮在一旁自我检讨："彭支队，我工作不细致……"

彭学民抬腿踹了我一脚："一边稍息去，别在这里碍手碍脚。"

我又不是傻子，当然知道他是在给手下爱将传递力量，那我也赶紧回避吧。我的真实目的是，联系连部，问问具体情况。

我在包间门外拨打连部的电话，被拒接之后，我差点冲动拨打舒平安的手机。连部给我发了条信息"不方便"，我才清醒过来。

数月之后，在我记录这段经历的时候，连部告诉我，他当时想想就后怕。

当时的情况是，黄三儿把他和舒平安召集到包间之后，让他们吃糖。

可能是他趁乱劝阿雨别干这个行当的原因吧，依偎在他怀里的阿雨对连部颇有好感。阿雨偷偷告诉他那是彩虹糖——新型毒品。

连部赶忙发信息给舒平安，舒平安看了短信，给他回了个暧昧的笑容，把糖吃了。连部目瞪口呆。

连部手里也攥着彩虹糖，他得把黄三儿对付过去，他不能让黄三儿起疑心。正发愁着,阿雨把糖抢到了自己手里,她剥开糖纸,塞进了他的嘴里,紧跟着把双唇凑到了他的嘴巴上。

连部顿时蒙了,阿雨温润而热烈的唇叫他难以自持。她主动拥抱连部,双手用力,暗示他骑到她的身上。连部迷迷糊糊地照做了,他感到呼吸随时会中止,他隐约听到黄三儿在带头叫好。

阿雨的舌尖抵住了他的大门牙,连部却把嘴巴闭得紧紧的,她用右手掐了一把连部的胳膊,连部感到疼痛,张开了嘴,阿雨趁机把舌尖伸进他的口腔,搅动了几下,彩虹糖进了她的嘴里。她把脑袋后仰,双唇离开了连部的嘴巴,她微微一侧脸,彩虹糖落在了自己的左手心上。

没等连部看清楚,阿雨已经在他身体的遮挡下,把手里的糖藏到了文胸里。她再次拥吻连部,连部的身体马达被启动了,他很想撕破对方的低胸短裙,霸道地占有那魅惑人心的躯体。他感到口干舌燥,身上滚烫滚烫的。

连部回想这些的时候,语气低沉。他说自己就要发起冲锋了,包间的门被踹开了。他打了个激灵,稀里糊涂地被阿雨拉起来,逃进了那道后门。

N 绿胶带

066

刘开从基层派出所调来两位民警帮忙,他从不搞人海战术,只要是真正的骨干,在他眼里一个顶仨。

两位民警一老一少,老的叫周猛,年轻的叫解旻炜,两人分别毕业于中国人民公安大学和中国刑事警察学院。两所警校被行内人

第五章　雨水

士称之为警界北大和清华。

他选人很挑剔，两人正好互补。周猛的名字听起来挺威猛，人却稳重而儒雅；解旻炜头脑灵活，全是鬼点子，只是情商较低，有时说话没大没小。

刘开让周猛参与还有个很重要的原因，周猛当年二十岁出头，刚从公大毕业，参与了沉尸案的侦办工作。而他本人当时任鱼鸟河派出所副所长，负责现场警戒，插不上手。他时常想，如果当初自己有机会参与办案，或许早就结案了。

这种想法只是自欺欺人，当年的那些办案民警都下了苦功夫，最终没能成功。但他们留下了翔实的资料。刘开现在要做的是，从尘封的案卷里梳理出新的疑点。

刘开没讲鼓励的话，上手就带着两人查线索。

他们先登门拜访了许法医。

二十年前，许法医43岁，正是好年纪，既拥有工作经验，精力又充沛，在全省的法医里也是排名前几的。对法医这一神秘的职业来说，比起爬满蛆虫、高度腐败的尸体，从业人员最怕的是揭不开死亡真相。

沉尸案一直没破，也成了许法医的一块心病。他赋闲在家后，不断回忆经办过的案子，三年的时间，凭记忆把那些相对特殊的案例记了下来，想给后来的法医留下些参考。

在他眼里，沉尸案并不复杂，但因为始终悬在那里，没抓住凶手，便将此案也列入了手稿里。许法医把手稿递给刘开，开始回忆当年的尸检结果——

通过硅藻检测，死者任志广体内摄入微量微生物，系溺水而亡，微生物与落水区域完全吻合，说明瓦善水库是第一案发现场。

任志广的身上没有外伤，胃容物里有未消化的牛肚和酒精，可以推断死前喝过酒，吃过牛肚。

解旻炜提出疑问："死者嘴上粘着胶带，怎么可能是淹死的呢？"

刘开嫌他多嘴,瞪了一眼:"你留着鼻孔眼儿喘气吗?"

解旻炜吐了吐舌头,对许法医说:"前辈,继续。"

许法医说:"没了,其他的我都写下来了,你们拿回去看。"

他讲的这些在案卷上都有记录,刘开几乎倒背如流了。刘开带着遗憾回到了支队,解旻炜建议去走访死者家属,被周猛否定了,因为任志广的爱人当年受不了打击,人已经疯掉了。

据周猛回忆,任志广生前是水道粮管所停薪留职的职工,当时承包了粮管所的所有粮仓,用来养肉食鸡的种鸡,生意最好的时候,鸡苗占据了全省市场的三分之一。死者信奉孔孟之道,与人和善,没有仇家,可以排除仇杀,凶手的作案动机是谋财。

卷宗记载,任志广是3月8日接了电话出的门,两天后其爱人才报案,说丈夫失踪了,存折上少了300万元,那是两口子的全部家当,说丈夫很可能被绑架了。她没想到丈夫会丧命。

这笔钱在那个年代算是巨款。警方去银行调查,钱是任志广提前预约过的,他于接电话的当天独自一人取的存款。

巨款不翼而飞,任志广不见了人影。过了一天,也就是3月11日,瓦善水库管理员报警,说水里浮出一具尸体,尸源当场被确定,正是任志广。

他身上绑着农村常见的草绳子,绳子断了,另一端在水底,拴着一个化肥袋子,袋子里装着稀泥,是就地取材的泥土,岸边有挖过的土坑为证。浸水后的稀泥总重量39.7公斤,足以让死者沉到水底。

再往后就陷入了僵局。

任志广新买的桑塔纳2000后来被卖到了外省,警方跟踪调查,系被盗车辆,盗车团伙供述,车子是他们在登州市西郊偷的,至于车主是谁一概不知。

在死者身上没有发现其他痕迹,唯一的线索是嘴上粘着绿色的胶带,胶带上有半枚指纹。

第五章 雨水

绿胶带在当地也非常普遍，宁海地区的特产是苹果，当年的农产品不像现在，包装很气派。那会儿的苹果只分两个档次，都装在纸箱子里，好点的果子在箱子上贴绿胶带，差点的贴透明胶带。

警方试图从这方面打开缺口，但当地人把用绿胶带封箱的苹果都卖到了外地，果农留下的根本不装箱。这条线索断了。附近卖绿胶带的店铺太多，也没能有任何进展，办案民警推断，绿胶带是果农家里留存的。

水道的果农太多了，局里派出大量警力，包括刘开在内，挨家挨户排查，最终徒劳无获。

至于那指纹，本来就是残缺的，跟警方指纹库里的指纹比对下来，依然未能成功。那时的技术力量的确有限。今非昔比，刘开坚信只要抓住那半枚指纹不放，肯定能追查到潜逃多年的凶手。

他始终认为，黄仁重有作案嫌疑，依据是黄仁重在那一年的4月初开了家公司，注册资金250万元。黄仁重之前是个穷光蛋，猛然间拿出那么多钱，只有一种可能，那就是捞了一笔不义之财。

刘开把自己的想法讲了，周猛表示赞同，解旻炜却没大没小地说他过于自负，刘开并不否认这一点。

没错，刘开和周猛认定了黄仁重是嫌疑人，解旻炜却嘲笑两位前辈犯了主观主义的毛病，会把思路带跑偏。刘开特小孩子气地要跟解旻炜打赌，逗得周猛偷着乐。这是他们难得的轻松。

刘开亲自督战，一大帮子工作人员紧盯着电脑屏幕，挨个对比那半枚指纹。这是出力不讨好的活儿，无异于大海捞针。

067

解旻炜提出疑问，当初为什么不从手机通话记录下手，刘开和周猛都没理会。

他们毕竟是两个年代的人，2000年那会儿，满大街用的是BP

机,能有个汉显的机器就不错了,个别款爷拿着大哥大,也接不到几个电话,用来砸核桃倒是挺方便。

那时候的技术确实跟不上,但当时的办案民警还是做了努力,开证明去电信局查了,死者任志广接到的那个电话,是从街边IC卡电话打来的,那条线索也断了。

刘开让周猛仔细回忆一下,当初在办案过程中有没有遗漏的细节。周猛苦思冥想,说胃容物可疑,没展开细致的调查。解旻炜对周猛的说法不敢苟同,不就是些牛肚吗,能有什么啊。

但是,刘开却恍然大悟,别说是那个年代,即便在现在,登州人还是喜好吃海鲜,甚至不怎么新鲜的海货也是他们的最爱。这就是所谓的靠山吃山靠海吃海。

有一年,几个四川的同行来办案,刘开负责接待,之前他们在外地跑了半年多,到了登州地界上只提了一个要求,想吃顿串串香。刘开寻思着,这有什么难的,然后就开着车满大街转悠,足足转了两圈,连犄角旮旯都去了,才找到了一家。进门之后一看串串改良了,基本全是海货,那就凑合着吧,老板娘建议点微辣的,四川同行说要来就来变态辣的,结果人家还是不过瘾,把店里的辣椒油全给消灭干净了。

解旻炜认为刘开是在夸大其词,周猛忍不住也举了个例子。他说自己当年在公安大学读书的时候,宿舍有两位江苏老乡比着夸家乡,南京的那位说没有一只鸭子能活着出南京,扬州的那位说没有一只大鹅能活着出扬州。周猛当年觉得两人是在吹牛,参加工作后才知道人家说的是实情,南京人爱吃板鸭、扬州人就好盐水鹅,怎么可能放过那些禽畜?

解旻炜乐和上了,说如果照着这个说法,没有一只梭子蟹能活着爬出登州市。他说得没错,正宗的梭子蟹过去都进贡给皇上了,如今生活条件好了,平民百姓也过上了神仙一般的日子,他们自然不会让梭子蟹上别人的餐桌。

第五章 雨水

是啊，按照登州人的生活习性，很少有人去吃牛肚、爆肚之类的北京特色。刘开接着去了工商、税务和卫生防疫部门，开餐馆得经过这三家审批。他查了记录，2000年之前，全市没开过一家跟牛肚有关的饭店，就连涮羊肉之类的馆子也少之可怜。

周猛说有可能是村里人宰了头牛，刘开否定了这个设想，那时候农村干农活要么仰仗手扶拖拉机，要么就是把耕牛当宝贝。解旻炜说话不会拐弯，嘲讽刘开不动脑筋，说是没几家饭馆愿意去办手续，多交一分税都跟薅掉×毛似的。这倒是符合当年的状况。

三人正焦头烂额，得到消息，半枚指纹对比成功。

指纹是方翠兰的，家住登州市中心的老城区，资料上显示是个寡妇，今年50岁。2001年曾经有人报警称，方翠兰勾引自己的老公，后来派出所派人去了解情况，发现是个误会。

刘开大喜过望，安排周猛和解旻炜去调查情况，他觉得这次准没跑，腆等着在办公室听信就行。他万万没想到，这次扑了个空。

一对外地男女住在方翠兰家里，说是租户，眼神却躲躲闪闪。解旻炜以为这是一对野鸳鸯，也没当回事儿，但周猛却盯着盘问，结果有了意外的收获。

这俩是贩卖儿童的狗男女，屋里刚好就有个不满半岁的男婴，女的说是自己亲生的，可是她的胸前瘪瘪的。周猛吓唬他们说，要带去做亲子鉴定，两个人就全撂了。再问，他们对方翠兰的行踪一概不知，刘开就办理了手续，把两人移交给"打拐办"。

周猛采取的是"笨办法"，找方翠兰的老街坊邻居走访；解旻炜却依托网络平台，他打了报告，从全国范围内排查方翠兰。两人谁也不服谁，都认为自己的方法是最可行的。

周猛了解到，在被人诬陷后，方翠兰离开了伤心地，去了黑龙江。方翠兰主要靠一年一季的苹果，她在那边给登州苹果打开了市场，老家这边替她收购苹果的是老钟头。

老钟头提供了方翠兰的手机号码和现在的住址，周猛直骂点儿太背，因为方翠兰所处的位置，再往北跑个一百多公里，就到漠河北极村了，过了江就可以直接去领略异国风情了。

解旻炜几乎同时查到了方翠兰，他这边没费什么周折，至多是熬了点夜。

形势已经非常明朗了，假使要从这条线继续查下去，就得派人去东北。那里是疫情高风险区。

刘开让另外两人保持清醒，不能被忽然冒出的困难给吓到。三人坐下来分析了一通，不排除方翠兰就是杀人凶手，但是她作为一个弱女子，能把五大三粗的任志广淹死在水库里，必然会有同案犯。

按照这个思路，刘开展开推理，会不会是黄仁重和方翠兰合伙害死了任志广，黄仁重分给了她 50 万，然后方翠兰拿着钱跑路了呢。万事皆有可能，周猛和解旻炜没提出任何异议，他们焦虑的是疫情拦住了出差的路。

请示报了上去，被庄正给否了。刘开去找庄正理论，庄正让他先从别的方向查，他心想能查的全查了，这可是仅剩下的一线希望啊。到最后他急了，说这是命案。庄正说急也没用，疫情当前，必须服从大局，陈年积案不差这一时半会儿，正义也永远不会迟到。

他灰头土面地回到支队，解旻炜给出了个点子，说是天下警察是一家，让同学在那边给帮忙，通过视频询问方翠兰。

068

通过视频功能进行远程审讯或者询问，在公安机关已经不是新闻。凡事都有利有弊，这种工作模式也不例外，简单来说，好处是可以免去办案人员长途奔波，省去不少经费；另一方面是，隔了一层屏幕，人的表情、语气都变得冷冰冰的，不利于相互沟通。

搁在过去，刘开不会考虑那么多，但这次他怕做成了夹生饭，

第五章 雨水

就没让解旻炜联络自己的同学,用私人关系开展工作。他向庄正汇报了情况,市局向省厅打了报告,略微耽搁了点时间,搞得解旻炜老大地不乐意。

具体询问是由周猛和解旻炜负责的,刘开在一旁观望,他没出现在镜头里。方翠兰早就适应了东北的生活,不但口音变了,连性格脾气也变得大大咧咧。

她晃动身子打量摄像头,愣了吧唧地问:"干啥呐,那头咋还晃着黑影?"

周猛说:"你可能眼花了,就我们两个人。"

方翠兰不信:"老娘眼神贼好,你们整那些干啥?"

解旻炜"扑哧"笑了,调侃道:"贼的眼神是好,大婶,你瞅瞅我这颜值咋样?"

方翠兰冲着镜头翻了个白眼:"你才是大婶,你们全家都是大婶,老娘是越活越年轻。"

解旻炜继续调侃:"让我猜猜你多大年龄。"

"滚蛋!"刘开一把推开解旻炜,这是询问,不是侃大山,他的脑袋出现在镜头里。

方翠兰得理不饶人:"这是整啥来,不是说就你俩吗,不实在,老娘还得回家包饺子,没工夫伺候。"

刘开赶忙道歉,他的语气非常诚恳,得到了对方的谅解。方翠兰矢口否认她本人跟沉尸案有关,说自己根本不认识任志广,至于绿胶带上的半枚指纹,让她陷入了回忆。

时间一分一秒地溜走,过了将近半个小时,方翠兰才影影绰绰地想起来当年的情况。

那时候,她日子过得紧巴,有段时间,给一个相好的帮忙看店,那个店铺是小卖部,乱七八糟的东西什么都有,绿胶带应该是那会儿卖出去的。

刘开问:"还能记起来当时的情况吗?"

"差不离儿。"方翠兰沉思了一会儿，用不太确定的口气说，"那天后半晌，有个男的，跟烧了腚沟子的猴子似的跑进店里，要买绿胶带，货架上没找到，老娘翻箱倒柜，找到用过的半卷，那男的扔下十块钱扭头跑了。为这个那相好的跟老娘吵吵半天，我越想越上火，就跟他分了。老娘应该不会记错。"

刘开又问："还记得具体时间吗？"

方翠兰沉吟道："年岁久了，这得容老娘再想想。"

刘开让她安心回去过元宵节。解旻炜不解，认为应该一鼓作气，万一方翠兰本身就是在说谎，回去再想出别的搪塞之词，会把侦办的方向带得越来越偏。刘开模棱两可地笑笑，他调查过方翠兰的过往，深信她不会说谎话。

方翠兰主动联系了刘开，她十分肯定地说，那个男人买绿胶带的那天是2001年3月8日。刘开心跳得厉害，倒推回去，这个日期刚好跟任志广离开家的那天相吻合。他请求视频通话。

刘开对着镜头亮出了黄仁重2000年底拍下的照片，有些兴奋地问："是这个人吗？"

方翠兰摇了摇头，眉头紧锁："哎妈呀，这家伙，真是想不起来了，这事儿咋整呢？"

刘开心里一沉，却还是面带微笑："没事儿，你再想想。"

方翠兰急了："干啥啊，咋还不信老娘呢？"

"我信，我肯定相信。"说完，刘开又问，"当时那个小卖部的位置还记得吗？"

方翠兰说："记着呢，就在我家门前的那条胡同往东走，尽头左拐，临着大街。"

刘开一想那片已经拆掉了，就继续问道："那个跟你相处的小店老板叫什么？"

方翠兰叹口气说："他呀，命不好，后来得了个急病，早就归

第五章 雨水

西了。"

刘开不甘心这条线索就这么断了，问过了小卖部的名字，就带着周猛和解旻炜重新走访。那些老街坊大多搬离了原住地，给调查工作增加了难度，如果一个个查下去得到猴年马月。刘开决定兵分两路，让周猛和解旻炜继续按照原计划开展工作，他本人去查小卖部周边的饭馆。

他打听了一下，老街坊里有个嗜酒如命的老人，当年号称两斤白酒的量。老人住在女儿家，刘开买了两瓶好酒登门拜访，被人家轰了出来。回头一问，老人把自己喝成了脑血栓，命都差点丢了。

刘开来了个三顾茅庐，终于取得了老人女儿的支持。他在老人病床前问起当年的情况，老人女儿充当翻译，沟通倒也顺畅，老人告诉他，小卖部对面有个饭馆叫涮肚汪。他又问饭馆老板的名字，老人重复念叨一个字："芳"。

刘开想过请老人把具体是哪个字写下来，可惜老人是半身不遂，左半边的身子能动弹，右半边早就失去了功能。当然，刘开推断也可能是"方""坊"或是其他的同音字，但老人说了老板是个女的，他就果断地排除了其他可能。

他让周猛和解旻炜继续查着，自己跑回支队去查"汪芳"或是"汪某芳"，在内网上输入了文字，冒出来无数符合条件的人。刘开又增加了限定条件，缩小了年龄范围，还是乌压压的一大堆，没办法，这种名字实在是太大众了。

刘开倔得很，越是查不到，他越是从容自若。他在心里给自己打气，如果连这点定力都没有，这么多年的警察白干了。想想当年为了搜集辖区群众的信息，他趁着晚上去敲门，白天人家得工作，就得牺牲个人的休息时间，那时候真遭罪。他庆幸见证了公安队伍的发展和壮大。

精诚所至金石为开，他终于查到了饭馆老板的信息。

069

  涮肚汪的老板虽是女性,但有着跟名字一样豪放的性格,她叫汪放,也难怪刘开耗了那么长时间才查到。

  2001年的时候,汪放才刚满25岁,正是人生的大好年华。她上大学期间去北京旅游,喜欢上了那里的爆肚,毕业之后就跑去打工,偷学人家的技艺,学得不精,回到登州后只好用了"涮肚汪"的名号。

  登州本地人对外地饮食认知度不高,她的饭馆门可罗雀,汪放脑子好使,对就餐的客人基本上还有印象。她看了黄仁重的照片,一口咬定在饭馆里吃过饭。

  刘开又拿出死者任志广生前的照片,汪放连想都没想就说:"没错,就是他,他跟那个人大中午的来吃的饭。那个人先来的,他后来的,先来的那个拎了两瓶五粮液,那是高档酒,我印象特别深。"

  "还能记起什么?"刘开问道。

  汪放说:"那天是妇女节,我急着给自己过节呢,他俩喝起来没完,还说要一起合作什么的。后来的那个喝了整整一瓶子,先来的那个贼头贼脑,不怎么喝,中间还跑出去一趟,说是上厕所。对了,他后来剩下大半瓶子酒,也没带走,你猜怎么着,他那瓶是白水,可他真会装,我都以为他喝醉了。"

  刘开又问:"还有别的吗?"

  "没啦,等我想起来,再给你打电话。"答完,汪放爽朗一笑,"回头常来我店里消费,我现在崇尚素食主义,连锁店马上就开到第九家了,你来消费全免单,你们警察来了,我统统打五折,谁让我崇拜警察呢。"

  刘开赶忙道谢,汪放一摆手:"甭客气,你也不能白吃,帮我介绍个男人,虽然我是大龄剩女,但也不能放低要求,就按着你这个

第五章　雨水

标准来就行。"

听她说得有天没日的，刘开赶紧告辞，他觉得那种话再多听几句，非得乱了分寸不可。他没回支队，想去市局机关向庄正汇报这一喜讯。

他想这次是独自来了解情况的，回头让周猛和解旻炜再来找汪放，例行公事把笔录补上就妥了。一想到汪放，刘开满脑子都是她的影子，他把车停在路边，连续几次深呼吸，强忍着不去多想。

情绪倒是调整好了，他忽然觉得应该直接把情况报告给于迎春，也让于迎春把心里的石头放下。刘开在电话里如此这般地说完，那边始终沉默不语。

刘开问："老于，你在听吗？"

于迎春清清嗓子说："你高兴得太早了，没有可靠的证据证明黄仁重就是杀人凶手。"

刘开说："那个绿胶带是他买的，这个是有证人的；死者胃容物里的食糜也找到了证人。"

于迎春语气沉重："目前还形不成完整的证据链，不能光靠逻辑推理，别忘了这是一起陈年积案，况且咱还有疑罪从无的原则，必须让他的罪证坐实了。"

庄正的意见跟于迎春一致，都认为沉尸案的证据不足。刘开心里很不得劲儿，凶手很明显就是黄仁重，却要眼睁睁地看着对方逍遥法外，这对于打击犯罪的警察来说，这种结局荒诞不经。

他对黄氏兄弟恨之入骨，碰到彭学民未免发了几句牢骚，彭学民也心烦意乱，随口对他说："知道你被姓黄的侮辱过，也别太小家子气。"

刘开有些恼怒："彭学民，黄仁重是凌辱过我，但是，我刘开不是借助职务打击报复的人。"

彭学民解释道："急什么眼，我没那个意思。"

"什么意思不意思的,我问你,咱俩当警察这么多年,谁利用职务为自己谋过便利?"问完,刘开嘟嘟囔囔地说,"你想过没有,咱警察是专门跟坏蛋死掐的,一般的犯罪分子躲都躲不及,黄氏兄弟敢冲着咱下手,那些群众如果碰到他们手上,完全不敢想象。他们还在祸害社会,我一天扳不倒他们,就吃不下睡不着。"

彭学民的神色变得凝重:"谁说不是呢,鱼鸟河派出所的康淑婉告诉我,他们连于局长家的老爷子都敢动。"

"咱俩加把劲儿吧。"刘开调整好情绪,语气变得坚定。

两人告别之后,刘开顺着走廊,抬腿去了于迎春办公室门前,他总觉得局长也该回来了。他正沉思着,成清波满面春风地从自己办公室走了出来。

"刘支队,什么风把你吹过来了?"成清波笑呵呵地问。

刘开不好过于严肃,也跟着打哈哈:"肯定不是妖风。"

成清波恭维道:"你是业务型的领导干部,带来的是正义之风,我只能顶礼膜拜。"

"一家不知一家的难啊,我倒是想偷个懒,跟你一样,没那么大的压力。"刘开冲口而出。

成清波苦笑着说:"都是这山望着那山高,总觉得别人手里的才是最好的。我从部队转业回来,知道自己不懂公安业务,为了给局领导写材料,我把上级指示精神打印出来,天天翻着看,那些纸都翻烂了。我老婆跟我闹别扭,说我是在跟材料过日子,让我搂着材料睡觉。"

刘开也有了些许感动:"嫂子是话糙理不糙,你也得学会幸福生活、快乐工作啊,你是部队培养出来的,素质高着呢。"

成清波笑了:"不瞒你说,因为不懂业务,我有种紧迫感,在你们看来我只会成天恭维领导,不是老王卖瓜啊,我是想被提拔,但是不管到哪儿,我都是一个兵。还有啊,老刘,别光说我,你得考虑考虑婚姻大事,光想着当钻石王老五可不行,不了解你的人以为你故意不找，在玩儿呢。"

"手头工作一大堆，我倒是得有那个精力啊。"说罢，刘开换了话题，"成主任，我们支队报的那份材料，你帮忙处理一下。"

成清波说："也不知于局什么时候回来，得他签字。"

070

社会上有个段子，说关系最铁的人是一块儿扛过枪的、一块儿坐过牢的、一块儿嫖过娼的。这种说法后来又被演绎出很多个版本，乍一听有损当兵人的形象，细琢磨却有几分道理，战友之间的情谊不是平常人能够体会的。

成清波这批军转干部每年都要搞两次聚会，互相交流交流感情，一次是在八一建军节，雷打不动；另一次是在春节前后，主要看老团长的时间。他们形成了个规矩，不管职务高低，哪怕对方比自己早当一天兵，也得喊班长。这是打骨子里对战友的尊重，过去在一起时闹的那些矛盾都成了笑谈。

有个很大的遗憾，成清波经常缺席聚会，赶上于迎春不在，今年他老早就打好了招呼，说聚会由他来安排。他想过了，跟战友一块儿不能太寒酸，可家里需要花钱的地方多了去了，他本人实在是承担不起。

话又说回来，人谁不想要个面子呢，他思前想后决定把聚会安排在观海大厦，黄仁重财大气粗，手指缝里稍微漏出一点点，就足够了。

登州酒场上的规矩多，成清波又冒出个想法，最好能请马玉海出个面，人家是市委常委、政法委书记，假若能赏脸的话，自己组织的这场战友聚会是锦上添花。他认为对方是老领导，又非常欣赏自己，问题不是太大。

他高估了自己，马玉海似笑非笑地说："小成啊，我最近的公务活动比较多，实在是抽不出空来。"

成清波傻乎乎地恳求："尽着您的时间，我这边什么都好说。书记如果能赏脸，那是蓬荜生辉啊。"

马玉海不怒而威："需要我把话挑明了吗？"

成清波低眉顺眼："您就百忙之中抽出一点点时间，只要去露个脸就成。"

马玉海暴怒："成清波，你脑子里进大粪了吗，我是你的道具吗，你赶紧去精神病院看看。"

成清波顿时愣了，在他心里马玉海是有知遇之恩的领导，马玉海干公安局局长的时候，他谨小慎微地伺候着，如今不是直接领导了，他服务得更加到位。他承认自己有私心，想通过对方提拔职务，可真正意义上来说，他早把这个老领导当成了家人，甚至堪比亲爹。

看他一直发愣，马玉海换上笑脸，和风细雨地说："我这臭脾气，你也别介意，我让秘书重新调整一下，去参加你组织的聚会。"

成清波连忙道谢，马玉海说："不必客气，我心里早把你当兄弟了，我也不能白去，得跟你谈个条件……"

等马玉海把条件讲完，成清波傻了。

马玉海叫他实名举报于迎春，让他别有太多顾忌，不管于迎春倒不倒台，都会把他调到政法委工作。成清波的确厌恶于迎春，如果马玉海一直干局长，他早就提拔了。可他心里清楚，于迎春虽然不待见自己，工作上却是无可挑剔的。

这个条件把成清波吓到了。

马玉海的脾气明显见长了，他不可能不气恼，刘书记把他埋汰的一文不值，说他迈着锅台上炕。这是登州当地的方言，意思是他越级了。

他真的有苦难言，他不晓得哪个王八蛋给各级领导写了信，把他好一顿表扬。省委组织部部长给刘书记打电话了，省里的主要领

第五章 雨水

导也给刘书记打电话了,都在过问他马玉海是什么来历。这样的信比实名举报信还要有杀伤力。

他侧面打听过,想弄清是谁干的,费了好大的精力也还是一头雾水,在有些事情上,大家都是讳莫如深的。换言之,你马玉海何德何能,还想让别人顶着乌纱帽替你打探消息。

马玉海把身边的人认真梳理了一遍,得出的结论是于迎春干的。除此之外还会有谁?因为黄三儿的事情,他跟于迎春较上了劲,他以为对方会摆正位置,老老实实地低下头。可事实证明,这次自己错误地估计了形势,往常不显山不露水的于迎春跟自己杠上了。用年轻人的话说是,闷不作声的于迎春也开挂了。

他跟黄仁重碰过面,那家伙事不关己高高挂起,关键的问题避而不谈,反倒恭喜他又可以高升了。马玉海心里火冒三丈,看来那句话说得一点都没错,没有永恒的友谊,只有永恒的利益。在各自的利益面前,再好的交情也经不住考验。

马玉海感到最被动的是,用不了多久于迎春就要回登州了。

消息是省厅一个老朋友告知的,说是于迎春写了书面材料,省厅纪检组的同志呈给了门副省长,省长的批示是上党委会研究。各级党委会的决议事先都要先请党委委员过一遍筛子,在会前征求意见,在会上决议时才更有针对性。有人说这才能体现出民主集中制,这虽然有些片面,但这一程序是必须执行的。

政治部门负责此项工作,对于党委会的相关事宜,具体工作人员的嘴巴是极其严实的,通常别想从他们那里得到什么秘密。可这次不知怎么了,人们都说诸位党委委员一面倒,都认为于迎春碰到的那点事情不是什么原则性的大问题,不应当上纲上线把人给一棒子打死,得让他早点回登州主持大局。

不管消息是否确切,马玉海都得重视。他认为无风不起浪,既然坊间传出了风声,十有八九是没跑了。他无法预测于迎春回来以后会搞出什么动作,他唯一能做的是主动应战,最起码不能坐以待毙。

马玉海把细节问题都想好了，待于迎春回来，先安排接风宴，都是聪明人，得把话点到。他也分析了各种可能性，心想不到万不得已，绝对不能激化矛盾。真要闹僵了，刘书记、黄仁重或许都能全身而退，唯独他不能。

他告诫自己务必放松心情、放平心态。马玉海寻思了，大不了来个一荣俱荣一损俱损，让隔岸观火甚至是釜底抽薪的人付出代价。

〇 工程款

071

明芮所"说"的废弃工厂与刑侦支队一墙之隔。

工厂是改革开放初期建设的，迈进新世纪的门槛后，因为排气、排水污染严重超标，登州市环保局几次关停，但厂长总能找到人，关关停停，反复了几次。直到习总书记强调"金山银山不如绿水青山"，中央下大力气整治破坏生态环境的行为，登州市委市政府才把厂子给封了。

那之前，市公安局已经成立了打击环境违法犯罪的分队，但市里意图不明朗，执法也受到了阻力。厂子停产之后，市委刘书记让秘书班子操刀，在《东江日报》高调地发表了署名文章，随后又主动出席了市局食药环支队的成立大会。

他一度成为"环保书记"，百姓拍手叫好，党政机关的人却清楚，刘书记是个有政治头脑的人。这一评价自然是正话反说。

闲话少说，回头讲黄三儿的这个窝点。

第五章　雨水

众人传闻，这片厂区面积大，拆迁起来耗资巨大，市里决定向首都学习，在旧厂房的基础上翻新，打造文化产业园。据说已经出台了相关优惠政策，准备在那里栽一棵大梧桐树，把金凤凰给招过来。

章忠亮带领手下的兄弟化装侦查，他们把自己打扮成勘探人员，携带无人侦察机，进了厂区。他们也是幸运，很快发现了窝点。

窝点设在一个车间里，除了成排的机床，里面只有四个人，一个男的三个女的，男的穿着白大褂，三个女的像狗一样被关在笼子里。

无人侦察机把镜头拉近，那三个女的当中居然有一位是艾晴。章忠亮看到，艾晴目光空洞，一副生无可恋的表情。

章忠亮利用地形的掩护，接近了车间的大铁门，他以为会有铁将军把门，最不济也得养条大狼狗，结果是铁门虚掩着。他把雪地里的足迹破坏掉，退了回来。

蹲守了一宿，他们发现，没人进窝点，那个白大褂男子给艾晴等人煮好泡面后，先给她们吃药、打针。如果解救艾晴等人，可以不费吹灰之力。

救还是不救？章忠亮跟彭学民发生了分歧，彭学民主张马上展开营救行动，章忠亮不干，理由有二：连门都不锁，怕是黄三儿故意设置的陷阱；不知道黄三儿要干什么，最好能抓个现行。

彭学民采纳了章忠亮的意见，他们又对白大褂男子进行人脸比对，发现对方是市立医院的妇产科朱大夫，侧面了解了一下，朱大夫请了半个月的事假，说是去外地省亲。

无巧不成书。龚雪梅的产检就是由朱大夫负责的，她告诉丈夫，朱大夫人很好，只是家里挺惨，新婚妻子遭遇车祸成了半身不遂，朱大夫不离不弃，一直照顾着。

章忠亮查了朱大夫的住址，在妻子的陪同下去了一趟，瘫痪在床的女人说朱大夫最近值夜班，每天早晨回趟家。他心里有主意了，向彭学民汇报细节之后，就等着守株待兔了。

章忠亮总算等到了朱大夫。

朱大夫胆子小,没聊几句就说出了实情:"我也是被逼无奈,起初见到黄三儿的时候,就觉得他不是好人,可黄三儿像块狗皮膏药,找到了我家门上,不但带了一大堆礼品,还给留下一万元现金。"

章忠亮问:"他是怎么认识你的?"

"他带着女朋友去打胎。"朱大夫又补充道,"警察同志,你可能不了解,我有个原则,只接生不堕胎,在我眼里,那是生命。"

章忠亮"哦"了一声,接着说:"朱大夫,这个不是重点。"

朱大夫愣了愣,继续说道:"他后来找到了院领导,把任务压到了我头上,我当时正想评职称,爱人瘫痪,用钱的地方多,我又不会搞那些乱七八糟的事情。"

章忠亮沉思道:"他是抓住了你的要害。"

朱大夫说:"是啊,他之后就找各种理由给我送钱,说得最多的是报答我帮忙做了打胎手术,把钱给我贴补家用。"

章忠亮问:"你都收了?"

朱大夫答:"他不知道从哪儿搞到了我的银行卡号。"

章忠亮说:"很简单,通过你们的院领导就能找到卡号。"

"我真不是贪财的人,你要相信我。"看到章忠亮点过头之后,朱大夫才说,"我一直寻思着找机会把钱还给他,可又觉得他没少给我家里送东西,就答应了给他帮忙。但是,我万万没想到,他是让我给无辜女子取卵子。"

章忠亮又问:"你答应了?"

朱大夫哭丧着脸说:"这种伤天害理的事情,我干不出来。黄三儿当时说不逼我,却趁着我上班的时候,天天去我家,给我发我爱人的照片。"

章忠亮满脸狐疑:"你爱人瘫痪,谁给黄三儿开的门?"

朱大夫眼里闪着怒光:"他卑鄙无耻、欺人太甚,偷偷配了钥匙,我换锁也没用,我想过搬家……"

第五章 雨水

章忠亮打断了他的话:"跑得了和尚跑不了庙,你不能丢掉工作。"

朱大夫变得沮丧:"是啊,我考虑过去别的城市,我对自己的工作能力很自信,但双方父母都在登州,我怕他们受到连累。我知道我有罪,你把我抓起来吧,正好那边有三个未婚育的女人,又逼着我取卵……"

"朱大夫,我想请你配合工作。"章忠亮用探寻的目光看着对方。

朱大夫说:"你尽管讲,只要是我能做到的,在所不辞。早就该把黄三儿抓起来了,他祸害了多少人呐。"

章忠亮换上了严肃的表情:"对你来说,不是难事儿,你装作什么都不知道,也别再给那些女人吃药打针了,顶多做做样子。"

朱大夫说:"没问题。"

章忠亮说:"真正取卵的那天,你提前告诉我,但一定注意别让黄三儿看出破绽。"

朱大夫信心十足地说:"我懂,到时候黄三儿肯定会去,他是个变态,喜欢看那些女人受罪。"

072

夜深人静之际,朱大夫偷偷上了越野车,彭学民和章忠亮已经在车上等候多时。

彭学民并不担心朱大夫的行踪被人觉察,黄三儿在掌控之中,此时正在古色古香酒吧里鬼混。他事先了解过,因为朱大夫言听计从,黄三儿早就对其放松了警惕。他只是怕朱大夫扛不住事儿,这毕竟关系到身家性命。

朱大夫似乎预料到他的担忧,毅然决然地说:"警察同志,我平常胆小怕事儿,但这次我不怕。这两天我反反复复地想了好多次,我当初不该那么懦弱,早点报警何至于此?你们为群众保平安,我倒过来给社会添乱,按说我作为白衣天使,理应跟你们一样,受到社会的尊重，但我个人没把持住。我也是个男人，我觉得现在不晚，能帮你们擒住黄三儿。"

一口气说完这些，朱大夫气喘吁吁。章忠亮拍了拍他的肩膀："你本身就是受害人，现在主动协助警方工作，这是立功表现。"

朱大夫语气悲凉："立不立功无所谓，我本来就该接受法律的制裁，我也算是向那些受到伤害的女人谢罪了。"

接下来是沉默，过了好一会儿，彭学民才问他："确定黄三儿明天早晨会到场吗？"

朱大夫答："他肯定会去，他把那个车间当成了古罗马的斗兽场，他对血腥有瘾。"

彭学民说："行，那就按计划行动吧。"

朱大夫趁黑摸回了那个车间，踏踏实实地睡了一觉。天刚放亮，他便起床了，按照之前与章忠亮商量好的，他把计划跟几个女人说了。女人们的反应不一，除了艾晴还算镇定外，其他两人恐惧至极，她们已经习惯了被黄三儿奴役，她们怕死，怕被黄三儿弄死。

艾晴承担起了开导患难姊妹的任务，朱大夫转身去准备手术器械，一切都妥当了，他把折叠式的担架床打开，不断挪动位置。他在判断九点左右，太阳光透过窗户折射到室内的位置，因为黄三儿喜欢把取卵的过程拍下来，拿回去欣赏，需要最佳拍摄光线。

非常遗憾，将近中午，黄三儿还没出现。彭学民派出的眼线报告，说黄三儿还在宾馆里睡大觉。这无非两种可能：因为扫毒行动黄三儿有所警觉，不肯再现身；再或者，他纵欲过度，真睡成了死猪。

抓捕毫无意义了，章忠亮请示彭学民，得到的指示是世上没有不透风的墙，为了防止黄三儿的恶行，先把朱大夫、艾晴等人带回来，同时保护好他们的家人。

彭学民安慰自己，除非是不长脑子的笨贼或是激情犯罪，只要有预谋的，侦办起来都没那么简单。想犯罪的人只要不睡觉，可能每分每秒都在琢磨怎么犯罪；警察呢？除了工作还有家长里短的事，

第五章 雨水

两者在对犯罪行为的时间上就不对等。

彭学民又试图从甘肃小金那里打开口子，却还是找不到真凭实据。

黄三儿醒来发现艾晴等人全都逃了，气势汹汹地去了朱大夫家，已是人去屋空。他又到医院找朱大夫算账，妇产科主任说小朱请了长假，带爱人外出旅游了。他不甘心，把朱大夫可能会去的地方全都找遍了，到头来发现对方从人间蒸发了。

他办事莽撞，但并不代表没脑子，如今又有了舒平安的帮衬，黄三儿更是有恃无恐。他跑到黄仁重那里，如此这般地说了一通。换在以前，黄仁重不会客气。他非常清楚，好不容易有了今天的产业，而且一直在转变形象，向著名企业家的方向奋斗，跟警方对抗也会让自己伤筋动骨。

黄仁重想过韬光养晦，可"韬光养晦"这个词汇用在他身上不是奢侈，而是讽刺，或者说是活脱脱的黑色幽默，他连最起码的见好就收都没学会。他在黄三儿的撺弄下，再一想市委书记竟然没办得了于迎春，心里就生出了歹念。

在决定重大事情的时候，黄仁重刚愎自用，但他似乎为了显示自己非常虚心，往往会征求其他人的意见。这已经形成了规律。他心里已经有了主意，但还是问黄三儿有什么想法，在他眼里，这个弟弟只会惹是生非，是个有头无脑的家伙。他没想到黄三儿会说出借力使力不费力的话来。

黄仁重憋住笑："三儿，你那里有高参啊。"

黄三儿张牙舞爪地说："对，不听话的，把他搞残。"

黄仁重板起脸说："你妈×的，耳朵塞驴毛了吗？我问你，手下收了狗头军师吗？"

黄三儿惧怕眼前的这个哥哥，怯怯地笑着说："收、收了，一个名校的大学生。"

黄仁重问："他什么想法啊？"

"他下边的毛儿还没长全乎呢，说的话可不敢当真。"黄三儿怕祸从口出。

黄仁重说："把他叫过来，我想见见。"

黄三儿唯唯诺诺地离开了，舒平安很快被送了过来。黄仁重有些相见恨晚的意思，除了舒平安的想法跟自己的计划不谋而合之外，更重要的是他发现这个年轻人谈吐不凡，那个小脑袋瓜子里装的东西，有的人一辈子也不会想到。

他合计了，只要把舒平安用好了，自己是猛虎添翼，假如掌控不了，也没什么损失，年轻人暂时还成不了气候，还用不着赶尽杀绝。黄仁重临时起意，事情干脆就交由舒平安去处理，也正好验验成色。

舒平安感到后怕，他知道自己玩大发了，原来只是想从黄三儿那里把损失的钱给忽悠回来，哪知被推到了黄仁重这里。他告诫自己，冷静，务必冷静，凭自己的聪明才智，能够安全脱身。

他详细问了黄仁重一些情况，炮制了一封举报信，把矛头直指于迎春，称其在打造"安全智慧城市"时没有走正常的招投标程序，并以沈义成的名义把这封信寄给了公安部和省厅两级纪检部门。

073

舒平安把节奏掌控得恰到好处。他估摸着省纪委驻公安厅纪检组组长收到了举报信，就把沈义成请了过来。与其说请不如说是劫持，他此前已经让黄仁重做了些工作，现在就要看沈义成的配合程度了。

前面提过，于迎春为了警务科技化建设步伐，用了两家科研机构先搞了试点建设，让刘书记等领导同意了这项投入。但是他与两家科研机构约定，只使用他们的技术。科研机构没钱，沈义成是科

第五章 雨水

技公司的老总,看中了这块肥肉,再三做工作,跟一家科研机构成为合作伙伴。

沈义成也是驴粪蛋子表面光,真要让他垫资搞建设,把他剁吧剁吧卖了也不值个零头。他求到黄仁重门上,以高利率借了款,如今这个社会能借给自己钱的才是衣食父母,他当时对黄仁重千恩万谢,顺便也把招投标不正规的事情给说了。

他算错了一笔账,以为也能跟别人一样,欠钱的当大爷,对黄仁重的催债也没怎么在意。其实他也确实拿不出那笔钱,因为公安局按照合同约定,把工程款打到了科研机构的账上。现在沈义成变成了风箱里的老鼠,两头受挤。

舒平安要面对的是同父母年龄相般的人,他知道不该掺和到他们的恩怨之中,但黄仁重眼睁睁地盯着自己,他若不能把沈义成搞定,被搞定的就是自己。

他做好了心理建设,也再三揣摩对方的心理,才笑呵呵地对沈义成说:"沈先生,有个不情之请,如果你是爽快人呢,就事先答应了。"

"你还没说什么事儿,恕我不能应允。"沈义成看他年龄小,没将之放在眼里。

舒平安换成了冷笑:"我是学雷锋做好事,想帮你渡过难关。"

沈义成也笑:"是吗?我倒是很想听听。"

舒平安指了指黄仁重,不紧不慢地说:"你欠了黄总的钱,早就过了约定的还款期限,欠债还钱天经地义,如果起诉你,会让你变成穷光蛋。"

沈义成瞄了黄仁重一眼,有些心虚:"那个利息太高,是不受法律保护的。"

舒平安猛地沉下脸:"所以说,我得替黄总想个保全自己的办法。"

沈义成深知黄仁重不好惹,怯生生地问:"你们想干什么?"

舒平安冷冰冰地说:"不是我们想干什么,是我想干什么。咱登州酒场上有句话,叫要想好大敬小,你最好敬着我,否则后果自负。

你现在可以给家里人去个电话，让他们使用录音功能，你就告诉他们，从现在开始，他们出现任何问题，包括人身安全上的问题，我都负法律责任。"

沈义成看看黄仁重，又看看舒平安，不得不泄气了。他可怜巴巴地说："想让我干什么尽管开口，只要不伤害我的家人。"

舒平安笑了："本来是想砍掉你一只手，看你态度还不错，就免了吧，听话懂事就好。"

把沈义成搞定之后，舒平安大气都不敢喘，他出了一身汗，尤其是裤裆里，全被汗透了，还好不是尿在裤裆里。他真担心沈义成不配合，他的脑细胞在高度运转，随时应对可能冒出的新问题。

他非常庆幸，沈义成是个孬蛋，舒平安转念一想，自己不也是个孬蛋吗？就因为一个黄仁重就吓成了这样，不都是两条腿撑地的人吗，谁也不比谁多个脑袋。

舒平安想到了自己的父亲，他为什么就要受到别人的欺负呢？他想到了自己的母亲，她为什么就要去摆摊卖麻辣烫呢？他也想到了老同学于禧淼，他为什么就要比自己各方面都优越呢？他寻到了症结所在——人必须把自己变得强大，不管用什么方式。

他不想再过父辈那样的穷日子，他也不想像黄仁重那般野蛮地生活，这次成功让他信心倍增。舒平安觉得只要拥有聪明的头脑、足够的胆识，缺的也仅是个机遇。他相信老天爷会开恩，把那幸运的雨点砸到自己头上。

连部发觉了他的变化，忠告他不能误入歧途，舒平安视如敝屣。他认为连部只是黄三儿身边的哈巴狗，不配跟自己对话。

黄仁重已经采纳了他的意见，选好时机就让沈义成演一出好戏。为了庆祝成功，黄仁重带他去潇洒，舒平安乐呵呵地应了，心想连彩虹糖都没吓住自己，还能有多大的事情？让他得意的是，黄仁重并无恶意，而是把他当成了亲信，真的带他潇洒去了。

第五章　雨水

陪他的女人年龄比他要大，女人不屑地说还是个雏儿啊，舒平安恼羞成怒。仿佛是为了证实自己的强悍，他把女人的衣服撕破，恶狠狠地扑了过去。可他发现下边那东西很不争气，蔫头耷脑，十分影响心情。舒平安把所有坏情绪都发泄出来了，他咬女人的肩、啃女人的胸，用手指猛戳女人的下身。

女人疼痛难忍，起身反抗，舒平安随手从床头橱上拿起烟灰缸，狠狠砸到了女人的脑袋上。鲜血冒了出来，像蚯蚓一样爬满额头，流到了枕巾上。女人还在挣扎，他忽然停住手，紧盯着枕巾上的血迹，他看到有朵艳丽的花儿在绽放。

正在出神儿的时候，女人伸手扯住了他的头发，舒平安的头发被薅下了一撮，火辣辣的疼。他冷笑着用烟灰缸又砸了几下，女人昏迷过去了，他才停住手。他兴奋极了，俯下身子，伸出舌头去舔舐女人额上的血，有一丝丝腥，有一丝丝咸，还有一丝丝甜。

舒平安的下身忽然昂扬起来，他扯开腰带，三下两下褪下自己的裤子，用尽全身力气捣向女人的身体。他飘飘欲仙，在仙境中他看到了一群美丽的仙女，待他身体猛烈颤动，那些仙女全都不见了，他的眼前浮现出果小米的笑脸。

气息奄奄的女人让他头脑清醒了，他步履沉重地走进盥洗间，在花洒下猛搓自己的身体，似乎要把那层皮扒掉。舒平安后悔万分，可他发觉自己已经没有回头路了。

074

黄仁重替舒平安收拾了残局，他拍着舒平安的肩膀，用欣赏的目光看着舒平安，心想这小子有股子狠劲儿，值得培养。处理这样的事情，他并不相信别人，他安排黄三儿处理干净。

黄三儿当场把连部喊了过来，一看屋里一片狼藉和女人的惨相，再看看穿着裤衩的舒平安及床上带着血的衣服，连部什么都明白了。

再一瞅黄仁重凶神恶煞的样子,他吓得浑身直打哆嗦。

他按照黄三儿的指令,去搬弄女人。连部把手搁在女人的鼻翼前,发现还有轻微的呼吸,兴奋地喊:"黄总,活着,她还活着!"

黄三儿一脚把他踹倒:"再吱歪,我他妈的弄死你!"

连部强迫自己冷静下来,他硬挤出一丝笑容,征求黄三儿的意见:"怎么处理?"

黄三儿看了看哥哥,转头吩咐:"先把她弄到地下室。"

连部做出唯唯诺诺的样子:"好,我马上就办。"

他跑出包间,把楼层保洁员的清洁车推来,用床单裹住女人,费尽力气搬到了车子上。连部把车子推出房间,向电梯间走去。

黄仁重问弟弟:"可靠吗?"

黄三儿说:"还行吧。"

黄仁重怒斥:"什么叫还行,赶紧去盯着,出了麻烦,我把你的脑壳敲烂。"

黄三儿不敢怠慢,紧跟着跑出屋子,他正好瞅见连部从兜里掏出了手机。他一把夺过手机,看到拨出号码显示的是于禧淼的名字,跟着挂断电话,凶相毕露。

"黄总,我胆儿小,想找个兄弟帮忙。"连部结结巴巴地说。

黄三儿从腰间摸出手枪,指向连部的脑门:"小子,我就瞅着你不对路,还想糊弄我,真是活腻歪了,于禧淼是于迎春的儿子,去于家祭祖的时候,我看过他们的家谱。"

连部的脑子一片空白,黄三儿踹了他一脚:"×你妈,放老实点儿,敢耍花样儿,老子一枪崩了你。"

"明白,我、我绝对听从你的差遣。"连部恢复了神志,他讨好黄三儿,"黄总,那手机你拿着,我保证不会再出岔子。"

黄三儿想了想,又踹了连部一脚:"走,跟着我,把车推到地下室。"

连部点头哈腰地照做,他想保命要紧,只有自己活着,才能想

第五章　雨水

办法联系到于禧淼，才能寻法子救这位女人。

现实非常残酷，直到他把女人推到地下室，也没寻到良策。连部把女人搬下保洁车，又把手伸到了女人的鼻尖前，还有呼吸，这让他稍稍感到心安。

连部仰头对黄三儿说："黄总，已经死了。"

"等着，我去开车，把这丧门星运走。"黄三儿不耐烦。

连部站起来，劝道："黄总，先把她搁在这儿吧，等回头再处理，现在运出去容易被人发现，满大街都是摄像头。"

黄三儿默认了他的意见。之后黄三儿一直把连部带在身边，他始终没找到跟外界联络的机会。

熬到天亮，连部被黄三儿带到了楼顶天台。

他在那里看到了黄仁重和舒平安，还有一个陌生的中年男子。连部一副心不在焉的样子，他还惦记着地下室的女人。

中年男子走向天台边缘，眼瞅着再往前一步就要踏向楼下了，连部猛然大吼："喂，你不要命了？"

黄三儿一脚踢在了他的裆上，连部疼得弓下了腰，黄三儿又跟着把他踹倒，上前狠狠踩了几脚。

即便如此，黄三儿仍不解恨："你妈个×的，轮不到你放狗屁。"

连部不敢再吭声，他听到舒平安的声音像地狱里冒了出来："沈义成，沈先生，需要我帮你吗？"

连部这才知晓中年男子叫沈义成，他眼瞅着沈义成抖了抖手，一个长长的白布条顺了下去。他只看到上面有黑字，却看不清究竟是什么。

其实他们哪儿也没去，就把沈义成押到了观海大厦的天台，这是舒平安的主张。他主要出于三方面考虑：观海大厦是高新技术开发区的楼王，楼顶有个风吹草动，远近都能看到；附近工作的都是白领或者金领，他们爱好玩直播软件，沈义成跳楼随时能被传播出去；

人在这里警方才不会怀疑到黄氏兄弟头上,谁会傻到自导自演一场闹剧往自个脑袋上扣屎盆子呢?最后一点才是至关重要的。

舒平安忽然吼道:"该干什么,还用我告诉你吗?"

"不,不用,我得喊,不对,得大声喊。"沈义成两腿发软。

黄仁重在旁边冷不丁地笑了,沈义成的脸变得煞白,他张开了嘴:"冤枉啊,我冤枉……"

舒平安向沈义成的方向走去,冷笑着打断他的话:"看来真得我教你。"

"用、用不着,你、你别、别过来!"结巴着说完,沈义成冲着远处吼叫:"我冤啊,我是冤大头,我冤枉死了,公安局欠债不还,我活不下去了,我这就死——"

楼下广场上围得里三层外三层,跟着传来一片惊呼,接着各种起哄的声音传到了天台上——

有种跳啊,三十年之后还是个好汉。

考虑清楚了,死得这么悲壮,我们只能帮忙告诉警察,这是自杀。

喂,想好了是头先着地还是尾巴根先着地吗?

……

"沈义成,你再坚持十分钟,可别真想不开啊,我们可不舍得你死。"说完,舒平安转向黄仁重,"黄总,咱到楼下休息去,把舞台留给沈先生,别妨碍了他的表演。"

黄仁重朝沈义成笑了笑,扭身走了,舒平安紧随其后。黄三儿走到连部跟前,踹了他的屁股一下。连部扭头望了沈义成一眼,跌跌撞撞地离开了天台。

075

有道是兵贵神速,接到报警,康淑婉很快带着王保生、于禧淼和都旺家赶到现场,三位男性忙活着疏散人群,设置隔离带。康淑

第五章 雨水

婉拿出扩音喇叭，仰头看天台。

还没等她喊话，楼顶传来沈义成的声音："于迎春，还钱——"

猛一听到父亲的名字，于禧淼瞬间恍惚了。他感觉置身梦境，好不容易慢慢消除了对父亲的坏印象，又冒出这么个闹心事儿。他真想不通，工资收入也不低，你于迎春得有多贪心，昧着良心收别人的黑钱，害得人家要跳楼自杀。

王保生又犯了老毛病，顺手拿出手机拍起了视频，气得康淑婉大骂："你没个眼神儿吗，拍拍拍，你拍个×啊。"

人群哄堂大笑，有人议论，说这个娘儿们够厉害，把×都带在嘴上，不是个善茬儿；还有人说，一看就是克夫的命，还算是资深美女，红颜祸水啊……

于禧淼不知哪来的火气和勇气，冲着看热闹的人们大吼大叫，都旺家发现他嘴里也蹦出了脏字，感觉挺新奇也挺自然。

王保生挂不住面子，转头命令都旺家："赶紧联系消防，催催他们什么时候到。"

都旺家嘟囔道："我去，都把我当成撒气筒。"

王保生凑到都旺家跟前，小声说道："行啦，别小家子气，回头请你吃冰棍。"

"哥来，大冬天的，你想害死人啊。"都旺家抱怨道。

王保生嘿嘿直乐："目测跳楼的这家伙是个戏精，不信咱打赌，输了你给我买冰棍。"

都旺家撇着嘴说："哥来，好事都让你给占了，我也目测他不会真跳，就是想把事情闹大罢了。"

两人正说着，庄正走到他俩身后，一人踹了一脚，然后仰头看楼顶。沈义成扯出的标语简单粗暴："公安局，欠债还钱！"别说是牵扯到公安，这种人命关天的事情，他有责任和义务赶到现场。

沈义成很快被架了下来，带到了我们所里。庄正亲自询问情况："你看上去这么和善，不像是坏人，是不是有人逼着你干的？"

沈义成总算是恢复了正常脸色，他吞吞吐吐地说："公安局欠着我的工程款。"

康淑婉在一旁问："说了你不像是坏人，谁逼着你干的？"

沈义成咽了口唾沫，声音沙哑地说："好人坏人都没写在脸上，逼急了我什么事情都能做出来。"

庄正说："沈义成，我了解过情况，你在市局建设的项目，协议是跟科研机构签的，跟我们、跟于迎春局长都没关系，我们可以依法追究你诽谤、扰乱公共秩序。说吧，是黄仁重在背后指使的吗？"

沈义成沉思良久，缓缓抬起头："你不能捕风捉影。"

庄正冷笑道："别忘了我们公安机关还有个警种叫经侦，你的所有账目往来我们都能查到……"

沈义成垂头丧气地盯着自己的脚尖，一言不发。庄正又厉声呵斥："你可以装糊涂，也可以谎话连篇，要么等我们查出来，要么给你上测谎仪。"

审讯一时难以突破，沈义成跳楼的消息却已经传到了省厅。网上的负面舆情扎堆，各种指责都有，有的人肉了于迎春的出身，甚至把其父于铭忍当年被开除的老底都给揭出来了。

省纪委驻公安厅纪检组宋组长带队，来向于迎春了解情况。宋组长之前是省厅纪委书记，他们之间很熟悉，于迎春也没客气。

他苦笑着说："没想到，把您老人家也给惊动了。"

当着手下工作人员的面，宋组长不好嘻哈，赶忙板起脸："严肃，我们收到了实名举报信，请你把具体情况如实说出来。"

于迎春扬了扬手里的手机："我看到新闻了，当初我为了推进工作，口头承诺科研机构，只要能给我搞好试点建设，项目就交给他们，我那也是经过多次考察、反复比较，才下的决心。"

宋组长提醒他说："于迎春同志，问题的焦点是，你们市局没按

第五章 雨水

照规定搞好招投标。"

"相关部门没盯紧,我负有领导责任,这个我检讨。"刚为自己辩解了两句,于迎春又说,"宋组长,算了,我不解释了,听候组织处理。"

宋组长想了想,吩咐道:"你把情况都写下来吧,态度要老实,不能避重就轻。"

"好,我写。"说罢,于迎春向宋组长身边的工作人员伸出手,赌气似的说,"给我纸和笔,越多越好。"

宋组长被他逗得在心里偷着乐,但还是得黑着脸。他给工作人员递了个眼神,转身背着手走了。

人都走光了,于迎春提起笔却不知该写什么,好不容易写下几个字,他又觉得那些字怎么看都像是丑八怪,伸胳膊蹬腿的特讨人嫌。他把纸撕掉,重新起头,他越想越气得慌。

半个多小时后,于迎春稳住了情绪,工工整整地在纸上写下:

> 我是一名党员,组织把我培养起来,把我安排在现在的岗位上,我无时无刻不在忠诚地履行自己的职责。首个中国人民警察节刚刚过去,习总书记去年向警察队伍授旗的那一刻还历历在目,首长的训词我牢记在心。对我来说,抓好登州公安队伍建设是党和人民交给我的使命,我感到无上光荣。今年是建党百年,我个人总是在想,这是新时代的新起点……

于迎春觉得越写越顺溜,那些蝇头小字也越来越顺眼,他要把所有心里话都一吐为快。

他并不清楚父亲的精神几乎要垮掉了,于铭忍仿佛瞬间苍老了。老人是在康一的搀扶下,颤巍巍地走进派出所大门的,他来找于禧淼,想跟孙子说说话。其实康一也是出于好心,她从网上看到那些谩骂之后，去了于家，她怕老人看到那些过激的言辞后想不开，她忘了于铭忍这岁数压根就不上网。

老人家知道自己的事情都被挖出来了，心里的伤疤又被揭开了，他想跟于禧淼唠叨唠叨，可他见到了孙子却一句话也说不出来。

憋了半天，他才喃喃自语："你爹真变坏了。"

虽然于禧淼也怀疑父亲，还是劝道："网上的话别当真。"

于铭忍却说："俺得给你讲讲你大爷爷。"

第六章 上元节

P 耍龙灯

076

有关我爹的事情得从头说起。

派出所工作没黑没白，倒不是我抱怨，春节期间我是真忙糊涂了。

有天早晨，好些个单位放鞭炮，我才意识到春节假期已经结束，地方单位正式上班了。我惦记着那些现金，跟康淑婉请了个假，回家拎起大礼包就走。

康一在家闲着无聊，满脑子想的是我这边的事情，她跑到派出所没找见我，立马给我打了电话。我正愁没人做伴，把碰面地址发给了她。

该怎么形容当时的心情呢，我爹让我把那笔巨款捐了，我总觉得那钱烫手，好像它出现在我家，是我做错了什么。现在有她做伴我心里踏实了许多。

捐赠手续办得很利索。接待我们的工作人员是个中年大婶，特爱说话而且喜欢开玩笑的那种。她先是问敢不敢留实名，没等我们回答，她又说做好事不留名，否则雷锋叔叔不答应。她后来又让我和康一别拘束，就当是来扯结婚证的。幸亏我戴着口罩，捂得严严实实，否则我的脸真没处搁。

验钞机开始运行的时候，大婶不知在给谁打电话，对着手机说赶紧开工吧，来晚了鱼就跑了。也不知那边说了什么，大婶哈哈大笑，她笑声极具感染力和穿透力。

挂了电话，大婶就开始跟我扯闲篇儿，我有些着急，我请的假时间是有限的，更何况我还想单独跟康一多待会儿，即使哪儿也不去，只是轧马路也好。嗯，康一也说过，双脚踏在积雪上，"咯吱咯吱"的声音很有韵味，会叫人静下心来享受生活。

我想跟康一携手去享受生活，不愿听大婶唠叨。我抱怨大婶工作效率低下，在白白浪费时间。大婶也不气恼，说我们反正是来献爱心的，那也把爱心匀给她一点儿，陪她聊聊天。我非常无语，我想到了还在病床上的许钢，想到了派出所忙碌的那些战友，哪像她这样风吹不着雨淋不着，喝着大茶穷开心啊。

没多大会儿工夫，《登州日报》的记者来了。我这才知道大婶也是个热心肠，每次遇到献爱心的都想宣传出去，为的是传播正能量。这事儿我怎么可能公开呢，我赶紧把康一推到了前台，心想她本身就是学新闻专业的，对付记者肯定是轻车熟路。

跟康一轧马路"咯吱咯吱"享受生活的计划泡汤了，但我还是挺开心的，毕竟我爹交办的任务是完成了。爷爷的预感可能是正确的，从柳叶青的变化上，我已经捕捉到了危险信号，即使我爹犯了错误，我也希望他能逢凶化吉，这是我无法阻挡的私心杂念。

很多事情的发生和发展都不以人的意志为转移，康一没跟我去"咯吱咯吱"，却跟那位记者小姐姐"咯吱"去了。她俩有很多共同语言，"咯吱"到最后就差康一亲自动笔写那篇新闻稿了。

后来刊发的消息稿没指名道姓，但明眼人一看便知捐款人是我。康淑婉为此大骂女儿，康一楚楚可怜地向我道歉。

我还能说什么呢？康一跟我一样没什么社会经验，把事情想得

第六章 上元节

过于简单,以为经过媒体宣传,就可以为我爹撇清关系。毫无疑问,她的一番好心引来了祸端,我爹不得不仓促上阵,来应对这件事情。

从省厅宾馆住下后,我爹哪也不去,每天只在房间里活动活动身体。庄正给他带来的新手机发挥了作用,他可以随时掌握登州方面的动态。

他不但得到了扫毒行动已经失败、陈年积案有所进展的消息,也知道了曹光庆就是想撞死自己——庄正、彭学民和刘开对他是毫无隐瞒的,他们都相信我爹很快能恢复自由。

正月初十,我捐款的第二天,也就是新闻见报的那天下午,门副省长的秘书小仉去找我爹。他在手机上找到《登州日报》的新闻客户端,打开APP,递给我爹。

可能是刚过完春节长假吧,记者们还沉浸在过年的喜庆中,也没几条本地新闻,编辑就把那条新闻作了重点处理,放在了头版的倒头条,还安排了评论员文章。滑稽的是,头条是市委刘书记强调抓反腐倡廉的新闻,从内容上分析应该是纪检部门就节日期间的反腐倡廉形势向他作过汇报。

我爹心里五味杂陈,他无心指责我,可这条新闻的确会把自己推到火炉上灼烤,他仿佛看到自己被化成了灰烬。他实在是不甘心啊,他想寻找机会扭转乾坤,把黄氏兄弟犯罪团伙连根铲除。

小仉看他忧心如焚,让他做好准备,说门副省长随后会来谈话。"谈话"是个意味深长的词汇,尤其是上级领导来谈话,可以理解成是鼓励和肯定,也可以视之为批评和诫勉,于迎春认为是后者。

门副省长迟迟未来,这种等待令人焦灼不安。我爹刚开始有些忐忑,到后来他也想明白了,本身就没干过违法乱纪的事情,干吗要为此惶恐。他联想到我爷爷曾经的不公正待遇,心里也由此坦然了。

他反复回忆黄仁重跟自己打交道的细节,心想无非是把马玉海插手办案的事情说出来，来个狗咬狗一嘴毛，看门副省长如何处置。

晚饭之前，门副省长推门而进，他笑眯眯地看着我爹，让我爹难以判断对方的意图。

"他们向我要人咧。"门副省长没头没脑地说了这么一句，又扭脸问我爹，"我能把你交给他们吗？"

我爹说："我会主动配合组织上的调查。"

门副省长自顾自地说："一条新闻让你灰头土脸，网友的评论很到位，一个公安局长哪来那么多钱呢？"

我爹刚要解释，门副省长又说："登州纪检部门的人正往这边赶呢，公安部刑侦局的同志已经下了飞机，就看谁的腿跑得快了。"

"什么意思？"我爹问。

门副省长收起笑容："消除对我的成见吧，我只能从部里搬救兵，也该给黄氏犯罪团伙定个性了。"

077

我爹猜测，门副省长请求部里的支持也是万般无奈。他早就接到了举报，毫不夸张地说，光举报黄氏兄弟的就可以装满一个大纸箱子。他始终关注着比克律集团，却难以推进，黄仁重编织的关系网几乎疏而不漏，那是巨大的保护伞。

他后悔提拔了马玉海，当初被对方的伪忠诚给糊弄了。门副省长为此自责，心想自己终究是个凡夫俗子，被那些恭维话给俘虏了。我爹劝他别多想，如果没有马玉海这类人的存在，社会反倒没法进步了。这种说法过于牵强，门副省长一笑而过。

两人观点一致，对黄氏兄弟不能马上"开刀"，假如搞不到扎实的证据，即便把人给抓了，也没法批捕，没法提起公诉，闹到最后对方倒咬一口，会让公安机关栽跟头。

我爹说个人什么都不怕，哪怕把警服脱掉，自己也是警察，单

第六章 上元节

说身上的这份职责和使命，不管何时何地都会跟黄氏兄弟死磕到底，把他们给干挺。

我爹很少说过激的话，他是真急眼了，纪检部门的人跑到省城来，限制了他人身自由的话，局势就全变了。门副省长却不急不躁，让他收拾收拾，去陪部刑侦局的同志吃工作餐。

刑侦局派了一位姓管的副局长过来，言谈举止干练利落，让人感觉很舒服。他张嘴就问专案组的工作进展状况，我爹坦诚相告阻力太大。管副局长不再言语，把目光落在了门副省长的脸上。

门副省长回望了他一眼，说道："不能怪小于，登州方面的压力太大，他们市里纪检部门的同志正在路上呢，我一会儿还得去跟他们见个面。这次请求部里支持，也是被逼无奈，我这个厅长真该回家卖红薯了。"

管副局长笑了："言重了，接到你们省厅的请示，部领导非常重视，派我过来，我也不能走马观花。我姓管，就得把领导交办的任务管好，咱们公安机关办案受到阻力并不少见，登州这个情况比较有代表性，我个人认为不能硬碰硬，但也绝对不能让他们把小于带走。"

"谢谢领导信任。"我爹备受鼓舞。

"咱们是战友，共同的目标是打击犯罪，保障社会的长治久安，这是我们的事业，是党和人民交给我们的任务，咱得为捍卫政治安全、维护社会安定、保障人民安宁筑起一道坚不可摧的铜墙铁壁。"说完，管副局长把脸转向门副省长，"不好意思，听起来我像是在说大话，警察节那天，部里举办升警旗仪式，在向警旗敬礼的时候，我想了很多，其实也就一句话，警魂已经融入血脉里了，只要生命不息，就会奋斗不止。"

门副省长带头鼓掌，管副局长微微一笑："老门，过了，小于这边的事情，我的意见是，你就告诉他们，于迎春被公安部抽调帮忙去了，他们总不能跑到北京去吧。"

彭学民第一时间通知我,门副省长从公安部搬来了救兵,才让我爹暂时安全了。上述跟我爹有关的事情大多是他告诉我的,我必须承认,某些细节是在他讲述的基础上,我脑补甚至虚构的。

他可能已经晓得我爷爷在关注着我爹的事情,估计是想让我给爷爷报个平安吧。

其实,我丝毫没意识到那张报纸会给我爹带来麻烦,相反我误以为是那篇报道帮于迎春消除了灾难。我借此向康一表示感谢,请她到家里吃饭,我不会做别的,只会摊鸡蛋饼,那还是很多年前跟妈妈学的。

我买了一堆食材,对照网上的菜谱做准备,到底还是手忙脚乱,一阵的工夫就满头大汗。康一看到之后忍俊不禁,把我好一顿嘲弄,还好她心灵手巧,上手就烧出了几道好菜,其中有一道是水晶虾仁,她说是上海本邦菜。

爷爷对康一的厨艺赞不绝口,说她是万里挑一的好丫头。老人家对水晶虾仁颇感兴趣,却并不动筷子。我问他为什么,他神神叨叨地说了四个字:"你太爷爷。"

之后爷爷没再说什么,我的注意力也不在他身上。我期望康一能主动跟我说说话,可她也不吭声,把我急得半死。她看着我的窘态,掩嘴偷笑,像是在朝我卖萌。

"你想什么呢?"我总算找到了搭讪的理由。

康一正襟危坐,用严肃的语气说:"我在想,如果搁在过去,从北京到咱东江省,大绿皮火车'咣当咣当'得半天加一宿,等部领导到了,你爸爸也歇菜了。"

"这话不中听,啥叫歇菜了呢,你赶紧吃菜。"我帮她夹了一筷子菜,又猛然问她:"你怎么晓得部里来人了?"

康一愣了愣才回答:"你在电话里就跟我说过了呀。"

我开玩笑说:"老了,提前进入老年痴呆状态。"

爷爷瞪了我一眼："俺还没说老呢，你个小王八羔子就喊老。"

我不想在康一面前丢面子，强词夺理："爷爷，你的思维模式就是跟不上形势了，就拿康一刚才说的绿皮大火车打比方吧，现在从登州坐高铁去北京只需要几个小时，坐飞机过去还用不上一个钟头。这就是变化，让人眼花缭乱。"

爷爷问："这变化是打哪来的？"

我没接话，顺着自己的思路继续说："还有咱公安，有人稍不如意就在网上骂警察，他们根本不懂。二十世纪九十年代初，那么多人南下淘金，广州火车站只有一个公厕，维护秩序的保安抡起警棍就打，小偷小摸招摇行骗的更不用说了。现在都是文明执法，火车站、公交站的小偷都销声匿迹了，他们只能偷手机，偷了也没用，有密码呢。这是什么？这就是进步，法治社会的进步。"

康一取笑我说："还二十世纪呢，那会儿你还没出生呢。"

爷爷却说："好样的，能看到事物的本质了，这都是党的好政策带来的进步啊。"

我不好意思地笑了笑，因为刚才我白话的那些都是冯教授在课堂上讲的，我只不过是在鹦鹉学舌。

078

我越来越发现自己幼稚，确切地说，我是过于理想主义了。

警校读书的时候，我和我的同学们普遍认为警察很酷，可以像武侠小说里的武林高手那样，拥有武功秘籍，然后行侠仗义。那时候，我以为法律条文还有课本上所学的知识就是秘籍，凭借那些所有问题都会迎刃而解。现实告诉我，根本不是那回事儿。

熬夜加班是家常便饭。之前柳叶青看在我爹的面子上，给了我不少照顾，现在也不跟我讲"一般人不告诉他"了。康淑婉可不惯着我毛病，就在昨天晚上，我直接干到了凌晨3点多，一起治安案件，我们要审讯、调查取证、整理卷宗。幸好不是刑事案件，否则还得移交检察院。

都旺家比我有经验，他偷偷告诉我，要想适应基层派出所的工作，得练出特异功能，不管何时何地，瞬间进入睡眠状态。我不相信，总不能站着也睡觉吧。嘿，别说，还真让我碰上了。我不太喜欢的王保生就抱着茶杯子，站在那里睡着了。本来是因为天冷，他想抱着茶杯暖暖手，可他为了一起案子已经连续干了两昼夜，他实在是撑不住了。

康淑婉的情绪很暴躁，她对谁都不客气，对我就更不必说了。她看到王保生的架势也火儿，冲着人家发脾气，说顶不住了就去歇歇，把身体搞垮了还怎么工作，要对得起家人，对得起组织上的培养。所有人都小心翼翼地赔着笑，生怕招惹到她。

我不明就里，向都旺家请教："教导员是怎么个阵仗？"

都旺家叹了口气才说："哥来，她是为许钢着急呢。"

"你不是说，许钢是来混养老保险的吗？"我茫然不解。

"哥来，你能不能有点人性，许钢是咱战友啊。"说完，都旺家不好意思起来，"我之前对他的评价太片面了，老许是视频巡控的高手，他能熟练地背出辖区内所有摄像头的编号，他也没别的技巧，就是不停地看、不停地记，他能用很快的时间画一幅地图，标注辖区摄像头的位置和所辐射的范围。"

我不禁感叹："人不可貌相，高手在民间呐。"

都旺家说："是啊，哥来，你知道吗，他有个习惯，走到哪儿都观察摄像头，生怕监控失灵，这是职业病。你不信也观察观察，咱所里的人大多数都有自己的习惯。"

我没去观察大家的习惯，而是对许钢、都旺家这群辅警产生了浓厚的兴趣。实习期间得写心得体会，我想把他们的现状记录下来。为了让自己的体会有理有据，我专门查了资料。资料介绍，为了解决任务繁重与警力紧张的矛盾，才出现了辅警队伍，目前已成为社

第六章　上元节

会关注的热点问题，也是全面深化公安改革的七大任务之一。

我没想到辅警的分量这么重，竟是七大任务之一。事实上我没想到的事情很多，譬如老同学舒平安的蜕变，是他给我们带来了麻烦。

还是说元宵节的事情吧。从我记事的那天起，我爷爷就将这天称之为上元节。过去我也没太在意，就像人的名字一样，什么张三李四王二麻子，仅是个称呼而已。

很惭愧，过去我是从字面上理解的，一度认为爷爷那么喊是在这一天上元宵的意思。又到了这个节日，被我爹那事儿给闹的，我就多了份心，查了查资料，敢情上元节的由来有好多种说法。

较为集中的说法有两种，一个是天官赐福，另一个说是中国的情人节。前者是因为传说中天官大帝会把福气赐予人间，人们借此求个吉祥如意；后者是因为人们会在这一天赏花灯，青年男女可以顺便为自己找对象。我情愿相信中国的情人节是在七夕节，因为爷爷讲过二爷爷的故事，我主观地认为，如果在七夕节的话，那就跟我们老家沾上边了。

这两种说法似乎都跟爷爷无关。我特别想走进爷爷的内心世界。我猛然记起来，在中国古老的习俗中，将上元节、中元节、下元节合称为"三元"。爷爷最为重视的是中元节，每年农历七月十五会去上坟祭拜。我猜想是因为中元节的缘故，爷爷才固执地将元宵节称为上元节。

爷爷的固执跟我有一拼，他肚子里藏了好多秘密，但是如果他本人不想开口，问再多也没用。所以即便他主动提到了要讲大爷爷的故事，我也没抱太大的希望。有一点可以确定，他老人家对死去的先祖无比崇敬，这令我不可思议，心想以他的履历不该这么迷信。

说归说，我还真没太多的工夫去考虑爷爷的事情，因为这天夜里，高新技术开发区管委会组织群众性文化活动，地点设在滨河公园,主要项目是闹花灯、舞狮子、踩高跷、划旱船和扭秧歌等等,鉴于群众参与度高,我们派出所得去维护秩序,康淑婉正带着我重新修订往年的执勤方案。

我很不情愿干这个营生,我惦记的是头天晚上刚破获的两起抢劫案,明知犯罪分子是群缺钱花、临时起了恶念的年轻人,我还是很自私,巴望着他们跟黄氏兄弟有关。

他们通过网络交友的方式设下骗局,发些尺度大的不雅视频,挑逗受害人起了色心,再约着受害人线下见面,然后殴打对方,抢走身上的钱财。头一起案子的受害人把银行卡上的五万多全交出去了,后面那起只是从微信上转走了不足百元。

钱少的那位受害人被打得鼻青脸肿,脑袋瓜子跟猪头似的,再细看胳膊也脱臼了。我觉得那人怪可怜,康淑婉却说我太善良,要怪只能怪受害人不知道洁身自好。

我想也是,好人眼里都是好人,疯子眼里都是疯子,色迷心窍的人满脑子都是苟合之事。

079

话题扯得有点远。

傍晚,爷爷找到了派出所,他也不跟我搭话,到处瞎转悠。看到柳叶青,他主动上前打招呼:"领导,俺想给孙子请个假。"

柳叶青帮爷爷搞过鞭春牛,原来是绞尽脑汁往老人身上贴,现在却装疯卖傻:"你是说谁?哦,你孙子是于禧森,他不来上班我都没意见。只是呢,他最近跟教导员走得也挺近乎,你还是让他找康教导员请假吧。"

爷爷还想说什么,柳叶青已经扭头走了,气得都旺家直龇牙:"哥来,他说的还是人话吗?"

我撇下都旺家,过去搀扶爷爷:"你这是干吗呀?"

第六章 上元节

爷爷有些恍惚地说:"黑天以后,俺想去看耍龙灯。"

我发现爷爷越来越像个孩子了,赶紧哄他:"你先回家,晚上咱看耍龙灯的去。"

好说歹说,我才把爷爷劝了回去,都旺家凑上来给我出主意,说是夜里执勤不差我一个人,该请假请假。放在以往我会那么干,可现在我爹摊上事儿了,我不能再给家族丢脸了。都旺家又建议我,趁着执勤的时候把爷爷一并带上,工作生活两不误。我更不可能答应,往年灯会乌泱泱的一片人,我总不能把自己一劈两半吧。

康一是陪爷爷的最佳人选,我把求助电话打过去,她特别知心地说,即便我不请她帮忙,她也会去邀请爷爷出来逛游,老闷在家里人会闷出毛病来的。那时候,我俩谁都没想过,这是个错误的决定。

现在好多城市都在向大都市学习,有些是完全照抄照搬,比如春节元宵期间严禁燃放烟花爆竹方面,登州市出台了规定,有些条款严得吓人。我倒不是反对出这样的政策,至少能降低火灾事故的发生率,但总觉得年味儿变淡了,人们也似乎渐渐忘本了。

许是最近几年市民没机会过瘾,一听到鞭炮声,人们就围拢过去。锣鼓声再一响,人群已经挤得水泄不通了。

耍龙灯的确可以让人叹为观止。

自古以来,国人把龙当作吉祥的化身,耍龙灯是为了祈求上苍的保佑,求得来年风调雨顺、五谷丰登。龙的节数都是单数,多为九节、十一节、十三节,甚至能达到二十九节,登州地区多是九节龙和十一节龙,龙身过长显得笨拙,通常是用来观赏。

爷爷最爱看的是九节龙,那个是讲究花样技巧的,常见的动作是蛟龙漫游、龙头钻裆子等等,难度较高的是腾身穿尾、卧龙飞腾和首尾盘柱之类的。每逢出现高难度动作,爷爷都会像孩子似的欢呼雀跃。

耍龙灯是体力活儿,很快就结束了,爷爷意犹未尽。康一邀他再去看舞狮子的,爷爷尿急,说要去找公厕,康一平常受母亲的影响,性子也直,让我爷爷从公园里找个小树林就地解决。

爷爷憋得慌,不好意思地钻进了小树林里,康一左等不来右等不来,进树林一看,爷爷被人给揍趴下了。

爷爷又住进了医院,他不让康一报警,也不让惊动我,只是偷偷告诉她,那群人是冲我爹来的。

康一不可能瞒着我,直接打电话给母亲,替我请了假。我火急火燎地赶到医院,爷爷已经沉沉地睡去了,我猜想他知道我爹的事情后是夜夜难眠,输液之后终于放松了下来。

不幸中的万幸,爷爷没伤着筋骨。但是医生告诉我,老人精神状态不好,最好让他少受刺激,家里人多陪着说说话。

爷爷昏睡期间,康淑婉去了趟医院,还替我交了住院费。我爹于迎春也不知出于什么心态,在校期间限制我的生活费,实习期间还是那标准,让我有苦难言。教导员这么做,带给我的就不仅仅是感动了,因为她的行为跟柳叶青形成了强烈的对比。

得知我爷爷需要陪伴之后,康淑婉发话,让女儿担下这个差事,还反复嘱咐照顾老人的注意事项。康一嘟着嘴不乐意,说把她当吃奶的娃娃了,而且坚定地表明了态度,说伺候爷爷不是差事,而是做晚辈的义务。

看着她那可爱的样子,我的心被萌化了。非常汗颜,我把她陪我爷爷当成了与之接近的机会,尤其是爷爷的状态每况愈下,而我爹又没什么消息的情况下,这实在是罪过。

康淑婉顺道去看望了许钢,便匆匆回了派出所。她知道都旺家、果小米跟我关系不错,就只带着他俩查滨河公园里的监控,想找到殴打我爷爷的嫌疑人。都旺家后来分析说,教导员可能是在避嫌,不想让更多的人知晓此事。

他们三人熬了整整一宿,没查到任何可疑迹象,滨河公园里栽

第六章 上元节

种了好多绿植,导致留下若干监控死角。清晨,康淑婉带着都旺家去了趟现场,那里雪还没化尽,她想找到足迹。但是,闹灯会的人太多了,她白跑一趟。

康淑婉随后打了个电话,把情况通报给了彭学民,也不知对方说了些什么,反正都旺家发现她变得沮丧,而且脾气也收不住了,回到所里,无缘无故地向柳叶青发了一通脾气。柳叶青也没买她的账,啥话也没说,开着车出去了,一直到傍晚才回来。

王保生以为会有好戏看,因为没人敢随意翘班,柳叶青这么干,是在挑战康淑婉的权威。但他等来的不是一场暴风骤雨,康淑婉用聚餐的形式化解了尴尬,这在过去是根本不可能的,连都旺家都感到教导员变得陌生了。

这一整天我都在医院,虽然爷爷把我赶出了病房,但我始终不敢离得太远。派出所的那些事情我都是听都旺家说的,不管是真是假,那些都与我无关,即便有关我也提不起兴趣。

人在烦闷的时候很容易产生错觉,我总感到时间停滞了,这让我越发心慌,也让我想到了很多。我怕我爹会犯错误,我怕我爷爷身体会出毛病,也怕连部出事。

080

我爹很罕见地给我来了个电话,他只字未提爷爷,而是教育我要脚踏实地地干好工作。这就是我爹,对我永远是批评加指责。我哼哼哈哈地挂了手机,不知是喜是悲。如果说喜,他能跟我通话,说明没被完全限制自由;悲的是,他根本不关心我爷爷,他的心里似乎也从来没有这个家,我只是他的一个附属品,我的成败得失关系到他的面子,他才不得不管我。

我晓得爷爷在担心着他的儿子,但是老人家有康一的陪伴,状态很不错,我不能把我爹来电话的事情告诉他。

我把病房门留了个缝隙，在门外偷偷观察。我发现在爷爷面前，康一像是亲孙女，我倒像是个外人。他俩有说有笑，也不知聊到了什么有趣的话题，爷爷居然笑得喘不上气了。我多么希望时光静止在这一瞬间，我至亲的人们都能无忧无虑。

不晓得药里边含有什么成分，爷爷嗜睡，康一把老人家安顿好，邀我出去转转。我随口说去咖啡厅，说完脸就红了，爷爷的住院费还是人家的母亲给垫付的呢，我到哪儿弄钱请她喝咖啡啊。登州有个老传统，外地人看起来会觉得我们有性别歧视，男女约会必定是男的结账，家里来了客人，女人是不让上桌的。这是大男子主义在作祟。

康一心里敞亮着呢，她看出了我的窘迫，一本正经地对我说："喝什么咖啡，喝了我睡不着，咱随便走走，住院部前边有个小花园，就去那里。"

我连忙点头答应，我以为她会在感情方面对我有点暗示，但她却向我讲起了我大爷爷的故事。她是听我爷爷讲的，我想着可能是爷爷故意让她传给我听的。

大爷爷跟我爷爷的年龄相差很大，当年我家是大地主，他在我国第二所国立大学山东大学堂念过书，回来后就在水道创办了育新书局，相当于现在的新华书店。他在那里从事党的地下工作，后来育新书局发展为中共登州地委的秘密联络点，在革命最艰难的时期，那里是中共登州地委的所在地。

党的地下工作高度机密也极度危险，他把家产都变卖了，用来去赎回被捕的党员。大爷爷跟日本人和国民党都有交情，否则救不出人，老百姓不知道他的真实身份，差点把他拖出去砍了脑袋。

大爷爷跟那些权势左右逢源，直到有一天，组织上在书局开会，被伪警察发现，跑去向小鼻子告密，他的身份才被发觉。小鼻子严刑拷打，逼他吐出那些地下党员的名单，大爷爷死也不从，最后被毙了，挂在炮楼子上半个多月。后来，人们知道那个伪警察是贪恋大奶奶的美色，把那人给活活打死了。

第六章 上元节

讲完这些,康一激动地说:"你们一家都是英雄,爷爷还说,你祖上还去过上海……"

"他老糊涂了,说的话不足信。"我的确是这么想的。

我在为连部揪心,他打来电话之后就再也联系不上了。当时手机只响了两声,我正在忙活,等再回过去,就是无人接听了。

怕他出事儿,我把情况跟康淑婉说了,康淑婉认为不必惊慌,在她的印象中,连部是个很聪明的小伙子,有能力应对较为复杂的形势。

始终传递不出消息,让连部感觉自己很失败。他被"软禁"在了观海大厦,那里离派出所很近,只需要走过醉仙桥,就能到我这里来,步行也就十分钟左右。可他找不到机会,甚至连去地下室看看那个女人的机会都没有。

黄三儿始终把他带在身边,连部心想,黄氏兄弟真是心狠手辣啊,他们似乎忘记了那个女人的存在。熬到了正月十五早晨,他仍旧一筹莫展。

早饭专门上了元宵,水果馅儿的,连部还是头一次吃这种馅儿的。黄三儿让他多吃点,吃完好开工,可他实在是难以下咽。

黄三儿打着饱嗝儿说:"发挥你作用的时候到了。"

连部木木呆呆地问:"需要我做什么?"

黄三儿瞥了他一眼:"打起精神来,你不是网络黑客吗,咱看看别处的风景去。"

他说的别处是市委大院,在平常人眼里,大院里的一切都是神秘的。连部意想不到的是,黄三儿让他远程入侵市委办公的局域网,进而获得大院角落理发室门前的监控。

连部心想机会来了,便对黄三儿说这个要求实现起来很难,还不如到现场再偷偷装个摄像头。他的想法非常简单,只要能出观海大厦,就可能找到机会把大厦里的情况传递出去。

他的如意算盘打错了，经历了那天的事情之后，黄三儿不再信任他，而是去咨询了舒平安。

舒平安跑来跟连部见了一面，笑嘻嘻地对他说："老兄，虽然本人没学过网络安全专业，但我晓得黄总交办的事情确实很难操作。"

连部感激地望向对方："英雄所见略同，烦请跟黄总知会一声。"

"理论上讲，你只需要抓取网络请求包，拿到监控后台操作系统的请求，破解操作系统的用户名和密码，登录管理后台就可以看到摄像头监控内容。"说完，舒平安大笑，"对你这专业人士来说，难度系数不大，为什么要骗人呢？"

连部不知该如何作答，只觉得舒平安的笑声令人惊悚。他不敢再多说废话，乖乖地接下了黄三儿给的任务。虽然无法探知入侵监控系统的目的，但直觉告诉他，黄三儿肯定不会干好事。

他只能退而求其次，用磨洋工的办法来应对，只要黄三儿不催，能拖一天是一天，能拖一时是一时。颓废沮丧之后，连部发现自己被恐惧打乱了思路，那番操作必须通过互联网才能实现，有了网络，分分钟就能联系上我。

得亏连部没轻举妄动，他发现台式电脑旁有个微型摄像头，自己早就被监视起来了。

Q 纵火犯

081

庄正的耐性被一点点磨光了。

曹光庆绝对是个人物，他死猪不怕开水烫，愣是跟审讯民警耗时间。庄正把退休在家的老预审专家请了过来，还是撬不开他的嘴。

第六章　上元节

那畜生就是跟你装迷糊，一提到关键问题就哈欠大口，装作犯了毒瘾。他认准了一点，吸毒的罪行是逃不过去了，干脆来了个破罐子破摔。

有几次，他主动提到要撞死于迎春的事情，说这世上就公安局局长叫于迎春吗，就算是想撞死公安局局长又如何，他还想撞死联合国总统呢。曹光庆想借此挑衅审讯民警，民警在心里偷着骂，就这德行还撞死这个撞死那个，还联合国总统呢，怎么不联合国总理、联合国首相呢。

庄正换了个思路，对曹光庆的亲戚朋友摸查了一遍，据他们说，曹光庆本质上不坏，属于大错不犯小错不断的货色。但他注意到一个问题，曹光庆的父母说话闪烁其词，问到最后两位老人说了实情。

曹光庆迷恋网络游戏，前些年成宿成宿地不睡觉，去年夏天说是要出去打工，老两口乐得不行，以为儿子觉醒了。哪知他是为了赚钱，换个新电脑，再买新游戏。也活该倒霉，曹光庆在那家工厂干了一个月，以为赚的钱够用了，就在离职之前，上夜班打瞌睡，被组长给逮了个正着，把他的工资扣了一大半，二十多天的活儿等于白干。

他把剩下的那点钱领回来，想来个今朝有酒今朝醉，一门心思要把自己灌醉，结果遇上了贵人，贵人一出面，原来的工资全给补上了，还给发了奖金。曹光庆得出一个结论，人善被人欺马善被人骑，他死心塌地地跟着贵人混。

庄正问："那个贵人是谁？"

曹光庆母亲一把鼻涕一把泪地说："不晓得，就知道是一家文化传媒公司的。"

庄正又问："曹光庆最近有什么反常吗？"

曹光庆父亲想说话，老伴一个劲儿地给他挤眼色，老人终究还是把话说了出来："前些天，他慌里慌张地要带我们去外地，我们没应，他说自己借了高利贷，不逃走的话，有人会弄死我们一家子。"

曹光庆母亲在一旁打岔："少说两句吧。"

曹光庆父亲说："我早就说了，得报警，不相信共产党，不相信警察，你相信谁？"

庄正心里有数了，这是老掉牙的方式，引诱人借下高利贷，然后威胁受害人去犯法。曹光庆既是嫌疑人又是受害人，也挺可怜的，可自古有句老话，可怜之人必有可恨之处。

他又派人去查比克律集团，结果令他吐血。所谓的文化传媒公司只是口头上喊喊，实际上不存在，但集团的实力有目共睹，没人怀疑公司有假。庄正找来几份受害人与文化传媒公司签订的协议，看看条文基本上就是卖身契，再让人一鉴定，上面的公章是私刻的，法定代表人签名是一串英文字母。

彭学民也在紧锣密鼓地排查线索。

他亲自负责朱大夫这边，章忠亮则负责艾晴，前者查的是被取卵的受害人，后者则是寻找被逼迫卖淫的那些女子。这样办也有个好处，朱大夫和艾晴吃住在刑侦支队，也保证了两人的安全。至于其他两个女人，都是外省的，彭学民个人掏钱买了车票，千叮咛万嘱咐，才把她们打发回了老家。

朱大夫不断自责，说自己没把那些受害女子的信息记录下来。彭学民安慰他说，没记录就对了，如果黄三儿知道他在背后乱捣鼓，小命恐怕早就保不住了。朱大夫傻愣愣地问，黄三儿会那么心狠吗，彭学民没说什么，心里想不狠能干出取卵的事情吗？

攻坚组的其他成员也插不上手，彭学民和章忠亮的进展很慢。出现这种情况，并非朱大夫、艾晴不尽力，而是那些受害人不肯开口，那毕竟不是光彩事，况且又是悲伤的经历，没几个人愿意把心里的苦拿出来反复咀嚼。

艾晴认识的多是在夜总会等场所坐台的那些人，而且也仅是一面之交，谈不上有多熟悉。章忠亮让她回忆已经逃脱魔掌的那些女人，他怕有个风吹草动什么的，被黄三儿察觉。那样的话，势必会

第六章　上元节

功亏一篑。

不管出于哪方面考虑，艾晴都感恩公安机关，她非常配合警方的工作，连续找了不少过去的伙伴，人家要么是直接保持沉默，要么是把她辱骂一顿。只有三个人跟她聊起了那些不堪回首的屈辱经历。

三人不约而同地提到了一个叫小洁的人，彭学民隐约记得这个名字有些耳熟。他静思默想，忽然意识到，小洁莫非就是柏洁，那个传说中跟于迎春有一腿的人？

他找来柏洁的照片，经过她们的辨认，小洁正是柏洁。很明显，先前柏洁曾帮黄三儿幕后策划过，即便她不是重点嫌疑人，也跟黄氏兄弟撇不清关系。彭学民安排攻坚组盯紧这个女人，把真正的希望寄托于那些受到侵害的女人身上。

总算是看到了一线希望。那三个跟艾晴交流的受害女子当中，有一人含糊其辞地告诉艾晴，有个叫衣凡的女大学生被柏洁逼着代孕过，说不定能从衣凡那里会问出点什么。

衣凡是登州大学艺术学院表演专业的学生，跟艾晴是同一所学校的，艾晴不费吹灰之力便找到了她。章忠亮把衣凡接到了支队，没聊上几句，对方的眼泪便"哗哗"地流了下来。

她很惨，本以为那个子虚乌有的文化传媒公司会让自己一夜成名，进了圈套之后，经不住柏洁的各种忽悠，答应了给高官代孕。衣凡那时候鬼迷心窍，认为是在为艺术献身，没想到生下的是个女婴，所有的承诺都是欺骗，她不得不中止学业，去一家工厂打工。

彭学民进退两难，因为那个所谓的高官是市委刘书记。

082

情况报给庄正后，庄正也感到棘手，他直接给于迎春去了个电话。

于迎春一时半会儿没反应过来，愣了一会儿才说："老庄，这事儿不可能。"

庄正问:"为什么?"

于迎春说:"你想啊,刘书记是领导干部,他过去还分管过政法口,不可能知法犯法。"

庄正沉思片刻才说:"我本来跟你的想法一致,后来我记起来一个细节。刘书记有一次到咱局里调研,就是推进'智慧城市建设'的那一次,他把咱公安民警大夸特夸,说了句什么你还记得吗?"

于迎春答:"忘了。"

庄正说:"我没忘,他说这辈子最大的遗憾是生了个闺女,如果有儿子的话,把儿子送来当警察。"

于迎春想了想说:"没印象了,他也就是随口说说的事情,咱得实事求是,尤其是特殊事情,更不能节外生枝。"

庄正没再说什么,他默默地挂断电话,心想于迎春还是太天真,人家刘书记恨不得将他逼入绝境,他却无原则地相信别人,连一点戒备心都没有。

他把彭学民喊到办公室,直言不讳地说:"小彭,想想办法,咱得给刘书记和衣凡所生养的那个女婴做亲子鉴定。"

彭学民为难地说:"到哪儿搞到刘书记的DNA啊。"

庄正说:"这个不用操心,刘书记那边交给我,你去做做衣凡的工作,让她同意就好。"

彭学民点头称是,庄正当着他的面,给市委办公厅主任去了电话,请对方帮忙安排时间,让自己能够有机会向刘书记汇报工作。那边很快回信,说刘书记午饭前有空,但是只有一刻钟的时间。

庄正其实可以采取别的方式,偷偷摸摸地搞到刘书记的DNA结果,但他想还是亲自操办更好,多一个人知道就多一分危险。他提前到了市委,看时间尚早,还抽空去几个熟人那里转了转。

他是公安局的副职,平时很少能接触到市里的一把手,真正坐下来,庄正才发现刘书记表面和善,眼神里却透着杀气。他自报了

第六章　上元节

家门，对方笑脸相迎，请他坐下说话。

按照事先打好的腹稿，庄正说道："刘书记，刚发生的跳楼事件，给党委和政府抹了黑，我们公安机关负有不可推卸的责任。"

"你的态度很端正，得号召全体党员同志向你学习啊。"说着，刘书记不怒自威，"如果执法机关的领导干部都能有你这个觉悟，就不会闹得满城风雨了。"

庄正挂上虚伪的笑容："我多次提醒过个别同志，但他我行我素。"

刘书记一愣，眯缝着眼看着他说："你今年多大岁数了？"

庄正报了年龄，这点伎俩他还是能识得破的，刘书记无非是开个空头支票，让下属误以为会得到提拔，然后死心塌地地跟着干。他故意说了几句于迎春的坏话，主动拿出烟双手呈上去。

刘书记吸罢烟，庄正匆匆告辞，顺手把烟灰缸给倒了，出门的时候，他手心里多了个烟屁股。

烟屁股是重要证据，那上面有刘书记的唾沫，从唾沫上就可以得到刘书记的 DNA 鉴定结果。

庄正马不停蹄地赶到刑侦支队。刑侦支队有个刑科所，所里有若干分支，名声最响亮的便是法医检验室。那里的主任姓顾，不但是刑警学院科班出身的法医，而且是经过南京刑警法医创新示范工作室专门培训的。那个创新示范工作室是全国法医行业的排头兵，南京大屠杀的遗骸都是由他们鉴定的。

"小顾，加急处理。"把烟屁股交给顾主任，庄正好像怕被知道那是刘书记的，压低了声音说，"手续我就不办了，这是私事儿，一个朋友怀疑自己的老婆给他戴了绿帽子，要做个亲子鉴定。"

这是违反规定的事情，顾主任面露难色："庄局长，还是走个程序吧。"

庄正沉下脸："哦，回头你们彭支队长会把孩子的毛发送来，你找他办理吧。"

半下午的时候,彭学民把衣凡女儿的头发送了过来,剩下的就是等结果了。彭学民不无担忧,亲子鉴定结果想都不用想,问题是得到了结果又能怎样,能撼动刘书记这棵大树吗?就算是日后成为关键证据,庄局长也涉嫌非法取证。

庄正干了大半辈子公安,他何尝不懂这是在非法取证呢?可眼下没有更好的法子,于迎春作为局长都被迫害到躲在省厅宾馆,真要被那些恶势力吓趴下的话,公安工作也不用开展了,为老百姓保平安也纯属无稽之谈。

他感到憋屈,经过全局上下这么多年的奋斗,可以说是一代代的努力,才把登州的社会治安状况搞得越来越好,一个比克律集团就毁掉了之前的所有心血。庄正在心里暗骂,真是被操弄兮兮了,不把黄氏兄弟给关进大牢,这辈子枉为人了。

生气归生气,庄正很快调整好心态,重新梳理了目前的形势——曹光庆不知受到了谁的指使,制造了车祸,嘴里叫嚣要撞死于迎春;沈义成演了出假跳楼的戏,嘴里嚷嚷的是让于迎春还钱;于迎春的老父亲被人打伤,住进了医院……于迎春可是登州市市长助理兼公安局局长啊,犯罪集团的背后肯定有强大的力量做支撑,而且肯定不是针对于迎春一个人。

他唯一心安的是,于迎春在省厅待着,至少暂时不会有危险。可是,于迎春的老父亲,81周岁的人了,又是公安战线的老前辈,竟然会成为他们下手对象。对手干的事情毫无遮掩,对老人下狠手,就是为了敲山震虎,这恰恰是令庄正无比愤怒的地方。

庄正的耳畔突然传来刘书记的笑声,他心头一紧,抓起电话吩咐彭学民:"赶紧把衣凡母女保护起来。"

彭学民说:"庄局,你有点草木皆兵了。"

"执行!"庄正下了死命令,万一刘书记真下毒手,只怕会嫁祸于人。

第六章 上元节

083

马玉海得到的消息是准确的，于迎春终于恢复了自由。

他在离开宾馆之前，坚持去前台结了账。小伉要结房费，说门副省长交代过，由省厅报销，但还是没争得过他。于迎春很认真地告诉小伉，参加工作的那天，他爹就告诫过，共产党的钱一分一厘也不能占。

于迎春的理念中这不是公差，而是因为个人工作疏忽引起的乱子。现在要回登州了，他越发觉得自己在工作中尚不成熟，否则坏人也钻不了空子，他放大了某些细节，认为是自己不作为才造成了被动，进而抹黑了公安机关的形象。

他原本打算乘坐高铁，小伉让他少安毋躁，说是门副省长还要跟他见一面。于迎春等了五六分钟，门副省长乘坐一辆小型中巴车来了，并在车上招手，示意他上车。

于迎春上车就问："省长，还有什么要嘱咐的？"

门副省长笑而不答，于迎春这才注意到，车上还坐着部刑侦局管副局长和省委秘书长。他赶忙向两位领导笑笑，一时不知所措。

直到车子离开宾馆，驶入城市主干道，管副局长才语重心长地说："于局长，你得感谢地方党委政府的大力支持啊，不但门副省长要去送你，秘书长也亲自出征。"

于迎春没想到几位领导是要把自己送回登州，他有些诚惶诚恐。秘书长接过话茬："小于，你的事情我都听说了，省里主要领导派我送你，就是要给你加油鼓劲，省里对任何破坏国泰民安的犯罪现象是零容忍的。"

这话让于迎春心潮澎湃，一时之间，泪水在眼窝子里直打转，从当兵的那天起，他从没掉过眼泪，可此时他恨不得酣畅淋漓得哭一场，没有什么比组织上的信任更令人感动了。

门副省长看到了这一细节变化,笑着对他说:"犯罪分子可不会因为你掉几滴金豆子就变得遵纪守法,千万别辜负组织上对你的信任,顶住一切压力,把黄氏涉黑犯罪团伙一举捣毁。"

于迎春从门副省长轻松的语气里捕捉到一种力量,他暗自发誓,要大干一场,哪怕前方有万恶的凶险,也要昂起头挺起胸,这是人民警察的英勇,更是共产党员的气节。

中巴车驶出了高速收费口,登州市委来迎接的车子已经候着了,省委秘书长没让停车,而是直奔市委大院。看着熟悉的城市街道,于迎春不惊不喜,他在计划下一步怎么办,如何才能打开口子,让犯罪分子早日服法。

他提出不想去市委,直接回市局,门副省长说:"干工作也不差这一时半刻,你必须去,也好抖抖威风,否则我们就白来了。"

管副局长笑着说:"是啊,我们这阵容也称得上豪华天团了吧。"

"管局长这么时尚,也晓得天团。"于迎春被逗笑了,忍不住说道。

管副局长依旧笑:"咱警察就得适应新时代。"

刘书记把排场搞得很大,在家的市委常委全到了。他大言不惭,说自己对公安工作特别重视,还拿"智慧城市建设"举例子。据于迎春观察,他的情绪没有受到丝毫影响,一副稳坐钓鱼台的姿态。

于迎春也不能掉了架子,他跟门副省长交换了一下眼神,代表市局党委对市委、市政府的支持表示感谢,也表了决心。他说的话滴水不漏,但如果仔细揣摩,个别语句却是一语双关,甚至咄咄逼人。

门副省长虽然不是公安出身的,但他最喜欢于迎春的这种状态,他认为警察就得血气方刚,公安就得冲锋陷阵。该说的话于迎春已经说过了,他不想过多表态,把省委秘书长推到了前台。

秘书长环视四周,目光在每个与会人员的身上逗留了片刻,最

第六章　上元节

终落在了刘书记的脸上："刘书记也是地市一级的老同志了，有丰富的工作经验，登州市的发展有目共睹，我就不多说了。来登州之前，省委书记就某些工作跟我交流了意见，他对登州公安服务经济社会发展出台的那几条措施印象深刻。登州市公安机关在于迎春同志的带领下，打造了安全稳定的治安环境、公平公正的法治环境，为经济社会健康发展作出了突出贡献。登州乃至全省的发展都离不开公安机关的付出，我希望在座的各位全力以赴地支持公安工作。"

这番话是点给刘书记听的，但于迎春发现，刘书记稳如泰山、从容不迫，脸上的表情更是风轻云淡。他不得不佩服刘书记的定力，如果把心思用在正道上，登州的老百姓就跟着享福了。

会后，马玉海借机向门副省长套近乎："晚上住哪儿，我去汇报一下思想。"

"你是政法委书记，跟我汇报不着啊，建议你找找省委秘书长，他跟我讲过，看过一封表扬你的信，他是常委，说话更有分量，若是想举荐，你肯定能得到重用。"讽刺完，门副省长又说，"我有个原则，手不能伸得过长，人得心里有数，别人的一亩三分地不能乱动。"

门副省长把马玉海晾在了那里，他得陪同管副局长去市局跟专案组成员见个面。门副省长觉得今天的效果达到了，公安部和省委、省政府都来人了，这是在给登州人民释放信号，也是在给市委刘书记施加压力。

门副省长万分感动，机关民警听说局长平安无事地回来了，自发跑到一楼大厅迎接，搞得于迎春却是不尴不尬。

于迎春很快进入了状态，他马上组织专案组开会，提议庄正也加入其中。出于方便日后工作的考虑，门副省长主动要求当组长，当场宣布于迎春和庄正任副组长，成员又多了些新面孔。

会议开得很扎实，不知不觉到了饭点儿，于迎春提议就到食堂吃大锅菜，五花肉、大白菜炖粉条。门副省长欢喜至极，他认为警察就该在一个锅里搅勺子，才能同甘共苦、团结一致。

084

于迎春重返登州并未回家，于禧淼是从柳叶青的变化上看出端倪的。

他一下子又跟于禧淼热乎上了。于禧淼倒是希望他一直保持原来的样子，别搞得有奶就是娘。于禧淼真想告诉他，我爹是我爹，我是我，八竿子打不着。

但是，于禧淼实在不愿跟柳叶青扯些余外的话，他希望父亲能搞出点名堂，把黄氏犯罪团伙干掉。

于迎春的归来让好些人看到了新的希望，不单纯是彭学民、刘开等人，连康一都说不用再担心连部了。提到连部，于禧淼心里隐隐不安，始终联系不上的确叫人难受，他猜想连部也是心急如焚的。

"处理"了那个女人之后，连部没有想象中的那么危险。在远程监控理发室的事情上，他虽然拖延了时间，但终究还是得给黄三儿交差。他在心里祈祷，那个女人已经被人搭救，此时已经脱离了危险。可随着时间的推移，他感到希望越来越渺茫。

连部很想去地下室看看，可他一直被囚禁在一个房间里，那是观海大厦客房部极为普通的单人间，房内面积被合理利用，并无多大的活动空间。他只能观察窗外，哪怕有一只小鸟飞过，他也会向往鸟儿的自由。

他看到空中落下了小雪粒，整座城市笼罩在灰暗之下。连部打开窗户，骤然而至的冷空气让他打了个喷嚏，冷风呼啸着，雪粒变成了雪花，洋洋洒洒，天地间乌蒙蒙的一片。这样的景象让他的心情无比阴郁。

通过短时间的接触，他看到了黄三儿及其兄长黄仁重的真实面

第六章 上元节

目,他们根本不是正经人,做的也不是什么正当生意,他们是在坑蒙拐骗,他们是在强夺豪取,是一对臭流氓,是两泡臭狗屎。这已经是连部所能想到的最狠毒的话语了,他不知道该用什么方式来发泄愤怒。

直到雪停了,连部还是静静地站在那里,舒平安进门的时候,他的双腿早就麻了,一转身直接摔倒在了地上。舒平安连忙过来把他扶起来,两人坐在床边一时无语。

舒平安打电话让送来了一堆吃食和啤酒,他本人并不喝酒,却频频劝酒。舒平安说了好多话,连部因为郁闷一口气喝了好多酒。

事后连部断片儿了,只记得对方夸赞自己是聪明人,说聪明人就得学会换位思考。他是被高温烤醒的,灼热的气体让他嗓子眼发干,躺在地上,想喊人救火却发不出声音。

着火的那个地下室,康淑婉带人过来的时候,女人的躯体已经被烧成了焦炭。于禧森和王保生跟随出警,康淑婉吩咐王保生联系消防,把火灾调查的专家请过来。

王保生蹲在连部身旁纹丝未动,他发现连部手里攥着个打火机,连部也觉察到了,慌张地把打火机丢了,在地上翻了个身。

连部身子下面压着一部手机,从这部手机上,他们找到一段视频,画面里是连部把顶着火苗的打火机杵到了那个女人的身上。

作为重要嫌疑人,连部被带回了派出所,被关进了办案区的审讯室内。

于禧森跑去向康淑婉求情:"教导员,连部不可能干出杀人放火的事情。"

康淑婉阴沉着脸问:"证据呢?"

"证据,证据就是他心地善良,而且一直在帮我们。"于禧森心如火焚。

康淑婉又问:"就这些?"

于禧森辩驳："为什么不等消防出鉴定结果，你这样做太草率，会搞出冤假错案。"

康淑婉厉声质问："需要你教我吗？"

于禧森辩解道："我是在提醒你，不能放过真正的线索。"

康淑婉看于禧森快急出了眼泪，压低嗓门告诉他："我不把他带回来，连部在观海大厦会更危险，你不是一直担心他吗？"

于禧森也自动降低了音量："那边的现场怎么办？"

康淑婉说："交给你彭叔了，命案也该让他们侦办。"

于禧森好奇地问："那你为什么吓唬我？"

康淑婉反问："我为什么说话声音这么小？"

于禧森摇了摇头，康淑婉继续说道："得防备着隔墙有耳。"

康淑婉过于警惕了，两人聊天的时候，柳叶青正在带人收拾卫生，因为派出所已经接到了通知，于迎春要来。于禧森想避开父亲，恳求教导员带他再回现场，康淑婉想了想答应了。

于迎春没直接来鱼鸟河派出所，而是先去了观海大厦。法医检验室的顾主任已经在那里忙活上了，刑侦支队的办案民警正在现场勘查痕迹。他扫了于禧森一眼，并未理会，而是把心思放在了那具尸体上。

过了没多会儿，黄仁重就出现了。

黄仁重满脸堆笑地迎上前："实在抱歉，我这里疏于管理，发生了火灾，还死了个人。"

于迎春说："悲剧和损失不可挽回，你得加强消防培训，提升员工的消防安全意识。"

黄仁重避开话题："哪天有空，我给你接风，顺便给你祝贺，'助理'俩字马上就抹掉了。"

"别说那些没用的。"于迎春的语气带着反感。

黄仁重依旧笑："这怎么能是没用的呢，你这次是太有面子了，那么多的领导赶到登州，来给你捧场，用不了几天就是副市长了，

第六章　上元节

到时候还得对黄某多扶持。"

于迎春也跟着笑："黄总，赶紧忙活去，莫要影响了我们的工作，等腾出空来咱再叙旧。"

黄仁重讪笑着走到了一旁，冲着手下的人喊："通知最好的大厨，给领导们整顿好吃的。"

说完，黄仁重一步三晃地走了。于禧淼心里闷得慌，总觉得黄仁重说话带着狠劲儿，他好像忽然理解了父亲，他在远处偷偷观察于迎春，隐约看到父亲的鬓角有了白发。

康淑婉推了于禧淼一把，让他去跟于迎春打个招呼，不知道怎么了，他已经走到了父亲的身后，还是止住了脚步。他脑子里有些空，还没想好该怎么面对父亲，似乎两人相距甚远，身在两个星球。

于迎春也发现了儿子的异样，但是他没说话，把于禧淼当成了空气。他径直走向顾主任，蹲在对方身旁瞅着尸体，神情严肃地说着什么。

085

消防部门给出了结论，地下室不存在线路老化、短路等问题，所燃烧的物品上有助燃物质。这是较为专业的说法，通俗点说就是有人纵火，且在现场使用了助燃的油剂。

于迎春要求突审连部。

受到惊吓的连部昏迷过去，被送进了医院。他的状况没有主治医师描述得那么乐观，似乎一直在沉睡，对章忠亮等人视而不见，就连见到于禧淼也是很冷淡。他此时应当是最脆弱的状态。

章忠亮望了于禧淼一眼，两人的眼神交织在一起，彼此能感受到对方的焦虑。于禧淼更是如此，连部去主动接触黄三儿，是他们商量出的结果，发生这样的事情他脱不了干系，甚至可以说，他是始作俑者。

于禧淼犹豫着对章忠亮说："还是不要打扰他了吧，连部现在的身体状况不好，他的精神状态更糟糕。"

两人正要离开，连部喊住了他："于禧淼，我有话对你说。"

"我可以在场吗？"章忠亮征求意见。

连部点点头，扭过脸对于禧淼说："那女的是你老同学害的。"

于禧淼瞪大了眼睛："不可能，他有远大的理想，不可能自毁前程。"

连部叹气道："晓得你不会信任我，我不是推卸责任，那女的真是舒平安打伤的，我没说是你同学把她打死的。当时那女的还有气儿，黄三儿让我把她弄到地下室，我想打电话通知你，被黄三儿发现了，收走了手机。我一直在想办法联系你们，没找到机会，今天舒平安把我灌醉了，我什么都记不起来了。我怀疑他们是发现那女的已经死了，故意让我失去意识，制造火灾假象……"

舒平安干的？于禧淼不愿接受这一现实，强打着精神对连部说："你好好休息，我不相信你是纵火犯，也不相信舒平安跟那个女的有什么交集。"

事后证明，连部没有撒谎。

他手机上的那个视频是最大的破绽。常人是不会在自己作案的现场留下证据的，尤其是连部这种性格更干不出这种事情，除非他的心理极度扭曲，但视频画面一清二楚，他好像是在无意识的状态下点着打火机的，况且他不是在玩自拍。那就只有一种可能，纵火与拍视频的人或人们有关。

顾主任也出了尸检报告，报告里白纸黑字写着："死者额头上有钝器击打的痕迹，在火灾前已经停止了心跳。"这个结果一目了然，有人想焚烧尸体，毁掉死者被害的有效证据。

于迎春等人陷入了沉思，谁会拍下那段视频，故意给警方留下线索呢？他让专案组的同志各抒己见，大家伙讨论了半天也没梳理出思路，一切都只是在猜测。

第六章　上元节

章忠亮带着攻坚组的成员又回到观海大厦,他们紧急摸排一遍,火灾发生前后黄氏兄弟均有不在现场的证据。

有一个细节众人观点一致,如若黄氏兄弟蓄意烧掉死者的尸体,根本不用自己动手,随便安排个亲信就能搞定。

谁又是他们的亲信呢?彭学民和刘开之前都排查过,黄氏兄弟身边的那些保镖都称不上亲信,那群人只是两人养的一群咬人的恶狗。特别是黄仁重,他生性多疑,如果没有特殊情况,不会轻易信任任何一个人,包括他的亲弟弟黄三儿。

于禧森尤为关注纵火案的进展,他打算去市局找于迎春,直接把自己所掌握的情况告诉他们。可他脱不开身,他被于铭忍缠住了。老人的精神状态时好时坏,让人感觉他随时都会出问题。

于铭忍不再搭理康一,而是攥着孙子的胳膊,死死不肯撒手。于禧森安慰他说:"爷爷,别再担心啦,我爹回登州了,之前是在省里开会。"

老人眼前一亮:"好啊,把你爹喊过来,俺有话跟他说。"

康一插话道:"爷爷,于叔叔正忙着呢。"

"俺不管,俺现在就要见他。"于铭忍沉下了脸。

于迎春急三火四地赶到医院,他想坐在床边,却遭到了老人的驱赶。于禧森为他搬来凳子,他没坐,半弓着腰,紧紧握着于铭忍的手,与老人双目对视。

于铭忍眯缝着眼看着他,用近似悲壮的语气讲起了那些老掉牙的事情:"迎春,你得记住喽,你大大爷是地下党,你二大爷打小鼻子,你三大爷打土匪,俺那三个兄长啊,都是英雄。俺干过警察,没干好,让组织上给一撸到底……"

"爹,你早就平反了,只是你不想再工作。"于迎春忍不住打断了老人的话。

于铭忍说:"你让俺继续把话讲完,有些事情一辈子都没法弥补,死了那么多群众，那都是咱们的父老乡亲。俺现在越来越不敢睡觉了，一睡下就做噩梦，不睡也痛苦，一合上眼皮子，他们就挤到了俺跟前，是在向俺讨命咧。"

于迎春安慰他："别瞎想了，他们的死不是你害的。"

于铭忍唉声叹气："那都是活生生的人啊，人这辈子不能做亏心事儿，你是公安局长，更不能干丧良心的事情。"

"放心，我不会给咱老于家丢人。"于迎春立马表了决心。

老人剧烈咳嗽了几声，接着说："好啊，你这番话说得中听，你和于禧森都得记住，咱老于家都是顶天立地的汉子，俺叫于铭忍，俺二哥叫心忍，三哥叫刻忍，老大叫骨忍，名字中间的字连起来是'骨刻心铭'，倒过来是'铭心刻骨'。名字是俺爹给起的，为什么要'铭心刻骨'呢，是有寓意的……"

说着，于铭忍呼吸困难，没等众人反应过来，人已经昏迷不醒。主治医师赶过来，把老人抢救过来，他警告于迎春，不能再让老人受刺激，心脏已经犯了毛病，稍不留意随时都会有危险。

R 岳姑殿

086

柳叶青也是那种不甘寂寞的人，他跟王保生一拍即合，搞出了大动作，在网上炒出了热点话题。

他负责庙会的执勤工作。柳叶青趁着康淑婉在忙活案子，在王保生的建议下，给执勤人员戴上了红臂章，上面印着"热忱服务"的字样，这也无可厚非，关键是臂章上还印上了二维码，显得颇为时尚。

第六章　上元节

二维码的功能是，可以查执勤人员的信息，群众能够随时对执勤人员进行测评。柳叶青还脑洞大开，印了一批宣传单，上面写的话倒是高端大气上档次，说此举是为了主动、全方位地接受群众监督，增强执勤人员为人民服务的宗旨意识。

王保生把这些拍下了视频，迫不及待地发到了个人的微信公众号上，本来他发布的内容每次阅读量都不过三位数，这下倒好，才一个多小时，阅读量就过万。这条内容被各地同行转发，而且阅读量以几何速度递增。

同行们骂他们是混账，说他们是吃饱了撑的，闲得蛋疼。较为温吞的评价是，他们是为了标新立异、哗众取宠。

各种评论铺天盖地——

有的说，往后执勤得先跟嫌疑人说，您好，您涉嫌嫖娼，请接受我们的调查，麻烦您别跑，扫一下我的二维码，给个五星好评。

还有的说，出门执勤，被一堆人围观，人山人海、红旗招展，把手机杵到执勤人员脸上，碰上有人求助，得好声好语地说，请让条路出来，吃瓜群众不乐意，说正拍你二维码呢，你态度不好，差评。

更有人说，为了政绩豁上脸去了，干脆把二维码刺到脸上，如梁山好汉一般，反正也不要脸了。

……

王保生不敢再看下去了，他发觉自己闯祸了，跑去找柳叶青商量对策。柳叶青正在兴头呢，哪还听得进去啊。庙会上人来人往，他感觉宣传效果差了点火候，反正是庙会的最后一天了，坚持就是胜利。

因为疫情的关系，今年的庙会不及往年热闹，但人们有了口罩的遮挡，对执勤人员也放肆起来，有的还动手动脚，虽然都是善意之举。柳叶青乐得其中，他本人也在被群众品头论足，有人居然问起他的年龄，想给他介绍对象，把他美得不行。

老话讲乐极生悲，柳叶青被一位中年男子纠缠上了。那个男的肉肥膘厚，是附近一个村子里的屠夫，姓闫，外号"闫王"，平常杀猪宰羊，手下力道不小，一巴掌把他给扇蒙了。

王保生上前护住，怒斥"闫王"："胆大妄为，胆敢袭警！"

"闫王"横眉冷对："我响应号召，来监督你执法，你们把我老婆给弄丢了，给个说法吧。"

柳叶青这才想起来，头天有个妇女来诉苦，说男人天天揍她，还给他看了身上的伤。他当时说这是家暴，让妇女先回娘家躲躲。他本想庙会过去之后再去调解，谁知人家找上门了。

如果"闫王"好惹的话，就不会被人当成"闫王"了。他把赶庙会的群众招呼过来，趾高气扬地等着柳叶青给个说法。

刚开始大家都同情柳叶青，很快就倒向了"闫王"。有人在旁边嘀咕，说宁拆十座庙不拆一桩婚，派出所所长怎么了，也不能破坏别人的家庭啊。听闻此言，"闫王"暴怒，说要上山去拆了岳姑殿。

柳叶青越听越不对路，低三下四地把"闫王"请回了派出所。

进了他的办公室，"闫王"再也绷不住了，说话的声音都带上了哭腔。听着"闫王"的讲述，柳叶青才意识到，自己没经过调查，错怪了对方。

人不分高低贵贱，在登州地区，虽然都得吃肉食品，但屠夫却是招人嫌弃的职业。民间流行一个说法，干屠夫的生灵涂炭会招来报应，要么无儿无女，要么生养的是傻子。这是最恶毒的诅咒，老辈人讲，不孝有三无后为大，"闫王"就摊上了。

他连续生了两个带把儿的，乐得不行，在村里大摆筵席宴请八方，还不允许宾客掏红包。两个儿子先后长大了，都是傻子，"闫王"成天闷闷不乐，老婆看着心疼，就到岳姑殿烧香祈福，一来二去被里面的道长给糟蹋了。

"闫王"发现之后，要去宰了道长，老婆寻死寻活把他拦下了，说自己是心甘情愿的。"闫王"白捡了个绿帽子，咽不下这口气，天

第六章 上元节

天揍老婆,而且是朝死里揍,这才有了老婆的求助。

道长非礼村妇?柳叶青闻所未闻,道教也好,佛教也罢,都是教人向善的,这听起来是天方夜谭。他赶紧找"阎王"的老婆了解情况,对方全承认了,连哪天被糟蹋都记得八九不离十。

如果"阎王"的老婆所言属实,那就是强奸案,但因为牵扯到宗教,柳叶青不敢擅作主张,他跟康淑婉商量,想把案子推给刑警。康淑婉也顾不上追究二维码的事情,带着人就展开调查。

康淑婉的词典里找不到"推诿扯皮"这个词语,更何况刑侦口上正在全力以赴办专案呢。她先从外围入手,很快发现,庙里的那个道长是人面兽心,利用信徒的虔诚之心实施犯罪,还暴敛不义之财,初步侦查的涉案数额就触目惊心。

她决定上山,会会那个道长。康淑婉想了想,她和李云尔都去山上检查过,怕被道长认出来,就把果小米喊了过来,安排果小米假扮信徒,到庙里求子,探探虚实。

果小米高兴坏了,她偷偷告诉都旺家,这次任务光荣而艰巨。都旺家担心她的安全问题,果小米说不怕,有教导员他们打支援呢。她把这次任务想得惊天动地,认为能获取到写作素材。

都旺家没话可说了,让于禧淼出面劝一劝,于禧淼一想果小米也是为了梦想,反过头来劝他。尽管都旺家不情愿,也只能接受这一现实,让心爱之人去冒险。

087

于迎春做了个大胆的决定。

他召集相关人员开案情分析会,让彭学民带节奏,把死者的死因往纵火上靠,刘开、章忠亮也帮衬着说话,庄正更是拿出了一贯的霸道作风,一口咬定是火灾导致了死者丧命。

于迎春适可而止,下令让彭学民审讯嫌疑人,查清犯罪动机,尽快结案。他早就察觉黄仁重一直在向公安机关渗透，试图收买人心为己所用，他相信有人会把话传到对方耳朵里。

他要麻痹黄氏兄弟，为警方争取办案时间。于迎春破例让儿子跟连部见了一面，让于禧淼做通连部的工作，卸掉心里的包袱，配合警方展开进一步的调查。

于禧淼从于迎春的眼里捕捉到父爱的光彩，他判断无误，父亲怕他不乐意，扯到了连部父母的身上。话说得简单粗暴，让他想想连部父母会多么心急。

他问父亲，如果个人也碰到了麻烦，他会不会着急。于迎春狠瞪了他一眼，拿起笔开始写承诺书。

于迎春写的大概意思是，如果于禧淼在与连部接触的过程中，发生任何不良后果，责任均由他本人来承担。他签上了自己的大名，于禧淼突然觉得他笔下"于迎春"那三个字很潇洒，至少比父亲长得要潇洒。

进展也算不上有多顺利，连部在于禧淼的开导和劝说下，打开了心结，答应他继续而且是尽力发挥个人的能量，争取得到些线索。但他还是有些不放心，怕连部承受不了压力。

或许有人会认为于禧淼是在杞人忧天，有这种想法的人绝对是纸上谈兵。某些特定的行业或者职务，必须具备过硬的心理素质。

举个例子吧。于禧淼有位同学高中毕业后去当消防员，为了练胆儿，指挥员大晚上的把消防员们带到太平间，跟死尸做伴。有人以为那个同学是在吹牛，他摆出了自己的理由：消防要灭火救援，车祸现场的伤员血糊糊的，火灾现场丧生的人更是惨不忍睹。

于禧淼相信消防员同学的话，课堂上老师展示过凶杀现场的图片，他观摩过法医解剖尸体，实验室里也存放着福尔马林浸泡过的尸体。即使有过这些经历，他还是惧怕看到尸体，更何况是连部呢？

连部虽然怀揣着当警察的梦想，可梦想跟现实总是有一些差

第六章 上元节

距的。

阿雨对连部有好感,他很顺利地与之取得了联系。他试探着说出了自己的想法,阿雨毫不犹豫地答应了,她说自己早就受够了,恨不得亲手宰了黄三儿那个畜生。

连部让她打消这个念头,说黄三儿自有法律来制裁。阿雨说懂,不能用别人的错误来惩罚自己。连部夸赞一番,又再三嘱咐对方要时刻警惕,务必确保自身安全。他是怕阿雨受到连累,发生什么危险。

为了确保万无一失,于迎春从刚从警校毕业的年轻民警里挑了个小伙子,那小伙子入警后一直在外地参加集训,最近刚回来,在登州地界是个生脸,潜入观海大厦当保安不至于暴露警方的意图。

接下来就看阿雨的表现了。

登州人信奉道教的居多,这跟宁海区的传统文化有关。

在宁海境内,南北呼应各有一处道教圣地。北边的是烟霞洞,相传王重阳带领七个徒弟在此修炼,创立了全真派,七个徒弟被称为"七真人",名气最大的就是丘处机;南面的就是岳姑殿,坐落在金牛山上,传说岳姑曾在此修道,岳姑就是泰山碧霞祠里供奉的碧霞元君,可以考证的是,殿前的"泰山支脉"石刻仍旧保护完好。

过去的岳姑殿被小鼻子的炮弹给轰没了,重修的岳姑殿正中央的神像是碧霞元君,两旁分别是眼光娘娘和送子娘娘。当地人认为求子最灵验,来这里烧香的也多是那些虔诚的、怀不上孩子的妇女。康淑婉依此判断,这给道长的犯罪行为提供了便利条件。

她认识这个道长,大概是在八年前到的岳姑殿,身份证上是姓麻,自称跟岳姑有缘。老道长一寻思岳姑又被称为麻姑,就收留了他。又过了两年,康淑婉某天来检查,没见到老道长,一问,姓麻的说四海云游去了,把道长的位置传给了自己。

当时康淑婉没多想,毕竟牵扯到宗教信仰,她不好过多发表意见。她此时回想起来,麻道长的可耻罪行发展到如今这般地步,她本人负有不可推卸的责任,因为她在鱼鸟河派出所工作的时间最长,只因主观意识里觉得道教圣地是净土,便对岳姑殿疏于管控,想想那些受害的女人,她悲恨交加。

此次行动之前,康淑婉到区民族宗教局查过了,麻道长从未登记备案,每次组织检查,总有上级领导打招呼。她无心指责其他部门,在讲究人情世故的社会里,很多人都会受到干扰。但这也恰恰暴露出一个问题,这个麻道长不是个好鸟,而且有后台。

她这次使出的是损招儿,相当于"钓鱼"执法。她让果小米去求子,把王保生和于禧森安排在外围,只要麻道长干出非分之举,他们就扑进去把他拿下。康淑婉的想法是,一次不行就去第二次,两次不行再继续,直到麻道长上钩,总之是不见兔子不撒鹰。

都旺家也要求跟着上山,康淑婉没让,她怕都旺家看到果小米被人动手动脚,热血冲头跑上去跟麻道长拼命。有太多失败的教训,她决不能让行动出现任何意外。

麻道长果然是色胆包天,一见到嘴里念念有词的果小米就心浮气躁。他贼眉鼠眼地对果小米说:"这位居士,请随贫道移步,到寮房坐下深谈。"

果小米装作困惑的样子问:"去那里干吗?"

麻道长沉吟:"来本殿求子的多是女居士,像你这么年轻的不多见,自然会有些难度,所以你需要修道。"

果小米说:"只要道长能帮忙,多少香纸钱我都舍得。"

麻道长说:"请随我来。"

进了房间,他欲火攻身,早就按捺不住,直接扑向了果小米。

088

审讯室里,麻道长眨巴着眼睛说:"我只是一时兴起,你们凭什么抓我?"

第六章 上元节

康淑婉笑着说:"那得问你自己。"

麻道长不屑一顾:"我没对她怎么着,你不能迫害宗教人士。按照中央领导的讲话精神,我是你们团结的对象,而不是打击的对象……"

"麻道长的思想觉悟蛮高,前提是你得遵纪守法。"康淑婉笑得更厉害了。

麻道长说:"我是守法模范。"

康淑婉突然猛拍桌子,怒喝道:"别兜圈子,明确告诉你,不掌握证据,我们不会随便去道教圣地抓人。"

麻道长吓了一哆嗦,他抱着侥幸心理说:"我说,我说,那些香火钱不是我贪了,都交给黄义重了,不交保护费不行啊,他会杀人灭口,你们该把他抓起来。"

康淑婉冷笑道:"别扯那么远,你以为黄义重有点势力,你就找到了靠山吗?"

麻道长说:"贫道不敢,我讲的句句属实。"

"好,保护费的问题一会儿再说。"康淑婉亮出几张受害妇女的照片:"你睁大眼睛好好瞅瞅,这些人你还有印象吗?"

麻道长垂下头,沉默了好一会儿才说:"都怪我一时糊涂……"

康淑婉厉声问道:"需要我给你普法,告诉你该怎么量刑吗?"

麻道长小声嘀咕:"她们都是自愿的。"

康淑婉不紧不慢地说:"利用迷信进行恐吓、欺骗,迫使妇女忍辱屈从、不敢抗拒的,就是强奸罪。《刑法》第236条规定,强奸妇女、奸淫幼女多人的,处十年以上有期徒刑、无期徒刑或者死刑……"

麻道长打断康淑婉的话,哀求道:"我知罪,我举报,我戴罪立功,我请求政府对我从轻发落。"

康淑婉心想莫不是扯上了黄三儿吧,那样最好,她不动声色地逼视麻道长:"举报谁,说吧。"

麻道长语无伦次："我举报黄义重，他看上了山上的香火钱，逼着老道长交保护费，老道长不干，他就把老道长杀了，逼着我接班干了道长，我也不想啊。后来他坐了牢，我照样得交钱，我怕他杀了我。"

"你说他杀了老道长，证据呢？"康淑婉问道。

"我带你们去，就埋在岳姑殿的后院，那棵最高的桂花树下。我、我有证据，我偷拍了视频，一直留着，就在我的手机里。"麻道长急不可耐地说，"我这算立功吗，政府能开恩免我一死吗？"

康淑婉没再言声，她冲负责笔录的王保生使了个眼神，两人前后脚出了审讯室。他们找出没收的手机，黄三儿杀人的视频还真在。

她派人又去了一趟岳姑殿，果然在桂花树下挖出一具尸体，经过顾主任的鉴定，尸体是老道长的。

康淑婉把情况上报，于迎春也左右为难。

麻道长归案让案情有了重大突破，在是否抓捕黄三儿的问题上，专案组成员之间产生了严重分歧。

于迎春坚持让黄三儿再逍遥几天，待固定下黄仁重的犯罪证据，将黄氏兄弟一网打尽。其他人员坚决反对，他们担心黄三儿察觉麻道长被捕，畏罪潜逃或者干出更出格的事情。

于迎春提出，抓捕行动和挖掘尸体是在后院，而且岳姑殿除了麻道长之外只有一个道士，把那个道士稳住了，就能封锁住消息。还是没人同意，庄正更是指责他在冒险。

最终是少数服从多数。针对黄氏兄弟各自不同的特点，专案组早已制定过抓捕方案，现在他们在原有方案的基础上，紧急修改调整某些细节。

章忠亮的攻坚小组一直有人在监视黄三儿，专案组刚敲定了新的抓捕方案，那边传来消息说黄三儿离开了观海大厦。于迎春等人沉着稳重，谁都清楚，"智慧城市建设"已经初具规模，黄三儿只要不离开登州，便插翅难逃。

第六章 上元节

于迎春部署相关交通枢纽尤其是长途汽车站加强戒备,购买汽车票无须身份证,容易让黄三儿蒙混过关。他又调度警力在出入登州市的路口进行盘查,各个口子都扎紧了,就等瓮中捉鳖了。

在抓捕黄三儿的行动上,于迎春并未投入太大的精力,他要加快推进对黄仁重的调查进度,因为黄仁重才是真正的大鱼。

专案组紧盯黄三儿所乘车辆的行动轨迹,重新确定抓捕地点。他们发现车子驶出观海大厦地下车库后,离开高新技术开发区,去了老城区,在那里逗留了十分钟左右,随后原路返回。在接近观海大厦时,车子在滨河公园醉仙桥附近停下,也就一泡尿的工夫,车子重新启动,回到了观海大厦。

但是,监控显示,车子开进大厦的时候,黄三儿已经不在车上。倒查,黄三儿此前一直在车上,是在醉仙桥附近消失的,滨河公园里有监控死角,看来早已被黄氏兄弟摸透了,否则也不会发生殴打于迎春父亲的事情。

那里是鱼鸟河派出所的辖区,所里紧急出动,四处寻找黄三儿的踪迹。于禧淼跟康淑婉一组,他发现教导员心不在焉,问其原因,她说于迎春他们的思路不对,黄三儿有意想逃跑,这会儿恐怕早藏起来了。

于禧淼一想非常在理儿,就直接给父亲去了电话,于迎春没接电话,他只好发短信,转达了康淑婉的想法。

于迎春此时正被沈义成缠着。

沈义成是精明的生意人,他原先答应黄仁重,在观海大厦楼顶整那么一出,一是怕对方冲动,干出危害自己的事情来;二是觉得于迎春销声匿迹数日,很可能是被有关部门查办了。

如今看人家平安无事地归来,沈义成马上跑来解释情况。于迎春告诉他公安机关会秉公执法,不会打击报复任何人,他还是不肯离开。庄正实在看不下去,下令将其拘留。

089

刘开那边有了进展。

方翠兰答应了他的请求,从黑龙江赶回了登州。她在那边常住的区域是疫情低风险区,即便如此她的行程还是经过特批的。疫情关系到群众的切身利益,各地党委政府响应中央的号召,严防死守,决不允许人为因素带来的病毒传染。

于迎春虽然迫切地想破获陈年积案,为丧命水库的受害人申冤,但他并不看好刘开能寻到扎实的证据,毕竟案发之后这么多年,好多人证物证都很难再找到了。

刘开满怀信心,他盯的是三个关键点:绿胶带、爆肚和三百万。尤其是不翼而飞的那笔现金,很可能会对黄仁重带来致命一击。他也想好了,以这三个关键点为圆点,辐射出去肯定能查到需要的证据,再把相关证据串联起来,就是完整的证据链。

于迎春提醒他不要过于乐观,办案子不是白日做梦,刘开把于迎春撑了回去,哪能一上手就先灭自己的威风呢,应该一鼓作气、一拼到底。

因为得到了特批,他把方翠兰请到了汪放新开的一家素食馆,两个女人一见面就疯狂地拥抱在了一起。刘开也没想到,她俩是老相识,而且多年前是惺惺相惜,都有创业的梦想,只是各自受教育的程度不同,互相之间才有了差距。

汪放当场与方翠兰约定,麻烦对方在黑龙江替她收购纯野生的木耳、蘑菇之类的。方翠兰答应得爽快,说是拓宽了业务,高兴还来不及,哪算是麻烦。都说三个女人一台戏,搁在这两位身上,刘开根本插不上话,急得简直要吐血。

汪放心细,看出了刘开的尴尬,连忙把话题拉回来。她和方翠兰回忆了当年的细节,黄仁重那天正是借口去厕所,跑到方翠兰那

第六章　上元节

里买绿胶带去了。她俩都是好脑子，经过回忆，黄仁重那天在饭馆和小卖部之间串游的时间几乎精确到秒了。

这当然是在夸张，但两人共同回忆到一个细节，黄仁重是个左撇子。刘开知道黄仁重的这一特点，但这仍然无法确认黄仁重就是凶手。

两位女人实在是记不起其他的了，刘开起身告辞，方翠兰把他拦住，吵着让他请客。汪放巴不得他留下，也缠住了刘开。他一想很难脱身了，就通知周猛和解旻炜到素食馆一起吃饭。

解旻炜一到，就发现汪放看刘开的眼神带着几分热烈，便使出浑身解数想替刘开解围。方翠兰更是实在，让他滚一边去，说是中年妇女不喜欢小鲜肉，就稀罕刘开这号的型男。

刘开闹了个大红脸，但他还是故作镇定，提醒周猛注意左撇子这一特征。周猛想了一会儿，把他喊到了吃饭的包间外。

周猛迫不及待地说："当年在水库边上找到了凶手挖土的地方，铁锹遗落在那里。我们当时作了分析，根据土坑留下的痕迹，判断凶手是左撇子，但是水库周边没查到左撇子，就把这条线索放弃了。"

专案组大多数人都在分析黄三儿的行踪，刘开却盯住了那家伙在老城区逗留的十来分钟。

他调出了那一片的监控，推断黄三儿是去了停车地附近的某处人家，没有别的办法，只能顺着对方可能的足迹重新走一趟。刘开联系周猛那边，解旻炜说有了新线索，退休的许法医当时拍了若干照片，其中有嫌疑人挖过土的那个土坑。

想让两人赶回来时间不赶趟，刘开随口表扬了他们，就开车去了老城区。他让辖区派出所备了一辆电动三轮车，在车子上装了些空酒瓶子。

刘开换了身行头，脚踩懒汉鞋，头上扣了顶破棉帽子，骑上电动车就走。他合计好了，刚过了年，走家串户收废酒瓶子是最好的掩护。

他连续走了六家，拐着弯儿地了解到，没有陌生人登门。眼见着天傍黑了，刘开敲开了第七家的门，开门的是个小男孩，圆头圆脑的很可爱。

小男孩用玩具手枪指着他："不许动，我是警察，不让你欺负我爷爷。"

刘开摸了摸孩子粉嘟嘟的脸蛋，小男孩趁机咬住他的手背。屋里传出一个老人的声音，孩子这才松了口，虎视眈眈地望着他。

手背火辣辣地疼，但刘开不能跟孩子一般见识。他正要向孩子问话，小男孩叉着腰说："今天那个坏人被我打跑了，你也别想干坏事儿。"

刘开心里一乐，看来是找对了地方。

果不其然，黄三儿正是到的这家，他来干什么呢？刘开问过之后才知道，小男孩的爷爷是方翠兰当年的相好，确实得过急病，人却还活着。

刘开把情况通报给专案组，就地询问老人。老人在黄三儿那里受到过惊吓，看到警察来了心里终于踏实了，他竹筒倒豆子，告诉刘开当年曾经帮黄仁重把一个老板弄到了瓦善水库。

这个线索对刘开来说太重要了，他再次跟专案组联系，让专案组查黄三儿的通话记录。待命的技侦支队很快给出结果，黄三儿在乘车去老城区期间，只跟黄仁重通过电话，最后一次通话是在醉仙桥附近停车前。

手机信号消失在那个区域，鱼鸟河派出所就近寻找，发现手机被扔到了河水里。于迎春等人就此推理，黄三儿是在黄仁重的指使下，去恐吓方翠兰那个相好的，他原本没打算逃跑，可能是黄仁重得知麻道长被抓，才临时让其躲起来。

专案组兵分两路：大多数人继续调查黄仁重，刘开的新发现是

第六章　上元节

重点；其余人员调度各警种，追查黄三儿的动向。至于阿雨那条线，担心阿雨的安全问题，于迎春决定放弃，彭学民建议先缓缓，多条腿也多条路。

沈义成被拘留后先是哭闹，后来又吵着要见于迎春，说是提供线索。于迎春没空跟他折腾，指派章忠亮去询问，得到的信息是，跳楼事件是一个小伙子出头策划的。根据他的描述，警方通过画像分析，将舒平安列入嫌疑。

090

于迎春再忙也在关注着儿子的成长。

舒平安给于迎春留下了极其深刻的印象，他很羡慕人家父母，能够培养出那么优秀的人才。所谓近朱者赤，作为学生家长，百分之百地都希望自家孩子跟学习好的处朋友。于迎春也是个俗人，自然不会例外。

他对于禧淼交往的朋友非常挑剔，尤其是儿子上了高中之后更是如此，他生怕别人把孩子带坏了。这一点显得特别粗暴。

于迎春怎么也没想到，舒平安会跟黄氏兄弟待在一起，更想象不到，沈义成跳楼是舒平安连蒙带唬造成的。他也琢磨过另一种可能，比如说儿子的老同学是受到了黄仁重的挟持，可不管怎样，沈义成指认，就得对其展开调查。

他把于禧淼喊到了专案组，让儿子加入专案组，配合调查舒平安。可那小兔崽子当场拒绝了，于迎春认为儿子是无法接受老同学变成坏蛋，主观上想逃避，就像儿子难以接受自己犯错误是一个道理。

于禧淼的选择是错误的，多多少少浪费了专案组的时间，也导致舒平安铤而走险，此是后话。

客观上讲，于禧淼的行为也有其必然性。他刚好对基层派出所的工作有了全新的认识，产生这样的变化是因为他连续碰到几起奇葩警情。

于禧淼重新开始记日记，将这些事情诉诸笔端——

高新技术开发区某个企业的高管涉嫌醉驾，在接受例行检查时逃窜了，交警请求我们所支援。柳叶青带队过去了，高管躲进洗手间不肯出来，到最后他晓得躲不过去了，趁着酒劲抓了把屎，出门便糊到了柳叶青的脸上。我对柳叶青不感冒，心里盼着他丢丑，可这事儿我根本笑不出来。

我们接到群众报警，有个中年女子租了个民房，昼伏夜出，每天都会带回不三不四的男人，可能是在卖淫。康淑婉派人蹲守了一夜，确认举报的情况属实，安排王保生带着都旺家去抓捕。那女的一看也跑不了了，从裤裆里掏出姨妈纸，随手摔到了都旺家脑袋上，搞得他满头是血，也害得他恶心了一整天。我开玩笑劝都旺家，说他今年得红，他气得半天没理我。

派出所抓回来个赌徒，我押送他去审讯室，进了屋他一看负责审讯的是康淑婉和李云尔两个女警察，把我推了个趔趄，当场把裤子脱了。李云尔惊慌着转回头，我上前控制赌徒，可他浑身都是蛮力气，把我折腾得满头大汗。我心想教导员干吗去了，快上来搭把手，哪知康淑婉把修剪草木的大剪刀拎了过来，朝着赌徒的下身杵了过去，那家伙立马尿了。对此，我认为执法过程中不能光靠讲道理。

类似案例还有，虽然没有上述三起更具代表性，我把它们全都记录了下来，我加了标注：此为基层民警的日常，我们不仅有危险，还有意想不到的委屈。

后来，于禧淼又颇为严肃地写下了"奇葩奇葩满地爬"这句话。

第六章 上元节

舒平安算是奇葩吗？他是名校学子，明明有令人艳羡的前程，却跟犯罪分子打得火热，这是于禧森不愿接受却不得不面对的现实。

于禧森去了舒平安家，舒婶一如既往地那么热情，把他当成了自家孩子，还要忙活着给他做麻辣烫。他如坐针毡，哪有心思吃什么麻辣烫啊。

他有意无意地问及舒平安的近况，舒婶说儿子找了个公司打工，人家管得严不让回家。她接着埋怨自己没能耐，害得儿子跟着吃苦。于禧森心想这就是残酷的生活吧，如若老同学有个较好的家境，这会儿应该是在准备考研。

于禧森试图跟舒平安取得联系，电话打了无数遍，不是拒接就是无人接听。如果不是所里工作繁忙，他可能会直接去观海大厦，把老同学从那里给揪出来，问他到底怎么回事儿，脑子在想什么。

连部已经出院了，他吃住在鱼鸟河派出所。他似乎对所里养的那条土狗很感兴趣，可是每次于禧森喊狗狗二愣子，他都会联想到自己身上，非说个人才是个真正的二愣子，这让人感到无语。

连部始终在跟阿雨联络着，对方时常告知那边的进展，所有人都能看出来，连部在牵挂着阿雨。于禧森干了件蠢事儿，提醒他别对阿雨动感情，毕竟对方是个坐台小姐。

他倒是没急眼，而是问了个刁钻的问题——人这辈子能保证一直都是干净的吗？于禧森无法回答连部，猛然意识到自己有点高高在上，是在道德绑架人家。

于禧森有些迷茫，随后去问都旺家该不该提醒连部。都旺家说："哥来，如果是真爱，你这都是脱裤子放屁，多此一啰唆。"

他愣了一下，傻乎乎地问："假如是果小米呢？"

都旺家鄙夷不屑："真能扯。哥来，果小米是我的真爱，她怎么着我都会爱她。"

于禧森把同样的问题跟康一说了，被嫌弃胡思乱想。康一让他把心思放在工作上。他坦诚地告诉对方，自己非常敬业，对待派出所的大事小情都很用心。

康一打来电话，张嘴就问："你能理性地看待问题吗？"

于禧淼嘟囔道："我现在就很理智。"

康一回敬："你太感性了，别成天想着文学，先不说你写不出什么来，就算能写出来而且一炮走红，能破了案吗？对公安来说，抓坏人才是主业。"

"康一，你这是偷换概念，主业和爱好并不冲突，再说了，破案子又不差我一个，我爹让我进专案组，我都拒了。"于禧淼很不服气。

康一嘲讽道："你就是个毛毛虫，永远成不了龙，难怪爷爷说你没觉悟。"

于禧淼问："什么叫有觉悟呢？"

康一反问："你入党了吗？"

于禧淼心想入党跟工作扯不上关系，用不耐烦的语气对她说："不讲那些，我就问你，如果你在我这个位置上，会怎么办。"

康一说："我会去观海大厦，打入比克律集团内部。"

于禧淼觉得她是站着说话不腰疼，这是他俩第一次争吵。

第七章 惊蛰

S 剧本杀

091

　　冷雨水，暖惊蛰。天气变暖了，街面上已经有人脱下了厚重的棉服，个别爱漂亮的美女更是要风度不要温度。

　　就在惊蛰这天清晨，下起了毛毛细雨，天空也变得雾蒙蒙的，严重影响了刘开的情绪。他搞不懂于迎春为什么不批准对黄仁重实施抓捕，事实上，专案组成员都在为此苦闷，没个明确目标之前，大家有劲使不上。

　　他们已经熬了一宿，会议室里乌烟瘴气，人人跟前都摆着烟灰缸，里面是满满的烟头，就连从不吸烟的于迎春嘴上也叼着烟卷。庄正把自己的存货拿了出来，把几条烟扔给了刘开。

　　刘开没心情拆封，眼睛直勾勾地看着于迎春，仿佛对方脸上写着答案。于迎春吸完一支烟，把燃着的烟头捻灭，指尖传来一丝丝疼痛，让他还能保持清醒。他知道专案组成员和自己一样，连续加班，困乏得不像个样子了。

　　于迎春从烟盒里又捏出一根烟，搁在嘴上，用牙咬着，却并不点火。他把双臂抱在胸前，身子往椅背上一靠，仰头看着天花板。

刘开把手里的打火机扔到了于迎春跟前,打火机落到会议桌上的脆响,让众人的目光落在了刘开身上。

刘开看了看大家,开口说:"目前已经有了人证,黄仁重把任志广运到了瓦善水库。"

庄正问:"那之后呢?还是无法证明黄仁重就是杀人凶手。"

刘开据理力争:"事情明摆着,我之前汇报过,黄仁重买过绿胶带,请任志广吃过爆肚,现场挖土留下的痕迹也是左撇子,他还花钱雇人帮忙……"

庄正打断他的话:"这些推理没问题,但是咱们得靠证据说话。"

刘开一时语塞,他讲的是实情。

方翠兰那个相好的什么都交代了,说是收了黄仁重一万块钱,才答应帮忙,没承想对方要求把任志广抬到水库里,这可是杀人啊,他吓得跑了。过后黄仁重又找到他,他哪是得了什么急病,而是被暴打一顿,差点丢了性命。

上了年岁的人好多事情也就想开了,方翠兰的相好便后悔没有及早报案。在他得知任志广已经死了,选择了沉默,生怕警察找到自己头上,让他坐大牢。他觉得自己就像个小丑,那一万现金还不够医疗费的。

刘开的确是下了很大的功夫,专门让周猛去医院调查,找到了当年的病历,这说明方翠兰的相好没有撒谎。在他眼里,一切证据都指向了黄仁重。

他清楚,仅凭几个证人的证词,是没有说服力的,如果把黄仁重抓了,拿不出新的证据,移交到检察机关,也不会批捕。可刘开认准了一点,只要把人给弄起来,好好审问,不愁找不到新的证据。

刘开撇开其他人,直接向于迎春发问:"于局长,抓不抓,给个爽快话。"

于迎春挺直了腰,环视众人:"今天上午放假,大家都回去好好睡一觉。"

第七章 惊蛰

马玉海已经陷入了绝境，但他困兽犹斗，不想输掉。

他喜好下象棋，时常喊手下的人陪着下两盘，他每次都是大获全胜。可马玉海忽略了一个问题，他是领导，别人都是让着他。

马玉海是个臭棋篓子，但他依然觉察到自己被别了马腿，他惦记上了成清波，他心里琢磨的是，小卒子过河顶车用。

他终于得到了可靠的消息，那封表扬信是刘开写的，这招儿可真狠啊，让他一下子进入了上级领导的视野。马玉海本想竞争市委副书记，刘书记也早就作了承诺，那个位置非他莫属。可他根本就经不住考察，刘书记也跟他摊牌了，说他活该，自作自受。

马玉海懂得刘书记的套路，一旦有损本人的利益会摘巴得干干净净，搞不好还会以组织的名义干预，让他永无翻身之日。他不甘心落个惨败的下场，又跑到刘书记那里苦苦哀求，对方跟他翻脸了，两人就此闹掰了。

他恨不得让所有人下地狱，尤其是刘书记和于迎春。马玉海执拗地认为，刘开是于迎春的狗腿子，写那封信自然是于迎春一手策划的。他想让这些挡了自己路的人不得好死。

马玉海又寻求黄仁重的帮助，把于迎春说得猪狗不如，还把近期发生的事情一一列举，挑逗对方朝于迎春下手。

黄仁重一想弟弟已经是抓捕对象了，或许很快就会对自己动手。他心思缜密，否则也不会让黄三儿去老城区，他必须斩草除根。他心里也发起了狠，便告诉马玉海，不会饶了于迎春。

为了达到自己的目的，马玉海请成清波吃饭，这让成清波诚惶诚恐。此前马玉海虽然提到让他举报于迎春，但他一直拖着没办，他以为马玉海是想让他继续干这件事情。

酒过三巡，马玉海让成清波下毒，毒死于迎春。成清波呆若木鸡，马玉海又重复说了几次，他才回过神来。他在心里琢磨，自己真要干出那种事情，只有死路一条。

成清波赔上笑脸:"老领导,你喝多了。"

马玉海瞪着他:"放屁!我的酒量,这才刚垫底儿。我的命令,你必须执行。"

听罢,成清波沉默了一会儿,他端着杯子站起来,仰头把酒干掉,恭恭敬敬地对马玉海说:"我用酒来赔罪,马书记,我尊重你是领导,但你的要求恕难从命,我成清波曾经是军人,现在是一名警察,我有我的职责,不是你泄私愤的工具。"

马玉海狂笑:"好,我不难为你,也无所谓,自有人会收拾于迎春,或许在今天,或许在明天,谁知道会是哪天,他就会死翘翘。"

成清波忘了是怎么离开的饭店,他只觉得自己轻飘飘的。回到机关后,成清波望着对面办公室的灯光,几次想过去跟于迎春说说,最终还是打消了念头,他情愿相信马玉海所说的都是醉话。

092

在鱼鸟河派出所,连部无所事事,他除了等待阿雨跟自己联系,只能干巴巴地坐在那里发愣。

趁于禧淼不忙的时候,连部哀求他:"你去跟康阿姨说说,替我求求情,安排点事情让我做吧。"

"你就安心待着吧,我们所里有图书室,去找几本书看看。"于禧淼不好直接回绝。

连部苦闷地说:"我不能让自己闲着。"

于禧淼只好顺着他的话说:"是啊,所以我才让你去看书。"

连部的脸上现出哭咧咧的表情:"我静不下心,我总觉得心里生出了一条藤蔓,它占据整个心房,把心脏箍得紧紧的,我好像随时都会窒息。"

于禧淼跟他开玩笑说:"这话讲得好文艺呀,我得双手为你点赞。"

连部再次哀求:"替我找一下康阿姨吧,她答应过让我干辅

第七章 惊蛰

警……"

"辅警，还有我这个实习生，都没执法权，只能干些外围的事情。你收起那些想法，琢磨琢磨干点别的事情。"于禧淼怕他继续纠缠，赶忙打断了他的话。

话音刚落，于禧淼接到了任务，说是有个出租车司机被一男一女打了。带队的是王保生，他突发奇想，把连部拽到了警车上。

那对男女年龄相差悬殊，男的喝了点酒，耍酒疯，殴打司机，女的也跟着下手。司机不愿招惹是非，想咽下这口气，那女的又打了举报电话。如果公司怪罪下来，司机这一天就白跑了，他不得不拨打报警电话。

也得亏去得及时，出租车司机们抱团取暖，有自己专门的联络方式，听到有人受到欺负，个个打抱不平，来了一片出租车。那对男女还想抵赖，挨打的司机找来车载监控，他们打人的证据确凿，那没什么可说的了，只有一个字——拘。

随后赶过来的司机师傅们鼓起了掌，于禧淼十分骄傲地冲他们招招手，这种来自群众内心的褒奖确实能鼓舞士气。

回到所里，连部默不作声地离开了，他回到自己所住的屋子里，心绪难平。这次出警让他看到了那对男女的丑恶嘴脸，也让他看到了警察在人们心中的地位。他越发觉得自己应该做点事情。

他想起了那个远程监控。连部匆匆用手机上网，登录市委局域网，进入监控，竟然发现黄三儿身子一闪，进了那个理发室。

连部愣了好长一段时间，他捉摸不透，黄三儿为什么既要监控那里，而本人又会出现在那里。他不晓得警方正在寻找黄三儿，默默地收起了手机。

该不该把入侵市委大院监控的事情告诉别人？他犹豫了一会儿，也没寻出个答案。最终让他打消念头的是柳叶青。连部已经在派出所住了几天了，柳叶青给他的印象怪怪的，也说不出是什么原因。

但连部得出一个结论，警察也不尽是好人，有些事情特别是跟黄三儿有关的事情，还是得靠自己。

专案组未曾预料到黄三儿会藏在市委大院，他们利用"智慧城市建设"系统，进入先前打造的社会治安网格化管理程序，分区域、分重点地排查黄三儿的行踪。

连部总算是收到了阿雨的信息。

阿雨告诉他，还没查到是谁给地下室放的火，黄三儿不在夜总会，黄仁重跟舒平安腻歪在一起，天天玩游戏。

连部的专业跟网络有关，他急忙把电话打过去，问阿雨："他们玩的什么网络游戏？"

阿雨低声说："剧本杀，之前是用手机玩，现在转入实战了，黄总好像听了舒平安的建议，要在夜总会搞几个单间，让年轻人来玩剧本杀。"

连部喃喃自语："我还没玩过。"

"你可以来试试。"说完，阿雨略带遗憾地说，"麻烦，你也出不了门。"

连部说："我会想办法，你那边注意安全。"

阿雨笑了："放心吧，我打算让陪黄总的那几个人争风吃醋，把他们全都搞乱。"

连部不清楚"搞乱"的意思，他现在满脑子想的是剧本杀。他用手机搜索了一下，网上对剧本杀的解释是："用剧本虚拟出一场谋杀故事，玩家根据演绎和推理案件过程，找出凶手。玩家根据剧本选择不同角色，已知自己视角的故事，其他玩家的故事需要根据搜证案发现场的证据和彼此的沟通交流去探索。"

谋杀？凶手？这两个问号在连部的脑海里晃悠。他找到了于禧淼，请求带他去夜总会。他是从那里救出来的，此时又是纵火案的嫌疑人，于禧淼自然不会答应。

连部没再坚持，让于禧淼务必去一趟，说或许能通过剧本杀游

第七章　惊蛰

戏找到线索。

于禧淼举棋不定。舒平安投奔了黄仁重，剧本杀又是他力推的，难道他是在用这种方式传递信号？他转念一想，不对，真有事情想告诉警方，直接打电话就行。

他给康一打了个电话，这还是上次争吵后第一次联系。康一仿佛早就忘了之前的不愉快，兴奋地说应该马上就去夜总会。如果不是于禧淼还在单位上班，她可能真的会立即动身。

康一早早地来到了派出所，在教导员办公室候着。好不容易熬到了下班，她和于禧淼喊上了都旺家和果小米，一起直奔古色古香夜总会。

进了玩剧本杀的单间，室内布置的跟平常咖啡厅的单间没什么两样，坐下来翻看发到手的剧本和要求，于禧淼心里想这游戏也没什么特别的，相比之前的狼人杀多了些难度，无非是跟玩伴一起撒谎，然后在其他人那里找到凶手或者掩饰自己不是凶手。

于禧淼感到无聊，正想找个理由让大家都回去，舒平安来了。他急不可耐地问："你为什么在这里？"

"我来陪你们玩游戏。"舒平安神神叨叨地说，"戏如人生，人生如戏，剧本杀安排了你的戏份，进入了状况，你就会忘掉你的问题。"

093

就在于禧淼等人玩剧本杀游戏的时候，于迎春换上便装，离开了办公室，独自去了市局机关大院旁边的胡同。

此时夜幕已经降临，胡同里没路灯，黑漆漆的一片。下了一整天的毛毛细雨，天气有点阴冷，于迎春把羽绒服的帽子扣到了脑袋上。

羽绒服是于禧淼给他买的，关于这身衣服的小插曲，于迎春曾经在儿子的日记本里看到过。

儿子是从北京商场里挑的打折货，想借此讨好自己，让他增加点生活费。于禧淼感到点背，白白浪费了一张百元大钞，父亲却没上当。殊不知他把羽绒服当成了宝贝，总爱穿在身上。于迎春心想，这小兔崽子想要钱干吗不明说呢。

正在寻思着，他发觉背后有个黑影，于迎春猛地一转身，看到的是成清波。没等他问话，成清波主动说："于局长，我不是跟踪你，请你相信我。"

于迎春心里虽然不舒服，还是笑着说："你是办公室主任，咱天天见面，我当然信任你。"

"谢谢局长，我一直犹豫该不该向你报告，现在我必须把话说出来。有人想对你下手……"成清波有些感动。

于迎春说："想收拾我的人多了去了，尤其是那些被咱们公安机关打击过的。"

成清波语气急促："这次情况特殊，是马玉海想害你，他让我给你下毒，我没干，他说有人会收拾你，就在这两天。所以，我跟在你屁股后边，想保护你。"

"谢谢你，小成，马书记是市委常委，也是我的上任局长，他不可能知法犯法，可能是你听错了。"于迎春笑吟吟地对成清波说。

成清波还是不放心："于局长，务必要小心啊。"

于迎春没搭话，他本来是想去胡同尽头的一处平房，衣凡因为还带着孩子，不想住在市局机关，彭学民他们就近在局机关旁边临时租了房子，将这母女俩保护了起来。他是想去跟衣凡商量，案子进展到一定程度，可否将亲子鉴定结果作为证据，那毕竟是一个单身女人的隐私。

如今听到成清波的这番话，于迎春打了退堂鼓，因为他此前忽略了马玉海。他打算回去跟专案组碰一下头，把目前存在的风险分析一下。

他刚转过头，迎面猛然驶来一辆摩托车，还没等于迎春反应过

第七章 惊蛰

来,成清波上前,把他拽到身后。只听几声枪响,摩托车已经飞速离去。

于迎春再回过身子,成清波已经倒在了地上,他赶忙蹲下,急吼吼地喊:"小成,伤着没有?伤到了哪儿?"

成清波笑了一声,有气无力地说:"没事儿,我命大。"

"你别吱声了,我打120。"于迎春摸了一把成清波的前胸,发现全是湿的。

成清波抓住于迎春的手,呼吸紧促:"于局长,你听我说,我不是个好警察,但我穿着警服,是个党员,是个老兵。我犯了错,收过比克律集团的脏钱,把咱局里上报的材料给了他们,能不能别处分我?"

枪声传到了市局机关,很快有人循着声音赶了过来。

警车开来了,成清波被抬到了车上,于迎春坚持跟着上了车,要把成清波送到医院,他在车上发号施令,让专案组抓紧调查枪击案,迅速追捕逃窜的摩托车车手。

市立医院急诊中心门外,于迎春走来走去,他看到走出一位白大褂,上前询问:"大夫,刚才推进去的那个伤员情况怎么样?"

白大褂白了一眼:"哪个伤员?到这儿来的都是伤员。"

于迎春气急败坏,想动手打人。保安很快赶了过来,把他给拉住。于迎春还在咆哮,待辖区民警赶到,看到是自己的局长,也傻眼了。

他仿佛看到了救星,对派出所民警说:"我刚才态度不好,你替我给他们说说好话,想尽一切办法,救救成清波!"

民警答应了,于迎春颓然坐在了地上,他这才发现自己的胳膊上也被子弹擦破了皮。他感觉不到疼痛,心里只盼着医生能把成清波救活。让所有人愤怒的是,有一发子弹不偏不倚击中了成清波的心脏,在没进急诊中心之前,成清波已经壮烈了。

专案组正在紧急追捕摩托车车手，通过监控已经查到了他的行动轨迹。庄正站在指挥中心的大屏幕前遥控指挥，地面上的警力纷纷向摩托车车手靠拢，把那家伙往鱼鸟河入海口方向逼赶。鱼鸟河派出所也紧急行动，加入到拦截摩托车的队伍中。

眼瞅着就要把摩托车逼到入海口了，那车子忽然急刹车，调过头来，逆着警车追赶的方向冲过来。轿车、越野车调转车头不方便，那些警务摩托车上的警员训练有素，跟着来了个一百八十度大甩尾，继续追赶。

摩托车驶向了跨海大桥，追赶的车辆越逼越紧，摩托车加大油门，撞向了桥栏杆，飞向了桥下的大海，闹了个车毁人亡。

枪击凶手的线索断了，专案组只能查找别的线索。刘开如同一头暴怒的雄狮，向其他战友叫嚷："查个×，开枪，还会有谁？黄仁重！只有黄仁重，他之前朝黄三儿开过枪。"

彭学民劝他说："老刘，你急也没用，黄仁重朝他弟弟开枪，只是传闻。"

"我他妈的能不急吗？"刘开气势汹汹地冲向彭学民，"早点把黄仁重个×玩意抓了，还会丢掉两条性命吗？"

庄正一拍桌子站了起来，他指着刘开吼道："给我坐回去，谁都着急，吵吵有个屁用，于迎春局长已经给门副省长汇报了，等上级指示。"

于迎春跟门副省长通了个电话，他已经无力检讨，改革开放以来尤其是进入新时代以来，登州地区从未发生过枪击案，现在却在自己任上出了。

094

非常邪性，玩剧本杀的时候，于禧淼一直魂不守舍。舒平安多次提醒他，要聚精会神才能感受到游戏的精髓。他根本不会相信这

第七章 惊蛰

种鬼话。

这款游戏很耗时间，于禧淼的脑子乱成了一团糨糊，思考的问题多数是围绕着舒平安。他在想老同学何以沦落到这般地步，但他发现舒平安似乎很享受，还时不时地跟前来服务的小姐们打情骂俏。

于禧淼看不惯他的臭嘴脸，几次暗示康一离开，但康一却乐不思蜀，玩得很嗨。总算是结束了一局，没等他说话，康一主动提出要回去。

他瞥了舒平安一眼，发现对方正色眯眯地看着果小米。于禧淼气得够呛，一把拽过果小米，把她拉出了单间。都旺家跟在他屁股后面，龇牙咧嘴、张牙舞爪，这小子吃醋了。

回派出所的路上，四位年轻人没打出租车，这是康一的提议。她靠在于禧淼身旁，黑夜中看不清她的面目，却让于禧淼感到一种说不出来的温暖。

"我预感要出事儿。"康一心直口快。

于禧淼不以为然："被害妄想症。"

康一没理他，扭头问都旺家："舒平安话里有话，你注意到了吗？"

都旺家说："我脑子笨，没多想。"

果小米若有所思地说："这个游戏是警匪争斗，警察抓匪徒，匪徒想杀警察，中间意外杀了无关紧要的人。"

康一说："小米基本抓住了重点，在玩游戏的时候，于禧淼给我递眼神，我为什么没走？是因为我听到舒平安多次提到公安局长。"

果小米说："是啊，给咱们的剧本里，写的是警察局长，而且警察局长是个边缘人物，大配角。"

康一停下脚步，语气加重："所以说，舒平安总是说公安局长要死，这就很值得怀疑。"

于禧淼感到她们过于敏感，跟着嘲讽道："女人就是爱多想，只是玩个游戏，哪来那么多乱糟糟的事情。"

康一推了他一把："你别不当回事儿，舒平安是个人精，他不会无缘无故说那么多，而且他最后毫无根据地冒出一句，公安局长没死。"

她刚说完，康淑婉打来电话："小于，你爹受了枪伤，赶紧去医院。"

康淑婉的声音很大，康一听到后，抢过手机，问母亲："是有人要害于叔叔吗？"

"我也搞不清，有位战友为了保护他，殉职了。"说完，康淑婉吩咐女儿，"你陪小于去市立医院，估计于局长心情很糟，压力也很大，你们年轻人别胡说八道啊。"

那一会儿，于禧淼感觉头重脚轻，他没想到老同学的话变成了现实，舒平安肯定知道些什么。他反复拨打对方的手机号码，对方却已经关机。

于禧淼气得差点把手机摔掉，都旺家拦住他："哥来，摔了怪可惜，咱赶紧去医院吧，看看于局长伤势重不重。"

于迎春见到儿子，一把拉住他，用低沉的语气商量，让他陪自己去一趟于铭忍的病房。于禧淼点点头，默默地跟在了父亲身后。

刚进于铭忍的病房，连部就打来了电话，于禧淼怕吵到爷爷，犹豫了一下，拒接了电话，顺手把手机关机了。

于迎春恭恭敬敬地站在病床旁，像个闯了祸的孩子，垂着脑袋说："爹，我把身边的战友给害死了。"

老人的手抖了一下，他朝孙子伸了伸手，于禧淼赶忙过去把他搀扶起来。他看着孙子，自言自语："人这辈子总得经历点什么，不摔打摔打就成不了器。"

于迎春说："我晓得了，我也体会到了你当年的感受，我向你认错。"

老人这才回过头："你记恨俺这么多年啊。"

"嗯，当初我恨你不帮我，你是老公安，却不肯替我说句话，我

第七章 惊蛰

那时候是那么要求进步。"于迎春坦诚相告。

于铭忍说："努力上进是好事儿，不能乱了规矩。"

于迎春愧疚无比："我早就理解了，这么多年下来，我不好意思向你低头。"

老人叹了口气："算了，俺不计较，你也不能低头，男人就得昂首挺胸，办错了事情，就得正确认识，别像俺这样一错再错，被挫折打垮了。"

"爹，那个错不是你造成的，早就有定论了。"于迎春仍旧无法饶恕自己，"我这次犯的错害人害己，如果我早点下令把犯罪嫌疑人抓起来，战友就不会牺牲了。"

于铭忍盯着他的伤说："公安队伍天天有牺牲，你也得想开点儿，别留下遗憾，俺最大的遗憾是被开除了党籍，那时候俺也认为不配是共产党员，俺这辈子最大的愿望是重新回到党的队伍。"

于迎春说："我懂你的意思，我得从这次打击中走出来，尽快把犯罪分子一网打尽。"

"这就对喽。"说完，于铭忍扭脸看着孙子："你个小王八羔子，人家别的孩子在学校里就入党了，你觉悟上不去，得积极向党组织靠拢。你不像是老于家的跟搭，咱祖上可是跟上海'一大'有着关系的……"

老人的话还没说完，于迎春的手机铃声响了，他接通电话听了一会儿，紧跟着问："有人追杀舒平安？"

这句话让于禧淼也蒙了，他忽然想起了连部打来的电话，赶忙开机。一连串的短信提示音，他打开短信，全是连部发来的。

连部在短信里告诉于禧淼，阿雨传来的消息说，在他们玩剧本杀的时候，黄仁重一直在通过监控监视着，他们离开之后，黄仁重把舒平安臭骂一顿，骂他在玩游戏的时候暗示他们。

刚看完短信，康一拿着自己的手机，闯进了病房："于禧淼，连部的电话。"

于禧淼冲她摆了摆手:"告诉他,情况我都已经知道了,我现在跟我爹在一起。"

说罢,他把手机递给了父亲,于迎春匆匆浏览了一遍,打电话命令专案组:"找到舒平安,确保他的安全,你们加快进度,必要的时候,对黄仁重实施抓捕。"

听父亲一口气说完这些,于禧淼主动请缨:"爹,我请求参加抓捕行动。"

095

舒平安异常沉稳,他在黄仁重那里挨了骂之后,回到自己房间,简单收拾了行李,大摇大摆地离开了夜总会。

他出门打了个网约车,直接去了市委大院旁的一个银行储蓄点。他拿出了黄三儿的银行卡,塞进ATM提款机,输入了密码,取了一些现金。他冲着提款机上方的摄像头看了一眼,才离开了那里。

舒平安早就做好了逃走的准备,他是在利用黄仁重的信任,让对方放松警惕。在连部替黄三儿操作手机银行转账的那次,他记住了银行卡的密码,其实密码很简单,就是黄三儿的生日。

他偷了黄三儿的银行卡,就等着寻到合适的时机,离开夜总会。舒平安没打算逃跑,逃又能逃到哪里去呢?他合计好了,要利用警方的手除掉黄氏兄弟,那样银行卡里的钱就归自己所有了。

舒平安想一夜暴富,但他更乐意通过自己的努力,去赚取更多的钱财。他需要本钱,有了本钱才能去干事业。但他不需要太多的钱,太多了会让他失去成就感。黄三儿卡上有两百多万,他觉得足够了。

他想过这些是不义之财,会脏了自己的手,若干年后回想起来也会感到不齿。但舒平安想起了一篇文章,那里面写的是,很多富豪的原始积累都是不光彩的,还列举了好些个例证。

第七章 惊蛰

是的,他的梦想是当富豪。此时,这个未来的富豪正在被黄仁重追杀。

银行卡上都绑定着短信,黄三儿有三个手机号码,对外公开的是警方掌握的那个,已经被丢进了鱼鸟河里。他手里这个很少有人知道,平常只是跟黄仁重联系时才会使用。

黄三儿在大半夜里收到短信提示音,银行卡上提取的钱不多,让他有点恍惚。事实上,黄仁重对他控制得很紧,那张卡上是他存下的私房钱。他以为是哥哥拿走了银行卡,很不耐烦地打电话抱怨。

黄仁重当场急眼,这种事情也只有舒平安才能干得出来。他派出了人手,倒不是为了一张银行卡,而是他气恼被舒平安迷惑了,让对方知晓了很多罪恶。

人只有死了,才会永远地闭上嘴巴。他要赶在警方之前找到舒平安,杀死舒平安。黄仁重无论如何也不会想到,舒平安并未远逃,而是去了市委大院附近,他也根本想不到,舒平安是奔着黄三儿藏身之地去的。

手下的那些喽啰在黄仁重的指挥下,成了没头的苍蝇,一会儿去机场,一会儿又去高铁站,两处距离甚远,把他们搞得晕头转向。

专案组通过监控查到舒平安上了出租车,一路追踪,确定舒平安去了市委大院附近。这可是个大麻烦,刘书记上任之初下令拆了周边的监控,高调地宣布,市委永远向人民群众敞开怀抱。

这场秀叫人无奈,专案组为此陷入僵局。于迎春采纳了儿子的建议,在舒平安家附近蹲守。

舒平安是个大孝子,于禧淼猜想他如果要逃离登州,肯定要回家看望舒婶。虽然他判断失误,但却误打误撞,救了舒婶一命。

专案组不但在全力寻找舒平安,也时刻关注着黄仁重的动态。他们怕那畜生狗急跳墙,干出骇人听闻的事情。

黄仁重再财大气粗,能够信任的人也寥寥无几,他只派出了一辆车子，所以才出现东奔西走的情况。短暂的慌乱之后，他意识到四处瞎跑不是个法子，就命令手下的喽啰去舒平安的家里。

他打好了如意算盘，只要把舒平安的家人抓回来，不愁舒平安不主动现身。黄仁重安排妥当之后，打了个电话，电话那头是大洋彼岸的一个朋友，他跟朋友聊了几句，手里捏着的是自己的护照。

黄仁重已经做好了跑路的准备。他深知疯狂终是要付出代价的，他开始悔恨不该跟警方作对，更不该自我膨胀，以为认识了领导，就能护佑自己平安无事。

大难就要临头了，他才认识到自己的错误，领导当中是有蛀虫，可那只是个别现象，绝大多数都有党性，像刘书记和马玉海之类的少之又少。

黄仁重又痛恨起那两个人来，如果不是他们挑唆，自己也不至于难以回头。他给马玉海去了个电话，把刘书记损得一文不值，他希望能挑起两人的纷争，让他们来个玉石俱焚。

通完电话，他再一次陷入悔恨之中。黄仁重觉得故土难离都是瞎扯淡，倘若早点听了那个朋友的劝，把财产转移到海外，再回国谈生意，也算是华侨和外商。

一切都为时过晚，黄仁重做好了两手准备：尽可能阻止舒平安落到警方手里，挑逗刘书记和马玉海互斗，好为他出逃创造更多的时间；马上把财产转移到国外，随时离开登州，正好可以把罪过记到黄三儿的头上，顺便把成天坏事的弟弟甩开。

专案组发现那辆车开往舒平安家的方向，就通知了于禧淼。于禧淼正在陪舒婶，章忠亮带着攻坚小组在楼下接应。

或许最亲近的人之间会有心灵感应吧，于禧淼刚进门的时候，舒婶就有所觉察，她再三问他是不是儿子出事儿了。他肯定不能讲实话，舒婶那么善良，他不想让她知道事实真相，遭受打击。

他一直陪舒婶聊天，聊到了她的丈夫、她的儿子，也聊到了自己死去的妈妈和不争气的舅舅。于禧淼不在乎触及的是不是个人的

| 第七章　惊蛰 |

伤疤，只要能让舒婶不去多想，什么都无所谓。

收到了专案组的消息，他立马起身，请舒婶跟着下楼。舒婶张了张嘴没说话，好不容易站起来，双腿一软，瘫坐在了地上。他把舒婶抱起来，迈开步子就往门外跑。

舒婶的身子好轻啊，她成天操劳，瘦得跟个火柴棍似的。于禧淼在心里骂舒平安丧了良心，骂了几句就忍不下心了，老同学误入歧途毕竟也是为了摆脱困境。

把舒婶安顿到车上，坏人也来了。

T 蓝精灵

096

黄仁重手下的喽啰对我们穷追不舍。

我领略了章忠亮的风采，不是我吹牛，方向盘在他手里掌控着，车子就跟要飞起来似的。追赶的是越野车，目测性能上比我们的车高出好几个档次，愣是撵不上。

其间，越野车眼看着就顶到我们的车屁股了，章忠亮沉着冷静，分分钟又把他们甩出去老远。我猜想那镜头比大片上演的精彩多了，如果不是身边有舒婶，担心她在疾速行驶的车里吃不消，我早就给章忠亮鼓掌了。

车子行驶了好一会儿，我才发觉章忠亮不是在逃跑，而是有意识地控制车速，引诱越野车上钩。他把车子开到了我们派出所的辖区，驶入滨海路，那里夜间鲜有车辆，偶尔会有驾校在那里开展夜间驾驶训练。

车速放慢了，越野车追了上来，章忠亮猛地一打方向，越野车也慌忙向右避闪。一声巨响，越野车拱向了路边的隔离墩。

章忠亮踩下刹车，把车子停稳，车上的攻坚组成员下车，持枪靠近越野车，那些还在迷瞪的喽啰束手就擒。

康淑婉随后把我和舒姗接回所里，章忠亮也把黄仁重手下的喽啰们带了过来，突击审讯。我把舒姗受到追杀的信息发给了舒平安，可他依旧关着机，我只能在心里祈祷他早点开机，看到我的信息，及时跟我联络。

我把舒姗安顿下来，可受到惊吓的她浑身发抖，满嘴胡言乱语。我陪了她一会儿，不见好转，便请示康淑婉想把人送到医院，康淑婉这类情况见的多了，让我不必担心，就把正在加班的果小米喊过来陪护。

回到办公室，我忍不住去想舒平安的事情。实在不愿总是笼罩在糟糕的情绪里，我抬脚去了值班室。康淑婉今晚值班，听到我的脚步声，她抬头看了一眼，又低下头来忙活。

我百无聊赖地翻看着一本执法工具书，报警电话一响把我吓了个愣怔。我抢着接了电话，那边说家里电视没信号，让派出所派人去修。我一看夜里10点多了，也不是我们警察能办得了的事情，把人家责怪一通，随手把电话挂了。

康淑婉剜了我一眼，拿起电话联系了个维修师傅，又把电话拨给那个报警人，再三给对方道歉。

我很不理解，随后向她抱怨："什么事儿都归咱管吗？这个警情也太奇葩了，跟我之前记录的差不多。"

听完我之前记录的那几起，康淑婉笑着对我说："这样的警情太多了，有的能管，有的咱还真管不了，不能一概而论。你比如说，鱼鸟河上游不是有个水闸吗，有人报警说水太多危险，让咱去开闸放水，这就得协调其他部门；前年高考期间雷雨天，考生家长报警说雷声噪音扰民，咱警察可管不了老天爷。"

我听后唏嘘不已，康淑婉说："别大惊小怪的，咱公安就得这样。"

第七章 惊蛰

次日，正在交接班，接到群众报警，说鱼鸟河入海口那里有个女生，像是要跳海自杀。

还没来得及换警服的柳叶青一听，对康淑婉说："康大姐，你累了一宿，我带人过去。"

"行，注意安全。"吩咐完，康淑婉扭头对我说，"杵在那里干吗，跟着柳所长去一趟。"

我对柳叶青抱有成见，很不情愿，但是康淑婉发话了，我只能乖乖地听话。我刚要往楼下走，柳叶青在背后嚷嚷："傻了吧唧的，先去仓库。"

我扭头，没好气地问他："去仓库干吗？"

"拿上安全绳和救生圈。"说完，他在楼道里喊，"都旺家，死哪儿去了，赶紧的，出警。"

路上，柳叶青又在倚老卖老，讲过去出警的经历。我没吭声，他感受到我最近的冷漠，我估计他是怕我到我爹那里告状，才故意在我跟前念叨这些有的没的的事情。

现场说到就到，报警的那位是早起晨练的老人，他迎上来，对柳叶青说："看见那个小女孩了吗？就是她，刚才哭哭啼啼的，我劝不动，才把你们喊来了。"

说着，老人还想帮我们搬安全绳。那个女孩看我们走近了，一脚踏进了水里，我们往前走一步，她也往前走一步。

柳叶青急了，抬腿就往那边跑，女孩也跟着往海里跑。虽然海水有阻力，减慢了奔跑的速度，但她随时有被水冲倒的危险。

"闺女，你先等等，我不往前走了，咱俩聊聊。"柳叶青赶忙停下步子。

女孩声嘶力竭地吼："你别过来——"

柳叶青脸上浮起讨好的笑："你吃早饭了吗？"

女孩没回答，我心想柳叶青可真是虚伪，而且这问题也太傻×了。

没等我多想，柳叶青猛地起步，朝着女孩的方向冲去。他的速度很快，眨眼也跑进了海水里。

女孩慌张地转身，又往海里跑。柳叶青赶紧停下步子，朝着女孩大喊："闺女，我是警察，你听我说，我女儿7岁了，比你小不了多少，刚上小学。我晓得你们这个年龄学习压力很大……"

女孩也跟着大喊："我不用你管——活着太累——"

"好，我不管，叔叔陪你一起死。"说着，柳叶青向前迈了几步。

女孩又喊："你不要过来，他们闹离婚，都不要我了，我活着也没有意义了。"

柳叶青继续前行，嘴里反复说着一句话："闺女，我是警察，我陪你死……"

女孩"哇"一声哭了，眼瞅着她要倒向海里，柳叶青扑了过去。水中救人的难度很大，女孩不肯配合，柳叶青连续呛了好几口海水，才把女孩救了下来。

回到所里，李云尔帮女孩换下了湿衣服，为她披上了羽绒服，把孩子裹得严严实实的。柳叶青没顾得上换衣服，把女孩父母喊来了。

柳叶青一会儿唱黑脸一会儿唱红脸，把家长说得心服口服。我听到了响亮的喷嚏声，冲了杯感冒冲剂，端给了他。

097

在我看来，谅解一个人没多难，关键看个人心里怎么想。柳叶青的表现就让我看到了他的另一面，我在心里寻思，他之前的所作所为，无非是想引起上级领导的关注，谋求更好的前程。这是人之常情，如果人人都不想进步，这社会也甭想发展了。

我也想到了另一个层面，康淑婉更了解柳叶青的为人，她或许是故意让我跟着去出警，为的是让我消除误会。毕竟公安队伍是讲究团结的，上了抓捕现场，如果战友间彼此不信任，靠个人的力量，

第七章 惊蛰

那就等于把自己置于险境了。

想起柳叶青看到那杯感冒冲剂时,对我灿烂一笑,我心里也热乎乎的。我在内心深处已经跟柳叶青和解了,而且也跟自己和解了。我冷不丁地想起了舒平安,我希望他也能跟自己和解。

可惜舒平安还在跟自己较劲。

他打开了手机,紧跟着又关机了。他看到了我发送的短信,也看到了警方发送的短信。后者是我爹安排的,他让专案组告诉舒平安,舒婶已经被带到了公安局,一切安好,请他及时与警方联络。

我爹专门嘱咐落款以他个人的名义,整条短信都是经过深思熟虑的,他怕引起舒平安的反感。但舒平安原本就嫉妒我有那么个爹,根本听不进劝。

舒平安心里想的是,警方故意控制母亲的自由,想逼他就范。他认为那条短信就是为了骗他,等案子破了,我爹就可以升官发财。他更加警惕了,把手机扔到了垃圾桶里,他想到了手机定位功能。

他去了市委大院对面的一家早餐店,要了一碗豆腐脑和三根油条,一边吃一边望向那座平常人感到神秘的办公大楼。舒平安在考虑如何让警方抓到黄三儿,然后顺藤摸瓜,把黄仁重也逮起来。他甚至想,这是最好的解决方式,也算是正义之举,为民除害。

可是,舒平安只知道黄三儿在市委大院,却不知道具体位置。他搜肠刮肚终于想到了一个办法,他下意识地笑了笑,慢腾腾地吃完饭,擦了把嘴,结账走人。

他步行了好远,才找到一家网吧。进门需要登记身份信息,舒平安又退了出来。他深思片刻,转身向相反的方向走去。

舒平安进了某品牌手机专卖店,掏钱买了部新手机,蹭 WIFI 上网下载了微信。登录账号后,他找到"登州警事"微信公众号,那是登州市公安局的官方窗口。

他连续打开公众号发布的几条信息,在评论区输入了同样一句话:"市委大院被人装了炸弹。"忙完之后,舒平安坐在那里,看着窗外的行人直乐。他仿佛已经看到了成功。

市局宣传处看到留言后，向我爹报告了情况。宁可信其有不可信其无，市委大院若是发生爆炸，社会影响太恶劣。他紧急下令让特警支队派排爆民警和搜爆犬前去处置，又让网安支队彻查那条评论的来源。

宣传处的工作性质决定了对任何事情都有天然的敏感，他们早就将情况通报给了网安支队，等我爹把电话打过去，那边已经查到了结果。

我爹抱着挽救失足青年的心态，让我火速联系舒平安，让他悬崖勒马。问清了具体情况，我抱着试试看的想法，给舒平安的微信上发了个问候的信息。

迟迟没收到回复，我又在对话框里编辑了一段文字："老同学，别再执迷不悟，说到底你还是个学生，好多事情不了解。你在公安局的官方微信公众号留了言，我们就能查到你，即使你把手机卡取下，我们也能通过手机物理定位找到你。听人劝吃饱饭，赶紧跟我见个面吧，相信我，凭咱俩的交情，我是不会害你的。"

信息发送出去之后，我开始了漫长的等待。

我不晓得他正在干什么，但我猜想如若看到了信息，他只会冷冷一笑，把我的好心当成驴肝肺，很有可能认为我是在嘲讽他，是黄鼠狼给鸡拜年。

不过，我倒是给舒平安提了个醒，此前他确实没想到警察会查到自己的微信。这是他归案后对我说的——他说那会儿并不自责，只是不甘心就这么失败了。他还说看了信息之后，自卑感骤不及防地涌进了他的心里。

我当时满脑子都想让他迷途知返，接着发送了第二条信息："平安，我希望你能跟自己的名字一样永远平安。我给你的手机号发过短信，告诉过你，舒婶已经被我接到了派出所，她的安全有保障，

第七章　惊蛰

我们所里的辅警果小米在陪她，很知心的一个女生，你认识她的。"

我终于收到了两个字："谢谢"。

我紧跟着信口开河，发了条语音："太好了，你终于给我回话了。你务必听我的，抓紧投案自首，我可以陪你去，你没做过太出格的事情，如果再有立功表现，我会求我爹，让办案人员根据你的实际情况酌情处理，你连案底都不会留下。"

舒平安反问："我为什么要信你？"

我想了想，回复道："我爹对你印象特别好，你想想，假若他不为你考虑，也不会让我联系你，直接安排人定好你的位置，把你逮起来就是了。"

"我还真得感谢你爷儿俩，欠下这么大个情，我得怎么报答你们，当牛做马吗？"他发来的这条语音里明显带着情绪。

我继续劝道："别想那么多，咱俩是异父异母的好兄弟，昨晚去你家，陪舒婶聊天，我想到了我妈，我真想喊舒婶一声妈，如果你不介意，我以后也喊妈了啊。"

舒平安直接发来了语音通话的申请，我通过之后，他阴阳怪气地说："谢啦，我这算是攀了高枝儿吗？"

我赶忙说："你是名校的高材生，是我在高攀，咱都好好发展，将来有所作为，想想都美。"

舒平安似笑非笑："好，不过我有个条件，我得单独跟果小米见一面，感谢她照顾我妈，你随后过来，我随你去自首。"

098

专案组里有经侦支队的人员，重点任务是监控比克律集团的账目往来。他们发现，夜间集团的某个账户向境外转了几笔账，报告给我爹后，他命令冻结比克律集团的所有账号，防止次日财务人员上班后将账上的钱转走。

毫无疑问，黄仁重动了出逃境外的心思。我爹紧急部署，派人着便装，在黄仁重可能出入的场所潜伏，一有风吹草动，随时将其拿下。

先前安排在夜总会做保安的年轻民警发挥了作用，他不断向专案组传送信息——目前，黄仁重还在观海大厦居住，生活起居照旧，无反常行为。我爹让其侦查大厦内部的构造，专案组也找到了大厦的建设方，拿到了图纸，开始制订详尽的抓捕方案。

临近凌晨，市委办公厅的工作人员来电，让我爹去刘书记那里。他根本没空伺候，张嘴就回绝了。无可讳言，在我眼里，忙于工作的他很有男人味。

没多会儿，刘书记打来了电话，我爹启动手机免提功能，对方的声音传到了众人耳朵里："迎春同志，得有多忙啊，我都请不动了。你在哪儿啊，我去登门拜访。"

"刘书记，实在抱歉，省厅马上组织电视电话会议，要求各地市一级的局长必须在分会场，如果不在位，只能向门副省长请假，并说明事由。"我爹撒了个谎。

刘书记嘿嘿直笑："瞧我这脑子，忙晕乎了，忘了你有部领导、省领导的加持，相当于有了尚方宝剑，穿上了黄马褂。"

"书记有何指示？"我爹显然是不想继续纠缠下去。

刘书记像是在自我解嘲："我哪敢指示啊，都说公安队伍要忠于党，可是我这个市委书记指挥不动你喽。"

"市委也不是你一个人的市委。"小声嘀咕完这句话，我爹有意加重了语气，"只要是市委的决议，局党委会不打折扣地执行好。"

刘书记也不是傻子，听出了话里绵中带刚，也跟着严肃起来："有的事情还用不着上会形成专门的决议，大家都很忙，我也不浪费时间了。我对你们公安的工作非常不满意，为什么不请示也不汇报，就把人给派到了市委大院？这让群众怎么想，这严重影响了市委的形象，失去了民心，往后的工作怎么开展？还有啊，好事之人

第七章　惊蛰

会空穴来风，很可能把矛头指向市委或者你们公安，咱不能让坏人钻了空子。"

究竟谁是坏人呢？即使我再没经验，也能听出个子丑寅卯。我真想把刘书记从手机里提溜出来，暴揍一顿。

我爹也是老江湖了，他不愠不火地向对方解释："书记，我们得到信息，有坏人可能在大院里搞破坏，正是为了市委的形象，才派出了警力去排爆。"

刘书记笑着说："消息可靠吗，如果不可靠那就是谣言，我也问过了，有人想搞爆炸，对吗？我觉得一堆警察在大院里折腾，才是爆炸新闻。念在你出发点是好的，我也不追究了，赶快把人撤回去。"

我爹还未回答，刘书记又说："另外，我让市委宣传部起草了新闻通稿，得阻止谣言的散布，以正视听。"

市委宣传部的工作力度空前之大，辟谣的新闻铺天盖地，连街边的电子广告牌上都是。

舒平安又给我发来一段语音，说自己一字一顿地把辟谣新闻读了一遍。说这话的时候他笑了，但他的笑声耐人寻味，带着一丝悲凉、一丝绝望，还有一丝自嘲。

他还说，看到街边有两个人在聊天，自己握紧了拳头，想冲上去把人家揍一顿。舒平安认为他们在议论自己、嘲讽自己，他觉得自己一败涂地，是被人耻笑的对象。

舒平安说不想再躲下去了，再折腾已经没有意义了。他自以为策划得天衣无缝，市委大院却平静如水。他给我打了个比方，说黄三儿犹如一尾狡猾的泥鳅，在水中钻来钻去，倘若往里边抛一块巨石，必然会把一池水搅浑，泥鳅就可能成为捕捉的对象，可是那块石头被人收走了。

他不愿做一个一无所有的失败者，直接打电话问我在哪儿。我惊喜地答："鱼鸟河派出所。"

舒平安说："我想明白了，就按着你说的办，投案自首。"

我安慰他说："也不该说是自首，该算是配合警方调查。"

舒平安笑着说："这样你就可以出成绩了吧。"

"不是的，你别误会，咱都还没毕业，我只是个实习生。"我坦诚告知。

舒平安说："那好吧，就按照咱之前的约定，我先跟果小米单独见面，然后跟你见面，你们都对我有恩，人得知恩图报，是吧？"

我欢喜地说："没错，亲，给你点赞。"

舒平安沉默了一会儿才说："等会儿我发位置给你，说好了，我先单独跟果小米见面。"

"行，就这么愉快地决定了。"我爽快地答应了。

舒平安又说："这个号码你存下，是我新办的，你要想邀功请赏，我也没意见。"

说完，他挂断了电话。我必须承认他的话很有杀伤力，即便我想把他的手机号码告诉别人，也不好意思呀。况且他主动告知新号码，我自然而然地放松了警惕。

我从未把别人想得过于复杂，对我而言，之前只把我爹想象成了坏人，除此之外，我可以反感任何人，却轻易不会把对方当成坏人。事后康淑婉点出了我这一致命的弱点，我不敢有半句反驳的话。

古人讲，失之毫厘谬以千里，我跟舒平安的约定，给果小米带来了不可挽回的灾难。这是我的罪过，待我明白前因后果的时候，我也像我爹和我爷爷一样，一脚踏进了痛苦的泥沼。

舒平安从微信上发来了地址，一看原来是他家，我想他是觉得在熟悉的环境里，更便于跟我和果小米交流。我把事情跟果小米说了，她闪动着美丽的睫毛想了一会儿，朝我笑了笑，点头答应了。

第七章 惊蛰

099

约好了见面时间，我征求果小米的意见，要不要跟都旺家知会一声，她笑嘻嘻拒绝了，说怕都旺家打翻醋坛子。

正要拿她开涮，康淑婉通知我出警。我刚想说待会儿还有事情要办，康淑婉用不容置疑的语气说："别磨蹭，这次去木墅村，你小时候生活的地方，熟悉情况，能省好多事儿。"

我扭头向果小米做了个"胜利"的手势，匆匆下楼上了警车。

在车上，康淑婉向我们通报情况："市局食药环支队发来协查通报，我市部分超市发现一宗品牌茶饮料，消费者举报口味与以往的有很大差异，经鉴定这批饮料系假冒伪劣商品。支队方面控制了饮料批发商，那边交代进价比正规产品要便宜一半，货源出自本地，目前初步判断，假饮料生产窝点可能散布在三个地点，木墅村可能是其中之一。他们人手紧张，让咱先去了解情况。"

"没想到，我老家还出能人呐。"开完玩笑，我接着问，"如果发现真是黑窝点，咱抓还是不抓呢？"

康淑婉说："废话，见机行事。"

我嘴里念叨着见机行事，打起了盹儿。这段时间一连串的事情，脑子里的弦绷得太紧了，如今总算做通了舒平安的工作，我再不迷糊一会儿，整个人都会垮掉。

实际上这次我们只去了三个人，除了我和康淑婉，另外一位是个不爱说话的辅警，平常接触少，我连他姓什么都不知道。到了我老家村子之后，按照事先的计划，我们以"春芽活动"的名义挨家走访。

把服务送到农民家里是康淑婉力推的工作，她的理念是派出所民警多跑跑腿儿，各村的农民就不用浪费时间和精力了。

柳叶青善于造势，起了个"春芽活动"的名字，虽然有点不伦不类，但他当时的解读是，把党的关怀像种子一样播种到千家万户，发了芽就是一片绿茵。他搞得挺牵强但却也浪漫，反正办的是好事儿，康淑婉也就听之任之了。

我们连续走访了七家，没发现任何可疑迹象。进了第八家的门，康淑婉跟那家的女主人在聊天，辅警私下里跟我说，女主人没精打采。我一看还真是，我想了想，这家的男人跟我爹同辈，就喊了声"婶子"，跟女主人聊起了家常。

女主人说："神经衰弱是老毛病了，最近吃了药也不管用，后半夜总听着外边'咣咣'直响。"

康淑婉问："哪边？"

女主人打着哈欠说："西边。"

"咱的位置在村西头，再往西是打麦场，过去是晒庄稼的，然后是一片山坡，栽满了苹果树。"我根据记忆介绍情况。

女主人说："那些树早伐掉了，现在是养猪场，村支书办的，夏天臭烘烘的。"

又闲聊了几句，我们向女主人告辞。去养猪场一看，那么大一片猪圈，只在靠近大门口的地方养了几头猪。

康淑婉朝我递了个眼色，我心领神会。

看养猪场的是个外地来的老大爷，外乡口音浓重，我们对他的话一知半解，交流起来很费劲。

康淑婉装作是收购生猪的，老大爷说圈里的猪不卖。我问他为什么，老大爷说自己只是个打工的，让我们去问于钊。我跟教导员交换了眼神，不动声色地向一排排的猪圈走去。

老大爷拦住了我们："要进货去村里找于钊。"

康淑婉笑眯眯地问："价钱怎么谈？"

老大爷有些烦躁："你们跟于钊联系了吗，来得也不是时候啊，都是清早出货。"

第七章　惊蛰

正说着，于钊骑着摩托车来了，他刚把车熄火，就无比热情地打招呼："康教导来指导工作了，我大侄子也来了，都是稀客，来之前给个电话啊，弄得我一点准备也没有。"

康淑婉说："好久没来了，瞎转悠。"

"走，到我家里去，刚过了年，家里备的年货还多着呢，帮我消灭一点是一点儿，家常便饭，也别嫌弃。"于钊笑容可掬。

康淑婉换了话题："养这么多猪，去年收入怎样啊。"

于钊一副苦大仇深的样子："白搭，刚解决了温饱。"

我忍不住插话："不对啊，去年猪肉价格很贵呀。"

于钊看了看我，解释说："不懂技术，管理跟不上。"

康淑婉将了一军："陪我进去转转，回头我帮你请技术人员。"

"没必要吧，里面脏兮兮的。"于钊拦住了康淑婉。

康淑婉说："也罢，正好下午派出所要组织各村村干部开个治安会，你上我们的车直接过去，完事再派车把你送回来。"

于钊的脸色变了："往年都是农历二月二之后啊。"

康淑婉依旧笑："今年提前了，这也是根据市局的精神临时决定的，连通知都没下，挺仓促的。"

于钊说："让其他村干部去吧，我这挺忙活的。"

"你是于局长老家的，得带好头啊。"说着，康淑婉冲我眨巴了几下眼睛。

我跟着上前，挽起于钊的胳膊，连拖带拽地把他"请"到了我们的车子上。他低着头发微信，等车子开到村东头的时候，一群村民拿着铁锹、锄头之类的拦住了我们。

以往我听说过在农村抓捕会碰到阻挠，有时还会导致群体性事件，这会儿才真见识了，目及之处人头攒动。都是乡里乡亲的，不好处理。康淑婉让我下车跟村民协调，我心想这不为难人吗。

我胆怯地对乡亲们说："我是警察，来接于支书去所里开会。"

人群中议论纷纷——

这不是于铭忍的孙子吗，乖乖，长这么高了，也当警察了。

可不是吗，人家家里就没一个孬种。

这个于钊真能忽悠，开个会也把咱们给折腾过来。

赶紧让车子过去吧，都不是外人。

我连忙向村民们道谢，有人冲我喊："孩子，你的根在木墅村，有空常回来。"

我眼眶子热了，并非我多愁善感，而是我们老于家没孬种的话打动了我。

100

于钊见躲不过去这一劫了，向我们诉苦，说什么木墅村偏僻，不像城乡接合部的那些村子，村干部光靠承包土方建设项目就能赚大钱。

康淑婉没给他好脸色："生财有道，你在养猪场里捣鼓假饮料，丧尽天良。"

于钊辩解道："都是香精和糖精，不碍事儿的。"

康淑婉怒喝："放屁！你那猪圈有多少细菌？长期饮用会给消费者带来极大的伤害。有的假饮料含环己基氨基磺酸钠，此原料被称代糖，是神经毒素，会损害神经系统；另外苯甲酸钠等防腐添加剂，过量食用也会造成神经退化性疾病。"

于钊说："这个太高深了，我不懂。"

康淑婉高声质问："你们家里人会喝你产的饮料吗？"

于钊无言以对，我在心里为康淑婉叫好，也不知她从哪搞来的专业知识，把人给整蒙了。我很敬佩她，偷偷给她发了条微信，她回复说是出警之前刚从网上查的，只不过是临阵磨枪。

正要再回复，康一来了电话，问我在哪儿，说爷爷要出院，让我赶紧过去帮忙。她说话的声音挺大，康淑婉听到后，让我快去

第七章　惊蛰

快回。

到达市立医院的时候,我还专门跟果小米通了个电话,让她转告舒平安,我过去的会稍微迟点儿。那边说没问题,还临时给了我一个任务,让我帮她搞本签名书。我壮着胆子答应了。

那本书是我们公安系统的一位作家写的,作品刚被改编为热播电视剧,那部戏很有情怀,堪称经典之作。那位作家应邀到我们学校搞讲座,我买了本他的大作请他签了名字,果小米看到了,眼馋得不行。可惜人家是著名公安作家,我也不知道用什么办法能联系到他。

管他呢,没有压力就没有动力,说不定联系到人家,我还能跟他成为朋友,在他的指导下,某一天我也成为著名作家。总之,我会尽量满足果小米的心愿。

忙完之后,我和康一赶到了舒平安家里。

门没锁,舒平安早就不见了。果小米躺在床上昏睡,康一掀开被子,又赶紧盖上,她把我推出了房门,让我在外边等着。

果小米的衣服被扒了个精光,手机搁在床头橱上。康一帮她把衣服穿上,果小米还是没醒。

康一走出卧室,脸色极其难看:"果小米很可能被糟蹋了。"

"不可能。"我以为她在开玩笑。

"我能拿这事儿开玩笑吗?"康一神色严峻地质问,"于禧淼,你为什么要助纣为虐?"

我百口莫辩,只能反问:"现场破坏了吗?"

康一沉默下来。我意识到大事不妙,也慌得麻爪了,我在小客厅里走来走去,扭头看到茶几上有个水杯和小药瓶子,便找来个塑料袋,隔着袋子把它们收了起来。

果小米终于醒了,她居然毫不知情,只说喝过舒平安给的一杯淡蓝色的果酒。

果小米对舒平安没有任何戒备，因为他是我的老同学、老朋友。

据她回忆，舒平安当时掏出个药瓶，说那是从国外进口的，还再三强调是专门从古色古香夜总会带回来的，跟酒掺在一起就是功能饮料，喝了神清气爽。

果小米人也豪爽，出于帮我给舒平安做工作的考虑，乐呵呵地把酒喝了，结果是昏迷不醒。

令人恐惧的是，果小米什么都想不起来了。是我害了果小米，我无法原谅自己，我躲在角落里抓扯自己的头发。还是康一理智，她认为我收起来的药瓶或许能查出问题。我怎么把这茬儿给忘了呢？我让康一照顾果小米，紧赶慢赶把东西送到了专案组。

郭主任正好在场，他一看药瓶子，就向我爹汇报："不用检测，外地出现过，市面上叫蓝精灵，我曾经研究过。这东西是处方药，用于术前镇静、癫痫发作、严重失眠等，有催眠、遗忘的作用。它跟酒精混合，能产生复杂的化学反应，会变成淡蓝色，跟冰毒等毒品一样，让人神经兴奋，出现幻觉，产生顺行性遗忘症这一特性，受害人会失去反抗能力。"

我爹沉吟："也就是说，可以用来达到迷奸、性侵的目的"。

郭主任说："是的，蓝精灵危害极大，在我市还是首次出现。"

"还有什么好说的，这东西是舒平安从夜总会带回来的，等什么呢，我带人过去把黄仁重抓了。"刘开主动请命。

庄正劝道："只要黄仁重不跑，不差这一时半刻。"

刘开气呼呼地不再说话，我爹对彭学民下令："还有好多疑点，不惜一切代价找到舒平安。"

我大气不敢喘，怯生生地对我爹说："怪我，如果我直接把舒平安交给专案组就好了。"

我爹拍了拍我的肩膀，意味深长地说："现实是残酷的，有时候会让你猝不及防。"

我无法体会果小米的痛苦，但我能感受到都旺家撕心裂肺的痛。

第七章　惊蛰

他听到消息后，从派出所厨房里攥起一把刀，要去把舒平安给宰了。康淑婉招呼了好多人才把他给摁住了。他哭得稀里哗啦，说穿着警服竟然连至爱的女人都保护不了，活着也没意思。

康淑婉生怕他寻短见，形影不离地跟着都旺家，到最后还是果小米让他勉强接受了现实。果小米说谁都不怪只怪自己，如果她不去喝那杯酒，就不会出事儿了。

据说果小米还讲了一句话，说是就当为办案提供线索了，也是在为公安事业作贡献。这话让人动容，连康淑婉都忍不住掉下了眼泪。

我不在场，并不知道果小米有没有那么说过。我在专案组等消息，我要找到舒平安的下落，亲手把他抓起来。

很快寻到了舒平安的行踪，他似乎有意暴露个人的行动轨迹，步行去了章忠亮家里。

U 绑架案

101

这一夜，康一把果小米喊到了自己家里。

康一不敢睡觉，时不时地看一眼夜幕中的果小米。果小米睡得并不踏实，她在睡梦中挣扎，醒来浑身是汗，呼吸变得沉重。

康一伸手拍了拍她的后背："接着睡吧，好好睡一觉，什么烦恼都过去了。"

"过不去的，他戴那个了吗，我怕……"果小米的声音细弱而无助，却在浓重的夜色中显得刺耳。

康一张开嘴，却什么也说不出来，她不知道该怎么劝果小米，失去贞操的女人面对的岂止是恐慌？在她眼里，果小米已经很坚强了，如若换作别人，生不如死的经历会蛊惑人心，叫人选择不归路。

果小米躺在她的对面，蜷缩着身子，像个受到伤害的孩子，一动不动，渴望得到安抚。康一的性格随母亲，她对一切刁恶的力量都恨入骨髓，她真希望自己也能穿上警服，去伸张正义。

选择学新闻专业正是为了实现心底的梦想。康一崇拜那些真正跑现场的记者，她对记者的定义是，不畏惧任何压力，敢于揭露邪恶和黑暗，能够讴歌正气与光明、主持公道和正义。她希望能为果小米做点什么。

康一起身下床，轻手轻脚地走到窗前，双目望向窗外。连成一片的楼宇像一群魔兽，楼间的树木影影绰绰如同幽灵，暗夜更是无限放大了某种情绪。

天际隐约响起雷声，康一心想，过了惊蛰，春雷滚动，蛰伏的虫子也露头了。虫子也分益虫和害虫，她决定去消灭害虫。

康一换下睡衣，走出卧室。她在客厅里给果小米留下张字条，让果小米照顾好自己，别有那些乱七八糟的想法。个人英雄主义爆棚，让她失去了应有的理智。

她在心里盘算，要想顺利进入古色古香夜总会，循规蹈矩地去应聘是来不及了。康一想到了连部，可以通过连部的朋友阿雨引荐。

直到凌晨，她才联系妥当。那会儿雷声早就停了，天空中飘洒着蒙蒙细雨，康一顶着湿漉漉的头发，踏进了夜总会大门。她无法预估接下来会发生什么。

阿雨态度冷淡，把她拽到了角落，阴沉着脸说："赶紧回去，这地方你不该来。"

康一像是中了邪，莞尔一笑："我不会改变主意。"

阿雨换了副语气："你这是何苦，非要往火坑里跳。"

康一收起笑容："我要查明蓝精灵，为无辜的受害人讨回公道。"

阿雨说："想了解蓝精灵你可以问我，用不着来冒这个险。"

康一沉默片刻，继续说道："谢谢你的一番好心，来之前连部大

第七章 惊蛰

哥应该都讲过,你帮帮忙,把我推荐给主管。"

"跟我来吧。"阿雨叹了口气,扭身先走了。

康一见到了柏洁,两人一碰面,她的手机就被强行收走,人被关进了一间小黑屋。直到此时,她才心生恐惧,她后悔不该一时逞能,如若动动脑筋,或将是海阔天空。

静下心来一想,康一更加无法原谅自己,因为此举只会给警方的行动增加难度。

舒平安是从网上查到龚雪梅的信息的。

心理咨询在登州尚属新生事物,舒平安多多少少了解一点心理学的常识,他上网查找心理诊所的广告。他所看到的那些广告都把牛皮吹上了天,在他看来却是鱼目混珠。

龚雪梅的诊所并未在网络上投放过广告,舒平安是从市公安局的新闻里看到对方的,他仿佛发现了新大陆,能够让警队认可的人,肯定在专业上是有所造诣的。

他是想请龚雪梅帮忙进行心理疏导,电话打过去,对方说自己怀有身孕不方便外出,热情地邀请舒平安到家里。当时他颇为感动,甚至想过,只要过了心里那道坎儿,就主动到公安局认罪。

龚雪梅对他异常真诚,这是心理咨询师必备的素养之一。她一句话也不说,静静地倾听舒平安的讲述,也只有这样,她才能了解舒平安的内心世界、情绪,然后再进行沟通。但是,舒平安说着说着就说不下去了。

"你怎么了?心里不舒服吗?"龚雪梅连续问道。

舒平安烦躁地答:"你们心理医生就等着听故事,然后赚昧心钱吗?"

"先生,需要说明的是,我不是心理医生,我是心理咨询师。"龚雪梅思量片刻又说,"我必须了解你的问题,才能跟你交流。"

舒平安恶狠狠地说:"你就是个骗子,你们统统都是骗子。"

龚雪梅面带微笑："建议你调整好自己的情绪，负面情绪只会让你越来越糟糕……"

舒平安粗暴地打断她的话："对，我现在全是负面情绪，我愤怒、悲伤、悔恨、嫉妒、焦虑、恐惧、偏执，这样的词汇我能列出一溜儿，如果得不到及时排解，会影响身体健康，会产生精神疾病，精神分裂症、强迫症、恐惧症，我比你懂的还多。"

龚雪梅好言相劝："你别误会，这样子我们没法对话。"

舒平安猛地站起来，怒吼："你是给公安扛活的，我就不该过来。像你这样的人，不得好死。"

他的大嗓门让龚雪梅极度不适。龚雪梅捂着肚子，腹部疼痛，她的额头上瞬间沁出了汗。在卧室里的车红妮实在看不下去了，冲进客厅，怒视舒平安。

舒平安冷笑："你一直在偷听我们谈话，你也该死。"

车红妮斥责道："你还有没有良心，龚老师怕你心情郁闷，大晚上的把你请到家里，替你疏导，你懂得尊重人吗？"

"尊重？你们谁都不值得尊重，都不配活在这个世上。"说完，舒平安仰天狂笑。

车红妮扯起尖锐的嗓门："没错，我不配活着，如果不是龚老师拦着，我早就死了。我爹被黄三儿活活打死了，我只能眼睁睁地看着！"

舒平安愣了一下，追问道："你说什么？黄三儿？"问完，他又自言自语："都是苦命的人啊。"

他猛然间醒悟了，在警方赶到楼下的时候，舒平安拨通了老同学的电话。

102

舒平安被昔日同窗铐了起来，他把头扭向了一旁，没敢看老同学。于禧淼既痛恨他，又可怜他，他担心看到对方的眼神就会心软。

第七章 惊蛰

鉴于两人是莫逆之交，专案组安排于禧淼协助工作，目的是用最快的速度了解舒平安的性格特征。为此，庄正副局长单独跟于禧淼聊了聊，他担心于禧淼会念着旧情，来个避重就轻。

于禧淼毫不客气地把他撑了回去，事后庄正对于迎春说，你儿子可不随你，脾气冲着呢。如此暴躁是因为果小米被舒平安糟蹋了，于禧淼再同情他再怜悯他，也不会饶过他。

于迎春批评儿子顶撞上级，于禧淼叫嚷说，自己还没有大公无私的觉悟，他有他的好恶，也有他的自私和欲望。

那时候他还不晓得康一去了夜总会，如果知道了，别说是庄正，就是门副省长在场，于禧淼也不会留任何情面，他会把自己的情绪全都发泄出来。可惜康淑婉也不知道女儿去了哪里，他们都被蒙在鼓里，但凡有一个人及时知情，也不会让康一傻乎乎地钻进狼窝里。

那天夜里，康淑婉被搞得焦头烂额。她在调查省厅督办的一起案子。

外地有个上初中的女生，去年暑假闲来无事，在聊天软件上加了几个好友，其中一位的头像是卡通警察的形象，她对自称警察的那人印象不错，聊了很多家常话，包括父母是做生意的，经常去外地出差等等。

开学之后，女生安心学习，几乎把那人忘了。转眼就到了寒假，两人有一搭没一搭地又聊了起来。过了正月十五，那人忽然主动跟女生联系，说其父母犯法了，正在派出所里，如果不及时处理，马上就会被抓起来，坐上几年的大牢。

女生刚开始半信半疑，那人发来一段视频，是派出所接处警大厅的景象。女生一想父母的确是去了那人所在的城市，对方又知道父母的名字，顿时慌了神。

那人说想救出父母就得按着他说的办。慌乱之中，女生忘了父母的名字以及出差地点是自己说出去的，在那人的遥控指挥下，她开始从手机上操作，向那边转账。再然后就是人们熟知的骗局了。

女生家长发现被骗,赶忙报警,警方一查,那个视频是在鱼鸟河派出所拍的。协查通报一过来,康淑婉极其被动,查到那个视频是谁拍的,才能证明所里的同志是清白的。也只有查到了那个胆大妄为的人,才能破获这起诈骗案。

查到那人谈何容易?那段视频是夏天里拍的,人们还穿着短袖,民警和群众都没戴口罩,这说明当时没有疫情,至少是2019年之前的。

康淑婉心里发着狠,开始逐个寻找视频里的群众。一忙活起来,她就会像个疯子一样,无心顾及其他事情。

天上掉下个大馅饼,把高振正砸得吱哇乱叫。

他亢奋地对母亲说:"我发了,发大财了,我再也不用看别人的嘴脸了。"

老人嫌他张扬,没好气地责怪:"成天没个正经,光想着发财,你什么时候能踏实地过日子,我也好安心进骨灰盒。"

高振正嬉皮笑脸:"到时候,我给你买个纯金的骨灰盒。"

老人一听,悲从心来,带着哭腔说:"你个不孝顺的东西,真后悔把你养这么大,咒着我死。"

高振正不干了,大声嚷嚷:"我就知道,你们都瞧不起我,你、于迎春,还有那个活该早死的,都他妈个×的看不上我。我告诉你,这次你们都睁开狗眼看看,我高振正才是个人物。"

他摔门而去,剩下母亲独自哭哭啼啼。一物降一物,老人年轻的时候也是个要强的女人,偏偏治不了高振正这个活宝。听听他说的那些话吧,不但带了脏字,还把自己的亲爹说成活该早死的,让谁睁开狗眼呢?迟早把人活活气死。

高振正去了观海大厦,黄仁重给他安排了间大办公室,里边装饰得富丽堂皇。他倚在巨大的老板椅上,感觉整个人都能飞起来。

黄仁重正式以比克律集团的名义注册了个文化传媒公司,高振

第七章　惊蛰

正觉得名字不咋地，叫什么"浪漫时空"，土得掉渣，但人家开出的待遇好，不但让他干总经理，担任法定代表人，还给了40%的股份。

具体事宜是柏洁出面谈的。柏洁告诉他公司已经试运营了一段时间，已经初具规模，还聊了长远的规划，把高振正搞得雄心勃勃。口头约定好之后，黄仁重设宴欢迎他加入比克律，当场把任命书给了他。

高振正受宠若惊也不无担忧，他怕创造不出效益，在集团站不住脚。黄仁重让他把目光放长远，说头三年不要求产生效益，赔了也无所谓，搞文化传媒就得用钱砸，没投入就没产出。

他感到黄仁重太有魄力了，自己跟对了人。接下来是更大的惊喜，黄仁重给了他财务审批权，权限是五十万，超过五十万的开销报集团审批。这意味着，高振正只要大笔一挥，五十万以下的，想怎么花就怎么花，不必看别人的眼色。

幸福来得太突然了，他还晕乎着呢，柏洁通知他晚上有个面试。高振正本来挺紧张的，想让柏洁替自己把关，柏洁说不行，公司未来是由他来操盘，必须培养自己人。想想有道理，他就深夜赶到了办公室。

柏洁替他置办了一身行头，帮他换衣服的时候，还有意无意地碰到了他的下身。他那会儿跟触了电一般，差点把持不住自己。柏洁走后，他照照镜子，真是人靠衣服马靠鞍，西装革履穿在身，整个人都气宇轩昂。

直到下半夜，他都困得不行了，柏洁才带来个女孩。高振正顿时打起了精神，却发现那女孩萎靡不振。

103

康一的到来让黄仁重大喜过望，他在心里直呼：天无绝人之路，老天助我也。

舒平安没追得回来，那群没用的饭桶也被警察抓了，黄三儿又指望不上，他以为自己再也没有翻牌的机会了。黄仁重底下有的是眼线，在康淑婉把麻道长抓起来之后，就查过了对方的底细。没想到康淑婉的宝贝女儿主动送上门来了，这可是天大的喜事。

黄仁重算计好了，必须在这一两天出逃，倘若警方敢阻拦自己，康一就是攥在手里的一张王牌。他晓得于迎春有个致命的弱点，有时会优柔寡断，特别是在面对亲情的时候。

他私下里了解过，于迎春是因为爱妻的病故才变成了现在这个样子。黄仁重从不相信这世上有超能力的人存在，只要是个平常人就会有七情六欲，就会有爱恨情仇，最不济也有个人爱好和厌恶的事情。

前些年，黄仁重凭借这个理念摆平了好多人。比方说，有的领导喜欢写书法，那就派人去把所谓的墨宝拿回来，搞个拍卖，钱自然就进了领导的腰包；有个国企副总总想着长生不老，寻了个偏方要用婴儿胎盘做药引子，他搞定了几家医院的领导，保证长期供应；至于好色的人就更好办了，搞那个假文化传媒公司，已经让好些人像个木偶似的任由摆布。

有付出就有回报，他借助这些歪门邪道，巩固了自己的势力。党的十八大以来，中央以高压态势抓反腐，老百姓拍手叫好，黄仁重却气得吐血，如今办事再也不如以前那么便利了，还有一部分过去的"老铁"也被抓了。幸亏他预先都做好了准备，才保住了自己没被牵连进去。

无论怎么说，黄仁重都不甘心成为别人的手下败将，此前他跟个别老领导通过电话，想利用老领导的余威给有关方面施加压力。可那几个老家伙比猴子还精，随便找了个理由就把他给打发了。他感觉那些人太过天真了，现在要抓贪官，哪怕是退休多年，只要没进那个小盒子，都会把人提溜出来。

他此时真正仇恨的是刘书记和马玉海二人，自己这次过于冒失，

第七章　惊蛰

全是他们给害的。黄仁重是睚眦必报的人,他绝不会让那俩家伙过上舒服日子,自己都快要走投无路了,也得把他们整得鸡飞狗跳。把黄三儿安排躲进市委大院,就是他布下的邪恶之局。

上次给马玉海打了电话,没有掀起什么风浪,他这次直接联系到刘书记。黄仁重对方方面面的关系了如指掌,他有办法让刘书记整治马玉海。

"刘书记,有句话不知当讲不当讲。"黄仁重语气诚恳。

刘书记说:"咱俩不是外人,说。"

黄仁重故弄玄虚:"我听到了风声,马玉海在背后搞你。不是背后说坏话,你想,他可是姓门的一手提拔起来的。"

高振正觉得康一长得挺俊的,就是脑子好像缺了点什么,但他还是要一本正经地把面试进行完。

"介绍一下自己吧。"高振正居高临下地吩咐。

康一傻乎乎地朝他笑笑,什么话也没说。高振正有些不自然,他清了清嗓子:"喂,你叫什么?多大了?为什么要到浪漫时空应聘啊?"

他在来之前做了些功课,在网上看了招聘现场的视频,他觉得无非就是那么几个问题。高振正等着康一回答,说自己的梦想,愿意为艺术献身之类的。可康一还是一个劲儿地傻笑。

他尴尬地问:"你是聋子还是哑巴?"

康一还是没搭话。高振正扭脸问柏洁:"碰上这么个情况,咋整?"

柏洁嘻嘻哈哈地说:"这个女孩子听说自己有机会加盟比克律旗下的浪漫时空,兴奋得失了分寸,喝酒喝多了。"

高振正顿了顿,带着抱怨的语气说:"那就等她醒了酒再说,这大晚上的,外边还下着雨,把我折腾过来,一点都不严肃。"

柏洁还是笑:"那我得严肃地告诉你,这是黄总相中的人,否则我怎么会这么着急呢。"

"哦,是黄总啊,你怎么不早说呢。"高振正声调马上变了,"黄总是我的衣食父母,在下只管服从,你来安排,该怎么办你说。"

柏洁变戏法儿似的拿出艺人签约合同书,递给高振正:"在这几份合同的'法人代表'一栏里,都签上你的大名。"

高振正连声说"好",柏洁问他:"不看看具体内容吗?"

"事情是黄总交办的,又是你一手安排的,我用不着看。"高振正连忙表态。

柏洁笑吟吟地说:"算你识相。"

高振正还沉浸在喜悦之中,有些兴奋地问:"我签字这就管用了?"

柏洁鄙夷不屑:"早晚会派上用场。"

说完,柏洁搀扶着康一,出了高振正的办公室。她用对讲机把阿雨呼过来,让阿雨把神志不清的康一送到那间小黑屋,自己扭身走了。

看着康一的样子,阿雨想豁上命去把她送出夜总会。康一的肢体不受意识控制,阿雨扶着她跟跟跄跄地走向了电梯间。阿雨摁了下行键,直接抵达一楼大厅。

二人刚出电梯间,门口的服务生走过来,拦住了阿雨:"姐姐,你走错方向了。"

正在阿雨愣怔的工夫,来了两名保安,一个扭住了她的胳膊,另一个拖着康一就走。她没反抗,因为越反抗受的罪就越多,这可是血淋淋的教训。

她俩被带进了小黑屋,柏洁拿出印泥,抓着康一的手,在合同上摁了手印。办妥之后她转身薅住阿雨的头发,抡起巴掌左右开弓。

阿雨被带入一个包间,她知道接下来将是暗无天日的折磨。来了三个男的,让她跪在地上学狗叫,嫌她学的不像,他们把她的衣服撕开,用针头扎胸部和下体,然后便是无穷无尽地发泄兽欲。

第七章　惊蛰

104

等警方发现康一被控制了，已经是次日中午。于迎春立马安排章忠亮带队去解救，他没同意儿子和康淑婉加入解救队伍，但他俩早已心如火焚，私下开车去了。

两人跟章忠亮等人几乎同时抵达观海大厦，他们刚要准备进门，去古色古香夜总会所在的楼层，黄仁重的身影出现在门口。

他皮笑肉不笑地迎向章忠亮："章警官，不知道你大驾光临，有失远迎。"

"黄总好，幸会！"章忠亮跟黄仁重握了握手，他知道自己在对方这里是个熟脸，黄仁重对公安机关一些重要岗位的负责人都是自来熟。

黄仁重问："章警官有何贵干？"

章忠亮赶紧调整思路，直奔主题："我们接到家属报案，孩子可能到夜总会了……"

"女孩儿？姓康？"问完，黄仁重装出生气的样子，"瞧瞧这事儿闹的，我就跟他们说不要随便招聘，他们不听，说那孩子有潜质，听说把合同都签了，下面的事情我也管不了那么多。"

康淑婉忍不住冲上前："合同呢？"

"先别急，稍等。"黄仁重拿出手机拨了个号码，"把那个女孩的签约合同拿来，怎么搞的，让人家家长找上门来了。"

柏洁拿着合同赶了过来，黄仁重接到手里，胡乱翻了几下，一惊一乍地说："晚喽，都摁了手印啦，我不瞒你们啊，艺人合同是不平等的，等于是个卖身契。"

于禧森一把抢过合同，刚要撕掉，柏洁在一旁提醒他："帅哥，别冲动，你那份是复印件。"

康淑婉故作镇定："康一还没毕业，你们签的合同不作数。"

柏洁冷冰冰地说:"她已经年满18岁,如果违约必须赔偿公司的损失。"

章忠亮问:"赔偿多少?"

柏洁答:"看合同吧。"

康淑婉沉下脸:"不用看,我们肯定赔不起。这样吧,你让我见一下我女儿。"

柏洁笑了:"你们来晚了,公司组织团建,她刚入职,很幸运,给赶上了,现在恐怕早就出城了。"

康淑婉愣了好一会儿,转头对章忠亮说:"先回去吧,在这儿待着也不是回事儿。"

于禧淼急了,拦在他们面前:"不能走啊,他们是在骗人,康一肯定还在楼里边。"

康淑婉拉了他一把,压低嗓门说:"先跟我回去。"

于禧淼极不情愿地跟着康淑婉走了几步,又回过头去,他看到黄仁重正在瞅着他们的背影笑,而且笑得阴冷,让他起了一身的鸡皮疙瘩。他被对方的笑和眼神吓到了,他觉得个人是懦夫,不配当警察。

专案组通过监控查到了康一的行踪,她确实乘坐一辆小型客车出了观海大厦地下车库,而且就坐在副驾驶位置上,目前已经离开登州地界,去了临市。

糟糕的是,监控显示,康一昏昏欲睡,状态不正常,且临市的同行没发现那辆客车。

康淑婉和于禧淼没去专案组,而是直接返回派出所。于迎春听闻康一的事情,专程赶了过来。

康淑婉把自己关在办公室,坐在那里一言不发,她默默地想着心事。她太安静了,安静到让人感觉她极不正常,随时都可能爆发。于迎春本想去劝劝她,终究还是觉得不方便。他把龚雪梅请了过来,

第七章 惊蛰

或许也只有心理咨询师才能帮康淑婉减轻内心的痛苦。

于迎春一直候在康淑婉办公室的门外，于禧淼站在他身旁，几次想求父亲下令，把康一救回来。可他实在无法开口。他比之前成熟多了，他晓得父亲必须从大局出发。当然，他最难受的是自己一无是处，只能眼巴巴地看着康一被人控制，还无法预知未来的危险。

看到儿子一蹶不振的样子，于迎春以少有的和蔼语气说："回去歇会儿吧，你那些叔叔会把康一救回来的。"

于禧淼哭丧着脸说："爹，我太没用了，好多祸都是我惹下的。"

于迎春盯着他看了一阵子，于禧淼像发现了新大陆一般，猛地拍了一下脑门："那份合同，如果能从合同里找出破绽，通过法律手段能救回康一。"

他忽略了一个重要问题，在黄仁重眼里就没有王法。于禧淼草草浏览了一遍，翻到最后一页，"高振正"三个大字映入眼帘。他瞬间暴跳如雷，嗓门高得几乎能把房顶穿透。

于迎春知道儿子从小到大都鄙视高振正，他必须承认小舅子就是个扶不上墙的尿泥儿，甚至连尿泥儿都比不上。他怎么都想不到，高振正会跟黄仁重扯上关系，而且还掳走了康一。

听到吼声，康淑婉不放心地跑出办公室，看到他离去的背影，她喊了一声。于禧淼闷着头急匆匆下楼，康淑婉上前拦住了他，厉声问道："你要干吗？"

"我去收拾高振正。"于禧淼一把推开了教导员。

康淑婉拽住他的胳膊，用颤抖的声音劝道："孩子，你不能做傻事儿，我们已经损失惨重，你不能再冲动了。"

于禧淼费力甩开她的手："康一还是你的女儿吗？你忍心让她受到伤害吗？"

康淑婉声音颤抖："她是我的女儿，我唯一的亲人，作为母亲，我亏欠她太多太多。我也想当一个好妈妈，陪伴她一天天长大，可我还有一个身份，我是警察。也正因为她是我的女儿，我才最了解她的性格，她肯定会做出那样的选择，她不会懦弱，而且会用心去做事情，我相信凭借她自己的努力，会平安无事的。"

于禧淼默默地低下头，注视着自己的脚尖，眼里的泪珠涌了出来。康淑婉的话刺中了他。是的，人不能懦弱，要做出正确的选择，还得要学会用心去做事。

105

于铭忍不知从哪探听到消息，独自赶到了派出所。

他虽然破不了日渐衰老的自然规律，但前段时日在康一的陪伴下，精神状态慢慢好了起来。他接受了不少年轻人的时尚，他也跟着把自己当成了年轻人，他看出了孙子和康一互相喜欢着对方，却不捅破那层窗户纸。

于铭忍希望康一能成为孙子媳妇，他甚至做过一个梦，梦见于禧淼把康一娶回了家，让他抱上了重孙子，四世同堂其乐融融。他也琢磨过，自己不懂年轻人的爱情，他想最不济也可以把康一当成亲孙女。

老人比孙子更加惧怕死亡，只不过于禧淼是自己怕死，而他是担心别人丧命，他宁肯让自己去死。他无法接受康一进了贼窝的事实，他不断自责，认为不该给康一讲那些家族的历史，有上进心的青年会盲目崇拜英雄，进而做出错误的选择。

他找到了康淑婉，语气诚恳地道歉，于铭忍跟他孙子一样，都无法原谅自己。康淑婉也不知该用什么方式安慰老人，把老人撇给了龚雪梅，她不能萎靡不振，她需要找回状态，跟女儿一起战斗。

没错，康淑婉把最平凡的日常工作当成了战斗，而女儿现在也在遭遇一场战斗，她想用母女并肩战斗的姿态，在背后默默支持女儿，让康一转危为安。

她想起了连部，她所能接触的人当中，跟比克律集团或者说夜

第七章　惊蛰

总会那边打交道的人，除了连部就是舒平安，后者现在是犯罪嫌疑人，不方便接触。康淑婉想通过连部掌握更多观海大厦里的情况。

连部把所知的一切和盘托出，他惭愧地告诉康淑婉，真正了解内部问题的是阿雨，现在已经联系不上了。凭借直觉，康淑婉判断，阿雨因为引荐过女儿，此时也身陷险境，她不愿让任何一个女孩再受到伤害。

她想请专案组帮忙，却担心于迎春不答应。康淑婉找到柳叶青，直言不讳地说："我有件事情，想请你支持。"

柳叶青说："康姐，你是所里的一把手，我绝对会支持你的工作。"

"这次是我的个人行为，与咱们派出所无关。如果办不好，就是在犯错误，很可能影响你的前途。"康淑婉真切的目光投向了柳叶青。

柳叶青表态："公事私事咱都得办好，既然你不怕犯错误，我还有什么可怕的呢。只要不是因为个人恩怨，去打击报复别人，我无条件地支持你。"

康淑婉欣慰地说："那好，我先把情况讲清楚，你再做决定也不迟。黄氏兄弟祸害了很多青年女子，专案组还在侦办，我个人也管不了太多人，只是想先把一个叫阿雨的救出来，我担心她会遭遇可怕的危险。"

柳叶青不无担忧："事先声明，我下面说的话都是肺腑之言，你不要产生误会。咱们去救阿雨，会不会破坏专案组的计划？"

康淑婉为此陷入了沉思。

柳叶青替康淑婉做了决定。

他在辖区内的娱乐场所都培养了线人，那些线人不像港台片里演的那样，警察还要付给他们费用。他们是一群大错不犯小错不断的人，总之是有把柄在柳叶青手里攥着。柳叶青靠这部分人搜集线索，也是为了有效预防犯罪，再或者发生案情后能及时破案。

虽然类似现象在公安机关并不鲜见，但大家都避讳提这个话题，因为警察这个行当不像外人想的那样风光。举例说吧，警察培养线人的出发点是好的，但是这个线人必须物色合适的人选，不能看走眼，万一哪天犯了大案，利用此人开展工作的警察就成了保护伞。

所以说，线人看起来犹如鸡肋，但也确实发挥了一定的作用。柳叶青为此也惹下过麻烦，有一次线人向他报告，有人卖淫嫖娼，他蹲守了几天几夜，发现线人提供的线索属实。正式抓捕的那天，逮住了一个事业单位的小头头。

小头头的家属在政法系统有不少朋友，也不知哪个缺德鬼给家属支招，让他们向上级举报，说是柳叶青"钓鱼"执法，不但应该将小头头无罪释放，还得给予一定的赔偿。

得亏刘开出手帮助，他亲自跟小头头的家属谈话，一会儿让对方谅解，一会儿又暗示小头头也有上级领导。家属们装糊涂，刘开又提到了媒体，非要让媒体来监督，是否真的"钓鱼"执法。那些家属自知理亏，不敢再闹腾。

过后，刘开说不能助长歪风邪气，让柳叶青安心工作。柳叶青当时千恩万谢，现如今能够替手下兄弟考虑的领导不多了，在他心目中，刘开是既讲原则又"不讲道理"的领导。

柳叶青让线人查了古色古香夜总会的情况，心里有了底，才通知康淑婉准备动手。在出发前，他又纠结上了，毕竟有明文规定，如果不是工作需要，不管是什么理由，警察不允许出入娱乐场所，况且真发生了意外，个人多年在工作上的努力都会竹篮打水。

他脑瓜子好使，既然不能直接出面，那就可以借助外力。柳叶青去了趟消防队，向消防队的领导求援。消防体制没改革之前，消防隶属于公安，派出所又负责"七小场所"的消防安全检查，两家的关系历来不错。听了他的来由，消防队领导也是义愤填膺，当即表态全力支持。

柳叶青的计划是，消防在观海大厦组织灭火救援演练，重点区

第七章 惊蛰

域是古色古香夜总会所在的楼层,这样一来大部分员工,尤其是保安都得参加。他本人和康淑婉都是辖区派出所的所领导,受消防部门邀请前去观摩合情合理,完全可以掩人耳目。至于救人那就更好办了,趁着消防演练的时机,绝对能够办得妥妥当当。

半个小时后,消防演练如期展开,奄奄垂绝的阿雨得救。

第八章 春龙节

V 美发师

106

专案组的工作始终处于被动状态。

彭学民和章忠亮盯的是古色古香夜总会，那些受到侵害的女人，除了极个别的，其他人都是一时糊涂，才误入了歧途。登州地区的人还是思想保守的，那些人多数改邪归正，已经嫁了人家，不肯与警方接触，所能得到的线索寥寥无几，也无法跟黄仁重产生直接的关联。

刘开负责的陈年积案，还在原地踏步，严格意义上讲，那些已经查到的情况构不成完整的证据链，贸然把黄仁重抓捕归案，如果审不出个子丑寅卯的话，会造成更大的被动。他不得不接受了于迎春的意见。

地下室那具被烧焦的女尸，明知道是死者死后被人纵火，为的是毁灭犯罪证据，但他们还是没法推进——现场的痕迹都被火烧掉了，仅凭连部手机上的视频再也查不到新的线索。

归案后的舒平安闭口不谈与女尸有关的事情，用来击打女人的烟灰缸早就被他丢了，他无法判断是不是自己砸死了女人，他不想承认自己是杀人凶手，他怕惹祸上身。

第八章　春龙节

舒平安供述了蓝精灵的线索，说那是黄氏兄弟用来控制受害女青年的工具。令人欣慰的是，他还心存良善，未曾非礼过果小米。他只是用这种方式为警方提供线索，向警方传递信息。

警方紧急控制，防止了蓝精灵流入民间，从而给社会带来更大的危害。蓝精灵是迷奸药，各级领导的意见非常统一，暂时不能公开信息，避免给人民群众带来恐慌。

专案组寸步难行。总结下来，目前掌握的证据，不足以对黄氏兄弟形成有效打击。

舒平安提供了黄三儿潜逃至市委大院的线索，专案组通过连部此前的网络设置，对理发室前的监控进行了研判，发现了黄三儿的行踪。但他们决定按兵束甲，等待更好的机会。

阿雨仍在医院里抢救，专案组期待她能早日苏醒，提供更有价值的线索；奉命潜入观海大厦做保安的那位年轻民警做了巨大的努力，却因身份卑微，获取的都是些没分量的线索。

于迎春后悔做了这样的安排，早知如此应该想办法让年轻民警进入比克律集团的中高层，可马后炮永远解决不了实质性的问题。眼下有关康一的去向成了个谜，专案组成员也好，派出所的民警也罢，干着急使不上力气。至于于禧淼和康淑婉那就更不必多说了。

比克律集团银行账号被封，让黄仁重芒刺在背，他已经乱了分寸，逃离登州的可能性越来越小，他现在唯一能做的是把警方的视线引向别处。刘书记那边是绝佳人选，不敢说他手里攥着刘书记的命脉，至少也拥有不少可以让刘书记身败名裂的证据。

黄仁重想过了，如果上次直接面对章忠亮是冲动之举的话，那就不妨继续高调下去，把之前"支援"公安建设的事情继续下去。他为此请求拜访刘书记，想以市委的名义强势推进，但结果却在意料之中，对方避之如蛇蝎，这让他彻底清醒了。

成清波的牺牲是于迎春心底的痛，即便他不是为保护自己而献身，于迎春也无法接受。他最怕的是流血牺牲，可公安队伍的特殊使命却无法避免。他多么希望人间没有罪恶啊。

他独自去看望了成清波的家属，一进家门于迎春的双眼就模糊了。已经51岁的人了，在公安机关经历过风风雨雨，可于迎春还是控制不住情绪。

成清波家里全是二十世纪的老家具，爱人早年随军去了部队驻地，没安排合适的工作，转业到地方后也将就着了。最可怜的是那个懂事的儿子，这让于迎春想到了于禧淼，单亲家庭的孩子将来会面对常人无法想象的困难。

政治部门对成清波的家属进行抚恤，整理上报了他的事迹材料，公安部政治部很快下文，批准成清波为革命烈士。宣传口上的想就此做做文章，把成清波树为典型，在庄正那里受到了阻力，最终不了了之。

于迎春很想把成清波宣传出去，用正能量去影响更多的人，但枪击案迟迟未破，登州公安无法向民众解释。这也导致追悼会仅在小范围进行，他觉得一天不端掉黄氏兄弟犯罪集团，就欠成清波的，欠那些夜以继日工作的民警的，更亏欠那些信任公安队伍的群众。

他曾经看过成清波的遗物，成清波长期坚持写工作日志，每天的大事小情都事无巨细地记录了下来，其中多半跟于迎春的工作日程安排有关。毫无疑问，虽然成清波在别人面前留下的印象不是太好，但却是个爱岗敬业的好同志。

于迎春在工作日志里看到了牢骚话，有的是成清波对他的抱怨，他后悔没能关心好身边的战友。

他还看到了一些感慨，譬如说，成清波说以前在起草材料的时候，看到有人因为工作数次推迟婚礼，当时觉得人家傻，但是轮到自己头上也是这样，老父亲的六十大寿也是拖了又拖。登州人给老人庆寿是有讲究的，虚岁60岁这年最为隆重，此后年年都得过，否则对老人不吉利。

第八章　春龙节

于迎春心里更加煎熬，警察跟常人没什么区别，尤其是像成清波这个年龄段，都是上有老下有小，生活和工作的压力可想而知。他给专案组下了死命令，穷尽一切力量破获枪击案，但是摩托车手的死让他们压力倍增。

经过侦查，那把枪是改造过的猎枪，子弹也是自己鼓捣出来的，近距离射击才具有杀伤力。摩托车手是从外地来的，此前从未在登州出现过，手机通话记录里也没发现相关通话或是短信记录，那最大的可能是此人通过网络与背后的雇主联络的。

网安支队组织了精干力量查找线索，但摩托车手的网络社交软件上没有任何相关的痕迹。参战民警不肯放弃，以拼命三郎的劲头做着最后的努力。他们清楚，如果能有所突破，就会改变整体局势。

107

庄正负责督办枪击案，他在部刑侦局管副局长的支持下，调度摩托车手在原籍的现实表现。

外地同行传来了资料，摩托车手是个枪械迷，生前并无犯罪前科，还有一大爱好是玩网络枪战游戏。网安支队找到了他在某款网游上的账号，破解了密码，刚一登录有人便打招呼，问他从登州回去没有。

民警以摩托车手的身份说："还没呢，准备在海边耍几天。"

那人问："事情办妥了吗？"

民警答："妥了。"

那人发来一串表情，又说："别忘了咱的约定，那人可是我帮你联系的，得给我提成。"

民警回复："没问题，你在哪儿？"

这句话发过去的时候，对方已经下线了。办案民警将游戏聊天室里的聊天记录截图保存下来，从彼此的对话中可以推断，网游好友对摩托车手的犯罪行为不但是知情的,而且是中间人。困难在于那个人藏身于虚拟世界,很难确定具体位置。

能叫庄正略微轻松的是那辆摩托车。虽然没悬挂车牌,但刹车片被人做了手脚,也就是说,当行驶速度超过某一临界点之后,刹车片会急剧发热导致失去应有的功能。专案组由此推断,背后指使者早就料到警方会对摩托车手进行追捕,已经做好了制造车祸进而毁灭证据的准备。

如果排除有懂摩托维修技术的人私下帮忙的话,最大的可能性是在某个摩托车维修店完成了这番操作,可是登州地界上这样的店铺太多了,相当一批是在乡镇一级,查找起来困难重重。负责排查的同志立下了军令状,说哪怕掘地三尺也要找到证据。

于迎春听说后无奈地笑了,他相信手下兄弟们的拼劲和干劲,但墨守成规地查下去,只会耽误工夫。他跟庄正碰了意见,决定双管齐下,在排查的基础上发布通告,重金悬赏征集线索。

悬赏的效果非常明显,热心市民纷纷联系警方,报警电话几乎被打爆了,也有看热闹的吃瓜群众,也自然少不了提供假警情的人员。于迎春告诫兄弟们,要平心静气地去逐步接近事实真相。

话虽这么说,于迎春本人却是焦虑不安。办案子是要抢时效的,尤其是在社会日益繁华的今天,犯罪往往建立在车轮子之上,假设有人犯下罪行,如果不能及时查到线索并将其缉拿归案,随着时间的推移,此人早就靠着现代交通工具逃之夭夭了。

于迎春把进展缓慢的情况报给了门副省长,对方并未批评他,反倒肯定了前期的工作。他觉得门副省长还不如痛痛快快地骂自己一顿,这样反倒让他的压力更大了。

可惜于迎春乃至全体专案组成员也拿不出锦囊妙计,他们只能逐步缩小侦查范围,靠稳扎稳打来实现步步为营,以期精准发力。

正苦于未能发现新线索,衣凡告诉于迎春,刘书记联系她了。

第八章　春龙节

刘书记在电话里问:"你最近还好吗?"

"我挺好的,你呢?"衣凡原想挂断电话,把手机关机,一想警方最近在调查,逼着自己缓和了情绪。

刘书记玩起了苦情戏:"我还是老样子,成天忙活。好长时间没见到你了,闲下来的时候总会想到你。不过,你对我存在一定的误解,我是很喜欢你的,原来是想离婚之后娶你过门,可是家里有个母老虎,她以死相逼,而且我这个身份也得注意影响,真出了问题,我乌纱帽难保。"

"跟我结婚你就不怕影响不好吗?"问完,衣凡笑着说,"刘书记,咱俩可从来没有谈情说爱,更别说结婚什么的了,我刚琢磨过来,你该不会是想把电话打给别的相好的吧。"

刘书记说:"我不可能打错电话,你跟孩子还好吗,我很想见见咱的宝宝,共享天伦之乐。都说女儿长得随爹,是父亲前世的小情人……"

衣凡忍无可忍:"你只是借腹生子,干吗要把自己说得那么伟大?"

刘书记说:"衣凡,你得相信我,到了我这把年纪,很多事情都看开了。"

"你打电话只是为了说这些?"衣凡加重了语气。

刘书记跟着讪笑道:"要不说你兰质蕙心、慧心巧思呢,将来咱们的宝贝智商最好遗传你的。我有个建议,你之前说过喜欢上海那座城市,如果可能的话,给你笔钱,你先到上海住下,那边我有房子,等我办理了提前退休手续,咱再团聚,好好培养孩子,把她养大成人。"

衣凡说:"听起来很美好,我都有点向往了。只是你能舍得放弃现在的地位吗,还有啊,在魔都生活的成本考虑过吗?"

刘书记故作神秘地说:"真是傻得可爱,你认为我会差钱儿吗,怎么样,我这个计划是不是很完美?"

衣凡嘲讽道:"听起来是白璧无瑕。"

"这么说你答应了？"刘书记的语气带着意外。

衣凡说："容我再考虑考虑。"

反复分析两人的通话内容，于迎春反倒没法替衣凡拿主意了。刘书记久不联系衣凡，这个节骨眼上打来电话，让他难以判断对方的真实意图——话里透出了要提前退休的意思，虽然警方对衣凡现住址严格保密，可刘书记但凡知晓衣凡离开了原住地，都会猜到是怎么回事。最关键的是明确提到了去上海，这不合常理。

于迎春认为，刘书记是在放烟幕弹，他心里乐了，这个级别的领导干部，发生了问题暂时也轮不到公安机关，有纪委兜底儿呢。

见他一直不言语，衣凡说："我不知道该怎么办，所以说了温吞话，先稳住刘书记。"

于迎春说："你做得对。"

衣凡受到鼓励，继续说："我寻思着去跟他见一面，让他写个保证书，就能替你们拿到证据了。"

于迎春果断否定了她的想法，他怕衣凡会遭遇危险。

108

黄仁重不想再观望了，他向黄三儿秘密发令：该露头了，把水搅浑吧。

黄三儿天生张扬，生怕天下不乱，他用美发师的手机给马玉海发了短信，约对方到市委大院里的理发室见面。马玉海不知是计，屁颠屁颠地去了。

马玉海管不住裤裆里的玩意儿，即便此时危机四伏，他还是没能把控住自己。他一进门就扑向了美发师，把近几日的压抑全发泄了出来。

他的动作幅度很大，美发师忍住剧痛哀求："马书记，大白天的，人多眼杂。"

第八章　春龙节

马玉海喘着粗气说："怕什么？在这个大院里，我谁都不惧。"

美发师推了他一把："你别弄了，刘书记随时都可能过来。"

"呸！市委书记怎么了，他来了正好，敢坏我的好事儿，我弄死他。"马玉海受到了刺激，他每活动一下，都会再增加些力度。

理发室里传来毫无规律的节奏，那是两个肉体撞击的声音。在门外偷听的黄三儿暗自发笑，他觉得火候差不多了，该请刘书记来观摩现场直播的激情戏了。

黄三儿又用美发师的手机给刘书记发了信息，说了好些肉麻的话，请刘书记马上到理发室。他自鸣得意，什么狗屁市委领导，说到底都是哥哥和自己手下的玩偶。现在想让他们窝里斗，他们就得互相疯咬，最后闹个两败俱伤。

美发师长相一般，却是柏洁千挑万选出来的，因为她身上带着一种天然的质朴，很容易打动成功男士的心。黄仁重进行了把关，瞥了一眼就喜欢上了。

黄仁重把人家的贞操拿走之后，吩咐柏洁对其进行专业培训，教她如何陪好男人。后来，刘书记、马玉海以及一些有头有脸的人物都拜在了石榴裙下，为了方便马玉海，美发师进了市委大院。

事实上，美发师从没拿过理发推子，黄仁重只是以其家人的性命相要挟，把她作为安置在市委大院的一枚定时炸弹而已。

刚开始，黄仁重也白赚了马玉海的人情，告诉对方让美发师在大院里，可以随时为其提供服务。但他很快发现，刘书记仿佛永远都吃不饱，便只好告诉马玉海，刘书记也喜欢上了美发师。

多数男人都喜欢吃独食，马玉海知道了也敢怒不敢言，他有意避开了刘书记，时间那么久，竟然相安无事，但他心里早就憋着劲了。此时，刘书记突然出现在理发室，他更是掩饰不住内心的兴奋——你姓刘的不是喜欢这个女人吗，我就要把你喜欢的东西毁掉。

刘书记被眼前的景象惊呆了，他怒吼一声，以高高在上的口吻命令马玉海住手，这更加刺激了马玉海。刘书记叫嚣要喊保安，马玉海的身子向前狠狠地挺了一下，才慢腾腾地提上裤子，转向了刘书记。

马玉海毕竟干过警察，还是会些招数的。他一脚踹到了刘书记的肚子上，又一脚踢在了对方膝窝上，刘书记屈膝跪下了。

专案组这边有专人盯着理发室门外的监控，从发现黄三儿行踪的时候，工作人员就向于迎春做了汇报。于迎春的意见是再等等，这把刘开惹恼了，冲着他吹胡子瞪眼，说了好多难听的话。

刘开也只是发泄心里的无名之火，如果真要跟于迎春摔打，之前可以找到无数的理由。作为一名老警察，他深知各项规章制度的严苛性，假使拿不到实质性的证据，一切都是空谈。

老百姓有时会指责公安机关办案不力，寻常人家毕竟不懂这其中的道道。但是有经验的警察明白，办案需要高额的投入，这不仅是经费的支出，还有很多无法计算的成本。如果不是基于这个原因，在侦办陈年积案的时候，刘开真不会听于迎春的招呼。

他刚发过脾气，视频监控上显示，刘书记也进了理发室，过了大概三两分钟，黄三儿也跟了进去。等他们再出门的时候，刘书记神色慌张，把外套搭在了左臂上。

又过了半个多钟头，风言风语传到了专案组。

一种说法是，刘书记撞见马玉海非礼美发师，两人起了纷争，大打出手，害得刘书记受了伤，把自己关在了办公室里，闭门谢客。

还有一种说法是，美发师是个水性杨花的女人，这个骚货跟刘书记和马玉海都有一腿，两位领导为此争风吃醋，约好了在理发室一决雌雄。

更玄乎的说法是，刘书记和马玉海都对美发师有好感，那个万人骑的臭婊子来了性致，把马玉海先喊去了，觉得满足不了自己的欲望，又把刘书记给勾引过去了，两位市领导不但在工作上一团和气，在这方面也团结一致。

第八章　春龙节

最后一种说法把个别专案组成员逗得笑出了眼泪，他们早就查过了理发室的情况，那个单间设在物业楼的一角，里面的理发工具一应俱全，但并不对大院里的干部职工开放。那里是禁地，几乎没人踏入过，是人们好奇的秘密空间。

虽然有无风不起浪这句俗语，但没人在意理发室里发生过什么。直到傍晚时分，指挥中心接到报警，说市委大院发生了命案，专案组才意识到反应迟钝了。

报案人是一位水电工，他有些尿急，来不及去物业楼内的洗手间，慌里慌张地去了理发室旁的一棵大树下，偏偏一扭头看到理发室的门缝下淌出了血。他壮着胆子走过去，发现房门是虚掩着的，推门一看有一男一女两具尸体，顿时吓得尿了一裤裆。

在接受询问时，可能是尿湿了的裤子冰凉，也可能是过于恐惧，水电工身子还在哆嗦。他只是一个劲儿地念叨，我只是推门看了看。

相关人员迅速到位进行勘查，现场有打斗的痕迹，马玉海和美发师的身上有明显的刀伤，却找不到作案工具。

出入过理发室的只有刘书记和黄三儿，从时间上来推断，他俩均有重大作案嫌疑。

109

康淑婉深陷悲痛之中，却一直在强撑着。在接到市局要求排查摩托车维修店的通知后，她带上于禧淼遍访辖区的维修店。连续去了十来家都没查到线索，她有些疲惫，于禧淼劝她回所休息，她却坚持下乡。

她说村里还有几家维修店，于禧淼说肚子饿了，先填饱了肚皮再出发。康淑婉犹豫了一下，还是去了附近的快餐店。

于禧淼要了个煎饼馃子，她什么也没点，看着他狼吞虎咽的样子，康淑婉可能是想到了女儿康一，把头别了过去。

他看到两个年轻人坐在窗口等着上菜，他俩身上的衣服油渍麻花，面前已经摆上了小瓶装的二锅头，她有些羡慕人家可以无忧无虑地吃饭喝酒。

正愣着，一位年轻人说："赶紧吃，早点回去，别让老板发火儿。"

另一位说："妈的，他就是个周扒皮，前几天让我修的那辆摩托车，收了那么多钱，也没给个红包什么的。"

先前那位也跟着骂："这些当老板的没一个好鸟，实在不行咱俩开家店，咱自己给自己当老板。"

"×，哪儿来的本钱？"另一位反问。

那位说："咱把他的钱给偷了，然后溜掉。"

另一位说："瞎胡闹，报了警，警察分分钟就到。"

话刚说完，康淑婉走过去亮出警官证，说偷钱的那位马上讨饶："警察叔叔，不，警察姐姐，我只是憋屈，随口说说，没想真去偷钱。"

康淑婉黑着脸说："带我去见你们老板。"

另一位也哀求："高抬贵手，真要让那个傻×老板知道了，我俩丢掉工作，喝西北风都没处找。"

康淑婉调整了面部表情："别紧张，我是找你们老板了解点其他情况。"

"真的？"两位年轻人不约而同地问道。

康淑婉说："不会有假，你们是打工的，都不容易，顺口说句过激的话不犯法。"

其中一位说："我把地址告诉你，你自己去行吗，我怕老板怀疑是我把你带过去的，而且这才刚坐下，饭菜还没上，糟践了怪可惜。"

维修店就在观海大厦的地下二层。到了那里，康淑婉瞅了一眼心里就明白了，难怪找不到，原来它并非摩托车维修店，而是某品牌汽车的保养点，捎带着给车辆美容。

店老板年龄不大，是个音乐发烧友，正戴着耳麦随着节奏摇头

第八章 春龙节

晃脑。待于禧淼将他的耳麦取下来,他才回到了现实世界。

他有问必答,说自己见钱眼开,给摩托车的刹车片做了手脚,来修摩托车的是个女的,就在大厦上班,好像姓白。康淑婉问他到底是白还是柏,老板也说不上来。于禧淼从手机上找到柏洁的照片,老板跟着确认了。

康淑婉请示了于迎春,于迎春毫不犹豫地下令,马上抓捕柏洁。担心他俩的安全,让从所里再调人,康淑婉嘴上应承着,人已经进了电梯间。

抓捕过程出奇顺利,没等观海大厦的安保人员反应过来,二人已经把柏洁带到地下停车场,把她推进了车子的后排座位置。康淑婉让于禧淼开车,她跟着钻进了车后门,控制住柏洁,防止对方逃跑。

身子动弹不得,柏洁的嘴巴却很不老实,对他俩破口大骂。康淑婉等她骂累了,笑嘻嘻地说:"今天出门太急,没带执法记录仪。"

柏洁尖着嗓子叫嚷:"关我屁事……"

康淑婉一拳捣在她的脸上,把于禧淼吓了一跳,谁知柏洁却哼哼唧唧地哭了起来。她一边哭一边念叨:"娘咧,我刚垫的鼻子,全毁喽。"

于禧淼从后视镜上瞥了一眼,还真是,柏洁的鼻梁完全塌了,看起来像小号的猪鼻子。真叫人哭笑不得,都这份上了她还惦记着自己的假鼻子。

进了审讯室,柏洁变了脸,气势汹汹地质问康淑婉:"凭什么抓我?就因为你女儿跟我们那边签了合同吗?"

康淑婉故意不说话,柏洁变得更加暴躁:"你平白无故抓了我,还动手打人,我让集团的法律顾问……"

负责记笔录的于禧淼忍不住呵斥:"老实点儿,打你了吗?赶紧交代问题。"

柏洁指着自己的鼻子说:"这难道不是证据吗?"

康淑婉猛地拍了一下桌子，抬头怒视柏洁，柏洁愣怔了片刻，嘟囔道："这就是你打的。"

康淑婉嘿嘿一笑："没错，我打的，你记下我的警号和名字，不过记了也没用，我可以说你是在拒捕，自己碰坏了假鼻梁。你听清楚了，是你拒捕，我也明确告诉你，耍泼我也会，比你还要厉害。还有啊，这间屋子里装着摄像头，我事先把它关掉了，这些话我都说完了，现在可以去开监控了。"

说罢，康淑婉起身，走出门外。望着她的背影，于禧淼在心里嘀咕，教导员居然有如此彪悍的一面，但愿康一的脾气别随母亲。

这个念头让他极度郁闷，康一至今没有音讯。于禧淼希望马上能找到她，然后向她表白，哪怕她脾气再大，他也能包容。

他想撬开柏洁的嘴，搞清康一的去向，康淑婉却只字不提自己的女儿，而是紧盯着摩托车刹车片的事情。柏洁一直在抵赖，可她的话太多了，总是想为自己开脱，结果一不小心说漏了嘴，口子终于被打开了。

柏洁承认事情是黄仁重交办的，至于为什么，她也不晓得。于禧淼怀疑她在避重就轻，康淑婉却停止了审讯。于禧淼对此心存不满，康淑婉说这叫欲擒故纵。

过了半小时，柳叶青和李云尔接着对柏洁审讯。柳叶青张嘴就说："可惜，这么年轻就全都拜拜了，你这姓氏不好，干吗要姓柏呢。"

柏洁瞪大了眼睛，柳叶青接着说："没什么意思，摩托车牵扯一起命案，为你感到惋惜。"

"我说，我全说。"柏洁的求生欲望很强。

柏洁承认自己充当了黄仁重的帮凶，从迫害那些年轻女性，到这次联系摩托车手，都是她具体操办的。

"我没想到能打死人，黄仁重只是说想教训于迎春。"柏洁为自己辩解。

第八章　春龙节

柳叶青笑着说："我相信你，但很难说得通。你跳出来想想，作为旁观者来看，你的这种说法是否合理，如果只是为了吓唬吓唬，干吗要在摩托车上做手脚。"

柏洁急不择言："我 ×，我又不是他肚子里的蛔虫。"

柳叶青眨眨眼睛，又说："开动你聪明的脑瓜子，理智思考。"

柏洁垂头丧气地说："黄仁重真是那么说的，你不信我也没办法。"

柳叶青和康淑婉都信了，于禧淼怎么也不肯接受，背着他们给彭学民打了电话，请他派人带着测谎仪过来。鉴于审讯的是柏洁，彭学民请示了于迎春。

彭学民赶了过来，测试的结果是，柏洁没有撒谎。于禧淼不甘心，非说测谎仪坏了。康淑婉板起脸训他："不是仪器坏了，是你的脑子坏了。"

于禧淼无法保持理智，跟她呛呛上了："对，我脑子坏了，我的心肝肺全都坏了……"

彭学民在一旁劝道："别闹情绪，康教导员既是你的领导，又是你的长辈，不能没大没小。"

"是，康教导是我的长辈，她为什么不管自己的女儿呢？"问完，于禧淼哭咧咧地说，"柏洁上次拿来的那份合同，康一的失踪肯定跟她有关，你们为什么不再审审她？"

康淑婉语气低沉："于禧淼，我也想啊，我是康一的亲妈，我心里比谁都急，可我还有个身份。我的私心也很重，我知道你俩互相之间有好感，我也非常看好你，想过把你俩撮合到一块儿，让你喊我声妈。我清楚你也焦急，可咱是警察，就得以大局为重。"

她的眼里闪动着泪花，于禧淼一激动，跨到了她跟前，搂住她的肩膀："妈，我错了，不该任性。"

过了好一会儿，彭学民轻轻拽了拽于禧淼，他撒开了手，向康淑婉投去歉意的目光。他看到教导员的双眼红彤彤的，低头一瞅，自己胸前的衣服已经被她的眼泪打湿了。

彭学民将柏洁供述的情况报给了于迎春,于迎春让他加派人手,盯住黄仁重,说再抻一抻,坚持到底就是胜利。于禧淼隐约觉得,决战时刻快要到了。

有人给彭学民打来电话,说舒平安要求见老同学,于禧淼听后二话没说就答应了。彭学民并未急于动身,而是请康淑婉一块儿过去,透露出即将解救康一的意思,她最好能够协助专案组进行研判。

路上彭学民有意缓和气氛,说于禧淼还有待于进步,让他抽空让爷爷讲讲上海的故事。于禧淼愈加好奇爷爷的上海故事,他偷偷瞄了一眼康淑婉,心想康一老家是上海的,或许自己这辈子注定了与上海有缘。

他很快收起了杂念,开始琢磨舒平安要求见面的目的。

110

于禧淼的申请得到了专案组的批准,见面地点设在了市局机关楼最顶层的一间小会客室,面积不大却很温馨,很适合聊天。室内临时安装了监控摄像头,窗户的锁被固定住了,门外也有人守着,为的是防止舒平安逃跑或是自杀。

舒平安没变样,看起来眼神比以往更犀利了。他进门后先笑了笑,然后坐在沙发上,有意无意地环顾四周。

"你们的戒备心很强啊。"他的目光落在了窗户把手上。

既然已经被发现了,于禧淼也向他敞开心扉:"我们怕你想不开,外面也设了警卫,屋里临时装了监控。"

舒平安语气平淡:"谢谢你告诉我这些,不过我身上也带着监控器。"

于禧淼笑了笑才说:"你呀,别开玩笑了,进看守所之前,会对你全身进行检查。"

舒平安说:"没开玩笑,我一直关在这座楼上,这不还没进看守

第八章　春龙节

所吗。"

说着,他从胸前摘下一个扣子,朝于禧淼亮了亮:"上面装了迷你摄像头,现在已经没电自动关机了。因为内存有限,我在观海大厦期间,每隔一段时间就要备份一次,黄仁重、黄义重兄弟俩跟我在一起的所有情况,我都拍下来了。"

"视频资料在哪儿?"于禧淼迫不及待地问。

舒平安答非所问:"你就不关心我为什么要主动交出这些吗?"

于禧淼信口开河地说:"争取立功表现。"

舒平安怪笑道:"咱俩永远不在一个频道上,我有那么不堪吗,我是意识到自己做错了,才主动协助你们办案。"

意识到自己头脑简单,于禧淼赶忙道歉:"对不起,我情商很低。"

"不用讲那些,我不会介意。"舒平安恢复了常态,"在龚雪梅老师家里的时候,我就意识到自己错了,否则不会主动给你打电话。前段时间被恶鬼缠身,我干下了罪不可赦的事情,我要赎罪……"

于禧淼打断他的话:"浪子回头金不换,咱都还年轻。"

舒平安愧疚至极:"可是,我爸妈老了,他们会被我活活气死。"

"我想过这个问题,将来我跟二老说你参加科研,需要保密,不方便联络,这是善意的谎言。"说完,于禧淼向他承诺,"两位老人也是我的父母,我在就等于你也在,我会照顾好咱爸咱妈。"

舒平安鞠了一躬。于禧淼还没来得及谦让,手机短信提示音响了,他低头一看,是专案组成员提醒他问清那些视频资料存在哪里。

他带着歉意问舒平安:"咱不能一直这么聊下去,你快告诉我,你偷拍的那些视频资料在哪里。"

舒平安说:"在黄仁重的办公电脑上,存在他那里最危险也最安全。"

"谢谢,我这就过去。"于禧淼起身就走。

舒平安说:"不能去,太危险。"

"我是警察!"于禧淼像康淑婉一样喊出了这句话。

舒平安拽住他:"我没那么笨,早就存到了网盘上。"

已经入夜，市委机关大楼里灯火通明，但楼内的工作人员全被清走了，楼内全是一色的警察。那些工作人员肯定会猜测究竟发生了什么，个别消息灵通的已经知道刘书记出事儿了。

专案组已经查明，刘书记和黄三儿从理发室出门后，顺着市委大院里的一条僻静小路从侧门进了机关楼，又顺着消防安全通道上楼，去了刘书记的办公室。

刘书记当时慌了，他在跪下的时候，手里触碰到一个冰凉的家伙。马玉海又向他扑来，他摸起那个东西，捅向了对方的胸窝。马玉海挣扎了一会儿，歪倒在一边。

黄三儿阴笑着说："书记，你杀人了。"

美发师"哇"的一声吓哭了，黄三儿又阴阳怪气地说："书记，她可看见了你是凶手，你不能留活口。"

刘书记愣在了那里，趁着他愣神的工夫，美发师没命地往外跑。黄三儿堵在了门口，催促刘书记："再不动手，我可帮不了你了。"

闻听此言，刘书记站起来，跟跟跄跄地走向美发师。美发师转身哀求："书记，不，亲爱的，念在我服侍你的分上，你别杀我，我保证会管住自己的嘴……"

黄三儿冷笑道："只有死人才永远不会说话。"

美发师推了刘书记一把，他连续后退了几步。刘书记脑子一空，胡乱扎向了对方。

事关市委书记，于迎春必须在现场指挥。他把情况报给门副省长，门副省长又请示了省委书记，省委书记指示，王子犯法与民同罪，任何人涉嫌犯罪，都要依法打击。

考虑到刘书记跟黄三儿在一起，于迎春马上从特警支队调来了狙击手，预防黄三儿孤注一掷，把刘书记当成人质。

此时，黄三儿正在威胁刘书记："你想想清楚，你已经杀过人了，你得想办法让咱俩逃出去。"

第八章　春龙节

刘书记木木呆呆地说："已经被警察包围了。"

黄三儿凶神恶煞："×你祖宗，你是市委书记，你给他们下令，让他们撤走。"

刘书记喃喃自语："大势已去，他们不会再听我的。"

黄三儿一巴掌掴在了他的脸上："疼吗？清醒了吗？你要知道有今日，别作孽啊。"

疼痛让刘书记恢复神志，他伸手推了黄三儿一把："你个劳改犯，有什么资格教训我？你和黄仁重都该死，死后下十八层地狱，永世不得翻身。"

黄三儿恼羞成怒，把刘书记踹倒在地，骑在他的身上，一手捂住他的嘴，一手挥拳击打他的脑袋。刘书记奋力挣扎，终因体力不支放弃了反抗。

黄三儿累了，他朝刘书记脸上吐了口浓痰，骂骂咧咧地站起来。他走到窗前，往楼下望去，楼前广场上停放的警车让他狂躁而兴奋。他喜欢刺激，喜欢那种跟人拼命的感觉。

他迫不及待地想跟警察过招儿。黄三儿走回来，朝躺在地上的刘书记踢了一脚："别他妈的装死，起来！"

W 剃须刀

111

于迎春并不急于动手。经验告诉他，在抓捕现场不能莽撞行事，否则会造成不必要的损失。方方面面的信息汇总到了他这里。作为现场指挥员，他必须洞察形势、正确决策。

虽然顾主任的尸检报告还没出来，但从马玉海和美发师身上刀口的尺寸分析，作案工具是理发室里的剃须刀。既然剃须刀不在现场，那就不排除被带进了刘书记办公室的可能。

因为工作上的关系，于迎春没少进这间办公室，对室内的布局有印象。为了确保万无一失，他让专案组联系市委办公厅的工作人员，画了刘书记办公室布局的草图。

于迎春再三分析，办公室面积受限，不是抓捕行动的最佳场所。他跟同在现场的庄正商量了一下，他们一致认为应当将屋里的人引出来。他决定亲自上前敲门，把危险留给自己。

他刚走到门前，门开了，于迎春迅速躲到墙根，隐蔽自己。他看到刘书记已经站在了门口，脸色惨白，明显是受到了极度惊吓。稍一迟疑，刘书记走出了门，背后是黄三儿。

黄三儿手里拿着剃须刀，刀刃正冲刘书记的脖颈，他夸张地笑了几声，对于迎春说："这刀子上有两个人的血，市委书记杀了人，我替你们逮住他了。"

"你把刀放下，把刘书记交给我们。"于迎春劝道。

"你他妈的把我当傻×吗，把人给你，你马上就会过河拆桥，分分钟把我抓起来，想得美。"黄三儿恶狠狠地说。

庄正也跟着劝："黄义重，不要冲动。"

黄三儿鬼里鬼气地说："黄义重是谁？他早就死了，现在跟你们说话的是黄三儿。"

庄正问："你不是要把他交给我们吗？"

黄三儿发出令人毛骨悚然的笑声："我只是帮你们抓住他了，没说要给你们。如果给了你们，我怎么出去？"

"只要你把刀放下，我担保让你出去。"于迎春试图说服对方。

一直没吭声的刘书记说："别听他的鬼话，他是想把我当成人质，他好逃走。"

"傻×书记学会抢答了，我明里干不过你们，但我能把这个贪官赶尽杀绝，让有的人家破人亡。"说完，黄三儿原本就带着杀气的

第八章 春龙节

眼神里夹杂上了扭曲和疯狂,他现在看起来像个来自地狱的恶魔。

于迎春向前走了一步:"黄三儿,你放开他,我给你当人质。"

刘书记有气无力地说:"别管我,该开枪开枪,我也是罪该万死。"

剃须刀向刘书记的脖子划了一下,刀刃锋利无比,细细的伤口跟着渗出了血,黄三儿带着诡异的笑意说:"太令我敬佩了,你们都不怕死,我更不怕,手里有人命了,多杀一个都是赚的。"

刘书记突然抬高嗓门:"于迎春,我现在还是市委书记,我命令你开枪。"

"你问他敢开枪吗,一群脓包。"黄三儿的表情叫人揣摩不透。

彭学民没去市委,去鱼鸟河派出所只是临时安排,他的重点还是在专案组,他得留在市局机关调度各方力量,算是基指人员。

"基指"是基础指挥部的简称,与之相对应的是"前指",也就是前线指挥部。在展开重大行动之际,为了理顺各方关系,形成集团化作战的合力,不但大后方有指挥团队,处置现场也会有。这一作战模式可能在别的公安机关并不多见。

有段时间,于禧淼觉得父亲挺有思想的,还因此沾沾自喜。后来听冯教授说,那是借鉴了大部队的宝贵经验。他一查资料,嚯,哪是借鉴啊,彻头彻尾的抄袭。于迎春头顶的光环如昙花一现,瞬间就在他眼前消失了。

于禧淼曾经向冯教授抱怨过,冯教授说抄袭也没什么不好的,总比那些为了政绩搞花花点子的人要好,把别人的经验拿过来,达到事半功倍的效果,何乐而不为。后来他虽然理解了父亲,但总认为不该吃别人的剩饭。

回头再来说舒平安偷拍的那些视频资料,专案组的工作人员逐一分析了一遍,虽然价值不大,但是有一部分还是较为明显的证据。他们还发现舒平安自拍的一小段视频,他对着镜头说了两句话——有朝一日,如果我遭遇不测,凶手肯定是黄仁重;倘若有的线索查不到，可以找柏洁，她不单是黄仁重的姘头，还是他的亲信。

看这段视频的时候，于禧淼和康淑婉都在场，他朝教导员递了个眼神，但她无动于衷，他再三给她暗示，康淑婉始终站在那里不说话。于禧淼猜她是在想自己的女儿康一，灵魂出窍了。

他赶紧去了走廊，寻了个角落给柳叶青打电话。电话刚一接通，于禧淼就哀求："柳所，我拜托你件事儿，提审柏洁，无论如何都得让她开口，说出把康一藏在了哪里。"

柳叶青"嗯"了一声结束了通话。再次面对柏洁的时候，他发现这个女人又耍起了滑头，无论怎么开导，对方都是嘻嘻哈哈装糊涂。万不得已，他只好用邪招儿。

"你好好考虑，错过了这个机会，你就彻底没法翻身了，我这是友情提示。"柳叶青笑着说。

柏洁也回了个笑容："柳所长，我可以保持沉默吗？"

柳叶青说："那是你的自由，我无权干涉，只是替你着急，该抓的人我们都抓到了，你充高个儿，替人家扛着，人家早把责任推到了你身上。"

柏洁讥笑道："不可能。"

"看来你是爱他的，有句话说得没错，爱能叫一个人失去心智。"柳叶青话锋一转，"你最了解他的脾性，我问你，他什么事情干不出来？那边说了，好多事情都是你干的，包括拐骗康一。"

"他胡说！"柏洁再也无法保持淡定了，她咬牙切齿地说，"所有事情都是他干的，我只是个打酱油的。"

柳叶青追问："怎么才能让人相信你呢？"

112

对柏洁的审讯带来了意外收获。

她对柳叶青说："我坦白，不能便宜了姓黄的畜生。"

第八章　春龙节

柳叶青把脸一沉："说吧，回头我们调查之后，如果你说的情况属实，搞不好还能算是立功表现呢。我也姑且听着，下雨天打孩子，闲着也是闲着。"

柏洁哭哭唧唧："你们得相信我，必须相信我。"

柳叶青特意别过脸去，柏洁有些惶恐地说："我知道一起命案，死了人的。"

柳叶青还是不吭气，柏洁更加急躁："有个女的，大山里边出来的，到观海大厦应聘，让黄仁重给看上了，把她给睡了，后来把她交给了我。我一手调教好了，又搁到了夜总会……"

柳叶青打断她的话："不用给我讲前史。"

柏洁点点头，继续说："前几天，姓黄的想拉拢舒平安，也不知发生了什么情况，那小伙子用烟灰缸把那女的脑袋给砸了。姓黄的心狠，让把人给做掉。"

柳叶青装作不经意的样子，问道："那女的当时咽气了吗？"

"肯定没有啊，有个叫连部的想救人，被黄三儿给修理了。"柏洁想了想，又说，"那畜生有自己的一套说辞，说什么活要见人死要见尸，只要把尸体毁掉了，你们警察再牛也找不到。"

柳叶青又问："既然你知道那个女的没死，为什么不报警？"

柏洁带着哭腔说："我不敢呐，如果报案了，我也是死路一条。我心疼那女的，还给她送过吃的，后来可能是失血过多，她死了。黄仁重知道以后，放了一把火把尸体烧成了黑炭，伪造了现场。连部也被你们抓了，他是无辜的，舒平安也不是真正的杀人凶手，是不是姓黄的，你们去查，查得越仔细越好，我绝对不打诳语，我为我说的话负法律责任。"

这个结果对于禧淼来说是其中的一大喜讯，舒平安是他的老同学，陪他度过了最美好的少年时代，能够被排除杀人嫌疑，他感到庆幸。

另一个喜讯跟康一有关，于禧淼请柳叶青帮忙，目的正是为了找到康一的下落。

柏洁交代:"康一让阿雨帮忙引荐,我是不敢招惹的,因为康一的妈妈是管这一片儿的派出所教导员,康淑婉带队去查过卖淫嫖娼,我跟她较量过,知道不好对付。"

柳叶青厉声质问:"那为什么要坑害康一?"

柏洁答:"黄仁重让我干的,事先给了我一种药,那种药我过去从没见过,服下之后,药劲大的时候傻笑,药力弱下来人会嗜睡,基本上就成了任人宰割的羔羊。"

"你把羔羊弄到哪儿去了?"柳叶青加快语速,他不想给对方留出反应的机会。

柏洁说:"专门找了个没监控的地方,又换了辆车把她拉回来了,等于转了一大圈哪也没去,人还在观海大厦关着。"

得知这一消息,于禧淼想给父亲打电话,康淑婉没让,她认为现在的主要精力是处置市委大院的劫持案,不能因为康一牵扯精力。

于禧淼茫然不解,用焦虑而伤悲的眼神看着她,康淑婉对他淡然一笑:"凡事抱着一颗平常心,才不会被轻易伤害。墨菲定律大概齐就有这点影射吧。"

"教导员,你也够佛性了,你不能不管康一呀。"于禧淼小心翼翼地提醒。

康淑婉仿佛幡然醒悟,侧着脸对他说:"小于,你在这候着,我回所里,我的岗位不在这里。"

说完,她便走了。还没出一个小时,就传来了康淑婉受伤的消息。

为了防止跟黄三儿谈判失败,于迎春已经命令基层单位在路面上加派警力,严控过往车辆,康淑婉回去之后就部署这项工作。她带队去了滨海路,那条路沿着海边一直通往临市。

执勤人马到位,刚设好路卡,另一个派出所也在路上设卡的同

第八章　春龙节

事用对讲机呼叫。

"鱼鸟河，收到请回答。"如果没有事先编过号，他们在工作中通常用派出所的名字代替。

康淑婉回复："我是鱼鸟河，请讲。"

那边说："一辆白色小货车从我们这边闯卡，车牌号码是东F3N249，已经查过了，货车存在逾期未年检、车主驾驶证存在多个交通违法行为，可能会奔着你那方向去，做好准备。"

康淑婉答："收到。"

那边又说："康姐，好久没见，啥时候到我们所里坐坐……"

康淑婉打断对方："在执勤呢，没空跟你闲扯。"

那边嬉笑着说："我说的是可能奔着你的方向去，也可能拐弯去别处，我已经通知过了。"

话音刚落，康淑婉看到白色小货车从远处开了过来，她攥着对讲机招呼大伙注意安全。王保生走到卡口，对渐行渐近的货车打手势，示意停车检查，康淑婉也走到了他身边。

接近卡口处，小货车的速度稍稍慢了下来，王保生刚要上前检查，车子又加速强行闯卡。眼见着要撞到王保生，康淑婉用攥着对讲机的右手把王保生推到一边，左手抓住了货车的车门，跟着向前跑动。

车速越来越快，康淑婉的左手死死攥着车门把手，右手的对讲机砸向了车窗玻璃。开车的驾驶员一慌，方向盘一歪，车子撞向了路边的隔离墩。

康淑婉整个身子直直地飞了出去，左肩膀撞到了一棵大树上。她落地之后打了个滚儿，爬起来就朝王保生喊："小王，控制住……"

她有些胸闷，后半句没喊出来。王保生上前把驾驶员拿下，一位辅警跑过去搀扶起康淑婉。

康淑婉摆了摆手，倒抽一口凉气："不碍事儿，检查车辆。"

货厢里全是知名品牌化妆品，王保生没好气地问驾驶员："为什么要跑？"

驾驶员贼溜溜地看着他："见了警察紧张。"

"放屁！"王保生急了，抬脚要踹，被康淑婉喊停。

113

小货车强行闯卡，必有隐情。驾驶员被带到所里之后，在家值班的柳叶青对那家伙进行审讯，哪知对方却死活不肯吐口，只说自己是送货的，气得他想上去把人给揍一顿。

柳叶青把驾驶员晾在审讯室，带着李云尔去查看货厢里的化妆品，李云尔拆开了包装箱，打开一瓶闻了闻，爱莫能助地说："柳所，我平常就不用化妆品，这东西我搞不懂。"

柳叶青沉吟："莫非车上有其他违禁物品？"

李云尔说："也有可能。"

说罢，柳叶青喊来几个人，让他们上车，挨个包装箱进行检查。就在这个时候，有群众报警称自家孩子买了假货，把脸给毁容了。

柳叶青继续留守，李云尔带人赶过去，一看受害的那个女生满脸蜕皮，像烧焦了一样。

"孩子现在又痛又痒，她偏不听劝，要搞什么直播带货……"说着，女生的母亲哭了。

李云尔转身对女生说："先去医院吧。"

女生说："没钱。"

李云尔劝道："没钱也得先去看病。"

"警察姐姐，你先帮我把坏人抓起来，我把情况告诉你。"女生显得很镇定，"我爸妈都在外边打零工，家里穷，我想帮帮他们，从网上看到了广告，联系了他们，那边给的价位很低，有赚头。我到处借钱凑齐了货款，货到了之后，我想网络营销信誉得有保障，我开了一瓶美白的，想试试效果，结果就成了这样。我是碰上了

第八章　春龙节

假货。"

李云尔问："有对方的联系方式吗？"

女生报了一串手机号码，李云尔灵机一动，想以买货的名义跟对方联系。电话不通，那边迟迟未接，过了一阵子，电话回拨过来，她一听是柳叶青的声音。得，派出所查获的那批化妆品正是这批假货。

柳叶青抓住了要害，再次对货车司机突审，那人先说自己是送货的，不了解情况。柳叶青独出心裁，跟对方称兄道弟，牢骚满腹地说警察没法干，收入不高、天天拼命，光月月还房贷就压得胸闷，请求一起合作赚点外快。

货车司机起初戒备心很强，岂知柳叶青口若悬河，把那家伙侃晕乎了，也就放松了警惕。没办法，基层的民警有时很无奈，循规蹈矩往往难见成效，就得像柳叶青这样带着点胡搅蛮缠的劲头。

司机以为柳叶青说的是真的，心想有警察做后台以后生意会越做越大，便得意扬扬地介绍自己的企业："我专盯网上爆红的产品，再去订制包装，这一步很关键，得做到以假乱真。原料成本不足十块钱，售价在千元以上，便宜的也能卖到198元左右。"

柳叶青夸赞："还真是好买卖。"

司机又说："成本得自己掌控，我找了个废弃公共厕所来灌装。也就是刚过了年雇不着合适的驾驶员，我才亲自开车上路。"

柳叶青紧追不舍，取得重大突破。

康淑婉在执勤卡点没坚持多久，她的左胳膊就抬不起来了，疼得是一身冷汗。

人被送到了市立医院，一查左肩粉碎性骨折，还有点轻微脑震荡。康淑婉受伤让柳叶青恨得直嘬牙花子，他加快了进度，很快查明这起造假案涉案金额3000余万元。

他当天又把假化妆品的样品送到了专业机构，还托私人关系来了个加急处理。经检测，假化妆品的汞含量超过标准量 7000 多倍，令人触目惊心。

轮班回来吃晚饭的王保生不无羡慕地说："柳所，你真牛掰，开春大吉，应了那句老古话，二月二龙抬头，你是条真龙。早知道我得给你拍个专题，传到网上。"

柳叶青不耐烦地说："饭也堵不住你的嘴，这功劳也有你的，是大家的。我倒是希望案子越少越好，咱辛苦点算什么，不要成绩也罢。"

王保生大惊："我去，你变得让人不敢认识了，这思想觉悟'噌噌噌'地蹿上去了。"

柳叶青感叹："人终归是要变的，往哪个方向变得看自己，不消跟别人学，把康大姐当榜样就成。"

康淑婉的确令人敬佩，她在医院也没闲着，去了许钢的病房。许钢的身体恢复得差不多了，她希望对方早点出院，回所里继续发挥视频监控"活地图"的作用。

得知康淑婉受伤后，于禧淼十万火急地赶往医院，进了她的病房，他又不知道该说什么了。

康淑婉也没给好脸色，怪罪他说："往这里跑什么，赶紧回去。"

于禧淼小声咕哝："在那里我也插不上手。"

"你在医院就能帮上忙吗？"康淑婉的嗓门也高了，"别在我面前晃悠，回专案组，插不上手也能学习经验，从学校到基层，你要学的东西多如牛毛。"

于禧淼无法辩驳，认为教导员是因为康一变得失常，只能委屈巴巴地站在那里。康淑婉不忍心再看下去，用略显沉重的语气对他说："回去吧，替我盯着康一的事情，我是她妈妈，不敢在那里，怕解救过程太凶险，自己的心脏受不了，你早点回去，有消息及时告诉我。"

看着她憔悴的样子，于禧淼猛然意识到父爱母爱的伟大。他情不自禁地想起了父亲，于迎春还在市委那边跟坏人僵持着，他为父

| 第八章　春龙节 |

亲的安危捏把汗。

他不晓得自己是怎么回的局机关。一路上，于禧淼的脑子里乱得不行，一会儿是父亲，一会儿是爷爷。于铭忍的三个兄长也轮番钻进了他的脑壳里，虽然他们只是模糊的影子。

于禧淼极度痛苦，因为康一的身影也总是挤进他的脑海里，而且出现的频率极高，她每次出现多是悲惨的结局，要么被人掳走，要么被人追杀，最让人惊悚的是，有几次她被人杀死了。

回到专案组，他像害了一场大病。没人在意于禧淼的变化，他们都在忙碌，焦点聚集在于迎春那边。他恍惚不安地看着他们，默默地等待着，等待着战斗结束的那一刻。

114

整整一宿一天，黄三儿都在负隅顽抗。他的精力超级旺盛，许是平常经常混夜店的缘故。于迎春曾寄希望于他有吸毒史，毒瘾发作的时候可以取得战机，可黄三儿只贩卖毒品给别人，或者用毒品控制别人，自己从来不沾。

不了解情况的人会对于迎春产生误会，不就是抓个坏人吗，有什么难的，况且黄三儿劫持的是刘书记。但是对于警察来说，即使人质作恶多端，也要保护对方的安全，犯了什么罪、该接受什么样的惩罚，法律说了算。

至关重要的一点，黄三儿虽然狂妄，他本人却不像外界传说的那般没用，相反他最爱看那些警匪片，从那上边学了些经验，个人的身子始终躲避在刘书记身后，不给警方留半点机会。

黄三儿体力充沛，微微挺着的啤酒肚像个倒置的驼峰，储备了大量的养分，他竟然能够不吃不喝一直耗着。刘书记早就撑不住了。

众所周知，刘书记犯低血糖的毛病，在他刚到登州任职的时候还闹出过笑话。

他下基层检查工作，有家单位的接待办主任是个直肠子，心想血糖低就给准备上糖果，这也是生活中的常识。那人亲自去挑选了糖果，摆到了会议桌上。

坐下来听汇报的时候，刘书记跟那个单位的负责人谈笑风生，其间还吃过糖，看起来对各方面的安排很满意。

没想过了几天，接待办主任被免去职务，去后勤部门干副职，专管厕所维修之类的，"罪名"是不讲政治。那人满腔义愤，碰到这样的狗官是一大悲剧，但他接着听说市委宣传部副部长也靠边站了，原因是所分管的电视新闻出了差错，把刘书记吃糖的镜头给播出了。

从那之后，所有单位负责接待的人都变乖了，没人再敢惦记糖果，通常会上些小水果。但眼下形势危急，不可能再上什么小水果，于迎春安排人买来巧克力，让刘书记和黄三儿补充能量。

黄三儿不肯，说怕遭人下毒。于迎春自己先吃，用行动让黄三儿丢掉顾虑，可是人家还不肯吃。于迎春有些贪婪地连吃了几块，他委实有些饿了。

在场的其他警察可以轮番去吃盒饭，但于迎春不能挪窝，他必须跟黄三儿硬扛。他跟刘书记正好相反，因为工作压力大、生活不规律，他被查出了糖尿病。

这个毛病很折磨人，除了害口渴和夜里上厕所多之外，于迎春还特别容易饿，尤其是到了晚上，吃得再多，过上两个小时就会饥肠辘辘。吃下了巧克力，他感到头晕，实在扛不住了，他把身子倚在墙上，继续与黄三儿过招。

其间狙击手来观察过地形，办公楼走廊一眼看到头，根本不可能架设狙击枪。庄正通知他们到楼下待命，选好合适位置，等待时机。

很显然，于迎春等人已经打算同意黄三儿提出的条件了。

黄三儿要求给辆车，把警察全部撤走，保证他能离开登州。

第八章　春龙节

于迎春迟迟没答应，他得多方考虑。夜间可以把楼里的工作人员清出去，白天必须保障正常办公，刘书记个人出了问题，市委的工作不能停。

什么事情都是瞒不住的，身在这座楼上的工作人员多数是同龄人中的佼佼者，他们对事物的敏感度超乎人们的想象。虽然各部门都强调不能散布谣言，可这种形势下，没人能端得住，就连给下属提出要求的部门负责人也在向外传递消息。

有人说刘书记翻手为云覆手为雨的时代画句号了，更有人说这是政治斗争。市委宣传部和公安局网安支队联手应对负面舆情，可人们对当官的糗事特别感兴趣，根本控制不住。

也有人同情黄三儿，说他是被逼无奈才做出这样的选择，这类说法引用了某网站一个帖子里的内容，那个帖子捏造事实，把他描绘成了弱者形象。让网友觉得黄三儿以及背后的比克律集团受到了党政机关的打压，而刘书记正是那个贪官污吏。

网安支队追查到帖子的来源，是黄仁重花钱雇用了"水军"。于迎春心想，黄仁重还是不死心啊。他趁着谈判专家跟黄三儿谈判的空当，给彭学民和刘开发出指令，让他们务必盯紧黄仁重，防止对方畏罪潜逃。

网络上的传闻已经造成了恶劣影响，省领导坐不住了，虽然没提出明确要求，也没给于迎春施加压力，但门副省长已经在赶往登州的路上了。他是代表上级组织来的。

门副省长跟于迎春通了个电话，告诉他背后有整支公安队伍做后盾。这为他坚定了信心，他决定天黑之后展开行动。

于迎春当着黄三儿的面联系专案组，命令彭学民安排车辆。黄三儿对车辆的档次和性能颇为挑剔，这让于迎春意识到，对方是真打算借此机会远走高飞。

他要求车辆在夜里9点到位，黄三儿害怕有诈，讨价还价，说是必须傍晚6点。于迎春告知对方，傍晚堵车，不利于行车。

黄三儿被蒙骗过去，压根儿没去多想，事实上他但凡动动脑筋，都能搞懂于迎春的意图。下班高峰期，开车逃跑受阻，警方追捕也是麻烦。于迎春不得不考虑到人民群众的安全。

时间一分一秒地过去，黄三儿感觉快到了约定的时间，又开出了新的条件，他要看到准备了什么样的车辆。这不是什么难题，办案民警送来一个平板电脑，视频画面上是楼前广场停放的一辆SUV车。

黄三儿命令操作视频的警察，让人家把车子上上下下都看了一遍，还吩咐对方上车开了几圈。他确认万无一失，才决定胁迫刘书记出逃。

他根本不知道，警方不仅在广场周边安排了狙击手，油箱里的油刚够跑出十几公里。他注定插翅难逃。

115

在车油上搞鬼是刘开的主意，跟黄仁重在摩托车刹车片上动手脚如出一辙，只不过两者的目的大相径庭，前者是为了制止罪恶，后者是为了掩盖罪恶。

刘开的计划一目了然，即便狙击手出现了失误，黄三儿也逃不了多远，到时候再把他逼到空旷无人的道路，可以稳操胜券。为此，特警支队的领导还跟他闹了点小小的不愉快，人家的狙击手平常训练有素，凭什么说会出现失误。这也是公安机关内部常见的一种现象，自信可以为他们带来强大的力量。

黄三儿太狡猾了，他呵斥警察退后，后背紧紧贴在走廊的墙面上，手持剃须刀逼着刘书记一步一步向电梯间移动。这让于迎春回想起父亲年轻时猎捕黄皮子，父亲从未失手过，老人家认为，黄皮子再狡猾也斗不过好猎手。

此前搜集的信息有所偏差，人们印象里的黄三儿是一介莽夫，

第八章　春龙节

头脑简单、四肢发达，事实证明，他的智商并不比其兄黄仁重逊色。为了防止一出电梯间，无法探知电梯间门口周边是否有埋伏，黄三儿主动要求上无人侦察机。

他让刘书记手捧平板电脑，无人侦察机拍摄的画面可以实时传输过来。黄三儿所看到的是，一楼大厅连个鬼影子都没有，他得意万分，认为警察是一群饭桶，都在自己的掌控之下。

黄三儿高兴得太早了，专案组成员汇聚了众人的智慧，彭学民采纳了其中一条，他就等着对方钻进警方布下的天罗地网。他们同样通过市委机关大楼上的监控在观察黄三儿，他们要根据对方的细微变化作出判断，随时调整战斗方案。

刚出电梯口，黄三儿的手机铃声响了，他瞥了一眼，是黄仁重的来电。他控制着刘书记移动到墙角处，确认是最佳观察和藏身位置，才接通了电话。

黄仁重破口大骂："×你大爷，你他妈的傻×吗，我让你干什么，让那两个永远吃不饱的贪官互相残杀，你呢，在拍电影吗？"

黄三儿咽了口唾沫，笑着说："多好玩儿，这么多警察都得听我的。"

黄仁重冷笑："你以为自己很有能耐吗，你根本脱不了身，就算是他们给你备好了车，你也跑不出去。"

黄三儿说："跑不出去也刺激。"

黄仁重骂道："你就是个疯子，净惹乱子，当初我就该一枪崩死你。"

黄三儿想到之前的委屈，改变了计划，他用调侃的语气说："我的亲哥哟，咱俩一奶同胞，从小一块长大，身上有几块胎记都知道，你对我竟然容不下。我感到很震惊，我现在特别想跟你见面，咱俩好好叙叙旧，把所有矛盾都解决了。"

黄仁重怒喝："别把警察引过来。"

黄三儿龇牙咧嘴地说："你竟然怕警察啊，以前的威风哪去了？

我就是要把他们引过去,你说得太好了,我就是个疯子,不疯魔不成活。"

警方掌握着主动,黄氏兄弟的通话全都被监听到了。专案组那边迅速研判,经请示于迎春,确定由彭学民和刘开赶赴观海大厦,防止黄仁重逃跑。担心黄仁重跟黄三儿一样也劫持人质,于迎春让他们务必做好应对准备。

于禧淼能理解父亲的意图,目前最可能被黄仁重当成人质的就是康一,于迎春只差点名道姓了。于禧淼认为自己必须得跟着去,提出要求后,彭学民和刘开观点不同。

彭学民怕发生意外,摆出的理由是他还不成熟,去了很可能会影响抓捕;刘开则认为他不是小孩子了,可以护住他一时不能管他一辈子,不去经历危险永远也不会长大。

于禧淼很感激刘开,得亏他更加强势,才让彭学民做出让步。

上车后,彭学民对于禧淼提出注意事项,刚提了个头儿,就被刘开打断了。刘开的意思是,于禧淼不是穿着开裆裤的娃娃,自会有个人的判断,他要求最后对接一遍抓捕方案。

他俩把方方面面都分析得很细,确定在已经部署过的警力基础上,由章忠亮所率领的攻坚组负责最核心的抓捕任务。看着两位前辈为某个细节争得面红耳赤,于禧淼一度产生了错觉。

二人的争吵制造了紧张氛围,于禧淼害怕康一有个三长两短,她不但是自己爱恋的对象,也是警察的家属。他暗下决心,哪怕拼了这条命,也得保护好心爱之人。

于禧淼知道这是个不切实际的想法,抓捕现场的形势瞬息万变,若是贸然参与行动,很可能破坏整个计划。但他不甘心啊,他要把书本上所学的知识用到实践,亲手解救康一。

黄三儿那边又蠢蠢欲动了,他一边观察平板电脑上的监控视频画面,一边控制着刘书记向一楼大厅的门口走去。害怕将身体暴露给警方，他始终贴着墙面移动。

他命令于迎春，让人把那辆车开到大厅门口。

于迎春照做了，他把一只手背在身后，做了个开枪射击的手势，又做了个转换方向的手势。这一动作也通过监控传送到了专案组。负责调度的成员心领神会，他们得正确理解于迎春的意图，及时发号施令。

他们的安排不能出现半秒钟的差错。比如，刚才于迎春通过手势下达的指令是调整狙击手位置，这就要求所备的车辆要恰到好处地抵达，给狙击手变换射击位置、重新瞄准等预留出时间。

一切准备就绪。

黄三儿又让于迎春把车子调个方向，让左侧车门挨着门口，而且前后两个车门都得打开。这意味着刘书记驾车，他会坐在对方身后用剃须刀威逼。

毫无悬念。就在两人准备上车的时候，无人侦察机急速飞向黄三儿，他刚抬起头，侦察机上一道强光刺向了他的双眼。

黄三儿自知受骗，剃须刀闪着冷光向刘书记的脖子抹去。

X 团圆饭

116

专案组顺应现场变化，根据黄三儿提出看视频的要求，临时在无人侦察机上安装了强光探照灯。此举可以让黄三儿的视觉在刹那间遭到破坏。他们已经预料到黄三儿会做出本能反应，对刘书记的安全带来威胁。还好，都在掌控之中。

于迎春用手掌劈开了空气，枪声同时响起，三发子弹同时带着愤怒射向黄三儿。一发命中他持刀的手,另外两发直接爆头,刘书记毫发无损,身子却软成了面条,瘫坐在地上。脑浆迸裂,溅了他一身,刘书记眼前一黑,晕死过去。

行动成功,于迎春脸上没有一丝喜悦,他还要赶赴观海大厦。必须对黄仁重动手了,那边如果得知黄三儿已经被击毙,可能会发生更无法操控的后果。

于迎春在车上得到通知,门副省长已经抵达登州,让他直接赶到观海大厦集结。门副省长比他还早到了几分钟,两人碰面后什么话也没说,各自以不同的神态在听取彭学民的汇报。

"刘开带人进去了,前期部署的人员侦查了里边的情况,黄仁重没有任何反常迹象,正在夜总会庆祝生日。"彭学民说道。

于迎春有些懊恼:"我给忘了,今天是黄仁重的生日,我本打算派人去接他的老妈妈,一直没做通老人家的工作。"

门副省长说:"不必自责,让小彭继续说下去。"

"根据目前的情况,对黄仁重的抓捕需要万分小心,避免伤及无辜。"这时,彭学民的耳麦里传来刘开的声音,他向两位领导复述彭学民的话:"正在清理现场,夜总会里的客人都被疏散了,黄仁重那个包间周边的房间都安排上了咱的人。"

门副省长点了点头,于迎春跟着问:"康一在哪儿?"

彭学民答:"也在包间里,就在黄仁重的身边,正被逼着喝酒。"

"麻烦了。"于迎春变得焦虑。

门副省长安慰道:"或许没有那么复杂。"

于迎春焦急地说:"我了解黄仁重,我倒希望他跟咱们血拼,他越是不动声色,就越可能憋着大招儿。"

门副省长说:"我来得迟了点儿,我在路上耽搁了些时间,去把黄仁重的老母亲给请来了,这是送给你的第一个秘密武器,另一个秘密武器是咱省里最牛的谈判专家。"

于迎春朝门副省长打了个敬礼:"谢谢省长,这两个武器都有杀

第八章 春龙节

伤力,尤其是黄仁重的老母亲。"

正在这个时候,耳麦里又传来刘开的声音:"全部到位,干吧?"

于迎春命令:"等等。"

刘开嗓门高了:"等到啥时候,康淑婉的女儿还在里边呢。"

发觉门副省长听到了声音,于迎春带着歉意地笑笑,门副省长说:"不要紧,基层民警没点脾气也不正常,黄仁重的母亲在我车上,见一面吗?"

于迎春犹豫片刻,说道:"不见了,我不敢看她那双眼,也不敢让她知道发生了什么。"

黄仁重的母亲是个瞎眼的农村老太太,据于迎春调查了解,老太太是因为这对不争气的儿子哭瞎了双眼。

老太太是个苦命的人,男人死得早,撇下她带着三个儿子。黄仁重是老大,黄三儿排行不是老三,他的名字叫黄义重,实质上是老二,这么喊是因为他们还有个弟弟叫黄礼重,夭折了,老太太年轻的时候就"三儿、三儿"地这么喊了下来。

孩童时期的黄氏兄弟乖巧懂事,母亲希望他们能好好读书,将来出去闯出一片天地。母亲读过几年书,懂得儒家思想,如若男人还活着的话,两口子还会再生养一个,名字都想好了,叫黄智重。四个小家伙凑到一块儿,"仁义礼智"齐了。

受母亲的影响,这兄弟俩也是这么想的。"仁义礼智"是儒家提倡的道德准则,出自《孟子·告子上》,他们按着这个要求约束自己,两人学习都还不错,尤其是黄仁重成绩更好一些。村里人都夸赞他俩是小书公,相当于其他地区所说的文曲星下凡。

母亲把所有希望都寄托在他们身上,也从没想过改嫁。这就给她招来了灾难,村里有个无赖看上了她,三番五次地来骚扰。有一次,兄弟俩放学回家,正赶上那个无赖要欺负母亲,两人不顾一切地扑过去,败坏了那个人的性致。

又过了些日子，村里传出风声，说他们的母亲勾引男人，而且说得有鼻子有眼，对两人也是指指点点、避之不及。后面的事情更可怕，那个无赖的家族势力强大，打那之后，厄运降临到了母亲身上，那个无赖时不时地骚扰她，到最后发展到大白天的直接到家里去。

母亲屈服了，她要养家糊口，得拉扯两个孩子，得供他们念书。她认为只有考上大学才是唯一的出路，她希望有那么一天，全家都能翻身。

黄仁重正值青春期，母亲所受的屈辱他都看在眼里，他在伺机报复。他终于寻到了机会，他在那个无赖家里把人家的女儿给强奸了，他感到很解气。无赖反过来到他家里算账，黄仁重情急之下操起菜刀，砍在了对方腿上。

那家伙在家躺了个把月，怕败坏女儿的名声，也怕丢了自己的脸面，选择了忍气吞声，而且从那以后再没敢冒犯黄仁重的母亲。民不告官不究，黄仁重总结出一个生存法则——武力能够解决一切。

他不再正经念书，也把黄三儿带坏了，在村里、学校里无恶不作，导致双双被开除。母亲怎么劝他们也不肯回头，只能终日以泪洗面，到黄三儿进了监狱，她的泪水哭干了，眼也瞎了。

黄仁重发达了，老太太也不肯原谅他们，而且提出断绝母子关系。他的心理更加扭曲，变得更加痛恨权势，这是他仇视社会、不断作恶的原始动机。

117

于迎春无数次分析过黄仁重的成长历程，对方性格扭曲是有诱因的，为此他还咨询过龚雪梅，对方从犯罪心理学的角度分析了一通。

当时龚雪梅给出的意见是，如果想让黄仁重回头，除非靠自己顿悟，如果让母亲做工作，很可能适得其反，因为母亲的遭遇是他的耻辱，会叫他恼羞成怒。

第八章　春龙节

于迎春把这一顾虑汇报给门副省长，门副省长也认为有道理，他们商量的结果是，到了紧要的关头，再请老太太出马。这意味着，在两人的主观意识里，让黄仁重直面母亲是下下策。

但有一点是明确的，两位领导不主张直接对黄仁重实施抓捕，也是为了避免对康一的伤害吧，他们希望能通过某种方式让其主动放弃反抗。谈判专家临危受命，但他需要时间熟悉黄仁重的过往、分析对方的心理缺陷等等。

听刘开说父亲已经来了，于禧淼的心里就燃起了希望。康一有救了，马上就能让她摆脱危险，可他并不知道于迎春和门副省长的计划。

久久等不来行动命令，于禧淼蠢蠢欲动，几次问刘开怎么办。刘开让继续等着，说必须执行命令。

于禧淼实在是等不及了，趁着别人不注意，一头钻进了黄仁重所在的那个包间。

黄仁重带头鼓掌："欢迎欢迎，今天本人生日，来者都是客。"

笑容很和善，某一瞬间，于禧淼真把对方当成了久未谋面的朋友。康一坐在黄仁重旁边，朝于禧淼挤眉弄眼，他仍旧在胡思乱想。她碰倒了个酒杯，他才回到了现实。

"哎哟，这么不注意啊，赶紧拿纸巾擦擦，别湿了身。"黄仁重说完康一，又转向于禧淼，彬彬有礼地说："于公子，请坐吧，我跟你爹也是老相识，坐下喝两杯吧。"

反正也没退路了，于禧淼索性坐到了康一的身旁。黄仁重笑眯眯地说："我没看错，你一进门小丫头就跟你眉来眼去，你俩有点小意思。"

"黄总眼神真好，难怪我爹总夸你，让我向你学习。"于禧淼故作镇定，也逐渐进入了状态。

黄仁重谦虚上了："你爹说的话中听，得感谢他的夸奖，可惜我那不争气的弟弟，死在了他的手里。"

康一捕捉到了他的变化，爽朗地笑道："于伯伯是警察，他肯定不会杀人。"

黄仁重嘿嘿一笑："他不会，我会。"

"黄总可真会开玩笑。"听到他的话，于禧森反倒不慌了，偷偷拨通了父亲的手机，故意大声说，"黄总，我特别好奇你会用什么方式杀死我们。"

黄仁重说："你俩屁股下面就是机关，一挪屁股，轰，就炸了。"

于迎春当场愣在了那里，他喘了口粗气，调整了情绪，打开了手机免提功能。儿子的声音传了出来："黄总，你太幽默了。"

黄仁重皮笑肉不笑地说："都来给我庆祝生日，不闹点声响出来怎么行呢？你摸摸屁股底下，看我是在开玩笑吗？"

门副省长听后也大吃一惊，于迎春语气沉重："刚才说话那个是我儿子，他破坏了行动计划。"

门副省长说："他很机智，知道把消息传递给我们，先听听他们怎么说。"

黄仁重的话又传了过来："两位年轻人，你们应该感到荣幸，我黄某人也是少有的成功人士，今天能陪着我过生日，将来陪着我过忌日，也是你们的福分。"

康一厉声问："你什么意思？"

黄仁重说："小丫头，火气别那么大，把我惹恼了，一摁遥控器，整座大厦都会炸掉。你别不信，大厦前边的停车场我就装了个，不过那个构不成杀伤力，只是听个响儿，喜庆喜庆。"

话音刚落，停车场一侧果然有一辆车的后备厢发生爆炸。于迎春急了，拿起电话通知特警的排爆队员火速赶来。

门副省长双眉紧锁："看来黄仁重真装了炸弹，他想垂死挣扎，来个孤注一掷。"

包间里，黄仁重一手攥着遥控器，另一只手拿起无线话筒，清

第八章 春龙节

了清嗓子说:"于迎春,我知道你在外边,你能来我特别开心,今天咱们可以同归于尽。对喽,你儿子比你帅哦,真是长江后浪推前浪,他能一浪把你拍死在沙滩上。如果想保住你儿子,还有外边的那些臭警察,你就给我准备一架直升机,这件事情难不倒你,你们公安有警用直升机。心疼飞行成本的话,我比克律集团有的是钱,我炸掉这座楼都不在乎,炸掉它能让你我成网红。再送你个响儿听听,一楼大厅,走你——"

黄仁重摁了一下遥控器,一楼大厅的迎宾台被炸飞了。得亏提前疏散了无关人员,才没造成人员伤亡。

话筒事先连接到了大厦的音响设备上,楼内甚至是楼外都能听到黄仁重的声音:"怎么样,好听吗?刚才这两声是用来给我庆祝生日的,再下面的就不好说了,于迎春,你掂量着办吧。"

彭学民此时跟刘开在一起,二人就在黄仁重那个包间的门外,刘开想往里冲,被彭学民死死拽住。

"不能进,惹怒了他,炸弹一爆,咱的行动彻底失败。"彭学民语气急促。

刘开一拳捣在了墙上:"他娘个×的,真窝火,被这畜生牵着鼻子走。"

黄仁重把话筒放下,拿起啤酒罐,冲着于禧森和康一晃了一下:"来,干了。"

于禧森象征性地喝了一口,开动脑筋寻找对策。于迎春和门副省长他们也在想招儿,连续两次爆炸,虽然威力不大,但是有了黄仁重的这番话,大厦内外的民警们都紧张起来,空气中陡然弥漫起死亡的气息。

118

我毫无来由地想起了爷爷,若干年前,他对村里的那枚炮弹无能为力，留下了一辈子的遗憾。我仿佛能理解他的心情了，谁都想阻止悲剧的发生，可真正的结局却不尽如人意。

我想这或许就是命吧，天命不可违。不，我不能信命，我说过我是唯物主义者，我从不相信这世上有神神鬼鬼的东西。假如真去讲命运的话，我会去改变它，与它抗争，跟它拼个头破血流。

爷爷如果碰到我这种情况，他会怎么办呢？我迎着黄仁重的目光，脑子里冒出了这个问题。很显然，爷爷给不了我答案，我只能靠自己。

是的，虽然黄仁重长得五大三粗，但凭我在警校训练出来的身手，从他手里把遥控器夺过来，肯定不在话下。但我一撅屁股，就可能被炸得粉身碎骨。我已经用手摸过了，沙发垫下面的确有不太明显的异物。

我不能冒险，旁边还有康一，我死了也不能让她死。不对，我也不能死，我答应了康淑婉，会第一时间告知这边的消息。我要让她听到喜讯，而不是我和康一死于非命。

爷爷肯定希望我勇敢，他讲的那些家族往事，不管是大爷爷、二爷爷还是三爷爷，他们都是英雄，我也应该像他们那样，无惧丢掉自己的性命。我猜想爷爷如果此时也在的话，他应当让我沉着冷静，主动去迎接战斗。

我调整好状态，主动问黄仁重："你为什么恨警察？"

黄仁重一脸不屑地说："他们配吗？他们是一群草包，根本不配让我去恨。"

我跟着又问："那你为什么要跟他们作对？"

黄仁重想了想才说："挑战不可能呗。"

康一在一旁插话："你在撒谎，你怕他们，你只是不敢承认。你活在矛盾之中，你既自负又自卑……"

"小丫头，不错啊，伶牙俐齿。"黄仁重恶狠狠地说，"信口雌黄也是要付出代价的。"

第八章 春龙节

康一咄咄逼人："你必然会否认，你有不敢回忆的过去，你最对不起的是你母亲，她把你含辛茹苦拉扯大，眼睛也因为你失明了……"

黄仁重愤怒吼道："闭嘴！再他妈的胡言乱语，我弄死你个×养的。"

"好啊，你现在把我杀了，但你杀不了心中的那个你。"说完，康一微笑着看着黄仁重，"黄总，你放轻松些，说个题外话，你应该好奇我为什么知道你的事情。很简单啊，你刚才说自己是成功人士，这是有目共睹的，多少人在仰慕你呀，所以你认为那些是你的隐私，实际上早就不是什么秘密了。"

黄仁重仍旧愤怒，声调却降了下来："我得找针把你的嘴缝上，你再叨叨下去，我会让你死得很惨。"

康一笑了："我可以成全你，但是希望你能够放过你自己，跟自己和解。"

"和解？跟我自己和解，天方夜谭。"黄仁重突然发出一阵怪笑，脸上却浮现出痛苦的表情。

排爆队员已经就位，驯导员也携搜爆犬进入了工作状态，他们已经在二层排除了一宗爆炸物。

市局负责民间爆炸物管理的科长对爆炸物进行了分析，所谓的遥控炸弹构造并不复杂，是由 TNT 炸药和电启动的雷管组成的，从二楼这宗的分量来看，即使真爆炸也造不成太大的危险。但其他楼层的还是未知数。

科长也汇报了炸药和雷管的来源。如今公安机关对涉及民生安全的方方面面都管控严格，在民间爆炸物的管理上更是如此，每个雷管都有编号，相当于公民身份证号码。但黄仁重使用的雷管上没有编号，炸药的纯度也不高，很可能是不法分子自制的。

听完汇报，于迎春劝门副省长："你还是回去吧，这里的危险无法预知。"

门副省长说:"过去在地方工作的时候,我惜命,没事还讲究养生,泡个枸杞什么的。自从加入到公安队伍,我全变了,也不知是哪一天变的,基层的兄弟们在拼命,我怎么可能甩手走了,我的命就那么值钱吗?"

于迎春被说得哑口无言。就在这个时候,谈判专家扶着老太太过来了。

"省长、于局,老人家非要见她的儿子。"谈判专家说。

门副省长劝道:"这里不安全,你回车上。"

"你们得让我去,这是我造的孽,也该由我来解决。"老太太把脸侧向门副省长,仿佛那两只失明的眼睛能看到门副省长的表情。

于迎春也跟着劝:"有我们在,用不着你老人家操心。"

老太太苦笑道:"听你们的声音,年龄跟那孽障差不多大,在我心里都是孩子。你们不懂,我是当娘的,我疼他也恨他,他走错了路,而且越走越远,当初我没拦住他,是我的责任。欠的债终究要还的,我得还了这笔债。"

于迎春继续劝道:"话说得在理儿,也能理解你的心情。但这不是闹着玩儿的,我们不能听你的,你也别动气。时间也不早了,我安排车把你送到宾馆,你早些歇着,身体要紧,得多保重哦。"

老太太严肃起来:"你们就别跟我争了,我不去,你们还有更好的办法吗?"

于迎春跟门副省长交换了眼神,门副省长微微点了点头,于迎春再次劝老太太:"老人家,我们不主张你去冒这个险。"

老太太气呼呼地说:"我刚才听到那孽畜在大喇叭上嚷嚷,想把你们都炸死,你们让我去,合着他能炸死亲娘?"

门副省长提醒道:"我得跟你说实话,你儿子急了会六亲不认的。你进去跟他见面,也可能会有危险。"

老太太说:"我生养的玩意儿我自己知道,该来的我也躲不了,

第八章　春龙节

我不能再让他祸害人了。"

说着,她颤颤巍巍地向前走了两步,于迎春赶忙扶住老太太。老太太每走一步都会停下来,面朝某一个方向,好似在观察大厦里的装潢,又像在琢磨心事。

119

见到瞎眼母亲,黄仁重气急败坏,他亮了亮手里的遥控器,向我爹咆哮:"于迎春,你真是心肠狠毒,我他娘的小看你了。"

我爹护住老太太:"黄仁重,你不要冲动,你娘只是来看看你,跟你说说话。"

黄仁重缓和了语气:"你把我娘带走。"

老太太一直没说话,笑眯眯地面向黄仁重的方向。我爹也觉得这么做不妥,轻声劝老太太:"老人家,刚才不让你进来,咱还是走吧。"

老太太还是不吭气,黄仁重猛然发飙:"于迎春,你黄鼠狼给鸡拜年,没安什么好心,你把我娘给搬出来,想拦住我,我告诉你,没门!"

康一在此时嘲讽道:"你根本不是成功人士,你连自己的母亲都不敢面对,你是个胆小鬼,你想逃避。"

我紧闭着嘴,目光始终盯在他手里的遥控器上。黄仁重恼羞成怒,侧身抓住康一的头发,摁住她的脑袋,狠狠撞向玻璃茶几。

"住手!"我忽地站起来,握紧了拳头,却没敢揍他。

我害怕黄仁重用遥控器引爆炸弹,却歪打正着,发现屁股底下所谓的炸弹子虚乌有。黄仁重发觉自己先前的谎言被戳穿,把抓着康一头发的手撒开,阴笑着调整了坐姿。

他换上玩世不恭的表情,对我爹说:"也好,你不想把我娘带走,咱一块儿去见阎王爷。我动动手指,把这里炸了,你们爷儿俩,我们娘儿俩，到了阴间再算这笔账。"

老太太慢悠悠地说："咱们祖上是打小鼻子的，炸过碉堡，你觉得这么干好你就炸吧……"

黄仁重蛮横地打断母亲的话："娘，你不要说话，这是我跟他们的恩怨。"

老太太笑笑，继续说道："你还知道喊我娘啊，你还跟谁有恩怨呢，你小的时候他们欺负我，你已经报过仇了。"

额头上满是鲜血的康一插话说："是啊，你不要总是活在过去的阴影里。"

老太太柔声细语地说："儿啊，跟娘回家，咱好好过日子。"

黄仁重一愣，依然带着仇恨的语气说："晚了，全晚了，我已经回不去了。"

老太太无力地笑笑："你就是丧尽天良，坏事干尽，也是娘的心头肉。走，跟娘回家……"

黄仁重哀求："娘，什么都晚了，你别再说了。"

"好，娘不说了，娘给你跪下。"说着，老太太挣开我爹，"扑通"一声跪下了。

在登州有跪天跪地跪父母的规矩，如果家里的老人向自己跪下，那是大逆不道、万恶不赦的罪过。黄仁重慌了，虽然茶几与沙发之间的空间有限，还是赶忙朝母亲跪下。

他放松了警惕，双手扶着茶几边缘，遥控器也撒开了手。我一把抓过遥控器，扔向了我爹，想想不解恨，我使出浑身力气，一记摆拳，拳面直击黄仁重的太阳穴。

我们平常训练要求一招制敌，这一拳击打的要害部位，黄仁重身子一歪，脑袋撞向了茶几。

我爹扶起了老太太。

黄仁重的那副熊样子更叫人发狠，我又挥起了拳头，我爹的声

第八章　春龙节

音炸开了："住手，你要把他打死吗？"

老太太的声音变得颤抖："揍死这孽子也好，他罪有应得。"

我悚然停手，猛然看到还坐在那里的康一，伸手抓起她就往外拽。我拉着她跑出门去，外面候着的战友们已经得知黄仁重被我打晕的消息，纷纷鼓起了掌。

我什么都顾不上，我要把康一送到医院。跑到一楼大厅，门口的风吹过来，我觉得自己像个凯旋的将军，脚下的步子也变得铿锵有力。

门副省长迎向我，我来不及刹车，跟他撞了个满怀，还没等他反应过来，我已经拉着康一跑出了门外。

门副省长好不容易直起腰，冲着我的背影喊："臭小子，横冲直撞，也不知摁个喇叭。"

到了医院，经过包扎的康一看起来萌萌的，我俩拥抱在一起，喜极而泣。

我用手轻抚她的后背："你真勇敢。"

康一不好意思地说："我胆子很小，你怕吗？"

我把嘴巴凑到她的耳朵旁边，小声嘀咕："怕，不但怕，而且那会儿怕得要死。"

我本来还想说当时怕她出意外，康一的双唇已经黏住了我的嘴巴，她紧紧地抱着我，勒得我喘不上气来。匆匆赶到的康淑婉看了我们一眼，扭头偷偷笑了。

这或许是我此生最幸福的时刻，初吻献给了自己爱恋的女生，还跟她一同经历了生死，那种感觉很玄幻。我真想一直搂着康一，什么都不干，让时间永远定格在这一刻。

我能够听到康一的心跳声，我觉得我俩的心已经紧紧相连，而且我们已经血脉相通。我幻想我们已经站成了一棵树，你中有我，我中有你，根须扎进了广袤的原野。

黄仁重的归案并未让众人轻松，专案组还要扫清犯罪集团，抓捕那些帮凶，固定相关证据。参战民警更加有干劲了，门副省长主动提议搞个庆功宴，刘开第一个反对，说自己没空。能够把陈年积案的证据搜集齐全，才是他的梦想。

我爹的想法是先给成清波开个追悼会，门副省长说必须开，而且要搞得隆重，不能让身边的同志死得不明不白。庄正则说自己快退休了，听不得再有人牺牲。

我爹听后心里很不是滋味，便邀请他们到家里一起吃团圆饭。我爷爷知道后异常兴奋，跑到所里跟我商量买什么菜，想把菜谱定下来。

伤势尚未痊愈却已偷跑回来的康淑婉说："团圆饭不能落下我们基层的，要搞也得在鱼鸟河派出所搞。"

爷爷一时半会儿没了主意，我脑子一热，给我爹去了电话："于局长，我代表鱼鸟河派出所的全体人员，强烈要求团圆饭安排在我们所。"

"小兔崽子，你戴手表了吗，竟然有资格代表你们派出所。"说完，我爹被自己特没劲的玩笑逗乐了。

120

团圆饭操办起来并不复杂，无非是在平常的基础上再加几道菜，略显上档次的是，康淑婉把辖区里那个御厨的后代请来了。

真正让团圆饭上了规格的是参加的人员，这里边不但有鱼鸟河派出所的全体同志、专案组的战友们，还有我爷爷、门副省长和我爹他们。在我看来，倒不是说领导和公安的老前辈出席就显得多么牛掰，关键是这个气氛被调节得很活跃。

气氛好得归功于我和康一，充当主持人的是我俩。我们一唱一和、配合默契，还忽悠着众人演小节目助兴。

最搞笑的是柳叶青，最近净熬夜了，把他熬成了烟酒嗓，他竟

第八章　春龙节

然不自量力，要给大家伙唱样板戏。他唱的是《智取威虎山》的片段《甘洒热血写春秋》，他把调门起高了，唱不上去，那痛苦不堪的表情令人捧腹。

一曲唱罢，我爷爷主动要来了话筒，我们都以为他也要来上一段，谁知他的神情变得异常严肃。我心想糟了，老爷子这是要败坏团圆饭的节奏啊。我刚要拿回话筒，门副省长冲我摆了摆手。

我爷爷的语气极为平和："柳所长的这段戏，让俺想到了去东北剿匪的三哥，大哥、二哥的故事，俺都跟于禧淼讲过了，俺一直想跟他讲讲俺爹在上海的那一段，今天借这个机会俺讲出来，大家别烦气。"

门副省长带头鼓起了掌，爷爷颇为自豪地打开了话匣子——

爷爷的父亲叫于溢亭，十五六岁的时候在上海法租界干跑堂的，偶然的机会跟李公馆里的人认识了，也因为机灵颇受赏识，后来为中共一大开会服务保障过。"一大"开了七次会，开第六次会议的时候，会场闯进个陌生人，引起了与会代表的警惕，在法国巡捕赶来之前，于溢亭和其他同志帮助他们转移了。

爷爷说这段历史无法考证，但他的父亲也就是我的曾祖父返乡后成为登州地区的第一位共产党员，第一个扛起枪杆子参加了战斗。他讲完祖辈跟上海有关的故事，说要给我送礼物。

我正猜想会是多么贵重的物品，我爹站起来说："我也给于禧淼送个礼物。"

爷爷板着脸训斥："跟俺一个老头子抢什么风头。"

众人开怀大笑。爷爷从怀里摸出一个手绢，一层层地打开来，双手捧给我："孩子，这是从俺爹身上取出的弹片，俺把它视为传家宝，从你这代开始，世世代代把它传下去。"

康一在一旁打趣道："爷爷，我能代为保管吗？"

爷爷乐了："你们年轻人的事儿，老头子看不懂，也管不着。"

现场一片哄笑，我爹再次从笑声中站起来，抬高嗓门说："我跟我爹商量好了，都给于禧淼送礼物。我送的是红本本，我希望我儿子能好好学习，积极向党组织靠拢。"

说着，他把《党章》送给了我。我看看《党章》再看看弹片，双目湿润了。

门副省长受到感染，也站起来说："你们老于家世代都是英雄，也是咱公安这支英雄队伍学习的榜样。于禧淼是00后，他在打击黄氏兄弟犯罪集团的过程中表现突出，也让我看到了年青一代的活力。我提议来个火线入党，我为他做入党介绍人，我希望他以及年轻人们能把咱党的好传统继承下去，发扬光大。"

他话音刚落，我抢白道："我于禧淼差距太大，需要改进的地方太多了，我以前觉得入不入党没什么，这次实习让我清醒了。当然，我也非常想现在加入党组织，但是有个很重要的问题，我只是实习生，连三个月都还没满呢，不符合规定。"

爷爷撇着嘴教训我："小王八羔子，先把入党申请写了。俺都把自己的写好了，于迎春同志，你是登州公安的党委书记，俺曾经是这支队伍里的一员，这么多年了，俺重新向党组织提出申请，请你不要徇私舞弊，按照《党章》要求，对俺进行严格审查。"

说到最后，爷爷的声音有点哽咽。康一人聪慧，怕冷场，赶忙问他："爷爷，现场采访一下，你觉得怎么样才算是一名合格的共产党员呢？"

爷爷沉思片刻，语气坚定地说："大道理不讲，就一句话，能为老百姓干好自己的良心活儿，就是好党员。"

我爹站起来说："我也补充一下，作为公安队伍里的党员干部，也只有一句话，干好自己该干的活儿，守好自己该守的规矩。"

门副省长刚想说话，他的手机铃声响了，他接通电话，表情也变得越来越严峻。

挂断电话，门副省长扭头对我爹说："又来任务了，登州公安是

第八章　春龙节

个有战斗力的集体,这次我决定异地用警,你们的人上,我看彭学民、刘开和章忠亮都是很好的人选,必须把于禧淼带上,咱们公安队伍也得搞好传帮带啊。于迎春,这就跟我回去吧,咱得迎接新的战斗了。"

康一不无遗憾地说:"团圆饭是吃不上了。"

彭学民插话:"只要老百姓能团圆,咱们吃不吃这团圆饭无所谓。"

刘开阴阳怪气地补了一刀:"咱公安战线上的人都不轻松,想吃团圆饭啊,等下辈子吧。"

我一时兴起,给刘开抛出个问题:"刘叔,我下辈子投胎还要当警察,还吃不上团圆饭,怎么解?"

刘开白了我一眼:"那时候就是共产党建党两百周年了,没犯罪了,警察这职业早就消失了。"

他说的是所有人的美好愿望,但眼下人们来不及去联想,因为战斗仍在继续。

几个月后,也就是现在,我把实习经历写了下来。我爱好文学,却搞不清这算不算是长篇小说,我为如何结尾犯了难。我又回忆起了往事。

团圆饭那天是农历的二月二,登州人称之为春龙节,那天夜里我郑重其事地写了入党申请书,写完后觉得自己变成了一条龙,神采飞扬地抬起了头。

初稿:2021年1月23日至2月9日
二稿:2021年3月19日至3月25日
三稿:2021年3月28日至4月20日